刘猛 著

冰是睡着的水

群言出版社
QUNYAN PRESS

图书在版编目（CIP）数据

冰是睡着的水 / 刘猛著. -- 北京 : 群言出版社，2014.12（2019.12 重印）
（狼牙系列）
ISBN 978-7-80256-634-7

Ⅰ. ①冰… Ⅱ. ①刘… Ⅲ. ①长篇小说一中国一当代 Ⅳ. ① I247.5

中国版本图书馆 CIP 数据核字（2014）第 238492 号

责任编辑：张津津
封面设计：张瀚尹

出版发行：群言出版社
地　　址：北京市东城区东厂胡同北巷1号（100006）
网　　址：www.qypublish.com（官网书城）
电子信箱：qunyancbs@126.com
联系电话：010-65267783　65263836
经　　销：全国新华书店

印　　刷：涿州汇美亿浓印刷有限公司
版　　次：2014年12月第1版　2019年12月第2次印刷
开　　本：787mm×1092mm　1/16
印　　张：20
字　　数：240千字
书　　号：ISBN 978-7-80256-634-7
定　　价：59.00元

目录

第一章 八岁的清明节

★　★　★

当雪花开始飘落的时候，王斌才真正意识到，自己已经成为一个孤儿。

这个普通的四合院，他从来没有来过，这些面色沉重的大人，他也从来没有见过。但是摆在屋檐下的两张黑白照片上的人，却是他依稀熟悉的。

陪同来的奶奶已经老泪纵横，他记得这两个人，奶奶曾经告诉他，这是他的爸爸和妈妈。

而八岁的王斌，对他们真的没有什么特殊的印象。

一双粗糙如同树皮的手，在瘦弱的王斌胸前颤抖着别上两个闪闪发光的牌子。日后王斌知道，这是一等功勋章，而八岁时的他胸前就别了两个。

“你的父母，是真正的英雄。”

那双手的主人，脸如同树皮一样粗糙的四十多岁的中年男人，用他低沉的嗓音淡淡地说。

“他们是军人吗？”王斌问。

中年男人摇头。

“他们是警察吗？”王斌问。

中年男人不知道该如何作答。

王斌童真的声音在雪花飘落的四合院回荡，好像打中了很多大人的心。于是很多大人开始抹眼泪，而八岁的王斌却还不明白死亡到底是什么概念，如同他对父母也没有什么概念一样。

他自小在安徽农村长大，只知道奶奶是最疼他的人，父母不过是隔几年会来看他一次的陌生人而已。

“他们是战士。”中年男人的声音变得坚定，“真正的战士，隐蔽战线的无名英雄！”

王斌抬头看他。

粗糙得如同树皮一样的手抚摩着他的脸，虽然他觉得疼，但是他能感觉到这双手的温暖，他没有躲开，还是那么呆呆地看着这张脸。而这张脸上的眼睛，在雪花飘落当中变得越发坚毅，似乎有泪花闪动。

“你长大就知道了。”

中年男人深呼吸，似乎想告诉他很多事情，但是最后却只说了那么一句。

很久很久，他又说：“你会为自己是一个英雄的儿子自豪！”

王斌突然摆脱开他的手：“你骗我！”

这个八岁的孩子突然“哇”地哭了。

“我爸爸妈妈死了！他们死了！我再也见不到他们了！我不要他们做英雄，我要我的爸爸妈妈！”

哭声一下子在四合院蔓延开来，如同针一样刺进在场所有大人的心。

“我要我的爸爸妈妈！”

这个树皮一样粗糙、一样沉着的中年男人突然闭上眼睛，于是眼泪从他粗糙的脸皮上无声滑落。

★　★　★

“同学们，这是我们班新来的王斌同学。”笑容可掬的赵老师把换了新衣服、背着新书包的王斌领进教室，“从今天开始，王斌就和我们在一起学习了！大家表示欢迎！”

安徽农村长大的小黑脸王斌看着自己面前这些衣着光鲜的城市里的孩子，看着他们鼓掌，眼神当中没有胆怯。这是和他年龄不相称的一种冷静，这种冷静，来自一个八岁的孤儿已经接受了父母双亡的现实。苦难是人成长的催化剂，这句话永远不会过时。

“哪儿来的土包子？”小胖子林涛涛不屑地低声说。

王斌的眼睛一下子亮了，转到林涛涛脸上。

稀稀拉拉的掌声落下来，赵老师说：“韩晓琳！”

“到！”学习委员韩晓琳站起来，这是一个漂亮文静的女孩。

“王斌同学就和你同桌吧。”赵老师说，“王斌，你过去吧。今天咱们第一节课是语文，你把课本拿出来准备一下。”

王斌走过去，林涛涛使出个绊子，王斌被绊倒了。

同学们大声哄笑。

王斌额头碰破了皮，他站起来，半张脸上都是尘土。赵老师急忙走过来：“怎么回事？”

王斌看着林涛涛，带着安徽口音的普通话出口了：“没事，我自己不小心摔倒了。”

林涛涛得意地看着他。

赵老师要带王斌去医务室，但是王斌却拒绝了：“没事，我皮实。”他坚持自己走到韩晓琳身边坐下，把自己的书包放在抽屉里面，拿出课本。韩晓琳关切地看着他的额头：“你都流血了！”

王斌不看她，自顾打开课本。

韩晓琳拿出自己的手绢，按在王斌额头上：“感染了可不得了，我妈妈说这个季节容易破伤风。”

王斌触电一样地躲开了，手绢掉在地上，还带着王斌的点点血迹。

“你干什么啊？”韩晓琳不解地看着他。

王斌把手绢捡起来：“我洗干净还给你。”他把手绢放在自己书包里面，然后拿出橡皮，在自己和韩晓琳之间画出一道线——“三八线”。

正要告诉他现在上到第几课的韩晓琳被他的举动噎回去了，哼了一声自己准备自己上课的东西。

语文课上，赵老师让王斌朗读课文《狼牙山五壮士》，王斌的安徽口音让同学们笑个不停。其中笑得最开心的是林涛涛，王斌注视着他，林涛涛也看见了王斌的目光，迎着上去了。

王斌躲开，继续读书。

课间，几个男生围了过来。林涛涛为首：“土包子，你丫很牛啊？！”

王斌不看他们，继续看自己的课本。

“林涛涛你们干什么啊？”韩晓琳说，“欺负新同学，我告诉老师去！”

“你丫少管！”另外一个“虎牙”陈光说，“你那么护着他，是他老婆啊？”

“你？！”韩晓琳气得眼泪都打转，脸一下红了。

林涛涛夺走王斌的书，王斌站起来，又坐下，他强忍自己的怒火。

“我告你啊臭小子，你丫最好老实点！知道我爸爸谁吗？这片的派出所副所长！我打你丫的也白打！”

林涛涛伸手推了一下王斌的后脑勺。

王斌不说话，上课铃响了，都回去上课了。韩晓琳抽噎着，打开自己的数学课本。王斌看着她：“对不起，我连累你了。”

韩晓琳不搭理他。王斌也就不再说话。

放学了，林涛涛刚刚走出校门，脑袋后面就挨了一书包。他破口大骂：“操！谁啊？！”

王斌阴沉着脸，用书包直接抽在他回头的脸上。

林涛涛被打倒了。

周围的同学们开始叫好，女生们被吓得哇哇乱叫。

林涛涛站起来：“给我打丫的！”

几个死党冲上去，王斌毫不畏惧地还手。但是人单力弱，还是被打倒了。王斌却不害怕，死死抓住林涛涛的头发，使劲儿揍他。林涛涛的鼻子都被打出血了，王斌脸上也是五颜六色。

韩晓琳惊叫着：“妈妈，男生打架了——”

★　★　★

橘子胡同派出所。王斌在角落罚站，林涛涛向父亲哭诉。林副所长一边捅炉子一边说：“小子，够倔的啊？你爸爸谁啊？打电话叫你爸爸过来！我们家长见面谈谈，小孩子打架没啥，但是你也不能下这么重的手啊？”

王斌不说话。

赵老师和韩晓琳走进来，林副所长急忙起来满脸堆笑：“哟，赵老师您来了？坐坐，小汪，给赵老师倒水！”

“不用了。”赵老师坐下来，“就算学生打架，你也不用把我的学生带派出所来啊？都是小孩子啊！”

“赵老师我哪儿那么浑啊！”林副所长满脸堆笑说，“我今天值班，我爱人夜班，我只能带涛涛来这儿住啊！我没别的意思，就是想见见这孩子家长。都是一个班的同学，你看看把涛涛打的。”

韩晓琳看见林涛涛额头上的青包，扑哧乐了。

“我已经给王斌家长打电话了，他马上过来。”赵老师说，“你啊，也得好好教育教育你们家林涛涛，别总是把你挂在嘴边上，这对孩子教育没好处。”

“又打我旗号欺负同学了？！”林副所长脸都绿了，“我说你小小年纪，别的不学怎么就学这个啊？你爸爸是警察，这权力也是人民给的啊！我问你，是不是这回事？”

林涛涛急忙跑到赵老师身后。

门外有车声，冯云山急匆匆进来：“赵老师，我来了！我开完会就赶紧过来了。”

“你是王斌的家长？”

“啊。”冯云山说。

林副所长看着他：“我跟你说啊，你儿子跟我儿子在学校打架了，没多大事儿别下那么狠的手，你看看给我儿子打的？”

冯云山无奈地看着王斌，却不说话。

“既然你们双方家长见面，我就回去了，家里等着做饭呢！”赵老师说，“晓琳，咱们走。”

王斌看韩晓琳，又看赵老师。

赵老师拉着韩晓琳的手笑了：“这是我闺女，傻小子，下次记住了！要好好学习啊！”

韩晓琳招手，笑容很灿烂：“王斌，再见！”

屋子里面剩下两家大人和孩子。

“林副所长，借一步说话吧。”冯云山说，拿出自己的工作证亮了一下。

林副所长脸色一变，跟他出去了。

屋子里面俩孩子互相看着。王斌的目光很冷，林涛涛害怕了，躲在桌子后面。

“这孩子的父母，是我们的烈士。”冯云山严肃地说。

“我明白了。”林副所长把工作证还给冯云山，面色沉重地点点头，“我好好教训教训我那个臭小子！”

冯云山拉住他：“别！千万别！他们都是孩子，小孩子发生矛盾很正常。我告诉你这些，是希望你可以让你儿子和王斌成为朋友。他刚刚从安徽农村过来，生活不适应。我工作也很忙，没时间照顾他，王斌的性格孤僻，需要朋友。”

“啥也别说了。”林副所长说，“他就是我儿子，公安和安全，本来就是一家嘛！你别管了，老冯，这事儿交给我了。”

“好，我还有事儿，王斌的事情你就多费心。”冯云山拿出钱要给林副所长，“晚上你带孩子去吃顿饭吧。”

“见外了不是？”林副所长瞪大眼睛，“说什么呢？走吧走吧，再这样我不认你这个老哥了！”

冯云山苦笑，收起钱进门，叫过王斌："王斌，我还得去见个客人。晚上你和林涛涛一起吃饭，林叔叔带你们去。"

王斌不说话，看着他们。

林副所长就笑："嘎，小子还真倔啊，换个年代演小兵张嘎还真合适！"

冯云山拍拍王斌的头，狠狠心出去了，外面车声响起又没了。

晚上，东来顺。林副所长就着热腾腾的火锅，对俩孩子说："要懂得够朋友，你们现在就是朋友了！要讲义气！没事别自己窝里斗！以后你们就知道了，啥是小学同学！都把肉给我吃干净了，别浪费！"

俩孩子狼吞虎咽。

"王斌比你大，比你懂事。"林副所长说，"以后，他就是你大哥！"

林涛涛一愣："爸。"

"废什么话！"林副所长一瞪眼。

林涛涛转向王斌："大哥。"

王斌眨巴眨巴眼睛，不知道咋回事。

林副所长看着王斌稚气的眼睛，心里突然一酸："吃，赶紧吃，别……浪费……"忍了半天，眼泪才没掉下来。

晚上，王斌就住在派出所，和林涛涛睡在一起。

第二天上课前，林涛涛把王斌拉在自己身边："以后，他就是我大哥，你们谁也不许欺负他！"

韩晓琳诧异地看着他们，不知道男生之间到底在玩什么把戏。

上课了，赵老师路过教室，看见冯云山的背影，觉得奇怪："冯处长，您怎么来了？"

冯云山从窗户角落闪出来，擦擦眼睛："没事，我来看看王斌，路过，马上就走。"

赵老师苦笑："我说你这个干爹当的，也太不放心了。"

"他的身上，是烈士的血啊！"冯云山低沉地说。

赵老师的笑容停止了。

"拜托了！"冯云山抓住赵老师的手。

赵老师点点头。

冯云山孤独的背影消失在走廊。

赵老师看教室里面，王斌在专心学习，和自己的女儿坐在一起。几分酸楚涌现出来，多好的一个孩子啊，怎么就成了孤儿了呢？

★ ★ ★

转眼到了1984年的清明节，和往常一样，橘子胡同小学的全体师生要去天安门人民英雄纪念碑前举行纪念活动。已经系上红领巾的王斌现在还当上了班里的体育委员，他打着队旗，和同学们一同走在路上。

按照橘子小学的传统，每年清明节去拜谒革命烈士的时候都是要走着去的。一路上，娇生惯养的同学们自然怨声载道，在农村长大的王斌不懂那么多大道理，他只是确实不觉得累而已。

韩晓琳走在他的后面，也是气喘吁吁，走路一歪一歪的。林涛涛则真的是要靠赵老师拉着走了，城市里面的孩子就是这样的，当时还没有那么注重素质教育。

带队的体育老师看看表，吹哨子让队伍休息。

孩子们就哎哟哎哟地四仰八叉，王斌擦擦自己脸上的汗，拿着队旗站着。他是真的不累，昨天晚上和干爹说要去参加纪念革命烈士的活动，干爹沉默半天。最后则说："你还是太小了，等你十八岁的时候我再告诉你关于你父母的一些事。"王斌似懂非懂，但还是听话地睡觉去了。

王斌看看四周，韩晓琳脱了自己的球鞋，眼泪汪汪地在揉脚。白色袜子上有湿的地方，显然是起泡了。王斌走过去："怎么了？"

"疼。"韩晓琳楚楚可怜地答道。

王斌蹲下去："我看看。"

"去去去。"韩晓琳推他。

王斌却推开她的手，不由分说地去脱她的袜子，看见嫩嫩的脚上起了两个大水泡。王斌从自己的书包里面拿出针线包，这是他来北京的时候奶奶送给他的，他一直带着。韩晓琳好奇地看着他拿出针，王斌摸摸自己的脑袋："你拔根头发。"

"干什么？"韩晓琳纳闷儿。

"拔根给我。"

韩晓琳就拔了根自己的长头发。

王斌拿过头发，仔细穿进针眼里面。接着托起韩晓琳起泡的右脚："不疼，你闭上眼睛。"

韩晓琳："你要干什么啊？"

王斌拿针一下子穿破韩晓琳的水泡，看见水沿着头发流出来。接着他把这根头发系好："好了，不疼的，走路的时候注意点。"

韩晓琳感觉到水泡在减退，感激地点点头。

王斌憨笑，起身。

"王斌，我也起泡了。"林涛涛歪在马路牙子上哭丧着脸。

王斌把针线包扔给他："自己弄吧。"

"天哪！兄弟和女人的待遇怎么那么不同啊！"林涛涛痛心疾首。

"再他妈的胡说，我揍扁你！"王斌挥挥拳头。

韩晓琳脸红了，八岁也是女孩啊！

王斌走回队列前面，拿起队旗。

韩晓琳看着他，不知道心里什么滋味。

体育老师吹吹哨子，大家又继续走。

到天安门的时候，已经上午 10 点了。大家按照队伍逐次站在纪念碑前。武警战士肃立在纪念碑前，很多中小学生站了满满一广场。

王斌站在队伍前方，他看着面前的纪念碑，突然有群鸽子飞过蓝天，鸽哨游荡在白云之间。一刹那，似乎冥冥之中有种力量将他体内的血液燃烧起来，那股力量巨大而温暖，似乎是某种本能。

在他还没有意识到的时候，眼泪却一下子夺眶而出，哗啦啦地流过他的脸颊。

他不可能意识到什么神圣、庄严。

他的脑子里面什么都没有，一片空白。

只是，身体里面的某种力量被唤醒。

在人民英雄纪念碑前。

日后，王斌成为一个彻底的唯物主义者，但他永远无法忘记八岁那年，那种神圣庄严带给他的心灵冲击。他脑子空白却泪流满面——在那个八岁的清明节，在他还完全不知道"烈士"是什么意思的时候。

日后，韩晓琳想到自己可能就是那个时候开始爱上王斌的。一个泪流满面的傻小子，黑且瘦弱，带着还没有完全改变的乡土气息，在那万人方阵当中是那么孤独、那么可怜。

她借给王斌的手绢，一直没有还给她，她也没有去问。

第二章
欢迎你，我的孩子

★　★　★

“韩晓琳！”

韩晓琳停下自行车，回头看去。林涛涛穿着学员式的 92 式警服一步三蹦地跑过来，后面还跟着一个穿警服的女孩。女孩不是特漂亮，但是却乖巧，一看就是温柔型的。

“哟，这是谁啊？”韩晓琳惊喜地下车，她一拍林涛涛的警帽：“好你个浑小子啊！有女朋友了也不打个招呼啊！”

“嘿嘿，也是刚刚得手。”林涛涛扶正警帽，去拉那个女孩，那个女孩就推他：“干什么啊你，人多！”

正是中午吃饭时间，师范大学的校园里面人来人往。

“我说你们俩别在这儿招摇了啊！”韩晓琳笑，“好歹你现在也是预备役的人民警察了啊！来得够早的了，给王斌打电话了吗？”

“打了，宿舍的人说又去图书馆了！”林涛涛说，“你说说他啊，过生日还往图书馆跑什么啊？就他爱学习啊？”

“他不就这么个人嘛。”韩晓琳笑，推着自行车，和他们一起溜达。

“我说，你们俩的事儿到底怎么样了？”林涛涛就问。

“我们俩？什么事儿啊？”韩晓琳装傻。

“什么啊就装！”林涛涛急了，“我爸爸可说了啊，等着你们毕业就喝你们的喜酒呢！他这个二干爹还等着抱干孙子呢！”

“去去去！”韩晓琳脸一沉，“胡说什么呢！这亲孙子眼看就要抱上了，还什么干孙子！要生你去生，我不生！”

那个穿警服的女孩脸一红，扑哧一声乐了。

“这，这不，嘿嘿。”林涛涛不好意思地笑了。

“等我啊，我把自行车存上。”韩晓琳推着自行车去车棚，“出门咱们坐车去人大，顺便在门口拿一下生日蛋糕。”

★ ★ ★

王斌确实不在宿舍，不过他也不在图书馆。

他坐在校园停车场的一辆黑色别克车里面，旁边是冯云山。穿着西服的冯云山老了很多，脸上的皱纹更多了。一老一小两个男人都不说话，都是属于那种内向的男人，于是车里的气氛就很沉闷。

冯云山拿出一盒中华，自己点上。王斌伸出右手：“给我一支。”

冯云山看他：“你什么时候学会抽烟的？”

“我 22 了，干爹。”王斌熟练地点燃，吐出一口烟。

冯云山苦笑：“哟，一不留神你都是大人了。”他从包里拿出一条没开封的中华，递给王斌，“我工作忙，来不及给你买礼物，这个就当是你的生日礼物吧。”

“又要出差了？”王斌看他的打扮和包里的东西。

“是啊。”冯云山点头苦笑，“你好好准备毕业论文，如果需要什么公开资料，我可以帮你找点……哦，对了，听你的班主任说，你不想保送研究生了？为什么？”

“我想工作。”王斌说。

“嗯，先工作积累点经验再深造也是好事。”冯云山说，“你打算去哪个单位？送简历了吗？”

“还没想好。”王斌想想，话又咽了回去。

“别管是哪个单位，记得跟我说一声。”冯云山说，“现在学法律的毕业生比较多，竞争很激烈，你要做好思想准备。不过，我相信，你长大了，有能力去面对这些挑战！”

“嗯。”王斌点头。

“我走了。”冯云山说，“我送你到宿舍门口吧，林涛涛和晓琳他们今天是和你一起过生日吧？替我向他们问好……对了，这点钱你拿着今天用，快毕业了好好玩玩儿。”

王斌把信封推回去：“我自己有钱。”

“你哪儿来的钱？”

“你忘了？我暑假去做法律咨询，还挣了点钱。”

冯云山欣慰地笑了：“真的长大了。”

“不用送我了，我走了。”王斌下车，临关车门的时候他回头，“别忘了，按时吃药。”

就这一句关心，冯云山眼角湿润了。王斌笑笑，关上车门。冯云山把车开走了，王斌拿着那条烟，愣了半天，才起步走回宿舍。

★　★　★

生日聚会没有选择在饭店，和往常一样，他们一起来到北大的未名湖。来的人除了韩晓琳、林涛涛和他的女朋友，还有现在在装甲兵工程学院的“虎牙”陈光，还有其余几个发小。在芦苇丛中，他们分了蛋糕，自然也少不了那种蛋糕互相扔到脸上的追逐打闹。只有在这个时候，早熟的王斌才显现出一个孩子的性格，他开心的笑容在韩晓琳看来是那么可爱，内心泛出一种带有母性的爱。而王斌是否可以觉察到，只有天知道了。

林涛涛交代了自己和女朋友的恋爱经过，这个叫杨雪的女孩是他的师妹，也是公安大学刑事侦查专业的，江苏扬州人。在一片起哄当中，林涛涛当众吻了杨雪，杨雪的脸都红透了。林涛涛虽然是个浑小子，但他还是闹了个大红脸，他对着闹得最欢的王斌高喊：“你丫别光毁我！你和韩晓琳也亲一个！”

话一出口，轮到韩晓琳脸红了，王斌也愣在原地。

只有陈光还在傻乐：“嘿嘿，亲啊！亲啊！”

王斌看看韩晓琳，韩晓琳一甩头跑了，马尾巴扫过王斌的脸。王斌站在原地，脸上的笑容逐渐凝固了。慢慢地，他的脸上变得如同往常一样低沉。

“操！你丫傻啊？！”林涛涛急忙拽他，“追啊！赶紧追啊！”

王斌却纹丝不动，陈光也不笑了。

王斌甩开林涛涛，转向湖面，平静自己起伏的心态。初冬，湖面已经结了薄薄的一层冰，但是可以看见下面水在流动。

“我告诉你们啊，谁也别拿我和韩晓琳开玩笑！”王斌转身，严肃地对林涛涛他们说。

远处，隐约传来韩晓琳的哭声。杨雪是个机灵女孩：“我去劝劝她。”

“还是我去吧。”王斌拦住她，自己走过去了。

正在抽泣的韩晓琳听见后面的脚步声和芦苇丛的沙沙声，强行抑制住自己的眼泪，匆匆擦去了，站起身。她一转身，高大瘦弱的王斌就站在她的面前，眼睛炯炯有神。

韩晓琳紧张得差点没背过气去。

“你来干什么？”语音带着某种说不出来的怒气。

“你忘了，小时候每次你哭鼻子都是我来找你回家吃饭。”王斌尽力让自己笑得从容。

“我，我不用你管！”

韩晓琳绕过他就走，王斌一把拉住她。

韩晓琳的胳膊被他拽住了，浑身触电一般颤抖了一下。

王斌把她拉到自己面前，韩晓琳的呼吸急促起来，甚至眼神都变得迷离。她在等待着，等待着王斌爱的表白。如果王斌不由分说将她抱在怀里，她会立刻疯狂吻他，这个念头从她青春期懵懂的时候就有了。

但是王斌的眼神却没任何变化。

“你，你干什么？”

韩晓琳的声音颤抖，甚至是有几分诱惑，潜台词是：“你个笨蛋，你怎么那么笨蛋啊！非得我亲你啊？！”

王斌一使劲，却没把她拉在怀里，而是转向已经开始冰冻的湖面。韩晓琳诧异地看着湖面。

薄冰在黄昏当中，闪着美丽的反光。

王斌伸手指着冰面和下面的流水：“那是水，那是冰，冰是睡着的水——你们是水，我也是，但是我是睡着的！”

王斌的语音坚定。

韩晓琳不明白他是什么意思。

“你以后会懂的。”

王斌在她的肩头重重一拍，自己走到湖边。

“风萧萧兮易水寒，壮士一去兮不复还——”

韩晓琳诧异地看着这个男孩的背影，他的声音突然之间变得庄严肃穆，甚至，带着几分哭腔。

王斌高声朗诵完这句古诗，心情在极度起伏着，他的眼泪开始在眼角打转。

韩晓琳从侧面走过去：“王斌，王斌你没事儿吧？”

王斌努力地平静自己的情绪，片刻，他低下头擦去眼泪，对韩晓琳含笑道：“没事，我们回去吧。”

韩晓琳跟着王斌回去，她不知道这个傻小子这是怎么了。

好在大家都是半大孩子，都比较懂得圆场。这件事情很快就过去了，在黑夜要到来的时候，生日聚会也欢乐地结束了。王斌和以前一样，坐公交车送韩晓琳回师范大学，一直送到宿舍门口。路上，王斌还是和以前一样不说话，韩晓琳也没说话。

两个年轻人就这样沉默着走了一路。

但是，当韩晓琳回到宿舍，拉开窗帘，却看见王斌还站在外面。他一动不动地对着自己的窗户，只有嘴上叼着的烟在闪烁。

韩晓琳没命地飞奔下去，来到门口的时候，王斌已经走了。

她看着黑夜当中的道路，那里已经没有王斌的身影，傻傻地哭了起来。

★ ★ ★

香港。油麻地，大名鼎鼎的庙街，美都餐室。穿着普通的冯云山操着一口流利的粤语，大摇大摆地走进这家具有悠久历史的餐室。他和来这里喝下午茶的香港本地居民毫无二致，悠闲自在地坐在二楼的一个卡位（雅座），要了茶点。他倚着绿色铁窗，漫不经心的目光扫视着窗外。

美都餐室很有传统，自开业以来就是柚木隔板和旧式圆形白底黑字的时钟相伴着，挑高的天花板上，依旧挂着白色的吊扇。所以这里有很多老顾客，也有很多游客慕名而来，人来人往，热闹异常。

一楼分别靠门和靠楼梯的两张桌子，由一对来自内地的旅游者和本地的商人占据。他们和别的顾客毫无二致，貌不惊人，没有任何特征。冯云山上楼以前浏览了一下他们的位置，径直从他们身边走过。他们都是自己人，如果发生什么意外，他们要通过制造一些引起大家注意的事端来掩护自己撤离。

冯云山耐心地享用着自己的下午茶，看见自己等的人正揽着两个浓妆艳抹的女孩走进来。这是一个四十多岁的秃顶，穿着也很杂，拿着现在流行的大哥大，进来以后直接招呼两个女孩去一张桌子吃饭，自己上楼了。

他径直在冯云山面前坐下：“先生，这里没人吧？”

“有人没人你不也坐下了吗？”冯云山看着自己的报纸，有一搭没一搭地说。

侍者送来秃顶点的茶点，下去了。

“有什么风？”冯云山看着报纸，声音小得只有对方能听见。

“台风。”秃顶也是那样，吃着茶点用极低的声音说。

“说。”

“要变天了，小心地基。”

冯云山眉毛挑了一下：“洞有多深？”

“深不见底，我没探出来。”

“从哪里发现洞口的？”

“你去舅舅家把礼物拿走，回去自己看。”

“风声紧吗？”

“很紧。”秃顶抬头看他一眼。

“实在不行，就回老家过冬吧。”冯云山加重语气。

“再等等，我会想办法取暖的。”秃顶撕咬着白条鸡。

“家里给你准备了衣服，在姨妈家。”冯云山说完喊埋单，然后径直走了。

秃顶继续大吃，仿佛什么事情都没发生过。

★　★　★

香港祥和商行。

二楼的行政经理办公室烟雾缭绕，周新宇对着两张偷拍自沙头角入境处的照片发呆，这两张照片上都是同一个人，而32岁的周新宇对他已经列了十年的档案。化名为“孙维民”的周新宇真实身份是T地区军事情报局的少校情报专员，常驻香港。作为谍战的对手，他对这个花白头发的中共高级情报干部研究多年，他知道这个叫作冯云山的老头已经被提升为中共安全部副局长级别的部门领导——如果这样说来，这样的人物驾临香港，肯定是有不可替代的情报任务。

但是，他的人跟丢了。

一烟灰缸的烟头显示着他内心的焦躁。

“二战”以后，香港由于得天独厚的地理位置，成为东西方冷战时期的谍报天堂。各种政治势力范围的情报机关在这里展开了一场看不见的情报战，T地区情报机关针对内地开展的各种情报活动也都以香港为基地，从情报搜集到行动破坏，五花八门、琳琅满目。更多战略层面的高级情报活动都隐藏在不为人知的黑暗当中，而见于报端的破坏活动相对来讲是比较低级的战术行为。

所谓情报工作，就是要挖到对手不愿意让你知道的秘密，而又不要对手知道。所以，谍战的本质并不是打打杀杀，这其实是一种很绅士的游戏。这个游戏有着自己的游戏规则，真正的情报干部肯定不是007那种拿着杀人执照到处惹麻烦的花花公子，情报工作的意义就在于挖掘搜集各种公开和秘密的信息，从这个目的讲，绑架或者暗杀没什么太大作用。

周新宇对这一点心知肚明，所以他对冯云山这样的人物居然亲自出现在香港感到深深不安。

对冯云山的跟踪失败，他并不意外。

冯云山到底来香港做什么，才是他最关心的。

而按照计划，他这几天还要到内地去一次，安排和自己的关系见面。

如果冯云山来香港和自己去内地接头有关系，那么这个事情就复杂了。

★ ★ ★

珠海。拱北海关。

一个三十多岁的澳门游客刚刚走出口岸，就被早已等候在外面的一辆外地牌照的奔驰接走。

车在珠海市区拐了几个弯，确定没人跟踪以后，开进一个僻静的海滨小院。这是珠海市国家安全局的一个安全屋，很少启用，而早已等待在这里的冯云山则说明这次启用的意义重大。

取道澳门回到澳门的交通员把从香港的情报交接点带回的情报交给冯云山，这是一本普通的杂志。不过微缩胶片就在这本杂志的夹页中，冯云山让手下的技术干部处理了一下，冲洗出来的照片就放在了他的桌子上。

只看了一眼，冯云山的眉头就皱起来了。

是一些安全系统内部的绝密文件。

冯云山把照片轻轻放在桌子上，没有什么语言可以表达他现在的心情。

只有悲凉。

内部出问题了，而且，是级别很高的鼹鼠。

他叹口气拿起红色保密电话：“给我接部长办公室。”

★ ★ ★

北京。人民大学。

十几个男女同学坐在一间向阳的会议室里面，王斌也坐在中间。坐在首席的是一个中年人，旁边是一个清秀的女同志，有二十七八的样子，干练成熟。学校的校办老师也在，不过她在这里起的作用也就是个陪衬了。

“我姓魏，魏公村的魏。”中年人一开口大家就笑了，“你们可以叫我魏处长。”

魏处长看着眼前厚厚的简历，随手翻着：“你们都是自愿报名的，希望来我们单位工作。你们的简历我都看了，而且你们老师也介绍了你们的情况，都是各个院系的优秀学生，其中不少是党员，可谓精英啊！”

大家静静地听着。

“不过，由于我们安全部工作的特殊性，我们对人才的需求可能也会比较特殊。”魏处长微笑着扫视着同学们的眼睛，“对于大家希望到中直机关工作的热情我是肯定的，但是我们肯定是要有所选择、有所侧重。今天，我们就按照次序，一个一个谈一谈。”

王斌被排在下午，他心情烦躁，就跑到球场上一个人打篮球，冬日里挥汗如雨。

从他的脸上看不出他的情绪，从小他就习惯了把什么事情都埋在自己的心里。他没有告诉冯云山自己参加了安全部的招新报名，那无非是两种可能——第一种就是极力反对，不愿意他再重蹈父母的覆辙；第二种就是会不由自主地在感情的作用下替他说话，当然如果老冯说话，他进安全部就是板上钉钉的了，虽然冯云山是个绝对铁面无私的人，但是在对王斌的感情上是不可能完全秉公的。

这两种可能性他都不愿意看见。

他要依靠自己的力量走入安全部的大门，走入那个属于他的生身父母的秘密世界。让自己和父母的生命融合在一起。

他已经是学生会的副主席，学生党员，班上的尖子，摆在他面前的保送研究生的道路一片辉煌。如果自己一切顺利，那么日后的辉煌是肯定的。无论去国家机关还是当职业律师，他的未来是可以想见的。

然而，这一切他却放弃了。

相反，他却要投身一项秘密的事业。

一个甘愿埋葬自己的青春、智慧和理想的秘密事业。

下午，魏处长见到王斌的时候，他已经洗了个凉水澡，换了衣服，还是那么彬彬有礼、衣着朴素。

“王斌。”魏处长翻着王斌的简历，说实话，他对这个内向沉稳的孩子第一眼的感觉就非常好，只是他不会说出来，“我看了你的简历，你是安徽合肥人，八岁来到北京。但是在你直系亲属这个项目里面，你却是空白。这是为什么？”

魏处长仔细打量着王斌，他能看出来这个孩子心里有秘密。而这个秘密可以不告诉别人，他却必须知道。

王斌不得不回答这个问题。

“我的父母，都已经去世了。”王斌说，“我是按照政策，把户口迁到北京的。”

“生病？”魏处长问。

“不，因公殉职。”

“他们是警察？”

“不。”

“是军人？”

“不。”王斌的声音有些颤抖。

“你可以信任我。”魏处长缓缓地说。

“他们是……战士！”王斌的语气变得坚定。

魏处长看着他的眼睛。

“真正的战士！隐蔽战线的无名英雄，真正的无名英雄！”王斌的语言变得流畅。

魏处长和那个女同志都是一愣。

“我为我是一个英雄的儿子感到自豪！”

王斌坚定地说。

魏处长沉默半天：“你父母是哪个部门的？”

王斌说了自己父母生前的单位。

“你在北京，谁照顾你的生活？”

“我不想说。”

“为什么？”

“我怕你们也照顾我。”

“我不会照顾你。”魏处长淡淡地说，“你在我眼里，和别的学生是一样的。”

“冯云山，他是我干爹。”

“哟。”魏处长笑了，“老冯啊！”

“我说了，你别告诉他。”

“为什么？”

“我怕他不同意我参加安全部的工作。”王斌诚恳地说，“他可能会因为我父母，反对我介入这个行业。”

魏处长沉思半天：“你先回去吧，我们考虑一下，等通知参加我们下次的面试。”

王斌起身，有礼貌地告别，出去了。

魏处长点着烟，想着什么。

“处长，怎么办？”那个女同志问。

“还是得等老冯回来再说。”魏处长打定主意，“这个事情不能瞒着老冯，也根本瞒不住。老冯是这个孩子的养父，按照道理，我们也要征得他家长的同意。”

★　★　★

夜色当中，周新宇出现在广州火车站东站。他在解放军体院东门口的麦当劳找了个对着外面的座位，把自己的报纸叠好放在桌子上，眼镜摘下来放在报纸上。外面一片热闹，透过玻璃窗可以清楚地看见人来人往。无论是否清楚冯云山去港的目的，迫在眉睫的接头是他不能不来的。而这个关系对他又非常重要，对于T地区军事情报局来说，这可能是近年来最重要的收获之一。

一个月前的一个夜晚，一个来自中国内地的电话直接打到了T地区军事情报局局长的家里。

“喂，哪位？”局长很职业地问。

对方沉默半天，只有急促的呼吸声。

局长警觉起来：“你是哪里人？有什么事情？”

“我知道你的电话有录音。”对方开口了，“我也知道你是谁。”

局长保持沉默，在自己拿不准主意的时候，沉默是最好的方式。

“听着，我现在对你重复下面这些。”那个人开始背诵海外情报局的各个主管的姓名、化名和住宅电话。

局长眉头皱起来，这是行内的人。

“还需要我证明自己的身份吗？”对方的声音变得从容。

局长深呼吸让自己平静：“你说，有什么需要我为你做的。”

“钱，我需要钱。”对方斩钉截铁，“一大笔钱！”

“好说。”局长说，“我们可以保持联系，你告诉我联系的途径，我的人会和你联系。”

“我会再打电话给你，我要和你直接挂上关系。”对方挂掉电话。

于是，这个代号“人马座”的关系就进入了海外情报局的秘密档案。“人马座”显然是个老于此道的高手，提供的情报数量多而且质量高。从交往当中，海外情报局也得知他利用公款炒股赔钱，于是只能铤而走险。这样的例子不算少，不过大多数这样做的都很难提供核心情报，而“人马座”显然可以接触到更多的核心资料。

周新宇没有参与对“人马座”的直接经营，他也是最近才开始接触这个专案。显然，局里面对情报的需求加大了，而且希望可以直接对“人马座”的情报搜集活动进行指挥，而不是满足于他有什么提供什么，于是命令常驻香港的周新宇准备直接经营“人马座”。

周新宇熟悉了“人马座”的专案档案，并且按照原来约定的联系方式联络了“人马座”，令他恼火的是，局里居然始终没搞清楚“人马座”是何许人也，只是在不断地给瑞士银行的账号打款。也就是说一直在被“人马座”牵着鼻子走，主动权居然落在被经营对象的手里？这让周新宇非常不可理解。

在他的一再要求下，甚至是威胁要断掉对“人马座”的经济支持，对方终于同意见面了。但是，地点和时间由对方定。周新宇无奈，显然这是对方做出的最大的让步。

于是，周新宇就按照约好的时间和地点出现在广州。

但是，时间过了三个小时，一直到麦当劳要打烊，还是没有等到人。而周新宇确实也没有别的办法了，他已经不能在这里逗留了。于是他起身，直接走入东站，坐车直接返港。

当车进入香港范围，周新宇身边坐下一个人。

“人头马一开，好事自然来。”

坐下的人似乎是随口说。

但是，这在周新宇的心里不亚于八级地震，他抬头。

一个三十多岁、面色苍白、戴着金丝边眼镜的人坐在他的身边，带着一丝浅浅的笑意。

“自我介绍一下，我是‘人马座’。”

★　★　★

北京。人民大学宿舍楼门口。

王斌背着自己的背包，推着自行车，迎面看见韩晓琳骑车过来。王斌来不及躲，韩晓琳也不减速，直接就给他撞上去了。韩晓琳一下子摔倒了，王斌急忙丢掉自己的自行车去扶她，韩晓琳一把甩开。王斌就看见韩晓琳脸上有泪了，旁边路过的男生嗷嗷起哄：“王斌！又干坏事了吧？”

王斌不理他们，蹲下去扶韩晓琳：“没事儿吧？”

“我告诉你王斌！”韩晓琳一甩马尾巴又甩王斌脸上，“我事儿大了！”

王斌不说话，傻子也知道韩晓琳说的不是撞自行车。

韩晓琳起来，咬牙切齿地看着王斌：“你有什么了不起的？从小你就跟林涛涛欺负我，每次都是你的坏主意！现在，你们又欺负我！”

王斌不敢说话。

“你以为我不知道？”韩晓琳咬着嘴唇，“你让林涛涛来替你说话，然后你又不搭理我，让我出丑！这样你就开心了是吧？你就喜欢让我难堪！”

“这都哪儿跟哪儿啊？”王斌苦笑，“我什么时候跟林涛涛联合起来欺负你了？”

“反正我不管！”韩晓琳一咬牙，“我知道你喜欢我！”

王斌看着韩晓琳，不知道该说什么。

韩晓琳眼泪开始酝酿：“你说——我要你说，你喜欢我！”

王斌扶住韩晓琳：“你听我说，你别这样！”

韩晓琳真哭了：“我知道你是喜欢我的对不对？你是喜欢我的对不对？你不是故意丢我的丑？你是不好意思对不对？你说啊——你说你喜欢我！”

“晓琳！”王斌一咬牙，“我一直拿你当妹妹看！”

“我长大了！”韩晓琳说，“我不是你妹妹！”

“可是我是你哥哥！”王斌断然道，“我有女朋友了！”

韩晓琳脸都白了。

“你说什么？你再说一遍？”

“我有女朋友了。”王斌低下头。

“不可能！”韩晓琳急了。

“真的。”王斌的语速平静下来，“我们已经好了一年多了。”

“假的！”韩晓琳都喊出来了，“你骗我！”

“是真的。”王斌说，他拿出自己的钱包。

韩晓琳一把抢过来，打开以后看见了一张女孩的照片在薄膜后面笑。

王斌看着她，无言。

韩晓琳一把把钱包摔在他身上，掉头跑了，自行车也不要了。哭声就在王斌耳中回荡，王斌克制自己的情绪，终于没喊出来。

片刻，王斌捡起钱包，看看照片，苦笑着抽出来。他骑车到女生宿舍，喊下来同班的一个女生：“照片还你。”

★　★　★

王斌进门以后发现灯没开，冯云山自己坐在沙发上抽烟。他的行李还没打开，就那么穿着外衣坐在沙发上。月光下，显得那么苍老、那么孤单。王斌觉得奇怪，就试探地喊了声："干爹？"

冯云山掐灭烟："回来了？"

"嗯。"王斌换着拖鞋说。

"你坐下，我有话对你说。"冯云山很严肃地说。

王斌就坐在他对面的小杌子上。

微弱的光线中，一老一少两双眼睛炯炯有神。

一个是饱经沧桑。一个是少不更事。

但却同样锐利、明亮，都带有一种无法被黑暗吞噬的锋利。

"你愿意让你的一生从此隐没在黑暗当中，你的青春、你的智慧甚至是你的热血和生命，都要全部奉献给一句誓言、一个信念和一种信仰吗？"

冯云山突然开口了，声音嘶哑，却带有一种独特的磁性。

王斌看着冯云山的眼睛，很久，没有任何惊讶。

"我愿意。"

王斌的语气平淡却坚定。

"你除了这个事业以外，几乎一无所有。"冯云山叹口气，"我做了一辈子这个工作，你看看我都得到了什么？"

"我的尊重。"

王斌的答案让冯云山很惊奇。

"你的什么？"

"我的尊重。"王斌加重语气，"你在我的心目中，是一个真正的男人，一个伟大的普通人。你可能什么都没有——却拥有我的尊重。"

冯云山仔细看他。

"我从不知道你到底在做些什么，但是我却从你的身上感觉到一种力量。"王斌说，"这是一种人格的力量，这种力量在不断地吸引我、感召我，去投身这样一项事业。我知道，我父母是你招到安全部的，我想，他们当初也是受到了这种力量的感召。"

“对，所以我对他们的牺牲很内疚，对你也很内疚。”冯云山说。

“不，你不需要内疚！”王斌说，“我曾经恨过你，深深地恨，恨到骨子里。但是现在我理解你，我也深深理解我的父母——这些年来，从你的身上，我知道他们为了什么去出生入死，是为了一项无人知晓的事业，一项平凡而又伟大的事业。”

冯云山看着王斌，王斌的眼睛毫不躲避。

“你要知道，你会牺牲什么？”

“是的，这些年来，我都准备好了。”王斌说。

“我们的工作和别人说的、电影里演的、小说里写的，完全不一样。”冯云山郑重地说，“作为一个情报干部，要承受太多的误解和压力，这种误解和压力可能来自你的朋友和亲人，甚至是你的上级和同事。而你往往没有任何解释的余地。”

王斌点头：“就像你错过了我的家长会，从不向我解释一样。”

冯云山笑了，这种笑带有几分苦涩、几分欣慰。

“你准备好了吗？”

“我准备了很多年。”

“你准备好牺牲和奉献了吗？”

“我的身体里面流淌着的，就是牺牲者和奉献者的血液。”

冯云山的眼睛一下子明亮起来，王斌看见眼泪在他那日渐苍老的眼眶里面打转。

王斌年轻瘦弱的身躯，在黑暗中仿佛蕴藏着无穷的力量。

冯云山的喉结蠕动着：“我到现在还没有决定该如何回复魏处长。”

“凭你自己的心来决定。”王斌诚恳地看着他，“如果你说我不适合做这个工作，我不会强求；如果我适合，我希望你可以让我和我的父母的生命融为一体。”

冯云山看着他，目光当中多了一些慈爱。

“明天我会打电话给魏处长，你希望我怎么说。”

“说你想说的。”王斌坦然道。

冯云山沉默半天，脸上坚毅起来：“欢迎你，我的孩子。”

第三章
对党——绝对忠诚

★　★　★

首都机场。人来人往当中，韩晓琳的身影显得那么孤独。

人民大学校园。林涛涛从学生宿舍跑出来，向等在外面的杨雪摇头。

杨雪："要不去图书馆看看？"

"这个小子怎么连影子都没了？"林涛涛擦擦汗，"他们宿舍的人说已经好几天没看见他了！"

"他家里呢？"

"他干爹不在家，家里没人接电话。"林涛涛急切地说，"这可怎么跟晓琳交代啊？"

"真是的，他不知道晓琳今天走啊？"

"鬼知道他知道不知道！"林涛涛无奈地说。

★　★　★

"对党——绝对忠诚！"徐公道的眼神犀利而坚定。

在他面前是三十多个年轻的男女学生，衣着各异，相貌也各异，都是扔在人堆里面看不出来的普通年轻人。在这个宽阔的教室里面，他们面对的是徐公道，还有徐公道背后的那面党旗。

王斌坐在座位上，看着面色严肃的徐公道。这个穿着西服的中年人戴着眼镜，保养很好但是脸色黝黑，体格强壮略微发福。

"'忠诚'——这个词并不难理解！"徐公道双手撑在桌子上缓缓地说，"但是对于我们从事情报工作的干部来说，仅仅是'忠诚'是远远不够的！我们要做到的是——'绝对忠诚'！当你投身党的情报工作，你就不再是你个人，你是这个工作的一个组成部分！情报工作的复杂性不言而喻，你们在未来的工作当中会面对各种挑战和诱惑，你们必须有坚不可摧的政治信念！"

学生们静静地听着。

"你们在未来的工作，可能会遇到误解——这种误解不仅来自你身边的朋友、亲人、同事，甚至可能来自你的上级机关。"徐公道加重语气，"而你们的内心深处隐藏的是只有范围非常小的人才可以掌握的秘密，这个秘密甚至会影响到国家和民族的前途——于是你什么都不能说，甚至是你的个人命运遭受极大挫折，你也必须保持沉默承受误解。人的一生只有短短几十年，也许当真相大白时，你已经风烛残年，你的青春、你的大好年华都这样过去了，是什么样的信念可以支撑你面对这样的厄运？

"你们都知道潘汉年，知道'龙潭三杰'，知道江姐许云峰，但是还有很多人你们不知道，可能在这个世界上永远也不会有人知道他们的名字——而他们就这么牺牲了！消失在无人知道的角落，犹如归于大地的尘埃无声无息。甚至他们的亲人永远也不知道他们为什么就这样离开了家，去往另外一个世界！是什么样的信仰可以支撑你面对这样的未来？

"'对党，绝对忠诚！'这就是唯一的答案！"

徐公道的目光落在王斌的脸上，这张年轻的脸显现出和他年龄不相称的坚韧。

★ ★ ★

首都机场。韩晓琳看表，失望地拖着自己的行李箱走向通道。

林涛涛和杨雪冲进来："晓琳！晓琳！"

韩晓琳的眼睛一亮。但是当林涛涛和杨雪穿过人群冲到韩晓琳面前，她又失望了。

"我们，我们没找到王斌。"林涛涛抱歉地说，"谁都不知道他去哪儿了。"

"算了，也许他不愿意见我。"韩晓琳提着自己的箱子就要走。

"晓琳姐，你真的决定了吗？你一个人跑那么大老远去留学，我会想你的。"杨雪拉着韩晓琳的手眼泪汪汪。

"傻丫头，我又不是不回来。"韩晓琳苦笑，"我学完了就回来。"

“好了好了，去美国留学的机会不是谁都有的。”林涛涛笑，“要是放唐朝那会儿，咱们就是美国的感觉；现在不行了，还是人美国牛！晓琳，去了好好混！过几年我们警察当腻歪了就去美国找你混！”

“我走了。”韩晓琳忍住眼泪，转身就走。

突然，她又回头，最后期待地扫视整个大厅。还是没有王斌的身影，奇迹没有出现。

“把这封信带给他。”

韩晓琳把信交给林涛涛，她咬牙走向通道。

“这事儿到底怎么搞的？”林涛涛自己都纳闷儿，“从小就那么好，怎么长大了跟换了个人似的？王斌到底抽什么疯？”

“谁知道你们男人，变心比变脸还快。”杨雪眼泪流下来，“晓琳姐多可怜啊！一个人要背井离乡，王斌怎么就喜欢上别人了呢？”

“不可能啊。”林涛涛挠头，“王斌从小就是蒙古牛，八匹马都拉不回来的那种啊。就我变心王斌也不能变心啊！”

“你说什么呢？！”杨雪急了，掉头就走。

林涛涛急忙拉住她：“别啊！我这不打个比方嘛。”

两人正在争执，外面的客机起飞了。

韩晓琳靠在舷窗，白云下面，熟悉的北京越来越模糊。

泪水悄悄地流了出来。

她捂住自己的嘴，哭了出来。

★　★　★

“东风。”王斌打出一张牌。

坐在他对面的是肖天明，来自外语大学英语系的福建小伙子。他诡异地看看王斌，露出笑容：“我和。”

哗啦啦。大家重新洗牌。这个教室跟麻将馆差不多，烟雾缭绕，一片洗牌碰牌的声音。有的学生根本没接触过麻将，略为生疏，不过打得都很认真。

徐公道走到王斌背后，停下来指点自己的学生：“洗牌也是技术，洗牌的时候，可以为自己洗出一副想要的牌……”他一边说，手上没停，看似漫不经心地洗着牌，嘴里继续着，“刚打完一局的时候，大部分牌面都是开着的，你要马上记住所有的麻将……”他开始把麻将拢到桌边，叠牌，“把你要的牌控制在两手里，无论怎么洗，两只手的牌不会变，然后把你想要的麻将按摸牌顺序叠好……”

王斌似乎看不出什么特别的地方，迷茫地看着徐公道。徐公道笑了笑，手里掂起骰子，一丢，两个骰子落在桌面上，是九点，他抬头看了看同样心存疑问的另外三个学员：“摸牌嘛。”

“如果是你做庄，那么，一副天和是可以洗出来的。”牌已经按骰子的点数摸好了，徐公道手指熟练地溜了一下到手的麻将，十四张牌整齐地列在桌边，“你拿起来看看。”

王斌还是一脸疑惑，看了看徐公道，慢慢翻起那一列麻将：“天和！”他的眼睛瞬间变圆。

这桌重新开了一局。哗啦啦洗牌以后，骰子一扔。王斌右手边的是来自政法大学法律系的楚静，她梳着马尾巴，眉头紧皱，注视着自己摸到的牌。她在底下踩了王斌一脚，轻轻点几下。王斌不动声色，拿起火机点烟，火机的火苗“嗖”一下蹿起老高，对面的肖天明吓了一跳，朝这边看了看，王斌笑道：“差点烧了眉毛。”他一边说，一边摸牌，肖天明还没回过神，跟着在笑：“怎么那么不小心啊？”

王斌的手摸到牌后往回收，肖天明根本没注意，他似乎不经意地碰了一下尚未摸到的牌墙，到手的那张牌已经换到了楚静下一轮的预定位置上。楚静瞧在眼里，脸上有喜色。

“又学雷锋啊。”坐在王斌左手边的雷鹏咳嗽两声坏笑道，食指在换过的那张牌上轻轻磕了两下。这个家伙来自解放军体育学院，头发不多，看来有秃顶的遗传。

楚静脸一红，摊开牌：“算了，重来吧。”

王斌笑笑：“这不她刚刚学嘛，你要刚刚学，我也给你送牌。”

“得了，都是刚刚学。”肖天明笑道，“你够绅士的啊！要不这样算了，我的内务以后你整理。”

“送你两个字——做梦！”王斌笑着洗牌。

墙上一个醒目的标语：“为人所不为，能人所不能。”

★　★　★

砰砰！枪声震耳欲聋。

军事教官雷克明中校穿着迷彩服，果断地使用手里的贝雷塔手枪射击面前的靶子。射击结束，靶子从轨道那头滑过来，在10环和9环位置都是均匀散布的弹洞。

“看见了？”雷克明淡淡地说，“达到这个成绩，你们才能从我的课毕业。你们使用武器的机会不多，但是如果需要使用，绝对就是关键时刻——不是你死就是我活。按照要领开始训练吧，这些枪支的不同特点和使用要诀你们都要熟悉。”

他随手一指身边桌子上的武器，中外各种手枪应有尽有，足足有几十把。

楚静拿起一把“沙漠之鹰”手都哆嗦，脸发白：“我不是也要打这个吧？”

“啊，都得打！”雷克明一句话差点就让楚静栽倒。楚静可怜巴巴：“这个枪比我还沉啊！”

王斌忍住笑，拿起一把五四手枪熟练检查。雷克明问他：“你打过枪？”

王斌点头：“我干爹的枪不怎么用，从小我就喜欢玩儿。”

射击开始，使用五四手枪的学生们在地下靶场一字排开。枪声连连，弹壳飞舞。王斌和雷鹏的射击成绩最好，各有千秋。雷克明看看王斌的成绩，再看看雷鹏，淡淡苦笑：“你丢人。”

雷鹏吐吐舌头，对王斌眨巴眨巴眼。

★　★　★

“角色扮演，是你们日常工作使用最频繁的技能。所以你们要擅长扮演不同的角色，随机应变。你们会生活在一个谎言的世界，除了对组织，你可能对谁都不能说实话。而你们要习惯说谎，并且擅长说谎。”徐公道看着面前这帮学生，“你们今天的训练科目就是‘角色扮演’。”

一辆大轿车停在北京东四环公路边上的隐蔽角落，车里面的学生们看着面带笑容的徐公道，不知道他下面要说什么训练要领。

“你们身无分文，也没有任何证件，身上只有一张旅游地图。”徐公道拿起旅游地图，“各自为战，地图上已经标示了你们的接头地点——每个人都有十个，到了会有人在上面签字。四个小时以后，我要在西四环看见你们。把你们说谎的本事拿出来，博得别人的同情或者是利用他们对你的企图，不择手段完成任务。出发。”

学生们哗啦啦赶紧下车汇入街上的人流。

王斌穿着黑色T恤牛仔裤，还是大学生打扮。他拿着地图在街上快步走。他的眼神在四处踅摸，寻找机会。这些地方他都熟悉，只要身上有十块钱坐公交车他都可以到。问题是身上一分钱都没有啊。他把眼睛从公交车站挪开，去看路上的行人，到底哪个可以利用。

突然，他的余光扫到了什么，又回到公交车站。一个戴墨镜的小伙子正在人群当中漫不经心地蹭着，眼睛注视着候车人的腰部和皮包。他叹口气，这个时候自己管不了这个闲事了。

公交车开过来，那个“墨镜”混在人群当中上车了。王斌突然眼睛一亮，他快跑几步上了公共汽车。“墨镜”在里面钻，他跟上去。“墨镜”盯准了一个中年妇女，站在她身后。王斌盯紧了他，看着他的右手用藏在里面的刮胡刀片划着中年妇女的皮包，动作很快也很麻利。

钱包和手机被他利索地掏出来，王斌突然冲上去一把抓住了他的手举在空中：“不许动！我是警察！”

“墨镜”脸都白了，全车大哗。众目睽睽之下王斌用利索的锁喉动作锁住他的喉咙，右手还抓着他的手。中年妇女抢过自己的东西，连声道谢：“谢谢你啊，警察同志！”

车停了，王斌锁着“墨镜”的喉咙带他下车。车刚刚开走，王斌一下子就把他踢倒了。“墨镜”跪在地上鼻涕眼泪一起流：“警察叔叔我错了！我错了！我再也不敢了！您就把我当个屁放了吧？”

王斌冷冷地看着他不说话，手摸在后屁股兜里似乎要拿手铐。“墨镜”更紧张了：“警察叔叔，我求你了！放了我吧！”

王斌冷冷一笑：“边儿去，蹲楼道里面去。”他从小在派出所混，这套东西他熟悉，警察的神态也很到位。“墨镜”就走到路边的楼道里面蹲下，抱着头，怯生生、可怜巴巴地看着王斌。

“钱都拿出来。”王斌冷冷地说，“我不带你走。”

“墨镜”以为自己听错了，睁大眼睛看王斌。王斌怒吼：“再磨蹭让你蹲号子！你他妈的快点儿！”

“墨镜”赶紧把兜里的东西都掏出来，扔在地上。王斌用脚尖拨开，有几十块钱。他冷冷拿起来：“滚吧。”

“你不是警察！”“墨镜”明白过来了。

王斌不说话，往外走。咣！有人从斜后方一棍子打在他额头上，王斌眼睛一黑，倒在地上。三四个小伙子冲上来对他拳打脚踢，“墨镜”也神气起来：“操！你他妈的敢在太岁头上动土！弟兄们，给我废了他！”

王斌抱住脑袋让自己身体蜷缩起来忍受着拳打脚踢，眼睛贴在地面观察着。突然之间他抓住“墨镜”的脚腕子怒吼一声，“墨镜”被掀倒了。王斌顺势爬起来左右开弓，这段时间的艰难训练已经让他具有格斗的基本技能。这些家伙和他相比自然不是对手。他一招制敌，狠毒且迅速，虽然自己脸上也是鼻青脸肿，但是这几个家伙都被按在地上“哎哟”、“哎哟”地喊。王斌松口气，擦擦脸上的血，拿起地上散着的钱转身要走，却突然呆住了。

两个年轻巡警坐在家属楼旁边的一排自行车上抽烟看风景，看见一切都结束了，冷冷一笑。一个年轻巡警拿出手铐晃晃：“我盯你们老半天了，打完了？都自己戴上吧。”

眼睛肿成一条缝的王斌看着那个年轻巡警：“涛涛？”

林涛涛张大嘴，烟掉到了地上：“我操！王斌？！”

★　★　★

“所以说，我现在就是和妹妹相依为命了。”肖天明的眼中还有泪花闪动。

对面的长发女孩拿纸巾擦眼泪，已经是个泪人，看来很是感伤。酒吧中午没什么人，只有她和肖天明面对面坐在角落里。桌子上还放着一本打开的《都柏林人》，她本来是想图个清静来这里看书的。

“我只是随便在街上走走，想找个人说说话。”肖天明淡淡苦笑，很具有绅士风度，“谢谢你听我说这么久，陈小姐……”

“叫我点点好了。”女孩擦着眼泪说，“真的，你太不容易了。和你相比，我好惭愧，从小在幸福的家庭长大。现在父母供着上大学还不知道珍惜，总是逃学旷课，我以后一定要好好学习！”

肖天明很欣慰地笑了：“这就是我最大的欣慰，点点。”

陈点点擦去眼泪，又出来了，她又抽出一条纸巾：“不好意思啊，我比较爱哭。”

肖天明很理解地笑笑，抽着摩尔烟。他吸了一下鼻子擦去眼泪：“其实，我现在也很困难，但是我不愿意麻烦亲戚。这些事情我自己可以扛……”

“别说了，还是我借给你吧。”陈点点拿出自己的钱包打开，抽出一沓钞票，“这是五百我就带这么多，你先拿去给妹妹看病。我再去取，然后给你送到医院。我帮不了你多少，算一点心意吧。”

正在蹭啤酒喝的肖天明差点没噎着，眼睛都直了——五百？！现在对他来说，这可是一笔巨款！

“我真的……不需要这么多。”肖天明说，这倒是实话。

“白血病需要很多钱的，我能帮多少算多少。”陈点点真诚地说，“我爸是国家干部，我妈经商，他们一向疼爱我，你不用考虑那么多。”

“留个地址和电话给我，我会还你。”肖天明低声说，他有点内疚了。

陈点点利索地在笔记本上写下电话和地址，撕下来给他：“你把医院地址和房间号码也给我，我会去看你妹妹的。”

肖天明内疚地看着她，随便编了个医院和房间号码，咬着牙写在笔记本上。他把陈点点的地址和电话纸条认真叠好，放在自己兜里，恳切地说：“对不起，我会还你的。”

“别说什么对不起，感到惭愧的是我……”说着陈点点又哭起来了。

肖天明只抽出一百：“我走了。”

陈点点叫住他，起身把剩下的钱都塞到他兜里：“你别跟我客气，这是骂我呢！”

肖天明无奈，根本没法解释啊！他只好咬牙点头：“我会还你的！”

“不着急，我会去医院的！”陈点点认真地说，“赶紧去吧，挂专家门诊需要排队呢！”

肖天明咬牙走了，心里很内疚。他走到酒吧外面，通过玻璃看见陈点点又在抽纸巾哭。他苦笑，看看手表，咬牙走了。

★　★　★

“对咯，就是这个地方！”楚静指着地图用重庆话喊。

奔驰车停在路边，她急匆匆下车，跑进写字楼。没多久她又出来了，急匆匆上车。开车的是个四十多岁的中年男人，一看就是儒商那种类型的。他好奇地看着俏丽的楚静上车，楚静一指地图：“这边——走走走！我赶时间！”

“刘小姐，现在工作不好找吧？”中年人关心地问，“我看你跑了这么多地方，也没怎么面试就出来了？”

“现在学国际贸易的，一堆一堆的，工作不好找咯！”楚静苦着脸，“没办法，都是老乡介绍的。”

“那你为什么不肯到我公司工作呢？”中年人又问。

“我总得把老乡介绍的走完再说吧！”楚静看着外面，擦着额头的汗水，心急如焚。

“你看这样好不好？”中年人很小心地问，“你到我公司工作，我每个月给你开一万。”

楚静吓了一跳，转脸看他。中年人笑着说：“你没有地方住，正好我有套房子闲着。你的生活也可以有专人照顾，一切都不需要你花销。工作很轻松，你想上班就上班，不想上班就在家。你其余的开销我都给你报销……”

楚静冷冷一笑，一把撅起来中年人悄悄放在她腿上的手指。中年人养尊处优，显然没想到这个娇小玲珑的重庆女孩有这样的力度和手段，不由叫出声来：“哎哟！”

楚静暗暗使劲，中年人受不了了：“刘小姐，我错了，我错了！”

楚静打开他的手：“我警告你——要么你陪我找工作，要么我就下车！”

“好好！”中年人赔笑道，“这样好了，晚上我请你吃饭，我们熟悉一下？”

“到时候再说！”楚静没好气地说，转脸看窗外。

★　★　★

穿着运动服、运动鞋的雷鹏快跑废了，气喘吁吁地翻过路中间的栏杆。毕业于解放军体育学院运动系格斗专业的高才生体能还是不错的，再加上军校毕业，还是运动专业。不过，相对四肢而言，头脑简单是客观事实，所以他没别的办法只能跑路。

一个刚刚从商场走出来的穿运动服的中年男人眯着眼睛看他从眼前滑过去，注意观察着他的动作。他眼睛一亮，把东西交给身边的老婆：“我发现了一个苗子！你们先打车回去吧！”

雷鹏没命地在街上跑着，后面跟上来一辆桑塔纳。中年男人仔细地看着他的背影，暗自惊叹。雷鹏口干舌燥，减缓速度在路边休息一会儿。他扶着栏杆大口喘气，看着地图计算距离。上面已经有五个签字了，他还有两个小时时间。他抬起头刚刚要继续跑，余光却看到后面不远不近跟着的车。

中年男人从车上拿瓶矿泉水下来，跑过来递给警惕性十足的雷鹏：“小伙子，我跟了你半个小时了！喝口水吧！”

雷鹏不喝，警惕地注视着他，双拳已经握紧了。中年男人看他的表情笑笑，掏出证件：“我是国家长跑队的教练，我姓高。你是哪个体校的？还是哪个省队的？我怎么从未看你参加过比赛？”

雷鹏仔细看看证件，再看看这个笑容可掬的高教练才接过矿泉水拧开，大口喝着还往头上浇。感觉到痛快了，他大出一口气。高教练仔细看着他的骨架：“你肯定是体育系的吧？”

“我军体院的。”雷鹏缓和下来说，“我不是学田径的。”

“你应该改行。”高教练很客气，“有兴趣来国家长跑队吗？”

“早半年，你跟我说我会去的。”雷鹏苦笑，“现在不可能了，我找到工作了。”

高教练很失落：“你在哪个部队？我可以和总政体育局商量调你到专业运动队，你这样的素质不该被埋没。”

“我在地方，转业了。”雷鹏苦笑，“现在是……警察。”他想了半天说。

高教练很遗憾：“你还想从事体育专业吗？”

“不了，谢谢你。”雷鹏笑道，看看手表，“我该走了，有很重要的事情做！”

“等等，你去哪儿我送你吧！”高教练一指后面的桑塔纳轿车。

一路上，高教练不住地做雷鹏的思想工作，雷鹏不是笑而不答就是顾左右而言其他。

★　★　★

“你到底去哪儿了？！怎么把自己搞成这个样子？！”

林涛涛痛心疾首地看着曾经高傲如同王子的王斌，现在他鼻青脸肿、血流满面、浑身青紫，整个就是一个街头刚刚被暴打完的混子。

王斌嗫嚅一下，不说话。

“所有人都不知道你去哪儿了！”林涛涛抓住他的肩膀，“你说话啊——你去哪儿了？！你知道韩晓琳走了吗？！如果你在，她不会走的，你知不知道？！”

王斌抬头看天想叹气，却喷出一口带血的唾沫。林涛涛急了，一把把他按在墙上怒吼：“你告诉我！你告诉我王斌，你到底怎么回事？！为什么你失踪了？！为什么你要拒绝她？！”

王斌闭上青肿的眼睛，许久：“我最近出了很多事情，我没法和你解释。我不想骗你，所以我什么都不说，如果你还把我当兄弟就放开我。另外借点钱给我，我现在急需。”

林涛涛脸都白了，看着王斌：“这是你吗？这是王斌吗？！”

“是我。”王斌睁开眼睛看他，“你把我当兄弟现在就放开我，还有，借钱给我。”

“你是不是吸毒了啊？！”林涛涛按着他的肩膀，压低声音，“你告诉我，我不会送你去强戒！但是你必须告诉我！”

“我没有！”王斌断然说，“我把你当兄弟，所以不骗你！——我什么都不解释，放开，然后拿钱给我！”

“有你这样做兄弟的吗？！”林涛涛怒吼，“你把我们都当成什么了？！我们一起长大，你眼里还有没有我们的感情？你一走就是几个月，你知不知道我们有多担心你？！韩晓琳打电话写信每次都要提起你，你知不知道？！你心里有她吗？有吗？！”

“我有！”王斌眼中冒火，“但是我什么都不能告诉你——除非你希望我骗你！

你也不要告诉韩晓琳见过我——我就问你一句话，放还是不放？”

林涛涛长出一口气，放开他：“多少钱？”

“五十足够。”王斌说。

林涛涛从兜里拿出钱包唰地全拿出来：“我这里就二百——老郑，你带钱没有？回去我还你。”

另外一个警察站在远处苦笑，在他脚前蹲着“墨镜”一串人。他掏出钱包扔过去：“你自己拿吧，真不知道你怎么搞的。”

“不用那么多。”王斌推钱过去，林涛涛都塞在他口袋里面：“你给我记住了！——我们是兄弟，无论你出了什么事情，我们一起扛！打电话给我！我现在在市局刑侦总队，现在是挂职在巡警察锻炼。如果巡警没我就找刑侦总队，记住了？！”

王斌苦笑，点头。林涛涛痛心疾首地放开他，王斌走了几步，回头低声说：“涛涛，我跟你说句话。”

“说。”

王斌贴在他的耳边低声说：“我对党——绝对忠诚！”

林涛涛还没反应过来，王斌已经跑远了。林涛涛愣在原地，嗫嚅着：“什么意思啊？”

“墨镜”他们看着王斌跑了，也开始叫苦求饶。林涛涛烦躁地一挥手：“滚滚滚！”他们一溜烟跑了。

林涛涛找了个公用电话亭子打电话给老子：“给我转林副局长办公室，我林涛涛……爸，我找到王斌了！他不知道怎么回事，在路上劫钱呢！……跟人打架打得特别惨……他没说什么，走的时候就说了一句话——‘我对党绝对忠诚’……”

“你现在立即放下电话！”老林听到这里，立即在电话里面断然喝道，“记住，不能让任何人知道你见过他！他的名字以后提也不要提！别问为什么，这是命令！这是你老子的命令，也是公安局副局长的命令！执行命令，不要多问！”

啪！电话挂了，只剩下林涛涛傻在原地。

★　★　★

徐公道看看手表，看着面前八仙过海——各显神通到达指定位置的学生，露出笑容：“成绩都还不错嘛，最后一个三小时五十九分到的，最快的是楚静——只用了一小时五十分！”

正在给靠在座位上的王斌抹红药水的楚静得意地笑，满身臭汗的雷鹏在她旁边苦笑：“我要是女的，也早回来了！”

“切！”楚静白他一眼，“边儿去！离我远点儿，一身汗味儿！”转向王斌，又是小心翼翼地，“这样疼不疼？”雷鹏悻悻地走了，坐到肖天明身边去。

肖天明还在一边郁闷，想着什么。雷鹏拿起一瓶矿泉水拧开喝两口：“我说你在合计什么呢？”

“点点要是真去医院了怎么办？”肖天明自言自语。

“什么点点？”雷鹏好奇地问。

“哦，我今天挂上的关系。”肖天明苦笑。“挂关系”是情报工作的黑话，意指和工作对象建立关系为我所用：“钱我肯定还给她，我怕的是她自己跑医院去了，没这个事儿啊！她肯定心里不舒服，觉得我是骗子！”

“那怎么叫点点？”雷鹏眨巴眨巴眼睛。

“她叫陈点点，理工大的。”肖天明还在寻思，雷鹏的脸已经笑烂了：“有情况啊有情况——我看你跟这个点点不仅是挂上关系了，还联络上感情了啊！”

“别胡说，这是纪律问题！”肖天明脸一黑，“找收拾是吧？！”

车已经开了，王斌满脸红药水。路过机场，他看着逐渐披上晚霞的客机起降着，脸上没什么表情。楚静在他身边坐着听音乐，摘下耳机塞给王斌：“你也听听！蛮好听的！”

王斌淡淡地笑笑，戴上耳机。悠扬的音乐中，一个忧伤的男人在低声吟唱：“是谁和谁的心，刻在树上的痕迹；是谁和谁的名字，留在墙上未曾洗去。虽然分手的季节在变，虽然离别的理由在变，但那些青梅竹马的爱情不曾忘记……是谁给谁的信，藏在深锁的抽屉，是谁和谁的身影，留在泛黄的相片里。虽然情侣的誓言在变，虽然说谎的方式在变，但那些魂萦梦系的秘密不曾忘记……”

王斌静静地听着：“什么歌儿？”

“《青梅竹马》，周治平的。”楚静和着音乐在唱着。

外面远处客机还在起降，王斌默默地看着。他的脸上五颜六色，所以也说不清楚是什么表情。只有眼中泪花的反光，在擦黑的傍晚清晰可辨。

★　★　★

“当我们唱着一些无聊的歌曲，谈着爱与不爱的问题，幻想是林黛玉爱着贾宝玉，或是牛郎织女约在七夕……而那些做过的梦、唱过的歌、爱过的人，那些我们天真地以为永远不会结束的事，留在漫漫岁月不能再续……”歌声在狭小却温馨的卧室回荡着，韩晓琳坐在桌子前面呆呆地听着。眼泪滑在她的脸上，泪花盈盈地看着面前小小的相册，里面都是同学们从小到大的合影和单人照。在这个时候，她才突然发现，自从上初中以后王斌就没跟大家一起照过相，甚至连不得不拍的初中和高中的毕业照都没有他的身影，一次是因为头天突然跟外面的流氓打架受伤，脸上包着纱布没法照相；还有一次是不知道怎么弄的被马蜂扎了眼皮，眼睛发肿就戴了个墨镜。

原来十二岁以后的王斌只能存在于自己的记忆里面了……韩晓琳觉得好委屈，一下子趴在桌子上哭出来："王斌，怎么你连一张照片都不给我留下啊？！你的心怎么那么狠啊？！你知不知道我其实不想出国，只要你一句话我就留下啊……"

"Nina？你怎么了？"哭声惊动了隔壁的女孩 Sunny，她好奇地推门探头。Sunny 来自台湾，汉语名字叫凌兰。两个人在一起合租有几个月了，都是学教育攻读硕士学位的，所以关系也很好。

"我没事。"韩晓琳擦擦眼泪。

"又想家了？"凌兰走过来坐在她的身边关心地问，随手翻着她面前的相册，"都是你的同学啊？"

"嗯。"韩晓琳点头，看见小时候一脸倔强的王斌眼泪又出来了。她伸手合上相册，勉强地笑笑，"我好了，你的论文写完了吗？"

"还没呢。"凌兰调皮地笑着翻开那页相册，指着王斌，"这个男生蛮可爱的啊，是你弟弟吧？"

"我要有这个弟弟早就被气死了。"韩晓琳无奈苦笑。

凌兰看看照片日期转转眼睛："那是你的男朋友？"

"我也不知道，他到底算我什么人。"韩晓琳伤感地说，"他也许根本就不喜欢我。"

"怎么可能呢？你这个大美女要是在台北，不知道多少男生追咯！"凌兰笑着搂住韩晓琳的肩膀，"要不我把你介绍给我表哥吧，他肯定喜欢你！"

"别开玩笑了。"韩晓琳黯然地说，"我不想谈朋友，我是来学习的。"

电话响了，凌兰跑到客厅拿起来听了几句，喊："Nina，找你的！是个男生哦！"

韩晓琳纳闷儿地拿起来："哈啰？"

对方是个典型的美国人："哈啰！韩小姐吗？我自我介绍一下，你可以叫我麦克。我是 FBI 特工，可以请你出来喝杯咖啡吗？"

"FBI？"韩晓琳纳闷儿地问，"你们找我干什么呢？"

“没什么特别的意思，就是想和你谈一谈。”麦克很随和。

韩晓琳怀疑地问：“我没有违反美国法律，为什么你们要找我？”

“我并没说你违法，我只是想和你进行一次谈话。”麦克笑着说，“你不用紧张，我没有恶意。”

“你如何证明你的身份？”韩晓琳问。

“我会出示我的证件。”麦克说，“如果方便的话，半个小时以后就在你家对面的咖啡馆见面好了。我穿黑色西服，坐在靠窗的位置。”

韩晓琳拿着电话发了半天傻，但还是去换衣服去了。FBI——美国联邦调查局，在人家地头是惹不起的。何况现在是光天化日，自己也没什么亏心事，去就去吧。半小时以后，穿着朴素牛仔服的韩晓琳出现在咖啡馆。坐在窗口的麦克笑着站起来伸出右手：“韩小姐，我是麦克。”

韩晓琳坐在他的对面，看着他：“麦克先生，我可以看一下您的证件吗？”

麦克拿出FBI徽章交给她笑着说：“当然，这是应该的。您喝点什么？我埋单。”

“黑咖啡，不加糖。”韩晓琳看证件应该不会有假，就对走过来的侍者说。咖啡端上来，她慢慢搅动着勺子，还是不明白FBI找自己干什么。麦克笑着翻着自己面前的材料，用基本熟练的汉语说：“我们可以用汉语交流，我在中国留过学——韩小姐毕业于北京师范大学，这是中国国内不错的学校，那么为什么你还要到美国来留学呢？”

“我想出来看一看，学习一些西方国家教育界的经验。”韩晓琳斟酌着用词小心地说。

“你是中国共产党党员？”麦克随口问，“你对资本主义有什么看法？”

“我不是学政治的，对这个似乎没什么看法。”韩晓琳不想刺激对方，“在中国的大学，优秀学生都有入党的可能，这恰好证明我很优秀。”

“好，下一个问题。”麦克笑着说，“你在中国的家庭情况可以介绍一下吗？”

“我父亲是政府公务员，我母亲是教师。”

“你父亲是哪个部门的公务员？”麦克似乎很感兴趣。

“外贸部的。”韩晓琳没觉得这个有什么不能说。

麦克抬起头，想了想：“可以知道他的级别吗？”

“普通干部。”韩晓琳不想惹麻烦。

麦克点点头，笑着问：“韩小姐还认识什么党政机关的人士吗？或者军队的？”

“不认识，我是学生。”韩晓琳逐渐发觉问话有些不正常。

“韩小姐有男朋友吗？”麦克又问。

韩晓琳想想，笑了：“有。”

“可以知道你男朋友的工作吗？”

“现在可能是律师吧。”

“可能？”麦克紧追不舍。

“他是学法律的，但是我们很久没见。”韩晓琳说，“应该是在律师事务所工作，他是个很出色的学生。”

“他的家庭背景呢？”

“孤儿。”韩晓琳心想，这次你总问不出什么了吧？

麦克点点头，笑了：“这样好了，韩小姐不知道有没有兴趣帮我们做一些事情？我们会提供相应的报酬。”

“我有奖学金。”韩晓琳越想越不对劲。

“那你有留在美国的打算吗？我是说成为美国公民？”麦克笑着问。

“没想过，我喜欢北京。”

麦克点点头：“好，我的工作完成了。”

“我可以走了吗？”韩晓琳站起来。麦克点点头，韩晓琳不卑不亢地走了。麦克点燃一根万宝路，想了想，在韩晓琳的材料上写下“有疑点，需要深入调查”。

★ ★ ★

咣！那个秃顶被扔进地下室，他的脸整个被打肿了，连眼睛都睁不开。昏暗的灯光下，坐在里面抽烟的周新宇站起来，慢慢走到他跟前蹲下。秃顶眯缝着眼睛，看见了周新宇冷峻的目光。

“我没想到会是你。”周新宇由衷地说，“作为同行，我敬佩你的耐心和本领；作为敌人，我只能这样对待你。”

秃顶艰难地浮出一丝冷笑，吐出一口血唾沫。周新宇用手绢擦去他眼前的污血，淡淡地说：“你还不肯说吗？最好的间谍是没被发现的间谍，你现在已经被发现了——你的谍报任务已经完成了。”

“我没什么好说的……”秃顶艰难地说。

周新宇淡淡地笑：“我给你看样东西。”他拿起一张纸打开，“上面有你的签名，你向香港报界承认自己是中共间谍，在进行破坏香港繁荣稳定的活动——1997将至，你该知道这个声明的分量。”

秃顶艰难地睁大眼睛，周新宇把纸拿近他：“是技术专家做的笔迹，没人会看出是假的。这里还有照片，当然也出自我们的技术专家；如果需要，我可以让局里做个和你的谈话录音出来。”

秃顶笑着看周新宇：“你这手……早就是小儿科了……”

“对你这样的老手是小儿科，但是你仔细看上面的签名——不是你现在的化名，是你的真名！”周新宇把声明凑近一点，“你的真名，自己不说我们怎么知道的？！”

秃顶惊讶地睁大眼睛，许久他吐出两个字：“叛徒……”

“对，你们内部有我们的鼹鼠。”周新宇坦然说，“不然我不可能一下子就确定是你，而且毫不犹豫对你下了手！你其实是我信任的老同志，我过去一直以为你是精英！”

秃顶看着那个签名，艰难地说：“你要我说什么？”

“你的上级组织，你的情报网组成，联络方式，我统统都要。”周新宇不动声色，“我知道你不怕死，不过我用这个来换你的身后清名，不过分吧？”

秃顶苦笑：“好，我可以告诉你……但是我要坐起来……”

周新宇扶着他坐起来，秃顶艰难地笑着：“我只能对你一个人讲。”周新宇把耳朵凑过去，秃顶一字一句地说，“小子，你记住了……我对党——绝对忠诚！”

周新宇一愣，秃顶已经一口咬住了他的耳朵。周新宇惨叫一声，秃顶死死咬住不放手。暗处的两个小伙子扑上来怎么也拉不开，秃顶嘴下有力，周新宇惨叫着耳朵已经出血。一个小伙子拿出匕首直接就捅入秃顶的后心，秃顶猝然倒在地上失去了呼吸。

周新宇一脚踢倒他：“谁让你弄死他的？！妈的！现在线索全断了！”他看着死去的秃顶，拿起声明和照片，都撕烂了扔掉，叹口气，“是个汉子，不难为他了。去通知中共驻香港机构，到我们指定的位置收尸。”

两天后，在北京的冯云山看到了烈士的尸体。他没有眼泪，只是用苍老的手滑过烈士的脸。很多往事浮现出来，他压下去。隐蔽战线的斗争永远不为人知，却永远是你死我活。

唯一支撑他们的，只有一句话：

“对党——绝对忠诚！”

第四章 精干内行

★ ★ ★

S 形车道上，十几辆奔驰轿车紧紧咬着尾巴绕过路障疾驰。

徐公道的声音缓缓响起：“如果你们不选择这个事业，你们日后可能成为出色的党政领导、律师、企业家、军官、警察、艺术家或学者。而现在，你们已经永远失去了成为各自领域精英的机会，因为你们已经献身一项秘密的事业，一项充满艰辛、挑战和危险的事业。你们所有的一切都已经属于这项事业，属于党的情报工作。”

夜间的运 5 运输机上，身穿高空代偿服的王斌戴上风镜竖起大拇指。频闪的红灯灭了，绿灯亮起，王斌第一个跃出机舱。肖天明、楚静、雷鹏等鱼贯而出，扑向夜色当中的群山，伞花在夜空陆续绽开。

徐公道的声音在继续：“你们要掌握各种常人所不能掌握的特殊技能，包括军事、政治、语言、法律、心理学、社交……并且可以熟练运用。你们要学会招募工作关系、建立情报网、情报的传递和分析、密码密语、审讯和反审讯、渗透侦察和反渗透侦察……更重要的是学会运用你们的大脑——情报干部不是超人，但是他必须具有超常灵活的大脑才可以胜任这项工作。”

格斗馆内，王斌和雷鹏正面对面地进行一招制敌的演练。杀声迸出，白刃飞舞，王斌一个箭步将雷鹏持刀的右手绕在自己右臂上，同时击打雷鹏的膝盖将他按倒在地上。周围的学生们都在教官的严格指导下进行格斗训练。

徐公道的声音仍是不紧不慢：“和复杂人士打交道是你们日常工作的最重要组成部分，你们都是优秀的大学生，但是从此以后要出没各种灰色甚至是黑色的场合，会见到社会的各种阴暗面。你们是中国共产党员，中国法律的捍卫者，但是却要学会如何去适应这种阴暗面并且将这些灰色甚至黑色人物为我所用。无论在境内还是在境外，你们都要经常出没复杂场合，会见复杂人等，甚至可能会被卷入各种复杂的环境——你们时刻要记住你们是党的情报干部，逢场作戏不能改变你们的本质，‘出淤泥而不染’是对你们最基本的要求！”

模拟的KTV包房，身着西服的王斌衣冠楚楚，在和对面的训练教官伪装的对手谈话。言谈笑语之间两人把酒言欢，却是各有各的心思。监视室，徐公道坐在监控屏幕前观察着王斌，打分。

徐公道的语音坚定而果断：“所谓情报工作，有两层含义。第一，刺探对手不想被我们知道的秘密，以此作为我方对其公开外交、政治、军事、经济等工作的依据；第二，给对方对我方实施的情报刺探工作造成障碍，保护我们的秘密，并且制造假情报，造成他们对我方各种公开工作决策的失误。秘密工作是为公开工作服务的，这个在古今中外都是情报工作的根本原则。所以情报干部永远不能曝光，不能凌驾于公开工作之上，你们要默默无闻，甘当无名英雄！”

王斌在昏暗的灯光下学习密码发报，“滴滴”声中汗水从他额头流下来。

教室里面，徐公道转向面前的学生们：“所有的训练，都是为了要你们达到一个要求！党对情报干部的要求——精干内行！”

“情报工作一般会被分为技术情报和人力情报两大部分，你们在未来所要从事的主要是人力情报领域。”徐公道看着围着自己席地坐在草坪上的学生们缓缓地说，“任何情报工作最终还是要靠人来完成的，技术永远也不能替代人的作用。这就牵涉到一个问题——如何招募适合做情报工作的人？招募情报人员也分为两种情况，合法招募和非法招募。合法招募主要是类似于你们这种在境内通过组织程序选拔上来的青年后备力量，而非法招募则主要在境外对象国家和地区开展，针对特定目标群体选择合适的招募对象，对其进行攻心战术，最后为我所用——这需要做大量的工作。情报工作的魅力就在于此——征服你企图招募的对象——注意，是对‘人’的征服！用你的人格魅力、政治思想工作手段和设身处地为其设想的良苦用心去感召他投身我们的事业！当然不可避免地可能会使用胁迫的手段，但是我不鼓励你们这样做，因为被胁迫是不会发挥招募对象最大的主观能动性的。一句话，从事情报工作的干部要懂得江湖道义，要够朋友！这样才会真正征服对手，也就是最完美地完成了招募！”

王斌在更衣室换运动服，镜子里面是个硬朗的小伙子。

“征服——从思想上去征服对手，然后经营他！”徐公道的话很有煽动性。

王斌“咣”地关上铁柜子，声音如同他此刻的决心。

伴随他跑在公路上的脚步，徐公道的声音还在继续：“你们记住——没有人没弱点，所以你们要学会观察和分析对象。只要准确抓住弱点，没有不能征服的人！”

王斌在山间公路跑步，慢慢接近穿着运动服的雷克明。雷克明扫了他一眼，继续跑步。王斌微笑着和他并排：“宋先生每天都起这么早啊？”

“习惯了。”雷克明淡淡地说，“退休以后也没什么别的事情做。”

“作为一个爱国军人，一个老资格的政工干部，你严于律己的作风让晚辈十分钦佩。”王斌笑着说。

雷克明看他一眼：“你们都喜欢拍马屁吗？”

“哪里，晚辈的肺腑之言。”王斌客气地说，“我阅读过您关于军队政治思想工作的报告，爱国之心很让我感动。不管如何，我们都是一个祖宗，都是中国人——对吗？”

“年轻人，你太着急了。”雷克明苦笑着停下脚步，“像你这么招募工作关系，十个有九个要被吓跑。”

“那不还剩下一个吗？”王斌苦笑。

“剩下一个，去情治机关报告去了。”雷克明眨巴眨巴眼睛笑笑，拍拍王斌的肩膀跑步走了。王斌留在原地苦笑，雷鹏从后面跑过来：“砸了？”

王斌点点头：“该你了。”

雷鹏一脸苦相：“我招募他？！他不把我的屁股打开花才怪！”他硬着头皮跑过去，跟上雷克明小心翼翼地：“宋先生？”

雷克明不看他继续跑，雷鹏跟上并排：“宋先生，前几天我跟您……”

雷克明转脸一看他，雷鹏下面的话就被吓回去了，他嗫嚅着：“爸……”

雷克明哭笑不得：“滚吧，等你学会怎么演戏再来招募我。”

★ ★ ★

“Nina，这是台湾最新的流行音乐！”凌兰欢快地跑进韩晓琳的宿舍递给她一张CD，“我表哥从台北给我带回来的！你听听！”

正在看书的韩晓琳跳起来：“太棒了！给我看看，谁的？”她抢过来，“哎呀！小虎队！真棒！”她塞进CD机，打开音乐。欢快的节奏响起来，她看着歌词跟着节奏唱眉飞色舞，恢复了一个女孩的本色。

“Nina，你那么喜欢台湾的音乐，喜欢台湾吗？”凌兰好奇地问。

“喜欢啊！宝岛台湾，从小就学《日月潭》！”韩晓琳笑着说。

“那你想不想去台湾呢？”凌兰问。

“想啊！”韩晓琳笑着说，“如果有机会去台湾玩儿玩儿当然好了！我还想去看小虎队的演唱会呢！”凌兰笑着说：“对了，我表哥那边有带来的小虎队演唱会的录像带你要不要看？”

“哎呀太好了！”韩晓琳笑着说，“你替我谢谢你表哥！”

“我表哥可想认识你呢！Nina！”凌兰贴着韩晓琳的耳朵说，“他是驻美记者，一表人才，可到现在还没女朋友呢！”

“我说你说什么呢！”韩晓琳不好意思了，“我不跟你说了嘛，我有男朋友啊。”

“就是那个叫王斌的男孩？”凌兰好奇地问，“可是他怎么也不给你写信打电话啊？”

“他可能……工作忙吧。”韩晓琳黯然说。她专门给林涛涛打电话问了好几次有没有王斌的下落，林涛涛先是很着急地说没有，后来好像就变得支吾了。她几次追问，林涛涛还是没有说，最后一口咬定没有王斌的下落。她感觉到林涛涛肯定知道王斌去哪儿了，只是故意瞒着她。只是隔着太平洋自己怎么也逼问不出来，干着急没办法。

“他到底是干什么工作的啊？”凌兰纳闷儿地问，“那么神秘啊？你不是说他是律师吗？律师有那么忙吗？”

韩晓琳掩饰地笑笑：“可能是刚刚到工作岗位，要熟悉适应吧！”

“你也不给他家打电话问问？”凌兰好奇地问。韩晓琳脑子里面闪过冯云山的工作单位，苦笑：“最好别打他家的电话了，我在国外不方便。”

“怎么不方便呢？”凌兰更纳闷儿了。

韩晓琳跳开这个话题：“对了，你表哥能要到小虎队的签名吗？”

“这个，你自己问他不好吗？”凌兰笑着说，“他是真想认识你啊！你这个来自大陆的大美女，可让他这个王老五惦记了！”

“你又胡说了吧？”韩晓琳笑着打她，“看我不撕烂你的嘴！”

★　★　★

“耐心最重要——招募一个工作关系是很复杂的系统工程，一旦你开口就要有把握，否则就不要开口。所以你们要事先做好招募对象的细致工作，查阅大量的资料，通过各种侧面接触，全面去了解你的工作对象——甚至是他最不为人知的隐私。

要知道，他本来就有的隐私是真正的隐私，不是你们制造出来的假隐私，真隐私的杀伤力是惊人的。如果工作对象孤注一掷，他完全可能把你们制造的假隐私汇报上去求得上司的谅解，而一般情况下他的上司出于鼓励和保护下属的目的确实也会谅解这种被勾入圈套的假隐私行为。所以，你们要耐心，再耐心，通过多个侧面去观察你的工作对象。”徐公道面对学生们很耐心地说，对他的长篇大论学生们也是很耐心地听。

台灯下，王斌在细致研究雷克明伪装的工作对象的资料，试图发现他的弱点。

他的眼前放着十几张雷克明不同时期的照片，他点燃一根烟。烟雾缭绕之中，这些零散的照片组织起来成为一个个连贯的镜头。身穿台军少将制服的雷克明——“宋先生”走过不同的历史时期……突然，画面静止了。王斌重新翻出那张照片，“宋先生”穿着燕尾服在指挥交响乐队。

雷克明在山间公路跑步，停在悬崖边上清清嗓子，开始放声高歌。《祝酒歌》从他嗓子里面唱出来，还十分高昂。旁边有掌声，他不动声色。王斌站起来拍着巴掌走过来：“宋先生，不愧是奥地利帝国皇家音乐和表演艺术学院的高才生。”

“知道我曾经在那里留学并不困难。”雷克明淡淡地笑，“所有的履历表都写着。”

王斌走过来笑着看群山：“不过可能并不是所有的履历表都会写，和你同班的有一个来自中国的女留学生。”

雷克明看了他一眼，王斌不看他，自己做着运动：“她现在在中央音乐学院当教授，有过一次不幸的婚姻，现在独身。”

雷克明脸上浮出一丝苦笑：“你还有什么关于她的消息？”

“她一直在等一个人。”王斌说，“我来找你以前，和她谈过一些关于那个人的事情。”

雷克明不说话，王斌继续问：“你有什么需要我带给她的话吗？”

雷克明脸上浮出真诚的笑意：“祝贺你，年轻人。你找到了这个假想敌的隐私，抓住了他的软肋——他已经开始成为你的关系了。”停顿了一会儿，他又说：“这么多学生里面，你最耐心。”

★　★　★

密西西比河波澜壮阔，两岸风景秀丽。

河边，来自密西西比大学的学生们正在组织野营。男生们在钓鱼，女生们在烧烤，也有几个学生下水游泳，甚至有男生全裸下水引起女生们一片惊叫。教育学院的韩晓琳比较腼腆，坐在上面的草坪上看书。穿着三点式的凌兰湿漉漉地跑过来：“Nina，你怎么不下去玩儿啊？”

韩晓琳笑笑：“我还有功课没做完呢！”凌兰一把拉起她：“走走走！现在做什么功课啊？我们下去玩儿去！”

远处的公路上，一辆福特车内。一个中年男人放下望远镜：“你说的就是那个女孩？”

“对，我觉得她身上疑点很多。”正在吃汉堡的FBI特工麦克说，“可能有我们想要的东西，也可能可以和我们合作，只是这需要做工作。”

“约她出来再进行谈话吧。”那个中年人看着韩晓琳的资料，“她的背景有我们感兴趣的地方。如果可以招募她，就把关系转给CIA，可能对中国的工作会有新的突破口。”

一辆银白色的德国大众轿车擦肩而过，带起来的风把汉堡的油掀起来抹了麦克一脸：“上帝！我一定要控告他超速驾驶！”

中年人仔细看看车，苦笑：“有人要比我们先下手了，麦克。”

麦克仔细看看那辆停在人群外的车，下来的是个华裔男子：“那是谁？”

“我们在亚洲的同行，不过在这里，公开身份是记者。”中年人说，“让他去吧，如果引起什么麻烦我们的手是干净的，如果有成果我可以要求他与我们分享。”

面容和善、外形俊朗的凌陆下车走向凌兰：“小妹！”这时候凌兰正在拉换了三点式泳装出帐篷的韩晓琳。

“表哥，你怎么才来？”凌兰笑着问，“这个就是我常常跟你提起的Nina，中国大美人！”

韩晓琳脸红扑扑，拿浴巾裹住自己的上身：“嗨！”

凌陆笑着伸出右手：“果然是东方美女啊，我是凌陆。《中华日报》驻美国记者，认识你很高兴。”

凌陆看来和这帮学生很熟悉，大家都很热情地和他打招呼。韩晓琳裹着浴巾被凌兰拉出帐篷，羞涩地坐在篝火对面。凌陆熟练地烤着鱼，很绅士地递给韩晓琳：“Nina来美国半年，看来还不适应美国的生活啊！”

“有些东西，可能是我永远也改变不了的。”韩晓琳道谢苦笑，“其实我宁愿现在回公寓去看书，写论文。”

“我一直想回大陆看看。”凌陆黯然地说，“可惜一直没有机会，虽然做的是记者这行，但是还是身不由己啊！”

“现在祖国欢迎台胞多回去看看，怎么凌先生有麻烦吗？”韩晓琳好奇地问。

“不是，是一直没有机会。”凌陆笑着说，“其实我一直想找个大陆的女孩当女朋友，我喜欢传统类型的女孩。凌兰一介绍，我恨不得马上见你。”

“凌先生见笑了，我有男朋友的。”韩晓琳脸一红，“不过我倒是可以介绍北京的女孩和你认识，互相写信。在北京有很多不错的女孩，我只是很平凡的一个。”

凌陆笑笑：“可是我对你一见钟情。”

韩晓琳严肃起来：“凌先生，虽然我人在他乡，但是你要记住一点——我是中国大陆女孩！”她起身走向帐篷，对凌兰喊：“我去换衣服，先开车回去了，你自己搭他们的车回去。”

凌陆苦笑，凌兰走过来不屑地说：“怎么？早告诉你了吧，对她不能太着急了！”

“我自有办法。”凌陆起身走向自己的车。

韩晓琳开车进了市区，凌陆的车紧跟在后面。韩晓琳拐弯，凌陆超车和她并排。韩晓琳不搭理他径直开车，凌陆超车挡在她的前面。韩晓琳踩刹车，凌陆起身下车。韩晓琳不搭理他，也不开车窗，凌陆笑着说：“Nina，你不用这么紧张！我只是……”

一辆巡逻警车慢慢停在后面，韩晓琳解开安全带下车：“Help！”两个身材高大的警官下车，手扶着腰间手枪警惕地看着他们。凌陆急忙举手表示自己没有武器，在警官的命令下凌陆开车离开。韩晓琳感激地对警察道谢，警察笑笑摆手。韩晓琳开车回公寓了。

晚上凌兰回来，韩晓琳已经洗完澡在看书。凌兰进来，韩晓琳很没好气，也不搭理她继续看书做功课。凌兰笑着说：“哎呀，我向你道歉好不好？Nina，我表哥真没有恶意！他只是喜欢你！”

“我已经跟你说过了，我有男朋友的！”韩晓琳严肃地说，“我来美国是来学习的，所以我不想以后再出现这种情况！”

“好好好！”凌兰道歉，“以后不会了！”

“我要写论文，你出去吧。”韩晓琳继续看书，凌兰想想：“那我去超市了！”她推门出去，韩晓琳继续看书。

一会儿凌兰抱着一堆东西回来了，她把东西放在厨房整理好。接着拿出一包中国茶叶，打开盖子取出一点放进玻璃杯，然后从身上取出一包白色药粉倒进去，加上热水搅拌均匀。无色无味的药物立即速溶在热茶当中，绿色的茶叶在晶莹剔透的玻璃杯中慢慢旋转着自己的身躯。

韩晓琳还在看书，凌兰走进来把热茶放在她的桌子上：“算是我道歉了好不好？这是你最喜欢喝的碧螺春，我好不容易在超市找到的！怎么样？不生气了吧？”

韩晓琳惊喜地拿起茶杯：“哎！你从哪儿找到的啊？现在超市进中国茶叶了吗？”

“是啊。”凌兰看着她的表情笑着说。

韩晓琳闻了闻茶香，一股久违的芬芳渗进她的心脾。她喝了一口，觉得味道不错，又喝了几口，对凌兰笑着说：“谢谢了！”

凌兰的笑很奇怪：“都喝了吧，这里还有呢。都是给你准备的。”说完就出去了。

韩晓琳没多想，继续喝茶，然后放在桌子上继续看书。不一会儿，她觉得昏头涨脑，眼皮打架。奇怪，自己一向作息很正常啊，她努力撑着自己的眼皮，可是似乎已经不听自己控制了。她栽倒在桌子上昏昏沉沉，似乎在睡觉，又似乎睡不着。

模糊之间听见大门响，有人走进来。她想睁开眼却很困难，接着感觉有人把自己抱起来。然后就失去了所有的知觉……

★ ★ ★

“招募的方法多种多样，有的甚至可以说是卑鄙。”徐公道看着学生们说，“从实战角度，我不鼓励你们使用卑鄙的手段，因为这对工作对象造成的伤害太大，反过来可能适得其反，会损害我们的工作。但是你们必须了解卑鄙的手段，因为你们以后可能会遇到对手这样来对付你们。”

王斌和肖天明他们静静地听着。

“性讹诈是最传统的卑鄙手段之一。”徐公道严肃地说，“使用性手段讹诈对象从古代的间谍工作就开始了，一直到今天还是各国各地区情报机关最常用的招募和策反手段之一。”

雷鹏听得很认真，旁边的楚静听得脸都红了，低下头去。雷鹏看看她，不解地问：“上课呢，你干吗呢？”楚静白他一眼：“你就是喜欢听这个！”雷鹏被呛了一下，讪笑，继续听课。

“情报工作的对象，绝大多数是值得你付出代价的那种当地的精英人才。他们不同于社会上的小混混或者黑社会，他们的前途一般都是相对光明的，所以他们更看重个人影响。”徐公道说，“你们都很聪明，应该明白一旦他们沾染上性讹诈的边会不顾一切隐瞒这种事情——而这种心理就会被对手情报员所利用，所以我们常常说如果不严于律己，一失足成千古恨就是这个意思。”

王斌的脸色有点不对，他的呼吸变得急促。

“尤其是身份高贵的女性，一旦陷入性讹诈的陷阱，精神会完全崩溃。这个时候她唯一可以选择的，就是服从；否则，一切都会被毁掉——家庭、爱情、亲情和朋友！所有的一切都被毁掉！”

王斌的心口突然剧烈疼痛，他捂住心口，倒在桌子上呼吸急促。豆大的汗珠冒出来，肖天明扶住他：“你怎么了？！”楚静和同学们跑过来，王斌被扶着坐起来，张嘴却失语。

徐公道撕开他的衣服按在他的心口上：“你有心肌梗死的历史？”

王斌摇头，呼吸还是很急促。徐公道看着他苍白的脸高声命令：“快去叫医生！”

王斌的额头上都是汗珠，苍白的脸上仿佛突然间一下子失去血色。楚静都急哭了，喊着他的名字，而他已经无力回答。他的脑子昏昏沉沉，不知道在想什么，也什么都没法思考。当医生冲进来的时候，他无力地流出眼泪。

一如他在那个八岁的清明节，冥冥之中流下眼泪。没有任何理由。

★　★　★

韩晓琳是被下身的灼疼刺醒的，她浑身酸疼难受极了。口渴得要命，从未这样渴过，这是怎么了？她微微睁开眼睛，下身的灼疼让她呻吟出来，眼泪都疼出来：“妈妈……”

啪！闪光灯又亮了一下。韩晓琳吓了一跳但是已经无力尖叫，她的神志渐渐清醒过来。浑身冷冷的，怎么会没穿衣服呢？她冷得直打哆嗦，加上那种灼疼，她体验着一种从未有过的难受。

啪！闪光灯又亮了一下。这个时候韩晓琳逐渐看清楚周围，一个裸体的男人拿着一次成像的相机在对着自己拍照。韩晓琳尖叫一声，伸手去抓被子却什么也抓不住，她想坐起来却又无力地软在枕头上。天旋地转，她根本不知道发生了什么事情。

“Nina，你醒了啊？”凌兰笑眯眯地靠在她的身边。

韩晓琳惊恐地看着赤身裸体的凌兰，不知道这一切都是怎么了？！凌兰扶着她的头在她的脸上轻轻亲了一下：“你真漂亮！真的，难怪他那么喜欢你。”

韩晓琳尖叫一声，看清了赤身裸体的凌陆。凌陆把成像的照片拿出来，笑眯眯地给韩晓琳看，韩晓琳不知道从哪儿来的力气一下子坐起来抱住脑袋尖叫着：“啊——”

“Nina，你要安静。”凌兰凑过来要抱住她，被韩晓琳蹬开了。韩晓琳抱着脑袋尖叫着，所有的一切好像都被颠覆了。白天变成了黑夜，天堂变成了地狱……她尖叫着，在墙上撞击着自己的脑袋，神经彻底崩溃了。

凌陆上来，粗暴地按住她的胳膊把她按在床上，带着诡异的笑容看着韩晓琳：“你看着我，看着我！看看这墙上的照片，这些照片告诉你在这两个小时发生了什么！”

韩晓琳尖叫着，长发凌乱，眼泪流在脸上。凌陆诡异地笑着，看着韩晓琳，再次进入她的身体，韩晓琳感觉自己要被劈开了：“啊——”

凌兰拿起相机，继续拍照。韩晓琳徒劳挣扎着、尖叫着，然而一切已经无济于事。她的力气也被彻底耗光了，无力地哭着：“为什么？为什么——”

疲惫的凌陆离开韩晓琳的身体，韩晓琳已经木然。眼泪默默地流淌着，她已经不知道活着是个什么概念。凌兰拿着照片给她看：“Nina，你真漂亮！看看，你的身材多好！”

“你们杀了我吧……”韩晓琳只能吐出这几个字。

“如果有必要，我会杀了你。”凌陆脸上没有笑容，“但是很明显，没有这个必要。有更好的方法折磨你，比死更难受。这些照片可以寄给你在大陆的父母还有朋友，他们会很惊讶地看见一向是乖乖女的韩晓琳在床上是这个样子，还是三个人。”

韩晓琳看着凌陆，无力地流着眼泪：“你为什么要这样做……我是你表妹的同学。”

“她不是我表妹。”凌陆冷冷地说，“韩晓琳同志，欢迎你加入我们。”

韩晓琳不明白他在说什么。

“我也不是记者，我是T地区军事情报局的中尉谍报员，凌陆是我的化名。”凌陆冷冷地说，“凌兰是少尉谍报员，我们不是亲戚。欢迎你加入我们的组织，韩晓琳同志。从此我就是你的直接领导，你的代号是‘白鹭’。”

韩晓琳惊恐地睁大眼睛：“我不会叛党的……你们，你们这群狗特务……”

“你可以不加入我们，也可以自杀。”凌陆的声音很冷，拿起那堆照片说，“这些，还有墙上的这些照片都会寄给中国大陆你的父母还有你所有的同学和朋友。你的父母都是有身份的人物，让他们看到女儿这个样子我想他们活得未必会如意。我还可以卖给色情画报，他们也会很高兴看见中国大陆留学生还是美女的性爱照片。你以为你死了就清净了吗？”

韩晓琳震惊地看着他：“你为什么要这样？！为什么——”

“因为我需要你加入我的组织，”凌陆冷冷地说，“我给你一分钟考虑时间，一分钟后我会叫UPS把这些照片以最快的速度寄到中国大陆。现在还剩下五十秒。”

“狗特务，我不会叛国的！”韩晓琳喊出来，“你们杀了我——”

“四十秒。”

“啊——”韩晓琳在墙上撞击着自己的脑袋。

“三十秒。”

“你们这群浑蛋——”韩晓琳狂暴地哭喊。

“二十秒。”

“我杀了你们——”韩晓琳起身去抓裁纸刀，被凌兰一脚踢倒。她脑袋磕在桌子上，捂着脑袋哭喊着，“我杀了你们——”

“十秒。”

“我杀了你们……”韩晓琳无力地哭着。

“时间到。”凌陆抓起床头柜的电话就拨号。

“不——”韩晓琳惊恐地喊着，无力地抽泣着，“我答应你们……”

“签字。”凌陆拿出一张纸，“这是组织登记表，还有誓言。”

韩晓琳的手里被凌兰塞过来一支钢笔，她无力地抽泣着看着面前的登记表。凌陆狠狠抽了她几个耳光，怒吼道：“签字！”

赤身裸体的韩晓琳彻底被打晕了，哭泣着签字，接着被强制按了指纹——在那一瞬间，她的灵魂被迫出卖给了魔鬼。韩晓琳的右手被凌兰松开，她尖叫着：“啊——这是为什么——”她精疲力竭地跪在地板上，趴下肩膀抖动着哭泣，声音弱了下来：“这是为什么？！”

★　★　★

王斌尖叫一声从宿舍的床上坐起来，上铺的肖天明马上就翻身下来，对面的雷鹏也爬起来了。王斌浑身战栗着，雷鹏抓住他的肩膀：“你怎么了？！醒醒，醒醒！”

灯开了，宿舍的弟兄们都起来了。肖天明倒了一杯热水，拿药给王斌。王斌一把打开药，眼泪默默流出来，浑身还在战栗。他根本就不知道发生了什么事情，只是眼泪怎么也忍不住。雷鹏拿凉水泼在他的脸上：“我操？！你到底是怎么了，你醒醒啊？！”

王斌如梦初醒，还是那么惊恐地看着大家。徐公道和雷克明走进来，大家都起立。王斌还是木然地看着他们，徐公道叹口气。雷克明仔细观察王斌，试图找出他这样的原因。

白天，办公室。徐公道和王斌在谈话。他翻着王斌的材料，遗憾地说：“王斌同学，我们经过研究认为你可能不适合从事国家安全工作。我们会适当安排你的分配，你要离开这里了。”

“我不走！”王斌起立，激动地说。

“这不是我一个人可以决定的。”徐公道也很遗憾，“你是我最出色的学生之一，你有这种天赋。我也不希望看见这种损失，不过你的身体条件似乎不能从事这种高压力的工作。”

“教官，我真的没事。”王斌恳切地说，“我从来没有过这种心脏病的历史，这是偶然的！”

“五个小时之内，出现两次偶然？”徐公道苦笑。

王斌也被噎住了，随后他恳切地说：“教官，我可不可以不走？我希望从事国家安全工作，哪怕是做辅助工作？”

徐公道思考着：“让你走是对你负责，你的素质很好，在别的工作领域会成为拔尖的人才。你即便留下，也不能成为最好的人才了……我本来是打算把你外派出去的，你有这个潜质。”

“我可以从事国家安全领域的任何工作。”王斌黯然，但是却坚定地说，“我也不知道自己怎么了，可能是我的神经太紧张了。教官，我希望留下完成训练，并且可以在国家安全机关工作！”

“那好吧，我们再观察一段时间。”徐公道点点头，“你现在开始把重点放在国内侦察领域学习，虽然你可能不能成为一把出色的剑，但是我相信你会是一面坚固的盾！”

“是。”王斌立正。

格斗馆内，学生们在练习格斗。王斌面色阴郁地走进来。楚静、肖天明和雷鹏都关切地看着他。王斌走过来脱下外衣扔在一边：“雷鹏，来打我。”

雷鹏苦笑：“我说哥们儿，你先歇歇吧。”

“来打我！”王斌怒吼。

“王斌，你别这样。”楚静着急地说，“你现在的身体……”

“我身体没事！”王斌第一次对女孩怒吼，“你们不要管！——雷鹏，来打我！”

“王斌，我送你回宿舍。”肖天明把手套摘掉，丢给雷鹏走过来。

王斌起来就一脚踢在肖天明的胸口，肖天明被踢倒在地。他起身揉着胸口：“你疯了？！”

“你们来打我啊——”王斌怒吼。

雷克明冷冷地看着，把黑色贝雷帽摘下来丢在一边，解着迷彩服走过来：“我来。”

王斌冷冷地看着雷克明摆好姿势，雷克明双手随便动动：“来吧。”

王斌怒吼一声扑上去，雷克明一低头闪过他的直拳。几乎在同时，一拳就打在王斌肚子上，王斌痛苦地弯下腰。雷克明起身一个飞腿，王斌就直接飞出去了。楚静急忙跑过去扶起他：“王斌，王斌！”

雷克明冷冷地看着鼻子还在流血的王斌站起来：“作为一名情报干部，如果没有超出常人铁一样的神经，那么就是对党和祖国的犯罪——你记住我的话。我不关心你发生了什么事情，只是不希望看见你从这里滚蛋。”

王斌擦掉鼻子上的血，低下头拿起散打手套戴上。楚静着急地看他：“你还要打啊？你打不过他的！”

“我参加训练。”王斌冷冷地说，他的脸上恢复了往日的坚毅。他把两个手套对头碰碰，跳了两下就进了场地。雷鹏还是和他对手，两人拳来脚往。王斌已经找回了往日的自信，身手敏捷。

格斗馆内的高处一字排开，挂着十六字标语：“难舍能舍，难忍能忍，难行能行，难为能为。”

★　★　★

东南亚某地，山地丛林环绕的一个军营。大雨瓢泼当中，面色黝黑的叶教官穿着虎斑迷彩服，冷眼看着几十个年轻学员喊着番号在自己面前跑过。墙上是醒目的大标语：“秉承先烈遗志，敢为革命先锋。”这是T地区军事情报局的秘密谍报学校——“翠竹山庄”，担负培训针对中国大陆派遣的后备谍报员的任务。

“从进入‘翠竹山庄’开始，你们没有名字只有代号！”叶教官冷冷地对学生们说，“你们有的来自台湾，有的来自海外，有的来自大陆——但是这些都不重要，重要的是你们属于团体！团体就有团体的纪律，违反团体纪律者必将受到严厉的制裁！”

韩晓琳的头发都湿透了，贴在额头上和脸上。不知道是泪水还是汗水从她的脸上滑过，她的嘴唇翕动着，终于哭出声音来：“我不叛党——”她从队伍里面跑出来，跑向大门。

叶教官冷冷地拔出手枪上膛：“你们都看着，这就是违反团体纪律的下场！”

韩晓琳没命地跑向大门，宪兵们目瞪口呆。叶教官已经瞄准韩晓琳的背影，却在瞬间一挪枪口。

砰砰！韩晓琳身旁溅起两团泥土。韩晓琳尖叫一声抱着脑袋倒下了，又是几颗子弹落在她的身边。韩晓琳尖叫着、挣扎着，宪兵们跑过来已经抬起了她。叶教官把手枪插入枪套："送我房间。"

学生们瞠目结舌。叶教官转向他们，冷冷地继续说："我们的团体具有光荣的传统！从兵荒马乱的军阀混战，到万众一心的抗日烽火，再到你死我活的剿匪战争，我们的团体都在最先锋的位置！我们是领袖的耳目，是民族的先锋！"

操场上的大雨中，学生们在其余教官们的怒吼下进行军事训练。叶教官冷冷地注视他们片刻，转身走向自己的宿舍。

"啊——"韩晓琳撕心裂肺的、绝望的尖叫声响起，撕开了大雨。

正在训练的学生们惊呆了，都停下看着教官宿舍楼。宪兵们和教官们用枪托砸着他们："看什么看？！继续训练！"

韩晓琳缩在房间角落，用湿透的迷彩服遮掩着自己赤裸的身体，绝望地抽泣着。面色严肃的教官系好自己的武装带："三天来一次我这里，这是我的命令。出去训练！"

大雨当中，尖叫着的韩晓琳被两个宪兵拖到操场上。她被扔在队伍里面，刚刚站起来想跑就被一个宪兵揪住头发直接拖到地上。几个宪兵过来拳打脚踢枪托飞舞，韩晓琳抱着脑袋在地上打滚尖叫着："别打了，我训练——"

宪兵们让开了，她哭着爬起来，额头还在滴血就被推进队列里面。她在雨中的队列大哭着，却不得不跟着走队列。

入夜，疲惫的韩晓琳回到女生宿舍，刚刚栽倒在床上，门就被踹开了。两个衣冠不整的宪兵酒气冲天："哪个是共匪？"其余的女生急忙起身站在床边，一个宪兵盯着正在艰难爬起来的韩晓琳："你们都滚出去。"

其余的女生出去了，韩晓琳看着两个人高马大的宪兵走过来惊恐地往后缩着。一个宪兵抓住了她的脚腕子，韩晓琳踢他没踢开反而被拽过去了。她张开嘴想叫却被有力的手捂住了嘴。

她睁着双眼拼命挣扎着，眼泪随着衣服被撕开滑落。

★　★　★

门被无声地启开一条缝，但是却没有完全打开。一个戴着白色手套的手指沿着门缝慢慢搜索一遍，摸到粘在门框上的口香糖位置，窥视镜头伸进来拍下口香糖的形状。接着口香糖被慢慢取下来，门被轻轻地推开了。王斌阴郁的脸出现在门口，他迅速地扫视一遍屋子，随即进去。他站在屋子中间，看着手表打开倒计时：“我们有五分钟时间！开始密搜！”

穿着便装的肖天明、雷鹏和楚静进来，各自走向自己负责的区域。戴着白色手套的手搜查着屋子的各个角落，年轻人们都很严肃认真。王斌一直没有动，盯着屋子角落的空调。

“怎么了？”楚静好奇地问他。

“工具给我。”王斌伸手接过雷鹏手里的工具，走到空调跟前打开盖子慢慢启下来。一部电台出现在里面，他脸上露出笑容。楚静拍照，然后空调盖子又合上了。

监视室里面，徐公道冷眼看着他们在屏幕上的动作拿起对讲机：“现在提前回去，没那么容易让他们得手。”

“安装窃听器！”王斌看着手表的倒计时命令。肖天明在电话上安装，雷鹏在浴室安装，楚静在客厅安装。一切都在有条不紊地进行着，这时耳麦却响了：“客人回来了。”

王斌脸色一变：“撤！”他扶着耳麦，“客人现在在什么位置？”

“已经上楼了。”

王斌打开阳台的门，这是二楼。他苦笑：“知道了。”他招呼大家过来，“走吧，只能从这儿下去了。”

楚静脸发白：“我穿的是高跟鞋！”

雷鹏已经翻身下去了，稳稳落地。肖天明第二个下去，两人向上面伸出手，楚静脱下高跟鞋拿在手里，脸发白一咬牙闭眼下去了。两个小伙子接住了，三个人急忙闪了。楚静边跑边穿鞋，跟着他们跑到拐角的面包车里面。

王斌在屋里冷静地扫尾，把痕迹抹去，接着粘上口香糖。这时钥匙已经在门里响，他冷静地迅速退后，到阳台上关上门。当门开启的瞬间他翻身下去，旅游鞋无声落地。他没着急跑，反而闪身进了楼道。

雷克明进门仔细查看了口香糖的位置，然后仔细检查屋里安装的窃听器。他的脸上浮现出一丝笑意，拿起对讲机：“没问题。”

徐公道点点头，面无表情地在成绩表上写下 A+。

★　★　★

枪声在翠竹山庄靶场响起，特务学员们在进行射击训练。打的不是靶子，而是白色的兔子。枪声过去，兔子血花飞溅。叶教官冷冷地击毙 30 米处吊着的十只兔子，可怜的小动物支离破碎。韩晓琳惊恐地捂住眼睛，血腥令她觉得恐怖。

叶教官把手枪插入腰间，转向学员们："知道什么意思吗？用共产党的话说——阶级斗争永远都是你死我活！你们要习惯见血，现在打的是兔子，以后要打的就是活人！开始吧！"

一队学员无声地走过来拿起手枪，接过弹匣上膛。韩晓琳惊恐地退后："我不！我不！我不。"

两个宪兵直接就拖她过来，叶教官冷冷地看着韩晓琳。韩晓琳哭喊着："不——"

叶教官哗啦一声拔出手枪上膛顶住韩晓琳的脑袋："你再说一次？！"

"我不——"

砰！一发子弹擦着韩晓琳的额头过去打掉了迷彩战斗帽，子弹打在泥地上。韩晓琳尖叫一声抱住脑袋。叶教官又一枪打在韩晓琳身边擦破她的裤子，韩晓琳尖叫着不敢乱动浑身，却在战栗。

"把你的枪拿起来。"叶教官冷冷地把桌子上一把手枪丢下去。韩晓琳不敢拿，一枪又打在她胳膊旁边。她急忙哆嗦着手拿起手枪，在叶教官枪口的逼视下战栗着起身。叶教官一把抓住她，推到射击地线，手枪顶住她的后脑勺。

韩晓琳脸色苍白冷汗渗出，睁着惊恐的双眼看着面前吊着的还在扭动身躯的白色兔子。

"上膛。"叶教官的声音很冷。

韩晓琳不敢不上膛，哆嗦着拿起手枪。

"你死，或者它死。"

韩晓琳举起手枪，却还在哆嗦着不敢瞄准兔子。

"五，四，三，二……"

韩晓琳脸色苍白，视线已经模糊。

"一！"叶教官枪口一顶韩晓琳，虎口开始加力。

"啊——"韩晓琳尖叫一声闭上眼睛，扣动扳机。

两个人的枪声同时响起，只是叶教官在射击前一瞬间枪口向天，子弹擦着韩晓琳的头顶射向空中。韩晓琳的精神崩溃了，连连扣动扳机。她面前 10 米处的白色兔子在弹雨当中血花飞溅，支离破碎……

韩晓琳尖叫着扣动扳机，当子弹打完还在扣扳机："啊——"

叶教官脸上浮出一丝微笑。韩晓琳睁开眼睛，看见前面的血腥场面急促地呼吸着。她膝盖一软，瘫倒在地上无声地哭着，浑身发软。叶教官蹲下，笑着对她说：

“‘白鹭’同志，你的表现不错。记住，现在你打的是兔子，以后你打的就是共匪！”

韩晓琳无力地哭着，这一切她都无力面对。作为一个几乎未曾涉世的弱女子，温室长大的乖女孩，她还能怎么办呢？

午休时间，她又被叶教官带进了他的宿舍。下午撑着疼痛的身躯参加完训练，完了被派去炊事班帮厨。那两个宪兵班长又摸进了厨房，老炊事兵根本不敢说话，赶紧出去了。韩晓琳的挣扎撕咬当然无济于事，她再次被按倒在厨房的案板上面成为任人宰割的羊羔。下身被撕开一样疼痛，她的嘴却被捂着叫不出来，她在嗓子眼儿里面呼唤着：“王斌，王斌——王斌你在哪儿啊——王斌你快来救我啊——”

当然不可能有任何人来救她。

在无尽的痛楚当中，韩晓琳的眼泪逐渐凝固了。取而代之的是一股燃烧的火焰，如果那两个宪兵班长看到她眼中的火焰肯定会被吓一跳。只是他们怎么可能操心去看这个女孩的眼睛呢？

火在韩晓琳的眼睛当中燃烧，燃烧了她满身的伤痕。也燃烧了她破碎的心。

★ ★ ★

“准军事行动，是情报作战当中很少用到的特殊技能，尤其在非战争时期。实际上这和特种部队的特战行动有业务上的交叉，并不是我们必须要擅长的。但是一旦遇上战争爆发或特殊任务，譬如反恐怖行动等需要，情报干部也要在必要的时候执行这种战斗任务。我和雷教官都是侦察兵出身，所以对你们的要求自然会高一些——如果不能完成这个训练，那么你们谁也别想结业。”徐公道面对着站在自己面前全副武装、穿着沙漠迷彩服的学生们冷冷地说，“按照平时训练编组，你们要接受不同的任务。现在可以领取自己的任务指示，你们有五分钟时间背下来，然后吃进自己的肚子。记住，你们的假想敌是从陆军‘狼牙’特种大队抽调上来的优秀官兵！解散。”

王斌、楚静、肖天明、雷鹏等迅速接过自己的信封打开，里面有一个命令和一张简易地图。匆匆看完以后，命令被王斌吃进肚子，地图拿上。接着，他们一边跑向夜色当中旋转螺旋桨的拉5运输机，一边整理自己的装束。

命令很简单——X恐怖组织的秘密据点被我方卧底情报员发现，刚刚送出情报就暴露了身份被捕，时间紧迫来不及通知军警有关单位了。所以正在这个区域活动的王斌小组要被派去进行突击营救。

雷鹏对这个很有兴趣，眼睛在涂满沙漠伪装油彩的脸上直接放出异样的光。他娴熟地整理着刚刚领到手的 M4A1 自动步枪，喜不自胜：“哎呀，我可有日子没打长枪了！可把我想坏了！”

肖天明是机枪手，手里拿着一挺不知道从哪儿搞来的米尼米轻机枪。他检查着武器，抬起头：“对手有二十个人，我们只有四个。我们是新手，他们都是经验丰富的特种兵。”

“是恐怖分子。”王斌冷冷地说，将 AK74 自动步枪收好，关上保险。坐在他身边的楚静把 AUG 自动步枪挂好，开始摆弄贝雷塔手枪。这些武器都是黑市采购的，没有任何可以查到的使用记录。他们四个人也没有任何身份证明，只是在脖子上挂着一颗光荣弹——也就是说，如果行动失败他们的选择只有一个。

拉 5 运输机飞过夜空的沙漠，红灯开始频闪。王斌起身走到舱口，风吹着他的脸。他深呼吸，然后绿灯亮了。他摊开四肢一跃而出，随即肖天明、楚静和雷鹏也相继跃出。随即，四朵伞花在低空打开，无声地飘在月光下的大漠上空。

即将投入战斗的王斌感到一丝欣慰，不知道为什么，他的心里一直压着一股闷气，也不知道从何而来，压抑了他很长时间。当他在空中飞翔的时候，他突然意识到其实自己是在渴求着战斗，真实的战斗！去杀戮！——但是他还是觉得奇怪，自己到底要去杀谁呢？为什么杀呢？为什么会有这种渴求杀戮的欲望呢？

月色如镜，他不知道为什么会在这个时候想起韩晓琳。

是的，以前的每个八月十五，他们总是一起度过。冯云山工作忙，节假日更忙，所以他总是到韩晓琳家过节，十几年都是这样。只是这一次的八月十五，自己飞翔在大漠上空去完成一个近似实战的训练任务。

晓琳呢？她在国外的八月十五过得好吗？

★ ★ ★

周新宇穿着笔挺的陆军少校军服下了轿车，走进翠竹山庄的操场，按照排好的位置坐在观礼台右侧的一排座位上。今天是翠竹山庄的结业典礼，他既是这里的毕业生，也是用人单位的负责人，所以自然是要来出席的。

和别的学校不同，翠竹山庄的结业典礼总是选在夜晚，而且并不大张旗鼓。参加结业典礼的学生们都戴着面罩，不以真面目示人。戴着白色钢盔的宪兵们拿着没有子弹的步枪站在操场周围，其实也就是个礼仪作用。

自然先是阅兵开场，然后就是上峰讲话。这个过程不长，军情单位的领导和别的部队领导不太一样，比较注重实效，所以也没什么更多要说的。然后就是叶教官组织的技能展示，包括格斗、队列刺杀、特殊驾驶、射击，等等。

周新宇观察得很仔细，虽然已经给他推荐了几个人选，但他还是要实地观察一下。真正的特务技能是不会在这里展示的，也无法展示，但是军人出身的周新宇坚持认为意志坚强、富有挑战精神的学员在军事技能方面肯定也是突出的。

表演的高潮是特技射击。出乎意料的是出列表演的是一个女学员，虽然戴着面罩但是从身材和跑步姿势可以看出来。周新宇拿起望远镜，观察灯光下拿着 M24 狙击步枪的女学员跑步出列、敬礼，动作都是干净利索的。他继续观察，叶教官下了命令。女学员抄起 M24 狙击步枪开始特技射击，5 枪过后开始变化射击姿势。

周新宇觉得动作和速度都很不错，精度也没话说。他点点头，女学员打成这样并不多见。

突然之间，他的脸色大变——望远镜当中，那个女学员突然转身将狙击步枪对准了叶教官！

在所有人都没反应过来的时候，枪声已经响了。

巨大的冲击力将叶教官的身体打了出去，他脑门中弹脑浆飞溅猝然倒地。现场一片死静，因为谁也没有料到会出现这种情况。周新宇第一个反应过来，他站起来踩着桌子扑向观礼台，此时第二声枪响。中弹的不是局长，而是站在观礼台左侧的一个宪兵班长。同样是脑门中弹，猝然倒地，凶手的枪法不仅准确而且狠毒——能在这样短的时间连续射击并且都是在近距离直接击打目标头部的绝对不是凡人！

“保护局长！”周新宇高喊着，冲到站着一群目瞪口呆的高官的观礼台上，一下子扑倒了局长。这个时候特勤保镖们才反应过来纷纷拔出手枪，分开纷乱的人群往前跑去。

“啊——”那个女学员发出撕心裂肺的一声尖叫。

第三枪又响起了。

★　★　★

哒哒哒哒……枪声是在夜晚的大漠沙堡顶部响起的，肖天明抄着米尼米机枪狰狞着脸对着下面扫射。头顶已经传来直升机的轰鸣声，王斌带着楚静和雷鹏已经撬开牢房的门打出俘虏。屋顶的哨兵早就被解决了，躺在地上装死。枪声大作，因为安装了激光模拟器所以还不能像只有空包弹一样地猛冲，穿着迷彩服的特种兵们被压制在房间和楼道里面不敢露头。

黑鹰直升机开始在头顶悬停，慢慢降落。上面的机枪手也开始射击，弹壳如黄色雨点一样滑落下来。雷鹏扛着俘虏跑到楼顶，楚静在后面阻击追兵。王斌干净利索地安装炸药，肖天明高喊：“快！快上来！”

王斌起身顺着攀登绳敏捷地爬到楼顶，拍拍肖天明的肩膀。肖天明拿起机枪一边后退，一边扫射，对面楼顶刚刚跑出来的两个特种兵被打中了，激光模拟器发出蜂鸣冒出白烟。王斌刚刚爬上直升机，突然被飞起的一脚踢在脸上。他飞出去倒在地上，这一脚力度很大。他抹着脸上的血：“你疯了？！我们是来救你的！”

中国陆军狼牙特种大队特战一连连长陈勇中尉一把摘下帽子：“仔细对照你们的目标人物照片看看，是不是我？！”

雷鹏见状大惊，举起步枪对准陈勇。陈勇一个滑步过去抓住他的右肩，“啪啪”两下步枪就落地了。雷鹏捂着右肩倒在地上，楚静刚刚从背后拿起步枪就被陈勇一脚踢飞，她瞬间换上手枪。陈勇直接一把抓住手枪枪身往上一掰，“砰”一声枪口对天射击。陈勇用左手击打楚静的肘部，楚静的手枪也脱手了。楚静用左手拔出匕首，结果陈勇抓住她的手腕，匕首直接横在楚静的脖子上。

陈勇打得来劲，忽视了王斌，结果一把GOLOCK17手枪抵住了自己的脑袋。王斌声音很冷：“放了她。”

陈勇放开楚静，慢慢举手。突然他一低头转身试图攻击王斌，王斌扶着他的肩膀起身一跃，直拳擦着他的肚子过去。肖天明此时也扑上来，陈勇转向肖天明一个飞腿边踢。肖天明用机枪挡了一下，机枪飞出去了。肖天明惊呼：“他的力气太大了！”

王斌落地的时候直接擦着陈勇的耳朵开枪了。砰！他没想到王斌直接在自己的耳朵边开枪，耳朵被震得嗡嗡响眼冒金星。王斌脸上杀气备出，举起枪柄击打陈勇的太阳穴。陈勇还在发蒙，猝然倒地，再反应过来四个年轻人的枪都抵住了他的脑袋和胸膛。楚静拿出手铐哗啦啦铐上陈勇，陈勇的脸立即变得超级黑。

几个冲上来的特种兵举枪对准他们，都不敢开枪。

“让他们放人！”王斌怒吼。

“死战到底！”陈勇高喊。

几个特种兵刚刚准备射击，肖天明一梭子过去身上的激光模拟器都响了。

直升机还在悬停，机枪手向着下面射击：“快一点！再晚我们走不了了！”

王斌对着下面喊：“让你们管事的出来！”

一班班长林锐站出来了：“我是代理指挥官，你们放了我的指挥官！”

“把我要的人交出来！”王斌高喊。

“你先放人！”林锐喊。

“我现在就和他同归于尽！”王斌举起挂在脖子上的光荣弹眼睛血红，“你们试试我敢不敢？！”

林锐想想：“我们对等，你们派一个人带我的指挥官下来，我们派一个人带你们的人上去！”

“可以！”王斌红着眼睛高喊。他举着光荣弹拉起陈勇，“我知道你武功高，我们可以试试——光荣弹的引信没有延迟，你是特种兵比我要清楚！”

“乌云，你带人质上去。”林锐黑着脸下命令。

班副乌云押着雷克明出来，林锐低声命令：“如果万不得已，和人质同归于尽！”

乌云点点头，握紧了光荣弹。雷克明苦笑：“你拿得离我远一点，到时候都是彩色颜料，别弄我一身！我这衣服不便宜，别给祸害了。”

王斌押着陈勇下楼走到院子，乌云押着雷克明过来。擦肩而过的时候王斌和乌云都是几乎同时出手，互相扑向对方，陈勇也抓住了王斌。王斌高喊：“跑啊——”

雷克明“嗖嗖”地就顺着攀登楼梯上去了。楚静对着下面的特种兵们射击高喊：“你赶紧上来！我掩护你！”

“你们撤！”王斌抓紧光荣弹高喊，他已经被几个战士按倒，枪托和军靴乱飞。林锐抄过一把枪就爬攀登绳，其余的战士顺着楼梯下水管就要上来。都是高手，所以速度很快。

肖天明拔出砍刀一刀砍断了攀登绳，雷鹏忍住疼用左手对下面射击。又有几个特种兵中弹了，现场一片混乱。代理指挥官肖天明高喊：“撤！”

楚静一跺脚，跟他们上了黑鹰直升机。直升机起飞了，王斌还在下面被群殴。他看着直升机飞远，拉开了光荣弹的弦。轰！一声闷响，红色颜料飞出来撒了周围的人一身。

特种兵们都住手了，陈勇分开人群冷冷看着王斌。

躺在地上鼻青脸肿、满身红色的王斌也冷冷地看着他。

★　★　★

戴着黑色面罩的韩晓琳冷冷地看着最后一个侮辱她的宪兵班长猝然倒地，转向面对从纷乱的人群当中跑过来的特勤保镖。三个月来，她将血和眼泪一起往肚子里面咽，苦练格斗和射击就是为了今天的爆发。她冷静地装子弹上膛，在对方拔出手枪的瞬间抢先击发！

一个保镖的脑门中弹猝然倒地。其余的保镖混乱地射击着，韩晓琳一个鱼跃侧滚翻躲到掩体后面。几十发子弹击打在沙袋上，军事情报局的保镖不仅有手枪还有微型冲锋枪。自动武器发出清脆的死神之吼，韩晓琳将身体蜷缩在沙袋后面，尘土不断落下。

她的眼神当中燃烧着一股复仇的火焰，冷静地清点弹药。还有两发狙击步枪子弹，腿上还绑着一把锋利的匕首，这是做飞刀使用的。韩晓琳压上最后两颗狙击步枪子弹，上膛冷冷一笑。贝雷塔手枪弹匣还有 15 发子弹。这本来是紧接着做手枪射击表演用的，现在已经成为她杀敌的武器。她拔出手枪，打开保险，最后一颗子弹肯定是留给自己的。

枪声越来越密集，韩晓琳在掩体后面闭上眼睛祈祷："妈妈，保佑我。"

周新宇从观礼台慢慢站起来，扶着花白头发的军情局长。两个人高马大的保镖挡在局长身前举着防弹手提箱，随时准备做人肉盾牌。周新宇看着十几个穿着黑色西服的特勤保镖排成扇形，一边射击一边接近掩体。军情局长已经回过神来，目瞪口呆地看着面前的场景："是不是混进来的匪谍？"

"局长这里很危险。"一个保镖说，"我们立即送您上防弹车！"

"我就在这里！我就在这里看着匪谍是怎么毁掉我的翠竹山庄的！"军情局长一把推开他，怒气冲天。更多的保镖冲过来在他身体前后挡成盾牌，将他包围起来。

周新宇冷静地观察着面前百年不遇的场景。

韩晓琳倾听着射击声越来越近，突然迅速起身举起狙击步枪速射。"砰"的一枪，一个保镖又是头部中弹倒地。当弹雨打来的时候，韩晓琳已经缩回掩体。保镖们被激怒了，一个保镖拿出手雷。

"我要活口！"军情局长高喊。

保镖收回手雷，挥挥手大家围拢上去。韩晓琳坐在掩体后面，冷汗从额头流下。她闭着眼睛倾听着脚步声，突然一个侧后倒再次射击。又一个保镖头部中弹倒地，弹雨覆盖了韩晓琳丢下的狙击步枪。她闪回掩体拔出手枪，急促呼吸着。

"如果她是匪谍的话，她应该去刺杀总统，否则这是最大的浪费。"目瞪口呆的周新宇不由感叹。

保镖们呐喊着一起冲了过去，投掷出催泪弹。白色烟雾当中，韩晓琳的身影出现了！她右手持枪，左手持刀，眼中射出寒光，犹如复仇女神。她的身影灵活地跑动着，在运动当中速射，枪响爆头。两个保镖逼近了她，韩晓琳左手的匕首寒光一闪，蹭地割开第一个保镖的喉咙。随即一枪结果了第二个保镖，还是爆头。

周新宇越看越惊讶。

韩晓琳犹如一个死神的影子在黑色西服的特勤保镖群当中出入自如，敢死的决心让她势如破竹。枪响爆头，刀闪割喉，血染满身，甚至她的眼睛都是血红的。

周新宇不由地忘却了危险走到了观礼台的边上。

当手枪打出 14 发子弹，她高喊一声："妈妈——"

所有的保镖都被吓了一跳，以为还有策应。在这瞬间，韩晓琳的手枪已经对准自己的太阳穴。

周新宇一把夺过身边保镖的手枪。

"妈妈——我爱你——"韩晓琳嘶哑着喉咙高喊出来，食指加力扣动扳机。

砰！砰！

两声枪响连接很紧，韩晓琳的右肩膀先中弹，被 9 毫米手枪强大的冲击向后倒下。她的手枪因此无力地改变了方向，惯性让她扣动了扳机，子弹擦过她的头顶。

韩晓琳跪在地上左手拿起了匕首对准自己的脖子。

砰！

周新宇再次扣动扳机，韩晓琳左边肩膀也中弹了，匕首脱手而出。她痛苦地叫了一声向后栽倒。接着她看见无数有力的手按住了她，将她拉起来，她的面罩被撕下来，一张柔弱美丽却是苍白绝望的脸让所有的保镖都呆住。

但是随即一个保镖一记有力的直拳打在她的小腹上，韩晓琳吐出一口血弯下腰。另外一个保镖抓起她的长发，狠狠地扇了她一记耳光，一口鲜血洒了出去。

周新宇惊讶地看着这个柔弱的女孩，难道刚才犹如复仇女神一样杀人不眨眼的凶手会是她？！

韩晓琳的下巴被另外一个保镖的膝盖狠狠顶起来，她的牙齿被打掉了，头甩向后面。

"我要活的，审问她。"军情局长冷冷地说。

韩晓琳跪在地上，两个受伤的肩膀流着鲜血，嘴里和鼻子里面也都在流血。一个保镖用一记绝对干脆的正蹬踢在她的脸上，她眼前一黑，彻底地晕了过去。

★　★　★

王斌冷冷地看着面前的陈勇，毫不退缩。

陈勇冷冷地看着面前的王斌，没有笑容。

许久，他脸上浮起一丝笑容："你是第一个抓住我的！我叫陈勇，你怎么称呼？"

王斌脸上也浮起笑容，主动伸出右手：“你可以叫我小王。”

黑鹰直升机又出现在上空，是来接王斌的。王斌看看直升机举手敬礼：“后会有期！”

陈勇还礼：“后会有期！——你是一个出色的战士！”

王斌笑笑，跑向直升机。肖天明伸出手一拉他，他跳上黑鹰。直升机起飞了，他笑着对下面的特种兵们挥手。楚静拿一瓶矿泉水给他：“他们没打你吧？”

“都是自己同志，可能吗？”王斌笑着拧开矿泉水盖子。

啪！盖子虽然开了，但是塑料瓶子不知道为什么也一下子裂开了——水一下子四溢出来，犹如黑夜当中的泪水。

王斌诧异地拿着破裂开的瓶子，看着水在流。

“你怎么哭了？”楚静关心地问。

“我哭了吗？”王斌诧异地说，他摸摸自己的眼睛果然是湿的。两行眼泪不知道为什么流下来了，他诧异地摸摸眼泪，又看看自己湿润的手指。奇怪？自己怎么哭了呢？

★　★　★

哗——韩晓琳吐出刚刚被灌进去的凉水，蜷缩在水泥地上咳嗽着。一个青年军官用军靴踩在她的肚子上使劲蹂躏着，韩晓琳吐着水，鼻涕眼泪一起流。她艰难地向窗户的光明爬去，青年军官一脚踢在她的头上。韩晓琳被踢起来躺倒在地上，军官抡起凳子直接就砸在她的身上。

“你说不说？谁派你来的？”青年军官严厉地问，“你在这里的领导是谁？谁是你的接头人？”

韩晓琳嘴里还在往外流水，她咳嗽出一口血：“杀了我吧……”

“想死没那么容易！”军官抄起桌子上的电棒，“滋滋”冒着蓝光走过去……

“你这么年轻漂亮，怎么会做匪谍呢？”一个女军官和颜悦色地对着坐在自己面前的韩晓琳说，“何必呢？你的同志不会来救你的，别忘了这是什么地方。我劝你还是早日把他们都招出来，投奔我们自由世界多好？”

韩晓琳脸上都是伤痕，木然地说：“我的直接领导是凌陆，代号‘贼鸥’。”

女军官苦笑：“你真不打算说吗？你会吃很多苦头的。”

韩晓琳木然地说：“杀了我。”

“你的姓名？！”一个中年军官厉声喝问。

韩晓琳站在屋子中间木然地说：“‘白鹭’。”

“我问你的姓名？！”中年军官厉声喝问。

韩晓琳的嘴唇翕动着，吐出陌生的名字：“韩晓琳。”

“我没问你的化名，我要你的真名！”中年军官厉声喝问。

“我只有这一个名字。”韩晓琳的眼中涌现出眼泪，“——韩晓琳。”

“脱掉你的衣服！”中年军官厉声命令。

韩晓琳木然地脱掉迷彩服上衣，穿着短袖T恤。

“全脱掉！”中年军官厉声喝问。

韩晓琳木然地脱衣服，赤裸地站在中年军官面前。

“我再问一次，你的姓名？！”

“韩晓琳。”

中年军官冷笑着：“现在外面有一个宪兵连，我让你自己选择——是我放这一个宪兵连进来，还是你跟我说实话？！”

“我没什么好说的。”韩晓琳说完咬住了自己的舌头。

中年军官起身拉开门：“进来！”

进来的不是宪兵们，而是穿着少校制服的周新宇。他拿出命令：“这是局长的手令，现在开始我接管审讯工作。”

中年军官出去了，周新宇把门关上。他看了一眼赤身裸体的韩晓琳，没任何反应。韩晓琳木然地看着前方，没有语言。周新宇坐下，低头看桌子上的材料：“你穿上衣服吧。”

韩晓琳有点意外，随即拿起衣服开始穿。

“我自我介绍一下，你可以叫我孙先生。”周新宇淡淡地说，“我不是翠竹山庄的，是局长亲自派我来的。”

韩晓琳木然地看着他，周新宇指着椅子：“你坐吧。从现在开始我负责你的审讯工作，你的情况我已经基本调查清楚了。坐吧，不用怕，我知道整个事情的经过。”

韩晓琳木然地坐下。

“‘贼鸥’我们已经召回，他要接受相应的处理。”周新宇低声甚至是带有歉意地说，“局里面不知道他采用这种极端手段招募学员，山庄也没有汇报真实情况。我们一直以为你是自愿的。”

韩晓琳木然地说：“我是不会自愿当特务的。”

周新宇苦笑：“可是你已经签字，并且宣誓——从法律上说你已经是团体的人。”

"法律？"韩晓琳冷笑，"你们还讲什么法律？"

周新宇低下头："你在这里受训期间所遭遇的不幸，我个人表示道歉。你已经杀了他们，如果你汇报上峰他们会得到法律制裁——而现在很不幸，韩小姐，你是杀人凶手。"

"凶手？"韩晓琳奇怪地笑，"这三个月来，你们都教会我什么？暗杀、绑架、爆炸、投毒……是你们在教我成为一个凶手，你们才是真正的凶手！"

"我们是情报工作人员，这是我们的工作内容。"周新宇毫无愧色，"全世界的情治机关都有这些工作内容，包括以前你所在的中国大陆也是一样。我也有同事死在中共安全部手里，情报战就是这样冷酷无情的。"

"可是我不是情报人员！"韩晓琳说，"我从未想过成为情报人员，尤其还是你们这帮狗特务的情报人员！"

"这是你签字的登记表，你的亲笔签字。"周新宇拿起登记表，"这是你的手印，是加入我们团体的誓言。你是自愿也罢，被迫也罢，法律上只认后果——你已经是我们的情报干部了，所以我们要按照团体纪律对你进行制裁。"

"制裁？"韩晓琳冷笑，"什么制裁。"

"军事法庭会判处你死刑。"

"很好，我等着呢！"韩晓琳点点头。

"我自作主张通过在美国的关系发了一个新闻，大陆留学生韩晓琳在车祸当中不治身亡。"周新宇拿起一张美国报纸，"我们在美国的关系安排了一切，中共领事馆已经接到你的死亡通知。你的家人现在应该已经知道了，你在这个世界上已经是死人了。"

韩晓琳诧异地看着他："你为什么这么做？"

"为了你的父母。"周新宇收起报纸，"我改变不了事情的结局，我只能尽我的能力改变一些过程。这样你的父母不会太伤心，都是中国人我也不想做得太绝。"

韩晓琳感激地看着他。

"我走了，军事法庭很快会对你进行判决。"周新宇起身，"你杀了九个人，死刑是肯定的。我会尽我能力，让你在这段时期不会吃苦——这是我的名片，如果遇到问题尽快通知我。"

韩晓琳看着周新宇的背影出去，感激地哭了。这可能是她到这里以来遇到的第一个好人。

★ ★ ★

一面鲜艳的巨大的党旗占据了小礼堂的舞台整个幕布。条幅上只写着一句话，“对党绝对忠诚，精干内行”。四周的墙壁上挂着的都是照片，有黑白的，有彩色的，有著名的，有无名的……李克农、潘汉年、钱壮飞、胡北风、熊向晖、申健、陈忠经……这些中国共产党情报战线的杰出干部默默地注视着这些后来的晚辈，目光中有欣慰，有期待。他们当中有很大一部分人的杰出业绩始终不为人知，湮灭在历史的黑暗当中无声无息。

王斌举起右拳：“我宣誓！”

身后的几十个年轻人举起右拳：“我宣誓！”

“我志愿加入中国共产党！拥护党的纲领，遵守党的章程，履行党员义务，执行党的决定，严守党的纪律，保守党的秘密！对党忠诚，积极工作，为共产主义奋斗终生！随时准备为党和人民牺牲一切，永不叛党。”几十个年轻人的誓言在礼堂内响起……

专程赶来的冯云山走上舞台，看着这些年轻人：“知道为什么要你们重温入党誓词吗？——因为从今天开始，你们就真正成为党的情报干部！隐蔽战线的无名战士！你们从此将和这些先辈一样走入黑暗中，将你们的青春、你们的智慧甚至是你们的鲜血和生命全部奉献给一句誓言、一个信念和一种信仰！那就是——对党绝对忠诚，精干内行！”

底下的年轻人静静地聆听着。

“这是一句话，一句普普通通的话！”冯云山的声音逐渐带有感情色彩，“但却是我们中国共产党情报战线的多少先烈多少无名英雄，用自己的鲜血捍卫的一句至高无上的誓言！”

他的喉结蠕动一下，看着王斌。王斌抬起自己的头，默默注视着冯云山苍老的面容，一种异样的感觉在周身燃烧着。

冯云山错开自己的眼神，注视着这些年轻的干部们：“我十七岁参加这个工作，三十五年——三十五年的风风雨雨，很多往事好像都在昨天！那些牺牲的同志，他们仿佛都在我的面前对着我笑——而他们，又是那么年轻，风华正茂！当他们走入这个队伍的时候，很多人甚至比你们现在还要年轻——可是他们就这么消失了，消失在无尽的黑夜，无声无息……每当想起他们，我的心就跟针扎一样疼！我们这个工作不是冷冰冰的，是有血有肉的，我们的干部将自己的血肉之躯铸入了一个神圣的信念，一句普普通通的话！——对党绝对忠诚，精干内行！”

“这么多年来，支撑我们战斗在隐蔽战线的同志们无私奉献的信念是什么？支撑我们应对各种困难和危险的信念是什么？支撑我们顽强战斗在对敌斗争的最前沿的信念是什么？我告诉你们，只有一句话，就是那句普普通通的话！——对党绝对忠诚，精干内行！

“这就是我们的信念，我们的誓言，甚至是我们的信仰——在这个信仰面前，个人所有的一切都是渺小的，只有我们的事业——是永恒的！”

冯云山的眼中闪着晶莹的光，不同于他对敌斗争时候的寒光，也不同于他对王斌谆谆教诲时候的柔光——而是一种神圣的光。

楚静已经在偷偷抽泣。

王斌眼中没有眼泪，只有一种坚毅。他身上的热血在燃烧，将他年轻的脸变得不同于这个年龄的沉稳。他默默地看着那句话，那句普普通通却让自己的父母和无数先烈为之献身无怨无悔的话，似乎在今天他才真正读懂了。

“——对党绝对忠诚，精干内行！”

第五章 一朵深渊色

★ ★ ★

陈点点扎着两个小辫、穿着白裙子、背着书包，“蹭蹭蹭”就从宿舍楼跳着出来了，她穿着彩色的人字拖鞋踩上自己的自行车，嘴里还跟着随身听哼着《请跟我来》。她骑上自行车拐出车棚，一个站在车棚出口的身影吓了她一跳，急忙刹车：“哎哟！你怎么站在这儿啊？也不怕被撞着？”

“点点。”肖天明真诚地笑。

陈点点抬头仔细看肖天明，脸上逐渐变了颜色。她一沉脸骑车就走，肖天明一把抓住陈点点自行车的后座。陈点点下车，脸都气绿了：“你干什么你？！松手，不然我喊人了！”

“我是来还钱的。”肖天明拿出一个信封。

“不需要！”陈点点看都不看他，“我就当喂狗了！”

肖天明很尴尬：“我知道我欺骗了你……”

“你还知道这是欺骗？！”陈点点眼中涌出泪花，“我买了那么多礼物，还买了花儿，跑到地安门医院去找一个根本不存在的病人——我有病啊我？！我妈开车陪我去的，你知道我多尴尬吗？！”

“对不起。”肖天明黯然地说。

“你放手！”陈点点厉声说。

“钱我必须还给你。”肖天明把信封塞在她的手里，转身走了。陈点点把信封甩在他的背上：“拿回去你的臭钱！我不需要！”

肖天明转身捡起信封，陈点点哼了一声骑车就要走。肖天明跑过去拉住后座，陈点点气得肩膀都颤抖，不回头："你到底想干什么？！"

"我给你造成的伤害，可能永远也无法弥补。"肖天明真诚地说，"希望你忘记我。"他拉开陈点点书包的拉链，把信封塞进去放好拉好拉链，转身大步走了。

陈点点气不打一处来："把你的臭钱拿走！"

"这不是臭钱！"肖天明回头，"是我第一个月的工资！我的血汗钱！"

"骗子也会去找工作？！"

"我不是骗子！"肖天明厉声说。

"那你是什么？你回答我！"

肖天明语塞。

"滚！"陈点点抽出信封甩过去。肖天明接着信封恳切地说："——我在为一个进出口公司做翻译工作，这真是我的工资！当时我有特殊情况，我需要钱！那是我们公司的一个拓展训练，如果我完成不了就找不到这个工作！你相信我！"

"什么破公司，还要训练你们骗人？！"

肖天明苦笑："确实是个破公司，工资也不高，活儿还特别累。"

"拿这套去骗别人吧！"陈点点甩下一句就要走，肖天明跑过去拦在自行车跟前："如果我真心骗你，我犯得上再来找你还钱吗？"

"那谁知道？妈妈说了，女孩子最容易被欺骗，让我保护好自己！"

"哟。"肖天明忍不住乐了，"柴火妞一个还怕被骗色？"

"说什么呢？！"陈点点真的怒了，"滚！"

肖天明苦笑："那你也得把钱收好，这是我还你的。你收下这钱，我以后不会再来找你。所以你也不用担心被我骗别的了，我工作很忙，先走了。"

肖天明坚决地把信封塞到陈点点手里，笑笑："我走了。"

咣！信封又甩在肖天明背上，他无奈回头捡起信封："这件事情总得有个了结吧？我借你的钱，怎么也得还你吧？"

"你骗了我，怎么还？！"陈点点眼中涌出眼泪。

肖天明张大嘴，不知道该说什么。

"你是我第一个喜欢的男孩子，可是我都不知道你叫什么，就被你骗了——"陈点点骑着自行车从肖天明身边飞快地过去，哭着说出来，"妈妈说了，男人没好东西——"

肖天明傻在原地，看着陈点点的背影。片刻，他醒悟过来，跑向角落停着的一辆黑色别克轿车。他开车追过去，和陈点点并肩按下玻璃："点点！你听我说——"

陈点点脸上都是眼泪，就是不说话骑着自行车。

肖天明超出半个车头，慢慢拐弯别住了陈点点的去路。陈点点停下，掉转车头。肖天明下车拉住后座，陈点点不回头：“你给我滚——我不想看见你——”

“我请你吃饭。”肖天明说。

“我不饿！”

“我请你看电影。”

“不想看！”

“我请你去唱歌。”

“没心情！”

“我请你……”肖天明想不出来了，“我请你去酒吧！”

“戒了！”

“那没办法了，总不能请你去图书馆看书吧？”肖天明苦笑。

“骗子会看书？”陈点点冷笑。

“就去图书馆。”肖天明夺过陈点点的自行车锁回车棚，自己过来打开车门，“上车，首图。”

★　★　★

韩晓琳对着王斌甜甜地笑。

只不过，是在黑白照片上。

王斌抚摩着墓碑上韩晓琳的遗照，脸上没有一点血色。

“如果你说一句话，她就不会走。”林涛涛站在他的身边黯然说道，“如果她不走，她就不会在美国那么远的地方出车祸……”

“涛涛，你别说了！”杨雪在旁边制止他。

“我偏要说！”林涛涛推开杨雪，“你王斌有什么了不起的？！你从事那个工作又有什么了不起的？！你以为你是谁？！给你个棒槌就以为自己是007啊？！看看你那破样子？！她哪一点配不上你？！你说，你说啊！”

王斌低下头，泪水从闭着的眼睛溢出来。

“我恨不得宰了你！”林涛涛举起右拳，王斌低着头跪在韩晓琳的墓前没有任何闪躲或者还手的意思。林涛涛举着右拳停滞在空中，许久才慢慢放下，一跺脚，“我们走！”

杨雪纳闷儿地问：“干吗去？”

“让他一个人在她面前好好反省反省！”林涛涛戴上警帽大步走了。杨雪看看孤独的王斌，急忙追着林涛涛走了。

两个人在墓地消失。

王斌这个时候才从嗓子眼儿深处迸发出一声哀号，抱住墓碑泣不成声。她对着他笑，永远在他的记忆里面对着他笑。然而不再有温度，冷冰冰的……

走在台阶上的杨雪回头：“他不会出事吧？”

“出事？出什么事？”林涛涛毫无表情拉她就走，“我们看着他，他永远也哭不出声；不哭出来才会出事，走吧。”

王斌抱着墓碑如同野狼一样哀号，从小到大他从未这样哭过。悔恨占据了他全部的内心世界，这种深深的悔恨几乎可以将他整个人燃烧。他全身抽搐着，吻着永远停留在 21 岁的韩晓琳，这个他唯一深爱的女孩。

“啊——”他在墓碑上撞击着自己的脑袋。

韩晓琳还是那么甜甜地对着他笑。

★　★　★

韩晓琳对着镜子甜甜地微笑。

最后的微笑。

她旋转出口红，细致地描着自己美丽的红唇。女孩天生爱美，即便是要走向刑场，也一样。

——一个少将站在法庭上神色严肃：“翠竹山庄学员韩晓琳，代号‘白鹭’，预谋杀人罪行成立……”

韩晓琳描着自己的眉毛，美丽的眼睛闪烁着骄傲的光。

——少将还是那么严肃：“经过陪审团合议，韩晓琳杀人罪行恶劣，罪无可赦……”

韩晓琳在刷睫毛膏，她的睫毛很长。

——少将脸色铁青：“宣判韩晓琳死刑，立即执行……”

韩晓琳完成最后的修饰，看着镜子里面自己美丽的脸露出甜甜的笑。

两个女宪兵站在她的身后跨立，穿着漂亮便装的韩晓琳站起来。她没有任何绝望，也没有任何怕死的感觉，大步走向门口。

走廊里面已经等着两个男宪兵，他们在前面并排。韩晓琳在中间，后面是两个女宪兵。

四双军靴和一双漂亮的凉鞋走在走廊上。

——少将庄严宣布："念其杀人有因，本军事法庭本着人道主义精神，对韩晓琳实施注射死刑……"

周新宇军装笔挺地站在行刑室外。韩晓琳走过他身边的时候停下，看着周新宇："谢谢你送我的衣服，我很喜欢。"

周新宇无奈地笑："这是我唯一可以为你做的，我专门让我夫人去选的。"

"我很喜欢。"韩晓琳点点头，"谢谢你为我做的一切，我走了。"

周新宇看着她走入行刑室。韩晓琳坐在椅子上，女宪兵把她的手腕和脚腕都用皮带绑好，韩晓琳安然地坐在椅子上。一个女宪兵拿起眼罩，韩晓琳摇头："不用了。"

周新宇走进隔着玻璃的观察室，拿出一张CD："给她放这个音乐。"

苏芮的《风就是我的朋友》在行刑室响起："忘了什么是伤痛，什么叫作寂寞，当爱情走过以后，不再模糊难懂；忘了泪该怎么流，心事该怎么说，当我付出我的所有，不必在乎沉默……"

韩晓琳有些意外，这是她在拘留候审期间最喜欢的音乐。随即她想到周新宇，明白了，露出微笑。

戴着面罩和手套的刽子手拿起针管，把液体注入韩晓琳的体内。

周新宇仔细地看着韩晓琳的脸，她没有任何惧怕，反而有一丝微笑。

刽子手在韩晓琳的胳膊上扎住橡皮管，脉搏立即在白皙的手臂上显现出来。他找到动脉，针尖慢慢靠近。

周新宇全神贯注地看着韩晓琳的脸，她的脸上还是那种笑容。

针尖扎入动脉。

韩晓琳因为轻微疼痛皱了一下眉头，但是随即又平静下来，安详地闭上眼睛。

毒液慢慢推入她的血管。

韩晓琳开始觉得头晕，一切都飘忽忽的。她的思绪还在跟随苏芮的歌声流转："夜醒来的时候，风就是我的朋友，吹落昨天破碎的梦，向明天问候；想要哭的时候，风就是我的朋友，冷冷吹过熊熊烈火，温暖我心头……"

一切都结束了。

一滴眼泪溢出韩晓琳紧闭的眼角。

是的，一切苦难……都结束了……

困意涌上大脑，韩晓琳失去了知觉。

★ ★ ★

白发苍苍的赵老师看着相册里面从小到大的女儿，王斌站在她身后，内疚地看着仿佛一夜苍老的老师。

“看，这是你们一起去颐和园划船，我在岸上给你们照的。”赵老师带着笑意说，“那时候你就跟个小大人似的，也不知道怎么了，我们琳琳就是喜欢你。”

王斌低下头，眼泪已经溢出来。

“这是什么时候？对，你们上六年级去后海边滑冰。”赵老师笑着说，“老了，真的老了——一下子就想不起来了。你虽然不爱说话，但是学什么都很快。这不，涛涛跟你比赛，被你甩这么远。琳琳给你拿着衣服，那时候我就知道她喜欢你，不过你们都是毛孩子也折腾不出来什么。我也就没问，没想到她会一直惦记你。一直到去美国，打电话回来每次都问你……”

王斌再也受不了了，跪下哭了：“都是我的错……”

赵老师闭上眼睛，眼泪流出来：“你没错，没错。我知道你是不想连累琳琳。你的父母都是烈士，这对你影响很深……你失踪以后，我大概能猜出来你去做什么了……我能想到你心里怎么想的，但是我不能告诉琳琳啊……我本来想，等她留学回来了，你们都长大了，很多事情可以谈一谈。没想到……”

王斌哭着喊出来：“赵老师，是我的错！”

“你们都是好孩子……”赵老师把手放在王斌的头上抚摩着，“都是我的好学生，都没错……这就是琳琳的命……”

王斌低下头泣不成声。

“好好生活吧，琳琳也希望看见你好好生活。”赵老师感叹一声。

“我会经常来看您的……”王斌哭着说，“妈妈……”

“我的孩子……”赵老师抱住王斌哭起来。

★ ★ ★

黑色别克轿车汇入夜色当中的车水马龙。肖天明开着车，卡机里面放着苏芮的专辑。陈点点抱着书包，坐在副驾驶的座位上警惕十足地看着他，肖天明笑笑：“怎么了？这是送你回家的路啊，你告诉我的。放心吧，北京就这么大我拐不走你！”

“你到底是干什么的？”陈点点现在绝对警惕性十足。

“我说了，我是翻译啊。”肖天明笑着说。

“你还不肯说实话？”陈点点急了，“停车，让我下去！”

“别别！”肖天明赶紧拉她，“这儿不能停车，在桥上呢！”

“下桥了找个地方停车，我自己走！”陈点点生气地说，“我讨厌不诚实的人！”

“我真是翻译！”肖天明苦着脸。

“翻译用得着训练怎么骗人？翻译能开得起别克用得起手机？翻译能喜欢看政治和历史的英文原版书？”陈点点跟连珠炮一样打得肖天明喘不过气来。肖天明有点意外：“你在观察我？”

“对，就是观察你，怎么了？！”陈点点毫不示弱。

肖天明无语，开车。许久他说：“我们不要再见面了。”

“为什么？”陈点点很意外——多少人求着本姑娘约会，本姑娘还不稀罕，你臭牛什么？！

“没为什么。”肖天明拐弯。

“你跟我说清楚！”陈点点不依不饶，“你到底是干什么的？！”

“我说了我是进出口公司的翻译，这车是公司的！”肖天明断然说，“你怎么那么喜欢刨根问底呢？”

陈点点差点被吓哭了：“从来没人这么吼过我……”

肖天明张张嘴，苦笑：“对不起，我不是故意的。我生活的世界和你有些不一样，我没有你想象的那么复杂，也像别人那么简单。如果你不喜欢刨根问底，也许有一天你会知道，也许你永远也不知道……”

“你是……黑社会？”陈点点睁大眼睛。

肖天明想想，苦笑一下，不过没否认。

“你真是黑社会？！”陈点点着急地说。

“中国最大的黑社会。”肖天明半开玩笑地说，“我已经跟你说实话了，我们还见面吗？”

“那你在黑社会里面干什么？”陈点点抱紧书包怯生生地问，“职业杀手？”

肖天明苦笑：“黑社会一定要杀人吗？”

陈点点有点放心了。

“到你家小区了。”肖天明停在门口，“你住几号楼？”

“送我的！”陈点点冲保安喊一句话，保安打开大门递给肖天明一张登记卡。肖天明接过放在前面，开车进去。陈点点抱着书包在想着什么，肖天明苦笑：“到底几号楼啊？我就这么在里面转圈啊？”

“8号。”陈点点回过神。

车停在8号楼下面，肖天明不说话，陈点点也不说话。肖天明点着一支烟，默默地抽着。陈点点在想着什么，低头坐在车上不说话。车里的音乐是《请跟我来》。苏芮在深情地唱着，陈点点的BB机却响了，她看也不看。

“找你的。”肖天明轻声说。

“我妈。”陈点点不抬头也不看书包，还在想什么，眼睛在黑暗当中非常明亮。肖天明不再说话，陈点点却突然打开车门。肖天明立即转头过去看着陈点点一只脚出了车，他想喊没喊出来。

“以后，我就叫你黑社会。可以吗？”陈点点不回头，声音颤抖着说。

肖天明没说话，呼吸很急促。

“你就是黑社会我也认了。”陈点点突然转身扑到肖天明身前亲了一下他的脖子，肖天明还没反应过来，她就下车“砰”地关上车门跑进楼道了。

听着陈点点的脚步声在楼道消失，肖天明摸着脖子还没从触电的感觉中回过神来。不一会儿腰间的BB机响了，他拿起来按开，上面写着：“黑社会，注意安全，晚上不要太想我，晚安。点点。”——中国最大的黑社会？亏自己想得出来。

他苦笑一下，开车离开这里。

★　★　★

王斌坐在家属院的小花园的草坪上抽烟，夜已经很深了，他浑然不觉。眼中已经没有眼泪，只有一种从心底里面散发出来的悲伤。楚静穿着运动服拿着跳绳来到小花园锻炼，刚刚跳了几下就叫了一声：“哎哟，谁啊？黑乎乎的怎么坐在那儿啊？”

“我。”王斌抹了一把花乎乎的脸，还是坐在那儿。

“王斌啊。你怎么在这儿啊？”楚静好奇地走过去，“哟？抽了多少烟啊？”

王斌不说话，又点着一支。楚静蹲下，看着他的脸：“你哭过？”

王斌叹口气，想挤出笑容却又溢出眼泪，他偏过头。楚静拿起草坪上的照片，就着路灯的光看看：“你女朋友？真漂亮……你失恋了？”

“她……车祸……”王斌低下头。

楚静张开嘴，半天说不出话：“对不起！对不起！我不是故意的！”

“没事。”王斌收好相册，“我就是想一个人待会儿，你别告诉别人。”

“放心吧。”楚静同情地说，“在我这里，这是头等绝密。你要是有什么不开心的就去宿舍找我，说出来就好多了。”

王斌点点头，不再说话。楚静起身，看了王斌半天，转身轻轻走了。

过了好久，王斌才起身回家。冯云山就住在家属院里面，所以王斌等于从小就是在这里长大的。他轻轻用钥匙开门，发现黑暗的客厅里面都是烟雾。王斌皱皱眉头：“冯局长，你又抽这么多烟？”

冯云山坐在沙发上抽口烟，黑暗之中他无声地指指对面的杌子。王斌也无声地走过去坐下，多少年来这是他们谈话的习惯。

“我现在不是冯局长，我是你干爹。”冯云山低沉地说。

王斌不说话。

“你恨我？没及时告诉你？”冯云山问。

王斌还是不说话。

“从感情上说，我也很难过。”冯云山低声地说，“我也是看着晓琳长大的，她是个好姑娘。”

王斌低下头，鼻子酸起来。

“你为什么不肯答应她？”冯云山的声音也在颤抖。

“我怕连累她。”王斌说。

“你糊涂啊！”冯云山拍了沙发扶手一下，“你以为从事我们这个工作的都是什么人？不食人间烟火？还是铁金刚？我们也是普通人，也有自己的感情、自己的生活、自己的家庭！你从小在这里长大，你看看那些叔叔伯伯的家庭不也很幸福吗？”

“你没有家。”王斌说。

冯云山愣了一下。

“你没有家，只有工作。”

“那是我，不是你！”冯云山着急地说，“你的父母不也结婚了嘛，还有了你！”

“可是他们牺牲了！”王斌眼中闪着泪光。

冯云山后面的话被噎回去了，他低下头许久才抬起来：“这是我一生的痛！王斌，更多的我不能和你说，道理你也明白。但是有一件事情你必须明白——我们是战士，从本质上来说我们和战争时期的军人是一样的！只是我们的战争是无形的，而且是永不停止的！战场上的军人可以有爱情，可以结婚，我们这些处于无形战线的战士也是一样的！”

“那么你为什么没有家？”

冯云山苦笑："谁说我没有？"

王斌惊讶地抬起头看他。

"我有妻子，还有一个女儿。"冯云山认真地说。

"那她们在哪儿？"王斌惊讶地问。

"天堂。"冯云山的脸上没有表情，只是眼中有一丝泪光。

王斌失语了。

"那是对敌斗争最激烈的时期，敌我双方都是针锋相对你来我往。那时候我刚刚结婚，被派去东南地区负责一个项目，时间长达两年。我出色地完成了工作，挖出敌人隐藏多年的情报网。但是工作还没有彻底结束，为了鼓励我的成绩，上级安排我的妻子——也是我们的干部——也调去东南地区工作。她还带着我刚刚一岁的女儿，叫囡囡。"冯云山的声音开始嘶哑，"敌人为了报复我对他们情报网的不断破坏，把黑手伸向我。那天囡囡发烧，于是我妻子就带着女儿睡卧室，我睡客厅。我们是个独门小院，深夜，埋在我家后墙的炸药爆炸了……"

王斌睁大眼睛。

"整个后墙荡然无存，房顶也塌了半个。我从瓦砾里面爬出来，拼命地去找她们……可是什么都没有了，什么……都没有了……"冯云山闭上眼睛，老泪纵横。

"干爹，对不起。"王斌低声说。

"没什么，事情过去很多年了。"冯云山睁开眼睛，"我本来不想说，但是你已经长大了。我没想到我会对你成人后的生活产生这样的影响，这是我的错。我应该早些告诉你，让你对这个工作有更全面的认识。"

"可是，干娘和姐姐……"

"傻孩子，那是特殊时期。"冯云山苦笑，"那时候我们的工作是什么样的国际背景？时代不同了，当然你敌情观念强是没错的——但是只要在中华人民共和国的土地上，敌特是不敢太嚣张的！别忘了，现在的中国不是以前的中国！谍战有谍战的游戏规则，双方对等就是一个起码的游戏规则！你不碰我，我也不碰你；但是如果你碰我，那么对不起我也会碰你！游戏的双方，互相都要掂量掂量破坏这个规则的分量。"

"我当时一直想去做外派干部，所以不想连累她。"

"外派不外派，选择谁去外派，你以为是你想就可以决定的？"冯云山苦笑，"这怎么可能是你想就可以去的呢？情报工作是一个很复杂的系统工程，不是个人英雄主义。"

王斌低下头，悔恨、内疚让他的眼泪再次流出来。

“我知道你需要时间，我不强求你多长时间可以走出这个阴影。”冯云山说，“但是我希望，你不要影响工作！我在你受训时期不告诉你，也是怕影响你受训！因为你不是孩子了，你是我们这个工作的后备力量啊！我们的工作太重要了，和民族、国家的命运息息相关！我们有个人感情，但是当个人感情和民族利益、国家利益发生冲突的时候，我们要毫不犹豫地牺牲个人感情！王斌，你要明白一点！你的任何疏忽，都可能是几十个人头落地啊！这个分量可是沉甸甸地压在你的肩膀上，你可不能萎靡不振啊！要是你干不了，现在就说话，我马上把你调出去！”

“我可以。”火焰再次在王斌的眼睛里燃烧。

“那么就去睡觉，明天早晨按时上班。”冯云山命令，“伤心和眼泪，留给你做梦的时候自己咀嚼！你最好的精神状态，留给工作！”

王斌站起来，闭上眼睛深呼吸，让自己平静下来。

“下次去墓地，我们可以一起去了。”冯云山长出一口气，“我瞒了你这么多年，你也该去见见你的干娘和姐姐了。”

王斌看着苍老的冯云山，一种敬意油然而生。

★　★　★

柔和的音乐在温馨典雅的房间里面回荡着。

脸上包裹得如同木乃伊的病人慢慢动着头部，脸上的疼痛使得她难以忍受，发出细若游丝的呻吟：“啊……”

“醒了！她醒了！”护士欢快地跑出去，“医官，她醒了！”

女孩微微睁开眼睛，脸上非常疼，疼得她难以忍受。她伸出双手去抓，一双有力的手抓住她的胳膊：“不要抓，会留下疤的。”

是个沉稳的男声，女孩艰难地转过脸去看他。周新宇熬得眼睛通红，露出笑意：“晴儿，你醒了？”

女孩看着他，纱布下面的嘴唇轻轻翕动，声音也是细若游丝：“你是谁？”

“我是你父亲的同事，你的周叔叔。”周新宇笑着说，“怎么，你不认识我了？”

“周叔叔？”女孩没明白，“我父亲？”

周新宇脸上的笑容消失了：“晴儿，你怎么了？我是周叔叔，你不认识了吗？”

女孩努力回忆着，却是一片空白。周新宇拿起一张照片，是一张三口之家的合影：“你看看这是谁？”

女孩看着三个陌生的人，除了父母，还有一个漂亮的女孩。她摇头："我不认识。"

"天！"周新宇痛心疾首，"他们给你下了什么药？！"

女孩好奇地看着他："什么？"

周新宇擦擦眼泪，握着女孩的手，声音在颤抖："你听着——你叫上官晴，你父亲叫上官锋，你母亲叫乔婉若！你们在美国的掩护身份是商人，但是你父亲和你都是我们国防部军事情报局的同志！你父亲是中校，你是少尉！你们都是我们最优秀的同志，最优秀的……"

"上官晴？"女孩好奇地问。

"对，上官晴！"周新宇的眼泪又出来了。

"那我父母呢？"

"他们都……牺牲了……"周新宇压抑不住自己的悲伤，哭出声来。

"牺牲？！"女孩睁大眼睛。

"是的，牺牲了！"周新宇哭着低下头，"你们一家去参加一个宴会，其实是你父亲要去见一个工作关系，结果在路上……你们在路上中了中共安全部的圈套，你父亲宁死反抗，被活活打死。你母亲和你……"

"说啊，我母亲怎么了？！"女孩抓紧周新宇的手。

"你母亲和你都遭到了中共安全部特工的强暴，你母亲自杀……"

女孩的手松开了，两眼无神。

"你被他们强行灌了药物，被送到中国大陆的一个秘密据点……你遭到了惨无人道的虐待、刑讯、强暴……还给你服用了惨无人道的神经控制药物，你现在失去记忆可能就和那个药物折磨有关系……"

仇恨的火焰在女孩的眼中燃烧。

周新宇内疚地低下头泣不成声："为了救你，我们派出了一支秘密的突击队，当时你一直在昏迷状态。但是在逃回的渔船上……中共炮艇进行了毁灭性的炮轰，渔船沉了，我们的突击队员都牺牲了，你也被烧伤了……"

女孩抓紧了周新宇的手："我是不是毁容了？"

周新宇哭着点头："晴儿，你放心！局长亲自下令，我们用了最好的大夫、最好的药物！你的手术很成功，医生保证你会和过去一模一样！再过半个月，就可以拆线了！你放心，你是我们最优秀的同志！我们会安排好一切，包括你今后的生活！"

"生活？我还有什么生活……"女孩长出一口气。

“你会有的！”周新宇擦擦眼泪，“我们给你安排好了，你以后的工作、家庭都和情报圈子没有任何关系。中共安全部以为你已经死了，他们对你也不会有什么骚扰，所以你可以放心地过正常人的生活……”

“可是我的爸爸妈妈死了——”女孩发出绝望的哀号。

周新宇低下头：“你是一个坚强的同志，你在敌人的据点宁死不屈！我相信你会挺过来的！”

“我要报仇！”女孩哀怨地说，“我要给我的爸爸妈妈，我自己报仇……”

“你不能再做情报工作了，这对你的伤害太大了。”周新宇摇头说，“我不能再让你涉足这种出生入死的生活，你听周叔叔的话好吗？”

“我要报仇……”脸上的疼痛和内心的伤痛让她感受到一种绝望，一种从内心深处迸发出的复仇的欲望。

里面穿着军服的医官走进来：“哎呀！你不要和病人说这么多啊！她现在刚刚苏醒，你不能刺激她！出去出去！”

周新宇站起身：“我先走了，你好好养伤。我会来看你的！”

女孩——上官晴看着他出去，眼泪湿透了眼睛周围的纱布。

周新宇走出病房，长出一口气。他也被自己编制出来的故事打动了，真听真看真感受——表演的基本要素他还是熟悉的，在大学的时候戏剧社的活动让他现在的工作受益匪浅。

他大步走出大楼走向自己的车。上官晴已经醒了，现在要马上着手给她安排一个家了。这个工作迫在眉睫，一点疏忽都可能酿成大祸。作为一个训练有素、经验丰富的情报官员，他比女人都细心。

★ ★ ★

雷鹏在看今天早上刚刚下来的情报通报，嘴角浮起一丝笑：“我操！不得了啊！——你们都来看看啊！T地区军事情报局秘密谍报学校‘翠竹山庄’受训女学员由于不能忍受教官和宪兵的性虐待，在结业典礼奋起反抗！——我操！打死九个！换咱们的人这得是英雄啊！”

正在收拾桌子的楚静不屑地冷笑：“我说什么来着？你就对这个感兴趣！”

雷鹏被噎了一下：“我没有啊！我真没有！就是这个事情稀罕，T军事情报局真够烂的！”

“他们本来就是一群烂人！”肖天明走进办公室把笤帚和簸箕放在门后，“就说这几个主要的情报机构吧——美国中央情报局是财大气粗，还有自由和民主的幌子；苏联克格勃是手段狠毒，让人不寒而栗，T军事情报局有什么？要钱没多少，要手段不敢狠毒到哪儿去，还剩下什么？下三烂的手段而已，他们不是烂人是什么？”

王斌走进办公室，眼角有血丝：“都来了？”

“哟！今儿你怎么来晚了？按说应该是第一个来啊！”雷鹏笑着说，“瞧瞧，你来晚了肖天明学雷锋了！”

楚静关心地看着王斌，王斌笑笑：“没事，我昨天晚上睡太晚了。你们聊什么呢？那么热闹？”

“看看，出大事了！”雷鹏举起情报通报。王斌接过来迅速扫一眼：“就这个啊？至于那么兴奋吗？T军出这种事情不稀罕，多少年他们都有炸营的历史。赶紧干活吧，处里等着材料呢！说下午就要给局领导汇报呢！”

冯云山办公室。

这是一间宽大的办公室，外屋是会议室。里屋的桌子上井然有序地放着很多材料，前面是一面党旗和国旗的小陈设。墙上有条醒目的标语——“对党绝对忠诚，精干内行”。虽然是早晨，但是冯云山的办公室永远都拉着厚厚的窗帘，外面的玻璃也是隔音的，这些都是工作需要。屋子里面光线不足，开着台灯。冯云山低头看着材料，在报告上签字。

“报告！”魏处长在外面喊。

“进来。”冯云山抬起头合上案卷夹。

魏处长进来：“冯局长，这是你要的关于T地区军事情报局翠竹山庄谍报训练学校事件的综合报告，这是T军事情报局内部报告的影印件，昨天晚上刚刚送来的。由于不是特急，属于情况数据，所以我昨天没给您打电话。”

冯云山点点头，接过报告和影印件。他先拿过影印件，上面一个偌大的青天白日，还写“绝密”两个大字。冯云山笑笑，拍拍“绝密”两字，打开了。

“是个大陆留学生，看来他们又对我们的留学生下手了。”魏处长说，“判处了死刑，已经执行了。”

冯云山粗粗地扫了一眼，突然呆住了。他拿过老花镜戴上，手指点在“韩晓琳”三个字上。他手指颤抖着沿着韩晓琳的情况介绍滑过去，护照号码、籍贯、家庭背景介绍……他迅速翻开里面，看见了照片。他彻底被打蒙了，呆呆地坐在椅子上：“怎么会是她？”

“冯局长，您怎么了？”魏处长小心地问，“您认识她？”

“认识，是我儿子的小学同班同学。”冯云山淡淡地说。

魏处长也是一呆。

“这个留学生的名字还有事件的详情，还有谁知道？”冯云山的眼睛很疲惫。

“冯局长，这是咱们的关系搞来的密件，属于绝密级别。”魏处长小心地说，“不相关的干部不可能接触的，就是相关的干部也不可能说里面的内容。负责这块的是老干部，他不可能不遵守保密纪律。”

冯云山长出一口气签字：“归档，没有我的签字，任何人不许借阅。”

“是。”魏处长接过密件，转身要走。

冯云山靠在椅子上，声音非常苍老：“你把王斌给我叫来。”

不一会儿，王斌在外面喊：“报告！”

“进来。”冯云山的声音嘶哑。

王斌进了烟雾缭绕的里屋就皱眉：“冯局长，你又抽这么多烟？”

冯云山看着王斌，目光很复杂。

王斌很纳闷儿：“冯局长，您找我有什么安排吗？”

冯云山看他半天，王斌的眼睛布满血丝但是精神已经缓过来了。他张开嘴，想了想：“没事，你回去吧。”

王斌哭笑不得：“冯局长，我那儿忙着呢！你把我叫来就是说这个？”

“让你来你就来，让你去你就去！哪儿那么多废话！”冯云山突然发火了。

王斌不敢说话，转身出去的时候打开换气扇：“别抽那么多烟，革命工作还得您老慢慢干。”他还回头调皮地一笑，这孩子就是这样。

眼睛已经湿润的冯云山马上闭上眼。

王斌出去了，冯云山慢慢睁开眼睛长出一口气。他决心保守这个秘密，为了王斌，也为了韩晓琳的亲人——韩晓琳既然已经死了，就死了吧；活着的人还活着，应该好好地活着。既然是这个秘密世界的秘密，那么就永远归于秘密世界吧。

只是想起曾经活泼可爱的韩晓琳，冯云山的心口开始绞痛。他连吃了几片药才慢慢缓下去，看着满桌子的材料苦笑——搞了一辈子情报工作，自己儿子爱着的女孩居然被对手搞了……

★　★　★

纱布慢慢从上官晴的脸上揭开，一层层地揭下来。周围的人都紧张急了，周新宇最紧张但是脸色还算沉稳。纱布慢慢揭开，露出层层包裹下面白皙的皮肤。医官看着被完全揭开纱布以后的上官晴，张大了嘴：“太完美了！——我一生最完美的杰作！这是真正的艺术品！”

上官晴着急地推开人群，跑到门口的镜子前面。一张美丽的脸，白皙的皮肤没有任何疤痕。忽闪的大眼睛，长长的睫毛，可爱的鼻子，明晰的唇线……她拿起手里的照片对照着，完全是照片上的那个女孩。

周新宇松了一口气。

医官摘下眼镜擦掉激动的眼泪，周新宇一拍他：“跟我出去。”医官跟他到外面，周新宇盯着他的眼睛：“你清楚团体的纪律，不用我再重复。”医官确实很激动：“太完美了！这是真正的艺术品！如果我写个论文，在国际上都可能引起轰动！”

“你只要开始写一个字，你的死讯就会引起报纸的轰动！”周新宇看着他的眼睛一字一句地说，“你也是团体的人，不要等到团体制裁你！”医官不由地打了一个战栗。

“所有的资料我都带走，这件事情从此不存在。”周新宇低声却严厉地说，“不然，别怪我亲手制裁你！”他进去了，留下外面腿还在发软的医官。

“周叔叔！”看见自己美丽的容颜，上官晴流着激动的眼泪看着进来的周新宇。

“你不能待在这里，你还很危险。”周新宇把护士都轰出去，“立即跟我走，去安全岛！中共安全部如果知道你还活着肯定要对你下毒手！”

“我明白！”上官晴严肃地点头。周新宇从提包里拿出衣服：“你去洗手间换上，我们马上出发。”

不一会儿，穿上风衣、戴着帽子的上官晴就从里面出来了。周新宇拿出墨镜给她戴上，仔细看看没什么破绽才带她出去。上官晴跟着周新宇走出大楼，来到阳光下感觉头晕。周新宇扶住她关心地问：“怎么了？”

“没什么，可能很久没见阳光了。”上官晴闭上眼睛，虽然隔着墨镜但还是觉得暖洋洋的。她露出美丽的微笑，睁开眼睛，“走吧。”

福特轿车汇入繁华的市区车流，上官晴好奇地看着外面的风景。周新宇淡淡一笑：“可能已经从你的记忆当中消失了吧？你就是在这个城市出生的，八岁的时候跟着你父亲去大陆住了几年，后来就在美国生活。那个就是你们家的大街，你每次回来都住在那里，我去听你的汇报。”

上官晴眼巴巴地看着那条大街过去：“我什么时候可以回家？”

“现在还不行，中共安全部没有见到你的尸体肯定不会罢手。”周新宇严肃地说，“我们现在去的地方很安全，在我们有效控制范围之内。那里有护士、有医生，你就在那里恢复治疗。等你痊愈了，我再安排你去别的城市生活，工作也会给你安排好，远远脱离情报圈子。”

“我想继续工作！”上官晴咬牙切齿地说，“我要报仇！”

“不行！”周新宇断然说，“你已经付出了那么大代价！我不能再让你继续做情报工作，那太残忍了！你的仇，我们其余的同志替你报！”

“我要亲手报仇！”上官晴已经恨到了骨子里。

“我们的团体有严格的革命纪律，不允许搞个人主义！”周新宇严厉地说，“你现在还是现役少尉，执行我的命令——也是上峰的命令！”

上官晴含着眼泪把话咽进去：“是……”

车开到海边一个风景秀丽的山区，进了一个海滨别墅。院子很大，外面有便衣特勤站岗。周新宇也得出示证件验证以后才可以进去，一直到车库放好车，周新宇才让韩晓琳摘下墨镜：“你现在安全了，这是我们最安全的一个小岛。”

韩晓琳跟着周新宇走进别墅，里面很安静。客厅里摆着各种当地的报纸和外文的杂志画报，她好奇地打量着宽大的客厅，阳光下这里很温馨。周新宇指指楼梯：“你的房间在上面。”

走进自己的房间，上官晴立即眼睛一亮。只要是女孩都会喜欢这样温馨可爱的房间，还有一个可以开启的天窗，阳光绝对充足。不需要的时候可以按床头的开关拉上帘子，屋子马上暗下来了。周新宇笑着说：“你从小就喜欢看星星，这个天窗是专门给你看星星用的。”

房间里面摆满了上官晴的家庭合影和她的个人照片，有在当地的，有在北京的，有在美国的。三口之家其乐融融，上官晴的眼泪下来了：“我的命真苦，我一点都想不起来了……他们是我的父母啊……”

“人之所以痛苦，是因为记性太好。”周新宇苦笑着说了一句电影里面的台词，“忘记了也好，就没什么更多的烦恼了。我派人把这些照片收起来，你不要再面对这些了。”

“不！”上官晴断然说，“我要记着，永远记着！我要永远在心里记着，是中共安全部毁了我的幸福！毁了我的家！”

周新宇脸色很严肃，低下头：“我和你父母是最要好的朋友，从小看着你长大。你应该有幸福的生活——有件事情我必须和你商量。你在出事以前是纯洁无瑕的，现在整容手术很成功，我想给你继续安排手术，让你恢复处子之身。”

“不！”上官晴脸上没有表情，“这是我一生的仇恨！我不需要任何手术，因为我不想忘记仇恨！”

周新宇点点头：“你是女孩，这种事情由你决定。你在这里绝对安静，医生和护士都不在这个楼里住，除了正常看护治疗，你不叫他们，他们是不会来的。对了，地下室有健身房和搏击场，你可以去那里恢复锻炼，如果你觉得手痒痒了，也可以跟特勤保镖对对招，你以前可是个格斗高手，巾帼不让须眉；特勤保镖有武器，长短都有，我跟他们队长交代一下，你无聊的时候可以找他们打枪，你以前枪法不错，地下室二层是靶场，你也可以在外面沙滩上打。这一片都是我们军情局的产业，几十公里之内没外人。”

上官晴点点头：“谢谢。”

周新宇一愣。

“谢谢你为我做的一切。”上官晴真诚地说。

周新宇好不容易让自己从那种心底隐藏的触动中摆脱出来，他笑笑面对上官晴：“你是我们的功臣，这是应该做的。你有一个月的时间恢复治疗，完了授勋退出现役，去别的城市生活。我走了，你休息吧。这是我的名片，你可以随时打电话给我。”

上官晴拿过来，上面写着“孙维民”。周新宇笑道：“这是我的化名，干咱们这行的都有化名。你以前的化名是苏子梦，不过苏子梦已经彻底死了，活着的是上官晴。我工作很忙，但是你随时可以打电话给我。”

上官晴看着周新宇的背影消失，走到窗口看着福特车出去，感激地挥挥手。她转身看着满屋子的照片，眼泪又出来了。她哭出声来，扑到床上放声哭泣。

自己真可怜，不是吗？

★　★　★

“我们要准备去见一个很重要的客人。”魏处长进了他们的办公室，关上门严肃地说，“客人下午的飞机到北京，你们安排一下。五星级的长河饭店订个好点的房间，规格中高档。王斌，你负责这件事情。”

“好的。”王斌点头。魏处长出去了，他打开一张单子，上面写的都是北京星级酒店的地址和电话。

“楚静你负责给客人化妆和准备证件，雷鹏负责安全事务，肖天明你安排一下接客人的路线。我去订房间，一个小时以后把这些准备工作完成。”

雷鹏站起来笑着说：“王斌，要不这样——我去订房间成不？我关大院这么久了，也没捞着出去转转的机会，一直就看材料写材料……”

王斌笑笑：“那你去吧。19号车，黑色奥迪。证件可以出示，但是不要跟饭店说更多的。”

“没问题。”雷鹏喜笑颜开，接过王斌扔来的车钥匙。

雷鹏开着黑色奥迪车一路狂奔，直接就去长河饭店。他在前台让服务员把值班经理叫出来，接着对值班经理出示了警官证：“同志，我是国家安全部的。我想在你这里包个套间，不用登记了。”

值班经理看看证件：“哦，可以。你选择一下房间规格和房间楼层，需要的时候直接找我，不用通过楼层服务员。”

“好，谢谢。”雷鹏仔细看看，“这个高级客房多少钱？”

“给你们……1800。”值班经理想想说。

雷鹏又开车回去了，正好魏处长在他们办公室吩咐注意事项。魏处长看雷鹏进来：“办完了？多少钱？”

“完了。”雷鹏擦着汗，“堵车给我闹腾的，他们要1800。”

“多少钱？！”魏处长跟心尖子被挖了一样。

“1800啊，高级客房都这个价钱。”雷鹏不知道魏处长怎么了。

“你你你，国家的钱不是钱是吧？！”魏处长气得没话说，指着暗笑的王斌，“你去把这件事情处理了！”

王斌笑着起身，接过雷鹏的车钥匙：“你啊！白受训了！”他拍拍雷鹏的肩膀出去了，雷鹏还愣在原地：“这标价就是1800啊！”

王斌开车到了长河饭店，直接到前台晃了一下警官证的警徽：“让你们值班经理出来，我是市局治安总队的。”

值班经理几乎小跑出来了，笑容满面：“哎呀！治总的朋友啊，怎么也不提前打个电话啊？走走走，我们去喝咖啡，坐下听听音乐、喝喝咖啡再说。”

王斌打开警官证出示，值班经理根本就不看里面写什么就摆摆手：“别别！骂我呢不是？不看了不看了，走走，喝咖啡去！一会儿我请你吃饭洗澡、桑拿按摩还是去唱歌你随便选！”

“我有任务。”王斌很严肃，“有个香港的客人要临时在你这里住两天，你给安排一下高级客房。”

“没问题没问题！”值班经理连声说，“房间你自己选！”

“价钱呢？”王斌不动声色。

“你们治总还谈什么价钱？”值班经理笑着说，“肯来我们饭店就是给面子了！”

“这是公事，钱还是要给的。”王斌说，“发票不用写抬头了。”

“瞧你客气的，我跟你们治总打交道多少年了！”值班经理一脸笑容，“好说好说，你们治总开口——400！怎么样，够朋友吧？”

王斌笑笑：“好，晚上我会找你。手机号码给我。”

“这是我的名片，”值班经理笑着递给他名片，“有需要直接和我联系。对了，香港客人需要什么特殊服务吗？尽管开口，能提供的我都提供！我们饭店没有的，我从别的饭店借！”

“不需要。”王斌笑笑，“我走了。”

晚上，他们在机场大厅外面的车里等航班。雷鹏还在念叨：“你多少钱搞定的？”

“400。”王斌一脸坏笑。

雷鹏差点没翻过去：“多少钱？400！那是五星级饭店啊，你怎么砍下去的？！”

“为人所不为，为人所不能——学着点。”王斌笑着说，“他们出来了，准备吧。”

一个白发苍苍的老人拄着拐杖，在妆容精致的楚静的搀扶下出了大厅。老人还在不断地咳嗽，楚静满脸笑容：“程老，您可能还不适应北京的天气，比较干。慢点走，这边上车。”

一辆奔驰开过来，程老在楚静的搀扶下上车。奔驰先开走，前面肖天明开着别克忽远忽近地观察着四周路况和情况。王斌开着车跟在后面，雷鹏握紧腰间的手枪枪柄，眼神在凌厉地观察着。

冯云山早就在房间等着。程老进了房间，楚静出去了。冯云山露出笑容，程老一下子站直腰，摘下白色假发撕着胡子：“这胶水新换的吧？我有点过敏，下次还给我用原来类型的。”

冯云山笑着走过去，抱紧了徐公道：“辛苦了！”

“别肉麻了。”徐公道笑笑脱掉外衣，“我先去洗脸，脸上真过敏了。”

冯云山倒水：“你最喜欢的铁观音，专门给你留着的。”

“还算你体恤革命同志啊！”徐公道擦着脸出来坐在沙发上，“这边安排好了？”

“技术干部已经彻底清查过了，绝对安全。”冯云山脸上严肃起来，“开始吧。”

徐公道严肃地说：“我这次突然提出要当面向你汇报，是有一个重大发现……”

外面相邻的房间，楚静戴着耳机在录音。王斌在观察着楼道监视器的屏幕，不时地记录什么。雷鹏拿着手枪还在嘀咕：“怎么会那么便宜呢？王斌你到底用了什么招啊？”

“你出来的少，没经验。”王斌看着监视器苦笑，“记住一句话，也是我自己总结的——安全部的证件，吓唬人可以，办事不好使！”

“为什么呢？”雷鹏还是不明白。

“正常人谁也不求着安全机关办事儿啊？”王斌苦笑，“找我们能办什么事儿？都是找公安办事的，哪儿听说找安全机关办事的？警官证都一样，需要的时候晃晃说是治总的，饭店没人敢仔细看。”

“我操！这不是坑蒙拐骗吗？”雷鹏恍然大悟。

“我们是在一个国家利益的大原则下坑蒙拐骗。”王斌看着他说，“我们的每一分钱都来自国家，乱花就是对国家犯罪。利用任何单位和个人的弱点，为我们的最高利益工作，本身就是我们的职能。”

“明白了，为了国家我们坑蒙拐骗不算坑蒙拐骗，算机智灵活是吧？”雷鹏醍醐灌顶地说。

“操！什么狗屁逻辑！”王斌笑骂一句，继续看监视器，“那也必须在法律允许的范围内！”

“……大致就是这样，这两天我会在这里写个详细报告给你。”徐公道低沉地说。

“内部有鼹鼠，这是肯定的。”冯云山闭上眼睛拿着茶杯思考。

“你打算怎么处理？”徐公道问。

“这样，你先写报告，我看完报告决定。”冯云山睁开眼睛，“有可能你还得回去，那是龙潭虎穴啊！”

“放心吧，多少年不也过来了。”徐公道笑，“我命大，不会出事的。”

“对了，你丫头怎么样了？”冯云山问。

“哦，在曼谷办事处当经理。”徐公道笑，“处理那边的事情，干得还不错。”

“一定要她注意安全。”冯云山想起韩晓琳，心里隐隐作痛，“这个任务完成了，她必须撤回来！”

★　★　★

熬了两个通宵的肖天明刚回到宿舍躺下，就感觉到BB机在衣服里面响。他实在不愿意起来，但是作为职业习惯他又不能不看。他看看对面正在脱衣服的雷鹏，说道：“雷鹏，党考验你的时候到了！”

“什么啊？”雷鹏刚刚洗完脸所以显得比较精神。

“你是不是对党绝对忠诚？”

“是啊。”雷鹏眼睛一亮，站起来了，“有任务？”

“有个很重大的任务，需要你去亲自完成！”肖天明也很严肃，“我用党小组长的名义，交给你一个光荣的任务……既然你已经站起来了，去把我BB机拿来。”

“操！”雷鹏走过去，从肖天明裤子上摘下BB机扔过去，“真变态！”

肖天明接过BB机按下，上面写着：“黑社会，你在哪儿？怎么一直不呼我？你的手机怎么也一直不开啊？我想你了，你是不是把我忘了？——点点。”肖天明一下子精神了，看看日期：“今天礼拜天？”

“是啊。”雷鹏已经躺下了，“你都过糊涂了吧？”

“我忘了一件很重要的事情！”肖天明爬起来就穿衣服。雷鹏又精神起来：“啥任务？”

“私事！”肖天明苦笑着穿上鞋，“把你车钥匙给我，我那车今天送调度检修去了。有事儿呼我打我手机都可以，快点儿！”他一边往外跑一边拿出手机开机，拨了呼台号码，“喂？呼4486，我姓黑。全名？那你就说黑社会，哎呀，黑色的黑，社会的社会！我马上去找你，现在给我回电话。”

正在蒙头睡觉的雷鹏马上探头出来脸色大变：“我操！黑社会！”

肖天明开着黑色奥迪直接就杀往陈点点所在的大学，陈点点果然在宿舍窗户边两只手撑着下巴傻傻地等着。看见肖天明下车眼睛一亮，拼命招手。肖天明下车戴着墨镜站在车边，陈点点在宿舍里面急了：“我鞋呢？我鞋呢？你们谁看见我鞋了？”女生们围到窗户边上看：“哎哟，这就是你上次说的那个穷小子啊？！怎么开奥迪啊？！是不是骗子啊？！”

“我就喜欢他骗我！”陈点点终于找到另外一只鞋穿上了，在镜子跟前匆匆梳完头穿上外衣就跑。不一会儿就回来了，“呼机！我的呼机！”女生们都看她，面面相觑。

“我说点点，骗子你也喜欢啊？”一个女生小心地问。

“我就是喜欢他跟我说故事，太有魅力了！”陈点点在混乱不堪的床上找到呼机就跑了。

肖天明在底下刚刚点着烟，陈点点就飞出来了。他不好意思地笑笑：“我这几天工作忙……”

陈点点脸红扑扑的幸福极了：“我不听你解释！你就是有别的女人也行，只要你是真心喜欢我就足够了！”

肖天明哭笑不得：“我？我哪儿有啊？！”

“没有更好！”陈点点已经上车了，“走，黑社会！我们去图书馆！”

肖天明上车：“怎么又去图书馆？”

“在图书馆，我最安全！”陈点点调皮地笑着说，“你就是黑社会我也不怕你！那么多人，你哪儿敢啊？再说了，我看你比我还喜欢看书！”

肖天明苦笑，开车。雷鹏从后面隐藏的灌木丛中钻出来一脸疑惑：“不是吧？这么个女孩，是黑社会？”

陈点点在图书馆看外国名著，不时地偷看肖天明。肖天明果然看书极其认真，抱着一本英文版本的《抓鼹鼠的人》仔细读着。陈点点看见肖天明俊朗的轮廓，专注的眼神，自己偷乐。

雷鹏抱着一堆书探头探脑，找了个侧面不远的地方坐下，用厚厚的书挡着自己的脸不时地偷偷看他们俩。肖天明在看书，他翻页的时候看见坐在旁边的陈点点在看自己，脸红扑扑的，笑了。陈点点急忙拿书挡住自己，肖天明刚想凑过去说话，余光扫到了一个熟悉的身影。肖天明无奈苦笑，对陈点点说：“带小镜子了吗？”

“带了啊。”陈点点很纳闷儿，一个男人要镜子干什么？肖天明要过镜子，将窗户射进来的阳光反射到雷鹏的书上。雷鹏正好放下书要看这边被反了个正着，肖天明无奈地苦笑，放下镜子：“我出去抽颗烟。”

首都图书馆门口。肖天明站在台阶上点着一支烟，雷鹏从后面跑出来。肖天明看都不看他：“说，为什么跟踪我？”

“那个女孩是谁？”雷鹏一脸警惕。

“跟工作没关系，是个学生。”肖天明苦笑，“我查过她的背景，完全是干净的。我说，我跟女孩接触需要向全处汇报吗？没有这条纪律规定吧？”

“她是不是有黑社会背景？”雷鹏警惕地问，“这种情况你必须向组织汇报！”

“什么黑社会？”肖天明纳闷儿，随即明白过来了，“哦，我知道了，你听话听半截！我是说……”

“黑社会！”陈点点跳着就从里面出来了，“今天你只许抽两根烟！”

雷鹏吓了一跳，看肖天明。陈点点看见雷鹏，也吓了一跳：“哟？你朋友啊？”

肖天明哭笑不得：“这个事情比较难解释，他和我是一起的。”

“也是黑社会？”陈点点差点没晕过去。

雷鹏愣了一下，肖天明踩他，他急忙说：“啊，我也是黑社会……”

陈点点看身材健壮短发黑脸的雷鹏，害怕地躲到肖天明背后。肖天明苦笑："得，你现在知道了？我是黑社会！——当然，你也是。"

雷鹏对陈点点笑笑，明白过来了。他的呼机响，他按下："哎！今儿斌子请客，你去不去？"

"你去吗？"肖天明转向陈点点笑着说，"敢不敢和黑社会一起吃饭？"

"你去我就敢！"陈点点拉着肖天明的手。肖天明笑笑，问雷鹏："你开车了没？"

"你开了我的车，我开什么车啊！打车来的，车费你给报销啊！"雷鹏苦着脸说。肖天明把车钥匙给他："成，今天你先给大哥当司机！"

"操！你什么待遇啊？！"雷鹏痛心疾首，"我一个堂堂的……"肖天明瞪他一眼，雷鹏就改口了，"一个堂堂的黑社会给你当司机？！"

车在车流里面行驶着，雷鹏在前面嘿嘿笑着，把后视镜扭扭对着陈点点。陈点点刚刚靠到肖天明怀里，肖天明无奈地一拍雷鹏："我说黑社会司机同志，你能不能好好开车啊？"

楚静和王斌正在韩国烧烤店烤牛肉，三个人风风火火地就进来了。王斌和楚静看见陈点点都是一愣，楚静眼睛亮了："哟！这是哪家的姑娘啊？怎么那么不开眼跟了你了？"

陈点点脸红了，又羞又怕："你们都是黑社会啊？"

王斌被问愣了，再看朝自己拼命眨巴眼的肖天明忍不住喷了："对，我们都比较黑——所以叫黑社会。坐坐，想吃什么自己点！明子给我们介绍介绍！"

"这是斌哥，辈分最高，是我们的组长！"肖天明笑着说。陈点点小心地点头："斌哥好！"肖天明又指着楚静："这是楚姐，这个呢，你叫他小雷就可以了！"

楚静拉陈点点坐在边上："别理他，吓唬你玩儿呢！这帮小子可坏了！你叫我静静就好了，我比你大不了几岁！"陈点点小心地问："我叫你静静姐吧？"

楚静无奈地看着肖天明："我说你都跟人家说什么了啊？把人家姑娘吓的？你还党小组长呢，就这么对女朋友啊？"

"黑社会也有党组织？"陈点点真惊了。

四个人都喷了，王斌忍俊不禁："对对，我们跟别的黑社会不一样。我们是党领导下的黑社会，算了，你长大点就知道了。明子你要注意啊，别吓唬人家小丫头！"

肖天明点头笑道："我没吓唬她，这黑社会是她给我安的。算了，不说这个了，点菜点菜！"

陈点点看看这个又看看那个——难道还有党领导下的黑社会组织？

★ ★ ★

砰砰砰！沙滩上摆着的六个啤酒瓶子应声而碎，里面的西红柿酱在空中喷洒。

穿着虎斑丛林迷彩服的上官晴面无表情，将打完的弹匣退出来，接过特勤保镖手里还在燃着的烟抽了一口。一个新的弹匣装上了，她放下烟举枪瞄准。

后面有掌声，周新宇笑着说：“好枪法！”

“周叔叔！”上官晴把枪的保险关上，丢给身边的特勤保镖跑过去笑着说，“你怎么来了？”

“我不能来看看你啊？”周新宇笑着说，“你恢复得很快，现在连枪都能打了？”

“我现在每天都锻炼！”上官晴笑着说，“他们队长都不一定是我的对手呢！”

“好样的，不愧是我们军情局的子女！”周新宇举起大拇指，“我来是想告诉你，局长决定明天给你授勋，然后你就转移了。你将要开始新的生活，跟这个圈子完全没关系的新生活！我们给你安排在一个中学当中文老师，这个工作你应该可以做得很好！”

上官晴脸上的笑容消失了：“你真的不打算要我继续工作？”

“晴儿，我跟你说了不止一次了！”周新宇恳切地说，“你为这个工作牺牲太多了，你已经是我们的功臣！从哪个角度讲，我都不忍心让你再继续在这个圈子工作，太危险了！你应该重新开始生活！”

“周叔叔！”上官晴眼中含着眼泪，“我要报仇！如果你不同意，我就绝食！”

“晴儿！”周新宇很震惊，“你不能这样做，这是局长的命令！”

“那么我就绝食，等到局长改变命令！”上官晴转身就跑回自己的临时安全岛。周新宇看着她边跑边哭的背影点着一支烟，保镖队长过来：“少校，怎么办？”

“让她绝食吧，医官要对她的身体进行全面监测！”周新宇没什么表情，“三天后我过来，局长可能也来。你注意安全措施。”

“是。”保镖队长立正答道。

晚上，上官晴躺在床上看着满头的星星，她真的开始绝食了。眼泪默默地流着，她看着那些闪烁的星星想着自己悲惨的身世。自己被无耻地使用了神经控制药物，现在居然连妈妈心疼自己的事情都一点也想不起来了……全都是一些破碎的残片，这个世界为什么会这样……她哭着，昏昏沉沉地睡着了。

第三天，上官晴开始绝水了。她的身体变得虚弱，神志也不是很清醒。她总是在半梦半醒之间忽悠着，犹如一个孤独的游魂。

……一片好大的芦苇丛，怎么会有芦苇呢？这里是亚热带啊。居然还有薄薄的一层冰，怎么会结冰呢？还有一个瘦弱的高个男孩，怎么也看不清楚他的脸……

“这是水，这是冰，冰是睡着的水——你们是水，我也是，而我是睡着的。”那个男孩用纯正的中文说，声音很有磁性……

“你是谁……”上官晴在昏昏沉沉当中看见自己跑过去，他却消失了，无影无踪。上官晴拼命寻找，芦苇丛里面什么都没有，只有那个男孩磁性的声音在重复那句话。上官晴寻找着，拨开一片又一片芦苇丛，都急哭了。奇怪，自己为什么会哭呢？这个男孩到底是谁？到底是谁？

上官晴昏昏沉沉地在梦中流着眼泪，她美丽的嘴唇轻轻地翕动着：“这是水，这是冰，冰是睡着的水……冰是睡着的水……冰是……睡着的……水……”

第六章 True Lies

★　★　★

泰国曼谷，祥云贸易公司曼谷办事处。嘈杂的人流当中，白色宝马轿车缓缓停在楼下。两个精干的保镖下车，墨镜下的眼睛警惕地注视着人来人往。后车门打开了，戴着咖啡色墨镜的办事处经理Ella优雅地下车。两个保镖在后面跟着她走入大厅。Ella年轻漂亮，是曼谷华侨商界的一颗新星。

她拐进自己的办公室客厅，女秘书站起来："Ella，有位先生在等你。"

Ella摘下墨镜，漂亮的眉毛挑了一下："你怎么让他进去了？"

"他说和你很熟。"女秘书小心地说，"我没拦住。"

"我知道了。"Ella冷静地说，她右手拿着墨镜推门进去。

里面的落地窗前背对她坐着一个戴草帽的男人，拿着一杯威士忌在慢慢晃着。Ella慢慢关上门，眼睛已经扫视了整个房间。她冷冰冰地开口："先生，你走错地方了吧？"

转椅旋转过来，那个男人摘下草帽露出笑容："你办事处经理的架子比我总经理还大啊？"

"爸！"Ella惊喜地喊出来，"你怎么也不提前来个电话啊？"

徐公道站起来笑着把草帽扔到椅子上："我是临时决定来的，怎么喝你杯威士忌就不乐意了？"

"哪儿的话！"徐睫擦着眼泪，"我可想你了！在这里我就是一个孤岛，可难受了！"

"这不过是刚刚开始而已，谁让你主动请缨非要出来的。"徐公道笑笑，"说正事儿，我这次来带来家里的一点杂事。”

徐睫严肃起来：“没事，这里是安全的。”

“我们要从这里带个客人回国。”徐公道低声说，“你这个点要起用了，是个主动投诚过来的，我们已经考察过了。你布置好安全点没有？起码要三个，国内要来一个小组。”

“没问题。”徐睫眼睛闪出光芒，“我就等用我的那天呢！”

“对了，你有没有什么信，可以让他们小组顺便带回国内。”徐公道笑着说，“譬如给某个农场养猪的小兵之类的！”

“爸——”徐睫脸红了，“我跟他是纯洁的，他有女朋友！”

“好好，不开玩笑了。”徐公道笑着摆手，“国内来的小组明天到曼谷，客人大概在三天以后到。现在就得开始布置了，我是行动总指挥。行动代号‘偷猎’，T 军情局在这一带很活跃。一切都要严格保密！”

“是，我知道。”徐睫点头，“我会安排好的！”

★　★　★

“对不起！对不起！来晚了！”肖天明满头大汗地跑向等在电影院门口的陈点点，“路上堵车！我好不容易才蹭过来的！等急了吧？”

陈点点撇撇嘴：“电影都开演快一个小时了！”

“那我们看下一场？”肖天明说。

“算了，我还得回家呢。回去晚了，我妈又该呼我八百回了。”陈点点无奈地说，“就你还黑社会啊，堵车都能给你堵着！你打打杀杀的本事哪儿去了？”

肖天明嘿嘿笑着，心想我要是黑社会倒好了。

“什么电影啊？”

“美国大片，True Lies。”陈点点拉着他的手拿着两张票就进去了。

电影已经放了一大半，施瓦辛格正在打打杀杀，银幕上一片火光。肖天明兴奋地喊：“嘿，真刺激啊！”

陈点点拉着他找空位坐下：“你不知道这个电影啊？特别轰动，讲的是一个间谍的故事！”

肖天明头皮有点发麻：“间谍？”

“啊？间谍你都不知道？真笨蛋！老土，还看什么英文书啊！”陈点点捅捅他，“spy！ s——p——y！记住了？”

肖天明笑笑：“对对，记住了。”

银幕上还在打打杀杀，超级间谍施瓦辛格像破坏大王一样玩完了汽车玩飞机。肖天明看得瞠目结舌，张大嘴真惊了。陈点点小声在他耳边介绍剧情：“我看过这个电影的介绍。一个间谍，始终瞒着他的家人，一直掩盖自己的真实身份，说自己是个商人。他一直在撒谎，不过却是为了自己的职业不得不撒谎，所以这个电影的名字叫 *True Lies*——《真实的谎言》。”

肖天明更惊了，头发都要竖起来了。他仔细看着陈点点，陈点点看着银幕上的场面很兴奋。他松口气，巧合无处不在，巧合就巧合吧。

银幕上，施瓦辛格对妻子说：“我是个间谍。”

肖天明真笑出声了，陈点点看看他。他急忙捂住嘴，摆摆手：“没事没事，我想到别的事情了。”

接下来的情节更让肖天明笑个不停，眼泪都要出来了。陈点点诧异地看他：“真那么好笑吗？”

“没事没事，看电影。”肖天明刚刚严肃起来想看电影，调成震动的呼机响了。他拿出来看看，脸色变了。上面写着，“四海之内皆兄弟。老爸”。他想想，轻声对陈点点说：“我得走了。”

“现在？”陈点点一愣。

“对。”肖天明很内疚，“我得出差了。”

“去哪儿啊？”陈点点很紧张，“你们组织又要派你干什么去？”

肖天明笑笑：“不说这个了，我不能送你回家了。你自己看电影吧，完了打车回家。到家给我发个传呼让我放心，好吗？”

“你走了我还看什么劲啊？”陈点点嘟着嘴。

俩人出了电影院，肖天明再次道歉：“对不起！对不起！下次我一定陪你看完一场电影！”

陈点点哀怨地看着他：“你说我图你什么？你也没正经职业，也没时间陪我，你还老骗我——可我怎么就喜欢你了呢？”

“要不怎么说缘分呢？”肖天明赔笑说，“你赶紧打车回家，到家呼我。我走了，回来我去找你。”

“又不能给你打电话？”陈点点都要哭了，“你告诉我你到底有没有危险啊？”

“没危险。”肖天明笑着说。

“可你是黑社会啊！”陈点点哭了，“你总不能老骗我没危险吧？你就是杀人犯，你也得给我说实话啊！你到底是贩毒还是干别的我都不在乎，我喜欢的是你这个人！”

周围人都看这边，肖天明急忙拉她到角落去：“别哭了，赶紧回家。我会回来的，没事。”

肖天明吻了陈点点嘴唇一下，转身跑向自己的车。

“黑社会！”

肖天明站住了。

“我爱你！”陈点点哭出来。

肖天明忍住心酸，转身：“你愿意嫁给我吗？”

陈点点睁大泪眼：“我还没毕业呢！”

“毕业了，嫁给我。”肖天明笑笑，“*True Lies*——这个电影名字很好。我走了！”他转身在陈点点的泪眼注视下敏捷地翻过护栏跑向自己的车，陈点点在后面声嘶力竭地高喊：“黑社会，我愿意嫁给你！”

肖天明咬牙钻进轿车，发动车离开陈点点的视线。陈点点泣不成声：“我愿意嫁给你……”

肖天明急急忙忙地赶回办公室，王斌一脸严肃：“手机、呼机都交上来。明天我们飞曼谷，现在开始断绝一切对外联系。”

肖天明把呼机、手机都关上交给王斌锁进保险柜，颤抖着手点烟：“*True Lies*……”他的心还在滴血，闭上眼睛再睁开，看见办公室墙上的标语：“对党绝对忠诚，精干内行。”

他差点涌出来的眼泪立即消失了，激动的心情平静下来，开始翻阅刚刚送来的情报资料。

★ ★ ★

“上官晴同志，由于你投身工作的热情和决心感动了上峰，所以特批你重新加入我军事情报局。并晋升你为陆军中尉军衔，授予五等云麾勋章。望你再接再厉，为党国创造新的辉煌！”军情局长庄严地将五等云麾勋章和勋表授予身着陆军中尉礼服的上官晴。

上官晴神色庄重，庄严敬礼……

“你曾经接受过初级情报员训练，现在你要继续深造，接受高级情报员的培训。这是一个艰难的训练，目的是把你培养成为高级情报员、全能情报员。有没有信心完成这个任务？”周新宇的眼睛很坚毅。

“有。”穿着迷彩服的上官晴坚定地说。

“出发吧，你要去外岛的秘密基地接受最严酷的训练！”周新宇举手敬礼。

上官晴还礼，背着背囊跑向背后的MH－53E“海龙”运输直升机。舱门关上，周新宇还在敬礼。上官晴目光坚毅地抱着背囊奔赴远方，下面海面波光粼粼，她却看不见任何美丽，只有仇恨的火焰……

“你前面就是被捕的匪谍！去，杀了他！”教官一脸严肃大声命令。

上官晴眼中冒火，拔出匕首。对面那个男人大哭着跪下了：“我是渔民啊！我真的是渔民啊！放了我吧……”

上官晴犹豫了一下，教官厉声说：“你不要忘记你曾经受到的虐待！就是他们这些匪谍干的！”

“啊——”上官晴高喊一声，美丽的脸扭曲着冲了过去。男人掉头就跑，上官晴飞起一脚将他踢倒。男人连声求饶，上官晴高举起匕首闭上眼睛。噗——噗——血溅起来喷在她白皙的脸上，和眼泪一起流。她高叫着：“啊——”

上官晴在苦练发报，手指都磨破了还在坚持。

周新宇坐在办公室看着她的成绩单，脸上没有什么特殊的表情。

上官晴在练习驾驶汽车摆脱跟踪，她速度很快，高危动作一气呵成。

周新宇看着成绩单不由地站起来，脸上很惊讶。

上官晴举着自动步枪连连射击，对面的几个背对她不同方向奔跑的渔民纷纷倒地。她丢下步枪拔出手枪，走过去挨个补枪，脸上没有特殊的表情。

周新宇看着成绩单笑出来，他把成绩单放进一个案卷夹合上。封面写着“头等绝密——孤燕专案”……

“你的受训成绩令人惊讶，可以提前毕业了。”周新宇看着对面跨立的上官晴由衷地说，“我们需要你立即出来工作。”

“是，少校！”上官晴立正敬礼。

“你熟悉一下曼谷的情况，三天后就要出发，去完成一个制裁任务。”周新宇严肃地说，“我们的一个情报员密谋串通中共安全部叛逃，他是曼谷站的副站长——你知道这个分量。”

“是，少校！”上官晴坚定地说。

“晴儿，不要让你父母的在天之灵失望！”周新宇低声说。

上官晴忍住眼泪：“是，少校！”

“你的代号是‘孤燕’，你是一只孤独的燕子，独自完成任务。”周新宇低声说，“你直接属于我指挥，要执行最难完成的艰巨任务！”

“不成功，便成仁！”上官晴坚定地说。

周新宇点点头：“去吧，收拾一下跟我走。”

“我没什么可收拾的，只有一颗破碎的心！”上官晴含着眼泪说……

“你这次制裁的对象代号‘贼鸥’，他贪污了我们军情局的经费，害怕被团体制裁所以企图叛逃。”周新宇看着她的眼睛说，“你要杀了他，杀一儆百！”

“‘贼鸥’？”上官晴有点熟悉这个名字。

“有问题吗？”周新宇认真地看着她。

“没有！”上官晴斩钉截铁。

曼谷国际机场。戴着墨镜的上官晴穿着黑色风衣走出机舱，踏下舷梯。

上官晴走入机场大厅，站了一下，判断一下方向。一个中年男子迎过来：“小姐，请问现在这架航班有没有晚点？”

“晚了五分钟。”上官晴不经意地说，“不碍事。”

“五分钟也是时间啊，这个鬼航空公司就是这样。”中年男子浮起笑意压低声音，“出门往左，一辆丰田皮卡。地图在车里，你到安全岛等我。”

上官晴撩撩头发，继续走出大厅。

上官晴走出大厅门口，走在人群当中。她摘下墨镜，借助反光观察后面。确定没有跟踪才戴上墨镜走向皮卡，她拿出车钥匙。这是出发前就给她的，果然和这个车对上了。她打开车门坐进破旧的皮卡，启动发动机。地图在车的储物箱里，她拿出来扫了一眼，找到安全岛。

皮卡慢慢拐出停车场，汇入曼谷的车流。皮卡在曼谷的车流里面缓慢开着，上官晴戴着墨镜按喇叭。上官晴开车到了郊区一个破旧的修车铺子，车开入车库。卷帘门关上了。修车铺没有人。上官晴下车关上卷帘门，她从司机座位底下取出贝雷塔手枪上膛然后开始搜索。当确定都安全以后，她才垂下手枪长出一口气。二楼已经给她准备好一个卧室，有一台电视和一个冰箱。她打开冰箱，取出牛奶喝了一口。

角落放着一个长条箱子，她慢慢走过去蹲下，打开箱子，第一层是一支苏联造的 SVD 狙击步枪，枪身没有编号。第二层是东南亚最经常见到的中国造 56 冲锋枪和三个满满的弹匣，还有一把从老 56 半自动步枪上拆下来的三棱枪刺做成的匕首。

上官晴把武器拿出来一一检查着，看到 56 冲锋枪上的简体字她有点头疼，她急忙从包里取出药吃了。周新宇告诉过她由于大陆安全部的神经控制药物作用很强，所以她必须不断吃药来维持神经的正常运转。这更加剧了上官晴内心深处的恨意。

吃了药以后，头痛欲裂的感觉稍微好了点。她闭上眼睛躺在床上用绳子勒住自己的脑袋，这是减缓头疼的办法之一。她必须保持清醒的头脑，因为她是孤燕，在敌后没有任何支援，她必须依靠自己来完成任务。是的，孤燕已经开始飞翔。

★　★　★

穿着白色裙子的韩晓琳长发披肩，犹如黑色的绸缎在芦苇丛中飞舞着。笑声如同银铃一般，却又如同在水中一样带着回音。王斌看见了，拼命追，却追不上。他笑着："看你往哪儿跑？抓住你了！"韩晓琳还是在前面跑："来啊，来啊！你抓不住我的！"

王斌在芦苇丛中奔跑着，却突然看不见韩晓琳的影子了。他着急地四处转着，拨开一片片的芦苇丛："晓琳！晓琳！你在哪儿啊？"他拨开最后一片芦苇丛却看见未名湖上的一层薄冰。薄冰有个口子，岸边放着韩晓琳的凉鞋。王斌吓呆了，跳入湖中在冰水当中奔跑寻找："晓琳！晓琳……"

王斌一下子在床上坐起来，满头冷汗。他回过神来，心口还在剧烈地跳个不停。老式电扇还在嗡嗡地转着，仓库里面黑着灯，他身下的吊床还在忽悠犹如坐船。浑身都被汗水湿透了，热带低气压让王斌喘不过气来。自从到达曼谷，他的心跳就不太正常，忽快忽慢。他拿起水杯喝了两口，缓缓又点着一根烟。

同一时间，在修车铺的二楼。失眠的上官晴点着一根烟，哆嗦着手抽着。她紧紧头上的绳子，黑色的吊带背心都被汗水湿透了紧紧贴在身上，露出凹凸的曲线。她起身，穿着黑色吊带背心和白色内裤光着脚走到武器前面拿起 56 冲锋枪哗啦哗啦地没有任何目的地拉着枪栓。

SVD 狙击步枪抵在上官晴的肩上，她拉空枪试验撞针击发力度。随即放下狙击步枪，拿出箱子里面的一盒狙击步枪子弹。她拿出工具，开始重新装药让子弹射程更远，精度更高，锉刀在细致地锉着弹头。

子弹一发一发压进弹匣。上官晴用女人特有的细心擦拭着狙击步枪的瞄准镜和枪身，她的长发扎进白色发带里面散下来。汗水顺着白皙的脖子流进胸前高耸的乳峰之间，她把狙击步枪擦好放在箱子上又拿起 56 冲锋枪。

上官晴擦完手枪，哗啦啦上膛又哗啦啦退膛。完成这一切她闭上眼睛，将枪口贴在自己红润的嘴唇上："妈妈，保佑我。"

这边，王斌从吊床下来，脱下自己湿漉漉的背心拧了拧，穿着短裤拖鞋背上自己的书包踏去屋顶的楼梯。旁边的吊床上肖天明还在睡觉，右手握着放在胸前的手枪。

仓库顶上，雷鹏在暗处的阁楼里面抱着 SVD 狙击步枪在值班。他看见王斌上来没什么惊讶："这个地方太热了，我也睡不着就没叫你换班。"他把烟夹进喝干的易拉罐的口子里抽，这样没有任何火光。

王斌深呼吸，湿润的空气让人还是很不舒服。气候不适应是肯定的，从北方突然来到热带，没几个人能迅速适应。这种秘密潜入是王斌小组经常要执行的任务，互相配合也到了一定的默契。拿着某进出口公司护照的四个年轻干部进入曼谷之后，就跟随来迎接他们的徐公道来到这个安全点，魏处长去安排出境回国路线，他们就要在这里苦等命令了。

王斌把狙击步枪接过来，手滑过乌黑的枪身，举枪瞄准远方。夜视瞄准镜里面绿油油一片，复杂混乱的街上空无一人。

"我有一种预感，我们这次要遇到情况。"王斌看着远方说。

"你是说'贼鸥'投诚是个圈套？"雷鹏问。

"他是不是圈套都不重要，关键是有人在等我们。"王斌忧心忡忡地说，"我的预感很不好，希望我是错误的。"

"如果'贼鸥'真有什么对手的机密又嘴巴不严，他们恐怕不会那么容易让他走。"雷鹏低沉地说。

"我还没想明白——他们真敢制造流血事件吗？"王斌纳闷儿地说，"本来是隐蔽战线的斗争，如果真干起来不就曝光了吗？对他们有什么好处？"

"也许他们派来个影子杀手呢！"雷鹏笑道，"一个根本不存在的人，无论是死是活对他们都没损失。"

"你怎么想到的？"王斌问。

"美国电影啊！老美喜欢玩儿这个。"雷鹏笑着说。

王斌没笑容，也没说话就是看着远处。

★ ★ ★

"在你们情报系统内部，有隐藏很深的鼹鼠。"代号"贼鸥"的 T 军事情报局曼谷站副站长凌陆对面前的徐公道缓缓地说，"级别很高，所以我的安全肯定会受到威胁。"

"这个不是你操心的问题。"徐公道淡淡地说，"我既然说了可以把你带出去，自然有我的办法——但我想知道的是，你到底对这个鼹鼠知道多少？”

“知道很多。”凌陆带着自得的笑意，“你想要的我全有——但是我必须首先到大陆，才能全说。”

“我们共产党是说到做到的。”徐公道说。

“你我都是搞特工的，谁心里没点小九九。”凌陆不屑地笑，“我在曼谷全说了，马上就是没用的臭皮囊。你们才不会管我的死活呢，早没影了！”

“我们不是第一次接触——你说到香港谈，我们在香港谈；你说到东京谈，我们在东京谈；现在你要我到曼谷来，我也来了。”徐公道冷冷笑道，“从和你接触开始，我没有哪次违约吧？不要以为少了你，地球就不转了！”

“你什么意思？”凌陆开始紧张。

“只要我一句话，偷猎行动马上取消！”徐公道眼中射出寒光，“我们所有来接应你的人全都撤回国内，由于你出尔反尔，我们的合同解除了！”徐公道一拍沙发站起来，守在门口的王斌给他拿来草帽。徐公道戴上冷冷地笑道，“我们共产党从来都欢迎任何愿意回归的朋友，但是我们决不和拿民族利益当砝码的人做交易！告辞了！”

凌陆急忙站起来：“我不是这个意思！”

“没什么可说的了，行动取消。”徐公道冷冷地说，“我们没什么可谈的，青山不改绿水长流——你自己保重！”

“我说！”凌陆着急地说，“我说——是冯云山！”

徐公道和王斌都是一惊，徐公道回头盯着凌陆：“你要知道你在说谁？！”

“我知道。”凌陆苦笑，“是冯云山，你们的主管局长。”

徐公道走到他的面前：“你再说一遍？！”

“冯云山。”凌陆坦然起来，“他就是‘人马座’！”

“证据呢？”徐公道平静下来。

“最简单的例子，你们隐藏那么久的039号，除了冯云山没有人知道他的底细。”凌陆说，“还有017号，他只对冯云山一个人负责。”

“你这些根本不是证据。”徐公道冷笑，“这些根本不需要你来告诉我，我们都明白。”

“冯云山在瑞士银行有个秘密账户，我知道密码。”凌陆说，“我有每次给他打款的直接证据，还有他取用的证据。我还有他秘密在香港和我们的人接头的录音，但是现在不在我身上。”

王斌眼中冒出怒火，但是还是把话压回去。因为这个时候没他说话的份儿，只有忍着。

“你这套把戏留着给小孩子信吧。”徐公道冷笑，“我们走。”

“我还有一个证据——冯云山有个养子，叫王斌！现在是你们的人，我知道他所有的底细！”凌陆大声说。

王斌震了一下，稳住了。徐公道慢慢转身：“你都知道什么？”

“王斌是你们殉职干部的孤儿，8岁到北京，在橘子胡同上学。”凌陆说，“他的女朋友是小学同学韩晓琳，后来去美国留学。再后来发生了一些变故，一些特殊的变故。”

“什么变故？”王斌脱口而出。徐公道冷冷看了王斌一眼，他只好闭口不言。

“我不能在这里说。”凌陆冷静地说，“只有我确定我安全才可以说。冯云山不仅出卖了他的手下，还出卖了他的养子。他是真正的鼹鼠，埋在你们内部很多年，是我们军情局的镇局之宝！”

王斌咬牙坚持站稳，徐公道冷冰冰地看着凌陆：“你要知道你怀疑的人是谁，是我的直接领导——如果你跟我玩儿花招，你绝对死无葬身之地！”

“我留下也活不了，还不如跟你走，搏一搏。”凌陆说完觉得自己痛快了，“更多的情况，我觉得和你们专门负责内保的干部交代更合适。至于王斌的女朋友韩晓琳的事情，也属于我们的绝密行动——我必须在大陆安全的地方说。”

徐公道不动声色：“你就在这里待着，一分钟后有人来接你。”他转身出去了，王斌看了凌陆一眼跟出去了。凌陆松了一口气，疲惫地坐在沙发上。

王斌出了酒店，上车后有点心神不定，徐公道冷冷看他：“你能不能做这个工作？！不能做现在就给我回北京，我不需要懦夫！我要的是对党绝对忠诚的战士！”

“我可以！”王斌咬牙说，“我只有一个信念——对党绝对忠诚！”

“那你就给我忍着！”徐公道没什么表情，“给家里发报，这个人我们带回去。至于怎么处理，是回去的事情。如果他是故意来扰乱我们视线的双面间谍，那也是个死间！只要踏上大陆的土地，那么就由不得他胡说了！”

“是。”王斌发动汽车，眼泪在眼角打晃。

对面的楼顶，穿着泰国当地妇女服饰的上官晴看着那辆车。她拿起望远镜观察车里，车挡住了王斌的脸。她转向酒店附近，仔细观察着下面的街道，脑子在思考着。不一会儿，肖天明和雷鹏一前一后带着凌陆出来，上了另外一辆轿车，开车的是个女孩。车混入车流当中消失了，上官晴看着面前打开的曼谷地图，在思考着。

曼谷闹市的一个宽大的公寓楼内，这是第二个安全点。从窗户可以清晰地看到四面八方的交通，视野开阔。王斌站在窗户前无声地观察下面，神色严峻。凌陆被安排到里屋，楚静在给他化装。肖天明在制作伪造的证件，雷鹏坐在门口手里抓着怀里的雷明顿霰弹枪。王斌一直就这么沉默地站着，没有任何表情。

徐公道和魏处长进来，雷鹏站起来。徐公道淡淡地说：“今天晚上，搭中国国际航空公司的航班走。”

王斌深呼吸，让自己平静。他闭上眼睛又睁开，还是那么冷峻。他强迫自己的脑子不去想冯云山，不去想韩晓琳，不去想和这个任务无关的一切事情。是的，自己是对党绝对忠诚的情报干部！自己的一切都是属于党的！

那么就必须完成党交给自己的任务，不折不扣！——其余的，都是身外之物。

★　★　★

两辆破旧不堪的轿车毫不起眼儿，在黄昏当中的曼谷街头穿行。雷鹏驾驶第一辆车，旁边是肖天明。第二辆车的司机是王斌，楚静坐在他的身边，化装后的“老人”凌陆和徐公道坐在后排。再后面还有一个徐睫指挥的当地的内保小组，不过没跟那么紧，隔了好几辆车。

热带的黄昏非常炎热，化装后的凌陆出汗不顺畅很是难受。徐公道目光警觉，这种时候万万不能出现任何疏忽。王斌无声驾驶轿车，这车虽然外表破旧但是马力强劲。曼谷的军警在街上指挥交通，和天气一样，懒洋洋的。

一个驾驶摩托的女孩背着大提琴箱从车流当中穿梭，和他们并排等在红绿灯处。女孩戴着几乎遮住半个脸的大墨镜，用来防尘的纱巾围着下巴和脖子，长发在热风中飘逸。王斌的眼睛职业性地向左飘了一下，看见女孩的侧面。上官晴正好也往这边似乎很无意地看，看见了戴着墨镜的王斌，那棱角分明的脸部轮廓。上官晴愣了一下，脑子里面在瞬间闪过那片芦苇丛……

咣！走神的上官晴的摩托车撞在了王斌的车头。王斌急忙停车，按照预案楚静下车了。楚静拿出一张美元塞在上官晴手里，用泰语说：“不好意思，我们赶路。”上官晴从地上爬起来，神色还在恍惚。楚静掉头上车，王斌把目光从上官晴身上挪开开走了。

远处的车内，一个精干的中年男人注视着上官晴。他看到上官晴待了半天，又扶起摩托车追过去了。

王斌开着车，尽力让自己稳住。眼睛不知道为什么莫名其妙地湿润了，他伸手去摸，手指是湿润的。他从后视镜看见了那辆摩托车又逐渐追上来了，那个戴着墨镜的长发女孩背着大提琴的箱子在车流中穿梭着。

上官晴在风中流着眼泪，她以为自己是被风吹的。她擦着王斌的车头过去，头又开始疼了。她咬牙坚持着，加速离开了。王斌看着她的背影，皱着眉头想着什么。但是他总觉得脑子一片空白，好像什么都没想。

上官晴将摩托车高速开到一幢废弃的烂尾楼。她下车后解开腕上的绳子直接扎在额头上紧紧勒住，哆嗦着手取出药片吃下。擦擦脸上的眼泪提着大提琴箱子走向工地电梯，按下按钮。电梯很野蛮地启动，上升了。

王斌的脑子一直在闪现刚才的女孩，突然他的脑子定格在大提琴箱子上——他猛醒过来："有刺客！"

两辆车已经拐上车流稀少的机场高速，在公路上孤零零的。王斌的话音未落，一颗狙击步枪子弹已经穿透车前玻璃，直接打在他的胸口。王斌一瞬间没有感觉到身体的痛楚，随着血喷出来的是一种撕心裂肺的心疼。他狠狠踩住刹车，身子撑住在方向盘上。楚静拔出手枪，拉住王斌："下车！"

徐公道带着凌陆下车，凌陆腿都发软。

烂尾楼的隐蔽角落，上官晴"啊"地叫了一声捂着自己的心口，狙击步枪掉在旁边。她脸色煞白，顽强地抓过狙击步枪，捂着心口，急促呼吸着再次瞄准。瞄准镜里面的那个瘦高个男人墨镜已经掉了，他的脸色也煞白，捂着胸口被那个女孩拉下车。

砰！上官晴咬住牙再次扣动扳机。

王斌腿部中弹，一下子栽倒了。

"啊——"上官晴尖叫一声，捂住绞痛的心口。她流着眼泪摸住了步枪，甩开额头前的长发举枪瞄准。她嘴唇翕动着，瞄准在人群当中奔跑的凌陆。她果断射击，凌陆头部中弹猝然倒地。她再次将目标对准王斌，要为自己受到的虐待复仇——王斌昏迷在肖天明的怀里，血在流着。肖天明高喊着，招呼后面跟上来的内保小组。

上官晴咬牙再次射击。子弹打中王斌的胳膊，击穿了打在肖天明身上。肖天明也倒下了，他拔出手枪对着这边盲目射击着。

上官晴受不了头疼和心口绞痛，捂着心口蜷缩起来。那个一直跟踪她的中年男人从后面闪身出来，无奈地摇头。他拔出手枪上膛，而后无声地对准上官晴，突然在一瞬间，处于痛楚当中的上官晴右手一甩，三棱军刺如同闪电刺穿了中年男人的咽喉。中年男人猝然倒地。

上官晴捂着心口站起来，跌跌撞撞地往电梯跑去，不时地栽倒。但是任务已经完成了，她必须赶紧撤离。

徐睫指挥内保小组迅速运走伤员，徐公道带人撤离瞬间就消失了。公路上只留下两辆根本查不出来的车，和一具冷冰冰的脑浆崩裂的尸体。这次枪战虽然不算小，但是在东南亚也确实算不上大，所以很快就被人遗忘了。

★　★　★

“啊——”上官晴头痛欲裂，心口也开始一阵一阵绞痛。她拼命撞击着舱壁，这个底舱夹层已经被她撞击得混乱不堪。她的脑子一片混乱，很多碎片都在回闪着却拼接不起来。她拿出药，哆嗦着手吃下去。她悲伤地哭着，不知道为什么。

咣！舱门打开了，一个水手来送饭。他看见筋疲力尽缩在角落的上官晴长发散着衣衫不整，咽了一口唾沫。上官晴抱着肩膀浑身哆嗦着，冷汗不住地流。水手走过去，伸手碰了上官晴一下没反应。他露出笑意，俯下身去抱上官晴。上官晴的眼睛一下子睁开了，寒光四射，水手吓了一跳。上官晴一把抓住了水手的喉结，水手噎住了脸色发白。

人高马大的水手被上官晴抓住喉结直接就给扭断了脖子，瘫软在地板上了。外面脚步声响起，上官晴的眼睛从黑发中间转向舱门。两个水手冲进来目瞪口呆，高叫一声扑过来。上官晴敏捷起腿，两个水手都应声栽倒。上官晴直接攻击要害，一个水手捂住了眼睛，血从指缝流出来。另外一个水手刚刚爬起来惊恐地往外跑，上官晴高叫一声一把抓住他的头发磕在舱壁上。随即她砍在水手脖子上一掌，水手瘫在地上。另外一个眼睛失明的水手跌跌撞撞地往外跑，上官晴追了出去。

轮船里面已经乱套了，水手们在拼命关上底舱的出口。焊枪都使上了，舱门被焊死。上官晴跑过来在里面咚咚敲击着舱门，船长脸色发白：“干你娘的！军情局怎么招了这么个娘儿们？！”

与此同时，一艘中国货轮上的底舱也是一片混乱。这里是一个虽然简单但是设施完善的手术室，医生在抢救伤员，护士们匆忙地走来走去。医生夹出弹头，在给王斌输血，进行伤口的处理。心电图显示着王斌的心跳微弱，医生高喊着：“电击心脏！”

噗噗！王斌弹了两下，微睁的眼睛没有神。肖天明在另外一张临时手术台上，他的心跳还是正常的但是伤也不轻……

手术室外的通道，楚静在擦眼泪。雷鹏坐在地上抽烟，神色严肃。楚静抽泣着：

“王斌……从没失手过……”雷鹏闭上眼睛，悲凉地说：“他们肯定知道我们最确切的时间和路线，我们内部有鼹鼠，在出卖我们……这是在要我们的命啊！”楚静哇地哭出来，泣不成声。

中国货轮底舱的指挥室。徐公道站在地图前神色严肃，魏处长小心地问：“你打算怎么办？”徐公道看看他，半天才说：“给家里发报了吗？”魏处长点头：“已经发报了，不过‘贼鸥’交代的情况没有说。”徐公道叹口气：“回家以后，按照组织程序办。”

医生走出手术室，摘下口罩满头是汗：“他命保住了，需要休养。”楚静擦擦眼泪就要进去，被医生拦住了：“隔着玻璃看吧。”楚静流着眼泪隔着玻璃看脸色苍白的王斌，他眼睛还微睁着，护士在给他擦拭身上的血。楚静哭泣着：“王斌，王斌你要坚强，你要挺过去啊……”雷鹏捂住自己的嘴，回头跑出去了。他嘶哑的哭声在外面响起：“啊——我操——”

天色大亮，已经进入中国领海。中国民航标志的米171直升机悬停在货轮上空，慢慢降落在直升机甲板上。冯云山第一个踏出舱门，大步走向等候的徐公道和魏处长。他神色严肃地和他们握手：“辛苦！人怎么样？”徐公道低沉地说：“肖天明没什么大事，王斌脱离危险了，但还是重伤。”医护人员从直升机跑下来，去接两个担架。冯云山走到还在流泪的楚静跟前：“擦干眼泪，我们的工作还没有完成！”楚静擦去眼泪，雷鹏怪异地看着冯云山。冯云山没在意，转向徐公道：“我们的工作有漏洞，对手知道我们的计划。”徐公道点头：“冯局长，回去以后我要做专门汇报，希望部领导也参加。”冯云山点头：“可以，这是惯例。徐睫呢？还在曼谷？”徐公道低沉地说：“安全起见，她已经转移了。”他没说是哪里，冯云山脑子也比较乱，着急地去看王斌所以也就没有继续问，只是点头：“好，方便的时候转移回国，她毕竟是个女孩，不要再做派遣任务了。”

轮船靠在码头上，周新宇穿着便装踏上舷梯。里面没什么声音了，周新宇没有任何表情地站在底舱门口：“给我打开。”后面围着几个端着冲锋枪的特勤，水手们小心地打开底舱。手电照进去，上官晴惊恐地缩在光柱下面嘴唇哆嗦。周新宇叹口气：“带走。”他走到码头的车上拿起手机：“销毁‘孤燕专案’的一切资料，专案取消。”

蒙着面罩的上官晴被抬出轮船扔进面包车。周新宇脸上没有任何表情，只有一丝遗憾——“消灭孤燕”。

★ ★ ★

整洁的牢房，死囚上官晴抱着膝盖坐在角落，脸色苍白。她的嘴唇没有一点血色，崭新的军装摆在床上，她连动都没动。铁门哗啦啦响，面无表情的女宪兵打开牢门。军装笔挺的周新宇少校走进来，站在她的面前："你要见我？"

"对。"上官晴没有表情，也不看他，"我到底是谁？"

"你是上官晴。"周新宇平静地说。

"为什么我的记忆里面有一些碎片，我总是组织不起来？"上官晴看着他，"为什么？为什么会这样？为什么我总是突然想起一些莫名其妙的事情？"

周新宇看着她，低沉地说："我告诉过你，你曾经被中共安全部注射过神经控制药物。他们刻意给你洗脑，控制你为他们服务——但是你的意识很坚决，于是药物没有起到绝对作用，你失去了自己原来的记忆，新的记忆系统也没有完全建立起来，就是这样。"

上官晴呆呆地看着他："你没骗我？"

"晴儿，我是你父亲的战友，我是看着你长大的。"周新宇低声说，"我为什么要骗你？"

"可是我到底是谁？我到底该相信谁？"上官晴脸上很痛苦，"为什么我看见那个男人，我的心会痛？为什么我开枪射击他，我的心会痛？为什么我现在想起他，我的心也会痛？"

"他就是那个夺去你少女贞操的匪谍。"周新宇面不改色。

"可他总是出现在我的梦里！"上官晴流着眼泪，"周叔叔，我已经被判了死刑了！你就让我在死之前明白过来，我到底是谁好吗？我不怪谁、不怨谁，我只想知道我到底是谁……"

"你怎么了？你是上官晴！"周新宇严肃地说，"你是军事情报局中尉谍报员上官晴！五等云麾勋章的获得者上官晴！你是功勋谍报员上官峰的女儿上官晴——你的身上流着功臣的血！"

"你告诉我，这是真的吗？"上官晴流着眼泪绝望地问。

"当然。"周新宇摘下帽子看着她的眼睛，"是真的！"

上官晴看着周新宇的眼睛，获得了信心："我只是想在死之前搞明白，我到底是谁。我相信你，周叔叔。"

周新宇点点头：“你今天找我，倒是让我想起一件事情。你应该接受精神检查，如果你存在精神分裂，死刑判决是没有意义的。”

上官晴眼中出现亮光：“我可以不死？”

“现在还不好说。”周新宇低声说，“我会去和你的辩护律师联系，向法庭争取这个机会。”

上官晴哭出来：“周叔叔，只有你对我最好！”

周新宇低下头：“别说这些了，现在最关键的是搞清楚你是不是精神分裂。中共安全部对你施加的神经控制药物可能影响很深，如果死刑推翻，你也需要接受治疗。我走了，现在就去找你的辩护律师。”

上官晴眼巴巴地看着他出去，感激地哭了。

军情局局长办公室，局长站在窗前思索着：“你觉得这样做有意义吗？她已经给我们闯了不少祸，我要承担很大的压力。”

“利用神经控制药物，到底可以控制对象多久、多深，现在国际情报界并没有权威的证明，但是大家都在使用。”周新宇在他身后缓缓地说，“我们需要第一手资料，这对我们以后的工作很有帮助。她现在处于精神分裂状态，我觉得对这样一个病人做工作应该比对一个神志健全的人做工作要容易得多。如果我们可以完全控制她，在对敌工作方面会对我们很有帮助；如果我们不能完全控制她，她反正是一只单飞的孤燕，对我们的工作不会有任何影响。反过来说，即便她彻底恢复原来的记忆，她的手上有了血债，也是没有回头路的，无论是把麻烦扔给中共还是不得不和我们合作，都没什么坏处。”

局长认真想想：“这个事情只能你亲自负责，其余任何人不能插手。”

“是。”周新宇立正回答，“我会负责到底。”

“还是叫‘孤燕专案’吧。”局长说，“你亲自经营，亲自训练，亲自指导——记住，麻烦要扔给中共方面，不能再给我们惹事了！”

“明白！”周新宇敬礼。

★　★　★

“黑社会！”

陈点点冲进病房“哇”的一声哭了。刚刚给肖天明换完药的护士吓了一跳，肖天明苦笑着说：“我女朋友。”护士捂住嘴笑笑，拿起东西出去了，转身关上门。陈点点扑过来抓住肖天明的手泣不成声：“你被警察抓住了？”

"谁说的？"肖天明笑笑，"警察不敢抓我。"

"那你怎么住在公安医院？"陈点点哭着问，"我一听你的电话吓坏了，你不会被判刑吧？"

肖天明哭笑不得："不会不会！"

"你们组织有那么大势力吗？"陈点点哭着着急地问，"你别骗我啊！"

"我没骗你。"肖天明笑笑，"我跟你说过——我们是中国最大的黑社会。"

陈点点擦擦眼泪，巴巴地抓住肖天明的手指："你伤好了吗？"

"差不多了。"肖天明笑着刮刮她的鼻子，"下周我就出院了。"

陈点点抱住肖天明的脖子流着眼泪："我知道我傻，你只要别跟我撒谎就成了。好不好？你有危险要告诉我，我可以等你的。"

肖天明脑子里面闪过 True Lies 这个电影名字，苦笑了一下："点点，你今年二十周岁了吧？"

"还差五个月呢！"陈点点嘟着嘴，"怎么了？你嫌我小了？"

"不是不是。"肖天明急忙说，"我看你长大了没，是不是足够成熟。"

"谁说我没长大，你不过就二十三啊！"陈点点脸上不高兴了，"说啊，想说什么就说啊！"

"好。"肖天明严肃起来，"我问你——你知道李克农吗？"

"李克农？"陈点点眨巴眨巴眼睛，"你是说李克勤吧？当然知道啊，香港歌星啊！唱《红日》的，太奶油了我不喜欢。你问他干什么？"

肖天明忍不住喷了，无奈地摆摆手："算了算了！以后再说吧，你还是太小了！"

"哎呀，你告诉我啊！"陈点点搂着他的脖子撒娇，"告诉我啊！谁是李克农？"

雷鹏推门就进："哎哟！操，我来得不是时候！告辞了！告辞了！"

陈点点蹭地就跳起来了，脸红扑扑的："鹏鹏哥哥。"

肖天明喊住他："哎——你干吗去？"

"我先去看王斌！"雷鹏嘿嘿笑着，"你们俩继续继续！"

"你别去了，楚静在那儿呢！"肖天明招手让他过来，"你去干吗？当灯泡啊？"

雷鹏挠挠脑袋，笑了："怎么现在的新情况我都不知道啊？合着你们的保密意识一个比一个强啊？我整个就是一个局外人啊？"

肖天明接过他扔过来的苹果张嘴就要咬，陈点点皱起眉头："洗了没？拿来，我去给你洗洗！"肖天明无奈，只好把苹果给她，陈点点拿着一兜子苹果出去了。肖天明伸伸手，雷鹏把门关上。

“局里面怎么说的？”肖天明低声问。

“现在还不知道，这几天部领导牵头就开总结会。”雷鹏说，“不过气氛都很紧张，我们内部肯定有问题。部头都怒了，要一查到底！”

肖天明叹口气，没再说话。

那边特护病房，苏醒过来的王斌脸色苍白，看着窗外发呆。楚静在给他搅拌牛奶：“温乎了，可以喝了。”王斌没反应，楚静笑着推推他：“你想什么呢？”

王斌回过神来，楚静弄起一勺子牛奶吹吹：“喝吧，王大干部！”

王斌没什么表情地喝了一口，摆摆手示意不想喝了。楚静赶紧问：“怎么了？哪儿不舒服？我去叫大夫？”

王斌摇摇头：“我胸闷。”

楚静不说话了，低下头想了一会儿：“王斌，有问题早晚是要解决的。你这样把自己身体搞垮了可不是个事儿啊？”

“你也怀疑冯局长？”王斌看她。

“我？”楚静苦笑，“我谁也不怀疑，我又不是做内保的。这个不是我分内的工作，我怀疑又有什么用？相信组织呗，是就是不是就不是，你不高兴又有什么用？”

“他是我的养父。”王斌淡淡地说，“我从小到大的偶像，真正男人的偶像。”

楚静也很难受：“我们都要相信组织，会搞明白的。不是吗？喝牛奶吧，你身体得养好。不然就是问题搞清楚了，你身体也垮了也不是事儿啊？”

王斌还是摇摇头：“我喝不下，我还有事情没想明白。”

楚静看着他：“你在想韩晓琳？”

“对。”王斌转过脸看楚静，“我怎么也不相信她会跟敌特的绝密行动搅和到一起？！她跟这行一点关系都没有，她是学教育的啊！”

楚静想想：“也许是他们故意放的障眼法呢？再说她不是出……”她说着就住嘴了。

“我总觉得她没死。”王斌幽幽地说，“她在什么地方，这个地方我们都不知道。她好像一直在想我，我有感觉，我真的有感觉！”

“你是太想她了。”楚静轻声说，“王斌，你要善待自己。事情已经发生了，你再后悔也没有用。”

“我是在想她，我真的在想她！”王斌嗓音哽咽着，“我总是在想，如果我当时答应她，她就不会出国！她不出国就不会出车祸！现在我又在想，如果她不出国就不可能跟敌特的绝密行动沾边！你不知道我心里多内疚，跟针扎一样难受！”

“事情还没搞清楚，你这样只会搞垮自己的精神。”楚静叹口气，“你想没想过，你是一个国家干部。你有工作，还有很多工作等着你去做。我也不想跟你说什么大道理，你比我更明白。但你这样下去不是个事儿啊！你得挺过来，王斌！我们总是在说‘难忍能忍，难舍能舍’，你那材料写得比谁都好，怎么到你自己身上就做不到了呢？你太让我失望了，王斌！”

王斌稳住自己，深呼吸：“对不起，我真的太难受了。”

“你左右不了的事情就不要去想了，我们还有很多工作要做呢！”楚静无奈地说，“行动总结你就是躺在担架上也是要参加的，你还不在脑子里面过一过整个事情的前后？”

王斌苦涩地笑了：“我看这个党小组副组长你来干好了，你比我有政治才能！”

“我才不稀罕呢！”楚静也笑了，“多大的官儿啊，你当我乐意三天两头去开会？有那个时间我自己去健身不比什么都强？来，张嘴！喝牛奶——”

★　★　★

“按照组织程序，我必须首先和你谈。”徐公道坐在冯云山办公桌前，“可以开始吗？”

“好，你说。”冯云山习惯性地打开保密笔记本看看表，“等一下，我先写一下时间。”

“我们整个行动计划，只有我、魏处长、徐睫和执行小组的四名同志完全掌握。”徐公道缓缓地说，“除此以外，报务员也知道，因为他给国内发报汇报了计划。”

“那个报务员呢？”冯云山想着，“调回来了吗？”

“是的，已经回国了。”徐公道说，“这是正常程序，一切都在按照规定办理。”

冯云山点点头：“你继续。”

“‘贼鸥’在曼谷的谈话当中，提出了一个具体的怀疑对象。”徐公道说，“还提供了一些模糊的证据，有些是明确的。”

“他说是谁？”

“你。”

冯云山一惊，抬起头：“我？”

“对，冯云山。”徐公道长出一口气，“他还提供了一个明确的证据——你的养子王斌，是殉职干部的孤儿。这个不算什么，因为别的渠道也可能得到王斌的一些零散资料。但是他提出了一个明确的指向——王斌的女朋友叫韩晓琳，是他的小学同班同学，青梅竹马，在美国留学。”

冯云山惊讶地看着他。

“他还说，韩晓琳和他们的绝密行动有关系。”徐公道说，“不过更多的他不肯说，必须要等到大陆以后才肯开口。但是我们没有这个机会了，因为‘贼鸥’已经死了。”

冯云山坐起来，严肃地看着徐公道：“你也怀疑我？”

“我没有这个权力怀疑你，我的职权范围没有去做内部保卫工作这一项。”徐公道也很严肃，“我唯一可以做的，是如实汇报，逐级汇报我所得到的情报。至于如何处理这些情报，是上级的事情。我是共产党员，必须按照组织原则办事。”

“你做的没错。”冯云山点头，“明天的总结会，你要如实汇报。”

第二天的行动总结会开了一天，指导员和参加行动的干部都做了汇报。部领导发言，要求内保部门一查到底，所有单位和个人一定要配合工作。第一个配合调查的当然是冯云山，当夜他就和内部部门的领导进行了谈话。谈话内容当然是绝密级别的，因为涉及很多绝密级别的问题。

王斌在担架上参加了总结会，他已经冷静下来。

第二天，冯云山先跟王斌进行了谈话。躺在担架上的王斌还在输液，他看着自己的养父似乎一夜间苍老十岁。冯云山站在他的面前缓缓地说：“根据昨天晚上的谈话精神，我必须先给你看这个，下午内保部门的领导会和你谈话。你要做好准备——王斌，无论发生什么事情，你——要坚强！”

王斌慢慢接过他手里的案卷夹，打开了。

打开了那个冯云山不愿意他看到的潘多拉魔盒。

★ ★ ★

“她就是韩晓琳？”

“是。”王斌看着内保局长出示的照片，点头。

内保局长是个五十多岁的老干部，精明干练神色严肃。在他锐利的眼神的注视下，王斌的脸上是木然的。他似乎一下子消失了所有年轻人的特点，变得冷漠、麻木，心受伤到极点就是不再有激动，也没有眼泪，因为已经不需要眼泪。更没有什么所谓的仇恨，因为本来就是敌人，现在只是更坚定了而已。

还有什么呢？

真的没有什么吗？

如果什么都没有，为什么王斌年轻的额头在几个小时之间出现了皱纹？如果什么都没有，为什么王斌的眼睛当中总是有一丝火焰在燃烧？——这都是为什么？为什么呢？

“你是个年轻干部，人生的路还很长。”内保局长的声音突然低下来，“我们是信任你的，你和敌特之间的血海深仇以及你参加工作以后的出色表现，部里都是清楚的。”

王斌没有说话。

“在漫长的人生道路中，我们的工作要面对很多考验。”内保局长不像是在询问了，而是在谈话，“我们都是看着你在这个大院长大的，现在你又成为我们当中的一员——王斌，你很年轻，容易感情用事！但是我们这个工作恰恰是不能感情用事的，我们的使命是维护社会政治稳定！政治是来不得半点感情用事的，我们工作的特殊性肯定会给干部带来非同一般的各种考验。我希望，你可以挺过去。”

王斌闭上眼睛，点头：“我没事。”

“我们继续进行吧。”内保局长打开材料，“我需要你谈一下你和韩晓琳接触的所有经过，任何一个细节。”

“她真的死了吗？”王斌突然睁开眼睛问。

“从材料上看，是这样的。”内保局长说，“当然，现在我们不能排除她假死的这种可能。我们已经开始搜集韩晓琳的专项情报，如果她真的没有死，而且叛变了党和祖国……”

“我会亲手抓她。”王斌说。

“这要看组织是怎么安排的。”内保局长说，“你要成熟起来，隐蔽战线的斗争永远都是残酷无情的。感情用事，害了自己也会害了我们的工作。我们继续吧。”

“按照工作程序，我们要对韩晓琳的家人实施有效监控，也要正面接触。”内保局长缓缓地说，“你心里要有数，这是正常程序。”

“我只有一个请求。”王斌看着内保局长，“暂时不要把发生在韩晓琳身上的一切告诉赵老师，她是无辜的。”

“可以。”内保局长思考了一下说，“这样更有利于我们监控。”

王斌松口气，又说：“我还想继续去看她，毕竟她在我的成长过程中是母亲的角色。”

“可以。”内保局长叹口气，“只要不影响别的同志正常工作，这是你的自由。我们这个职业的人也是有感情的，组织对你是信任的。如果你发现什么蛛丝马迹，第一时间向组织汇报。”

“我会的。”王斌点头

王斌听着内保局长的问题，闭上眼睛，强迫自己的思绪回到那个永远纯真的八岁。在那里，八岁的韩晓琳永远是那么纯洁……

★　★　★

赵老师正在批改学生作业，门铃响了。她摘下老花镜：“谁啊？”门外回答：“赵阿姨，我是楚静。”赵老师笑着去开门：“来来来，你有日子没来了。”她打开门，楚静笑容可掬地站在门口，后面还有一个五十多岁的穿西服的干部。

“这位是？”赵老师好奇地问。

“赵老师，你好。”内保局长笑着说，“我是外交部的，这次是专程来看看你的。”

赵老师脸上的笑容凝固了，勉强地笑着：“请进，请进。”

内保局长跟着楚静进来，笑容当中眼神无声地扫过简单的屋子。韩晓琳的黑白照片挂在墙上，寄托着老人无声的哀思。

赵老师在倒茶，楚静急忙接上，内保局长和声细语：“不知道赵老师生活上有没有什么困难？”

赵老师扶着沙发坐下，老态已经显现出来：“没有，谢谢组织关心。”

内保局长仔细看着赵老师的反应：“晓琳发生这样的事情，是我们的失职。”

赵老师凄惨地笑笑：“车祸嘛，有什么办法？你们大使馆也不能天天跟着她上下学啊？”

内保局长低下头，想了一会儿，说：“赵老师，韩晓琳去世以后，有没有什么她在美国的同学或者朋友和你联系过？”

“没有。”赵老师无力地说。

楚静握着赵老师冰凉的手笑道：“阿姨，王斌出差了。这段时间我会经常来看您的，您有什么需要就跟我说。”

赵老师笑笑，看着神色复杂的楚静：“你们都是好孩子，都是好孩子……只是我们琳琳没那个命……”说着眼泪就下来了。楚静急忙给她擦眼泪，赵老师忍不住哭出声来。

再好的演员也不可能有这样的演技，何况还是一个一辈子和孩子打交道的语文老师？内保局长松口气，起身：“我还要去别的留学生家去看看，你们聊。”

他出去关上门，屋里发出母亲撕心裂肺的哭声。他苦笑，无声下楼了。

——“我常常在想我这辈子到底撒了多少谎？”冯云山苦笑着对病床上的王斌说，“有善意的，有预谋好的，也有无意之间的。谎言已经成为我们这个工作最正常的组成部分，我们用谎言包裹自己，却要撕开别人的外壳去触及他们的内心。”

“你不该对我撒谎。”王斌看着他声音嘶哑。

“你还年轻，我怕你挺不过去。”冯云山继续说，“我在想，如果不是这次出事，你可能一辈子都不会知道。你的初恋不该是这样的，从这个角度来说我是自私的。”

“我也是党的干部。”王斌说。

“我知道。”冯云山拍拍他的脸，声音柔和，“我知道，我们都是党的干部。你知道我当初为什么犹豫不愿意你参加这个工作吗？不是因为危险，过马路都有风险何况从事这个工作？我是不愿意让你走入这个谎言的世界，你要承受太大的心理压力，除了对上级组织，对谁都不能说完全的实话。一旦开始这样的生活，永无止境！你根本不再有什么个人，你生命的全部都融入这个事业。在当代中国，这样的生活是一种最大的牺牲，因为时代已经和过去不一样了，你可以有更多的选择。”

“我没有后悔过。”王斌说。

“我知道，这是你的宿命。”冯云山叹口气，“如果说怪，第一个应该怪的是我——我不应该让你在那个大院长大，你所面对的都是你父母生前的那些同事，虽然我们不可能让你知道什么，但是那种氛围已经足够影响你了。”

“主要还是你。”王斌脸上浮出一丝孩子的笑意。

冯云山笑了：“是不是觉得我这个干爹不称职了？”

“没有。”王斌脸上严肃起来，“无论你是我的干爹还是冯局长，你都是称职的。除了那个大院，我不是和外界一点联系都没有，我也读了大学，虽然是法律系但是是综合院校。这个时代并不是和我完全脱节的，我也思考过自己的未来。”

冯云山认真地看着他。

“你知道我从你们身上看到了什么吗？”王斌的眼睛里闪烁着异样的光，“一种这个时代可能已经被人淡漠的精神。在一小时前，你可能还西服革履地出入星级酒店周旋在复杂人等之间，一个小时以后你却穿着背心、短裤、拖鞋，挎着个菜篮子在菜市场和小贩讨价还价，就为了马上要考试回来的我可以吃一顿你亲手做的饭菜……你从事着一个残酷无情的职业，却隐藏着比常人更深厚的感情，只是你已经将自己的全部交给一种信仰——‘对党绝对忠诚，精干内行’！你们都是这样，我从小到大见到的叔叔伯伯都是这样！我在你们的身上感觉到一种强大的场，在吸引我、感召我——那就是一种久违的精神！一种延安精神！不是因为你是我的干爹、是我的主管局长我就要对你说好话，完全不是这样！你们生活在一个纷繁复杂的当代中国，出没在最复杂的场合，无论是在境内还是在境外你们都要和最复杂的人去接触，在灯红酒绿之间逢场作戏，却从未忘记过自己的信仰——‘对党绝对忠诚，精干内行’！你们从未忘记自己是一个中国共产党的情报干部，你要知道这对一个孩子来说意味着什么？——是一种强大的吸引，我渴望投身到你们之间不仅仅因为我的父母是烈士，更重要的是从小和你相依为命、在那个大院感受到的这种——一种久违的延安精神！”

冯云山看着他，目光含着一种柔情、一种自豪。

“在那个大院里面，就在那个普通的大院里面——某个下班回家着急给老婆买菜的叔叔，可能就是刚刚完成了一个关系到国家民族前途的任务的人民功臣！某个陪着小孙子在花园玩的老奶奶，可能就是曾经为了党的事业深入虎穴甚至是改变了战争进程的无名英雄！某个早上起来乐呵呵地去给家人买油条、豆浆的老爷爷，可能就是曾经在白公馆渣滓洞在敌人的严刑拷打之下至死也不说一个字的钢铁硬汉！”王斌的眼中含着热泪，“历史不会留下他们的名字，但是他们却用自己的努力改变了历史！在我们这个时代，真的没有英雄了吗？我不否认我参加这个工作有英雄主义的感召，但是更多的是一种被久违的延安精神的感动！这么多年了，这么庞大的一个机关，这么复杂的一项情报事业，还在保持着这样一种精神！这足以让我渴望投身到你们中间，为了共同的信仰奋斗！”

冯云山的脸上流下两行热泪。

“可能楚静他们没有我幸运，他们投身这项事业可能还在被情报工作的神秘光环所吸引，但是我相信他们已经感受到这种强大的场。”王斌缓缓地说，“你曾经说过，我们的事业是永恒的！为什么永恒？是为了某个专项工作？还是某个特殊历史时期的特殊行动？——不，那些都会成为过眼云烟！真正永恒的是什么——是这种精神！几十年来从未变质的精神，一种朴实无华的延安精神！”

冯云山闭上眼睛：“我工作几十年，也从未像你这样思考过。”

“这是我们两代人的不同，我们独立思考的空间更大。”王斌说，“我不后悔自己的选择，虽然可能我为此付出了巨大的代价。我的内心承受着常人难以想象的折磨，可能我的一生都在内疚！——但是，每当我想起那句话，那句普普通通的话——‘对党绝对忠诚，精干内行’，我就会想起曾经付出更大代价的你们，还有无数的前辈们！这是我现在还可以平静面对你的精神支柱，全部的……精神支柱！”

冯云山睁开眼睛，看着王斌燃烧的眼神。

天色已经擦黑，病房很安静。

“我也会生活在一个谎言的世界，我知道。”王斌低下声音，“只是我坚守自己的信念，我不会觉得空虚。当我不再年轻，和你一样苍老、一样睿智的时候，我也会在心中自豪——我用我的一生在捍卫着的，是一项崇高的事业。一项崇高的、用谎言包装的伟大而平凡的事业！”

冯云山把右手放在他的肩膀上，久久无语。

第七章 叛国者

★ ★ ★

黑白照片上的韩晓琳在甜甜地笑。

一束百合花放在她的面前，杨雪擦去韩晓琳脸上的尘土。林涛涛无声地在拔周围的杂草。杨雪看着韩晓琳："晓琳姐，我和涛涛要结婚了。虽然你不能来参加我们的婚礼，但是我给你带喜糖了。"

韩晓琳甜甜地笑着，似乎感觉到了这种温情。杨雪擦去自己的眼泪，把喜糖放在韩晓琳的墓碑前。一个人影站在她身后，她回头，看见了戴着墨镜的王斌。

林涛涛看看王斌，没起来继续拔草："你很久没来了，不要对我说你又出差了。"

王斌无语，把手里的百合花放在墓碑前。

"王斌，最近工作忙吗？"杨雪起来问。王斌挤出一丝笑容："还成。"

"我们在下边等你一起去接站。"林涛涛起来拍拍手，拉上杨雪下去了。

王斌蹲下，摘下墨镜注视着甜甜笑着的韩晓琳，许久他嘶哑地说："我不相信你是叛国者……"

韩晓琳还是那么笑着。

"你肯定是被胁迫的。"王斌抚摩着韩晓琳的脸，"你吃了多少苦啊？都是我不好，我不该不答应你……"

韩晓琳在他手指的抚摩下甜甜地笑着。

眼泪流过王斌那张不符合他年龄的沧桑的脸："我知道你是被胁迫的，我希望你没死。如果你可以听见我说话，回来吧……无论你曾经干过什么，回来吧。我们都在等你，晓琳……"

“我爱你。”

王斌轻轻地在韩晓琳的脸上吻了一下。他闭上眼睛，靠着韩晓琳冰冷的脸，眼泪流在墓碑上……

★　★　★

与此同时，上官晴在手术室里进行手术。医官在紧张工作，上官晴躺在病床上。周新宇坐在观察室，看着屏幕上的医官打开上官晴的大脑。大脑还在跳动，他冷漠地看着没有表情。

蒙在布下面的上官晴禁闭的眼角里流出一滴眼泪。

——“这个手术的目的是摘去她的中枢神经关于整容前的记忆残留部分，如果成功那么将是首例；如果失败，她不可能再醒过来。”医官对着周新宇说。

“我明白。”周新宇脸色严峻。

“你确定我们要做这个手术吗？”医官看着他。

“我确定。”

“谁给她签字？”

“没有人。”周新宇看着医官冷冰冰地说，“她本来就是个死人。”

坐在观察室的周新宇拿起烟，点着了。他全神贯注地看着屏幕。

——“我会一直等着你。”王斌起身戴上墨镜，“我希望你可以听见，我爱你。”

“病人脑部有剧烈活动！”护士喊。

“不是麻醉了吗？”医官问。

“但是这显示她有思考！”

“手术暂时中止，等她脑部停止活动！”医官高喊。

仪表上，指针在剧烈跳动。

——王斌在韩晓琳脸上吻了一下，下去了。

仪表指针平缓下来。

“好了，手术继续。”医官松口气。

许久，王斌戴着墨镜走下台阶，林涛涛在下面抽烟等他，杨雪站在他身边。王斌走过去，打开车门：“坐我的车走吧。”

“我有话对你说。”林涛涛说，杨雪进车等着他们。王斌站在林涛涛面前：“说，你跟我还藏着？”

“晓琳的事情是个悲剧，但是已经过去了。”林涛涛看着他说，“有没有什么新的打算？”

王斌看看他：“你的主意？还是杨雪的？”

“算是我们俩的。”

“瞎操心。”王斌拍拍他的肩膀，“走吧，我们去接陈光，很久没见他了。”

林涛涛苦笑，跟他上车，冲后面的杨雪无奈地摇头。戴着墨镜的王斌开车，奥迪离开墓地。

喧闹的北京站。穿着中尉陆军常服的陈光对外面招手，一笑虎牙就露出来了。林涛涛和杨雪都冲他招手，王斌在旁边笑：“怎么还带着一个女战俘啊？！我说装甲兵中尉，仗打得不错啊！”

“还是特务眼尖啊！”陈光拉着一个文静的女孩出来，“介绍一下，我未婚妻田小梅！这是林涛涛，这是他老婆杨雪！这个是我常常跟你说的王斌，怎么样？这次见着真的了吧？这是我老婆，田小梅！这次她跟我一起来北京了，准备在北京找工作！”

“没结婚呢就叫老婆，生怕老婆飞了吧？”王斌笑着摘下墨镜伸出右手，“我叫王斌，走吧，车在外面。我们去哪儿吃饭？”

“东来顺！”陈光真馋了，“好久没吃这口了！”

田小梅看着繁华喧闹的北京感觉非常新奇，王斌给他们打开车门：“第一次来北京吧？陈光没事多陪小梅转转，感受感受北京的名胜古迹！”他关上车门，自己也上车，“走，东来顺！”

“哎，怎么没看见晓琳啊？”陈光摘下军帽，打开风纪扣。王斌脸色变了，杨雪在后面拉拉陈光在他耳边低声说了什么。陈光脸色也变了，沉默半天。王斌不作声，拐出北京站的停车场，汇入北京的车流。

东来顺的雅间热气腾腾，火锅咕嘟咕嘟冒气。在山沟里面摸爬滚打出来的陈光少了很多油气，多了一些质朴。他抽着烟，感叹：“哎呀，这在山里做梦都想回北京，这回了北京又开始想山沟里面的弟兄！真是两世为人啊！”

“你才在山沟待多久啊？”王斌笑着说，“这不还拉来个山里的妹子吗？回家看不把你妈给乐死，她跟我念叨多少次早想抱孙子了！我看你们也别等了，跟涛涛、杨雪一起把喜事办了算了，趁热打铁啊！北京这个花花世界，小梅这么漂亮，别等哪天把你蹬了，你再找我们哭！”

田小梅脸红了，低下头：“怎么可能呢？我已经是他的人了。”

噗——正在喝茶的林涛涛一口就喷了，哈哈大笑：“我说，你不愧是开坦克的啊！不领驾照就擅自上路啊，你也不怕出事故？”

田小梅一听知道自己说错话了，头更低了拉住陈光。陈光嘿嘿笑着：“这就领驾驶证，这就领驾驶证。”

“我说你们也太过分了吧？”杨雪哭笑不得，“这里还有女同胞呢！”

“不说了不说了。”笑得喘不过气来的王斌摆摆手，“再说就得跟你们治总打交道了，军警一帮子臭流氓啊传出去不好听！来来来，小梅尝尝这个！”

“说到我们治总，我得问问你了王斌。”杨雪苦笑着说，“你又冒充我们治总干了多少坏事？”

“哪儿啊，我最多也就是订个房间什么的。”王斌擦擦嘴，“出入娱乐场所夜总会什么的，一般我都说自己是刑侦总队的，叫林涛涛。”

“啊？！”林涛涛苦着脸，“正查这个呢，你这不给我上眼药吗？”

众人哈哈大笑，陈光端起酒杯：“我说你们三位常驻北京，又都是门路广的，帮忙给小梅找个好点的工作——我先谢谢大家了！”

“胡说什么呢你。”杨雪笑着说，“这是应该的，这事儿交给我了。我和单位打交道多，他们俩要去了，人家单位领导还不知道多紧张呢！”

“也是，一般绑架超过两百万的才找我。”林涛涛笑着说，“嗨，不说这个了，吃——为了我们的装甲兵中尉进驻总参，吃啊！”

★ ★ ★

凌兰拿着照相机招呼同宿舍的女孩们：“快点啦！站好了，我们合影！”陈点点和同学们嘻嘻哈哈地在校门口站好，陈点点笑着说：“我说Jessie，你傻不傻啊？学校门口有什么好照的啊？”

“哎呀你不懂啦！这是我在国内上的大学啊，拿回去给朋友们看看！”凌兰笑着挥手，“凑紧一点啦，给我留个位置！我找个男生给我们照！”

黑色别克慢慢停在门口，戴着墨镜的肖天明下车：“点点！”

“哎呀，黑社会！”陈点点一下子冲出来扑到他的身上，“你怎么现在来了？”

“我路过你们学校门口，正好看见你！”肖天明笑着搂住她，“怎么了？在跟同学们照相啊？”

“是啊，我们班新来个台湾留学生！”陈点点拉来凌兰，“我给你们介绍一下，这个是我的男朋友——你叫他黑社会就可以了！这个是Jessie，中文名字郑可慧，台湾留学生！”

“台湾留学生？”肖天明脸上浮起一丝疑云，但还是礼貌地笑笑。凌兰——郑可慧笑着伸出右手：“你好啊，不知道怎么称呼你啊？老听点点提起你，果然好帅好酷啊！”

肖天明和她握手：“郑小姐不住在留学生公寓吗？”

“Jessie是主动要求和我们住在一起的，她说既然到大陆来读书，就得好好体验大陆大学生的生活！”陈点点偎依在肖天明身上甜甜地说，“别看是台湾学生，可能吃苦了！还跟我们轮流做值日呢！”

“啊，是这样。”肖天明笑笑，“郑小姐看来年龄不小了，敢问芳龄？”

“女生的年龄可是秘密哦！”郑可慧笑着说，“还不知道先生怎么称呼？”

“叫我黑先生好了，我是混黑道的，名字不方便说。”肖天明淡淡地笑着说，“郑小姐那么喜欢大陆的学校吗？”

“我在日本读过书，也在美国读过，可我总是想到大陆来上学！”郑可慧说，“这是我的祖国嘛！那么黑先生，不知道可不可以帮我们照张相啊？”

“我审美水平不高，找别人吧。”肖天明笑着说，“这样，点点跟我上车。你们玩儿。”

“我先走了啊！”陈点点笑着钻进车后座里。肖天明对郑可慧笑笑，上车开车走了。雷鹏坐在他旁边，墨镜后面的眼睛仔细看擦车而过的郑可慧。肖天明不说话，就是在开车。陈点点在后面很纳闷儿：“我们去哪儿啊？”

“送你回家。”肖天明说。

“回家？我东西还在宿舍呢！”陈点点着急地说，“我衣服得带回去给我妈洗！”

“回头再说。”肖天明不由分说。

车拐了几条大街，肖天明把车停在路边：“鹏子，你先下去。”雷鹏不说话下去了，离开车边找了个地方站着抽烟。肖天明沉默半天，没说话。陈点点在后面着急了：“我说，你怎么回事啊？成天不见人，突然一看见你就要我回家！我在学校好好的，我可以自己坐公交车回去啊！”

“你还有多久毕业？”肖天明问。

“我不马上实习了嘛。”陈点点问，“你不知道啊？明知故问！”

“那你不要在学校住了，没事也不要回学校。”肖天明断然说。

“什么意思啊？你限制我人身自由啊？”陈点点急了。

肖天明深呼吸："你爱我吗？"

"废话！你自己心里清楚！"陈点点哼了一声。

"那么你就相信我——从今天开始，该实习实习，不要回学校了！"肖天明头也不回，"搬回家里住，每次回学校都要提前跟我打招呼！事先要请示事后要汇报，明白？"

"我又不是你的奴隶！"陈点点气极了，"我有人身自由！"

"点点！"肖天明断然说，"你愿意和我在一起吗？"

"你什么意思？"陈点点脸白了，"你不要我了？"

"当然不是——我是问你愿不愿意跟我在一起？"肖天明深呼吸。

"你自己知道。"陈点点眼里有泪。

"那你就按照我说的做。另外我问你，那个台湾留学生什么时候来的？"肖天明问。

"上个礼拜啊。"

"你跟她提过我和我的朋友没有？"

"没有啊，你不是说过你们都是见不得光的黑道人物吗？"

肖天明松口气，声音缓和下来："你听我的，回家去住。好吗？"

陈点点哭了："你怎么了啊？见了我就没好脸色？我哪儿又招惹你了？"

"没什么，我最近跟台湾黑道做生意。"肖天明点着一支烟，"我怕那个女的是台湾派来的卧底警察，你最好别和她接触。"

"真的？"陈点点睁大泪眼。

"你也不想想，她都二十七八了，还留个什么学啊？！"肖天明急了，"总之你听我的，赶紧回家去住，和她不要有任何来往！"

陈点点哭了："你到底干了什么？我连学校都不能住了？我喜欢住在宿舍……"

肖天明内疚地低下头："是我不好。如果你受不了，我们只能分手。"

"你？！"陈点点急了，"你说什么？！"

"我不是威胁你，我只能这样做。"肖天明回头摘下墨镜，"我爱你。"

陈点点一听这个就受不了了，扑上来吻住了肖天明的嘴唇。两个人隔着座位接吻，雷鹏在下面看见了一捂眼睛转头："没办法，没办法，唉！"

陈点点含泪看着肖天明："你没骗我？"

"我爱你，毕业我娶你。"肖天明看着她的眼睛，"现在你要听我的话，回家去住。除了那个台湾女的，其余的同学你都可以正常来往。记住了？"

“嗯。”陈点点抱住肖天明的脖子，“你不会是骗我吧？”

“我没骗你。”肖天明摸摸她的脸，“结婚以前你会知道，李克农是谁。”

“我谁都不想知道。”陈点点幸福地贴着他的脸闭上眼，“我和你在一起就可以了，黑社会。”

咣咣咣。雷鹏敲敲车玻璃，指指手表。肖天明打开车门让他上车：“先送点点回家，我们再去见客人。”

雷鹏回头看看擦眼泪的陈点点笑：“他再欺负你就抽他，这小子就欠抽。”

肖天明没说话，戴上墨镜开车汇入车流。他随便问着：“实习单位找好了吗？”

“在一家外企，我妈给找的。”陈点点笑着说，“我妈说，我毕业了就去那家公司！出国的机会还多呢！”

“不行。”肖天明语气很坚定，“换一个，我给你找一个国内的企业。”

“为什么？”陈点点纳闷儿地问，“外企待遇高啊！”

“不为什么，我不想你出国。”肖天明没什么表情。

“啊？”陈点点笑了，“你是怕我飞了？跟老外了？放心吧，我不会的！”

“会不会是你的事情，总之你要按照我说的做。”肖天明坚定地说，“如果你想嫁给我的话，只能这样。”

“到底为什么啊？”陈点点问。

雷鹏看看肖天明，再看看陈点点，苦笑：“我说你是不是敌情观念太严重了？”

“有备无患。”肖天明说，“点点，你记住，我是爱你的，我想娶你。”

“哎呀呀，太肉麻了，受不了！”雷鹏捂住耳朵。

陈点点脸红了，低下头。肖天明看着后视镜里的陈点点：“听我的话，好吗？我帮你找一家国内效益不错的企业，不要去外企。”

“你说什么就是什么呗。”陈点点用长发盖住自己的脸，“你真要娶我啊？”

“当然。”肖天明笑笑说。

“那我怎么跟我爸爸说啊？说我找了个黑社会结婚？”

“我去跟你爸说。”肖天明说。

“啊？！”陈点点张大嘴，“我说你脑子进水了？我爸爸可是他们单位的党委书记，有名的马列主义老头，没人待见他！你去跟他说他非报警不可！”

“就因为这样，我说才最管用。”肖天明笑笑。

送陈点点回了家，他们开车重新汇入车流。肖天明脸色很严肃，雷鹏点着烟脑子在转着：“你怀疑那个留学生有问题？”

“不清楚。”肖天明淡淡地说，“但是她一把年纪了，看样子起码上了10年大学了还在学校混，还豁得出去优越的宿舍条件跟大陆女学生住在一起——就凭这个，也足够让我对她产生怀疑。”

“职业留学生。”雷鹏笑笑，“北京的不少大学都有这种‘职业留学生’，没有什么正经学习专业，到处混。”

“还不知道她是在编的情报人员，还是收点小钱业余搞情报的。”肖天明说，“回去报告上级吧，让楚静和她正面接触谈一次话。如果没什么特殊价值，就转给侦察部门处理。”

“好。”雷鹏说，“不过也许她没什么明确的情报任务，只是一般的情报搜集——你是不是太紧张了？”

“我们这样拼命，有时候还是防不胜防啊！”肖天明苦笑，“还记得斌子的女朋友吗？不就是被职业留学生给搞下水了吗？我不想点点出任何事情，我爱她。”

雷鹏看着外面的车流，不再说话，心情很沉重。许久，他说：“干我们这行的，连家属的牺牲都太大了。”

★ ★ ★

“郑小姐，我是中国国家安全部的。”楚静笑容可掬地出示自己的警官证，“我姓楚，这次请你喝茶没别的意思，只是随便谈一谈。”

“国家安全部？”把红色卷发扎成小辫子散在脸前的郑可慧只露出双眼，茫然无知地坐在她的对面。茶馆下午没几个人，她们坐在靠窗的位置。楚静笑着说：“你来自台湾，台湾也有对应的机构。这是正常谈话，你不用紧张。我们只是随便聊一聊。”

“那你想和我聊什么呢？”郑可慧眨巴眨巴眼睛假装天真地俯下身子神秘地问，“那——你们是大陆的FBI吧？”

“你可以这样理解。”楚静收好证件笑着说，“我看了看你的有关资料，郑小姐看来很喜欢学校生活。你在日本、美国都曾经留学，可是都没有学位。”

“我Dad希望我多跑些国家咯！多学点东西长点见识，无所谓什么学位不学位咯！”郑可慧玩弄着自己的小辫子。

“是吗？”楚静拿起绿茶，看着她四顾乱转的眼睛，“敢问郑小姐的父母是做什么的？”

“经商咯！”

“做什么生意？”

“这好像属于我的个人隐私吧？”郑可慧嘟着嘴，“我好像没有违反你们大陆的法律吧？我可以不说的。”

“郑小姐对我们大陆的法律好像很熟悉？”楚静吹吹热茶喝了一口，“你的记录里没有学过法律这一项啊？”

“个人喜欢咯！”郑可慧撑着自己的脸挡住了半个脸玩着茶杯，“我喜欢看警匪电视剧，喜欢看法庭电视剧！各国的法律应该差不多！”

“郑小姐的爱好还很多啊？”楚静放下茶杯看着她的眼睛，“不知道对间谍题材的影视作品有没有兴趣？”

“有啊！”郑可慧激动地说，“007好帅啊！我最喜欢肖恩·康纳利！现在的布鲁斯南也不错的咯！酷毙了！”

楚静笑笑：“那么你对间谍怎么看呢？”

“我？没什么看法，距离我好远咯！”郑可慧感叹，突然问：“你不是想发展我做你们的间谍吧？”

“完全没有这个意思。”楚静还是那样柔和地笑，“我们只是随便聊聊，对于你是否适合当间谍我并不感兴趣。”

“那你们找我做什么呢？”郑可慧似乎很失落，“白让我激动一场，我早觉得生活太平淡咯！”

楚静笑笑：“你觉得自己适合做间谍吗？”

“适合啊！”郑可慧激动地说，“我会日语、英语，法语也会一点咯！我还会打枪，车也开得不错！我还会一点跆拳道，你们是要发展我吧？是不是啊？我好兴奋！”

楚静意味深长地笑笑：“郑小姐，你误会了。我们的谈话结束了，你可以回去了。”

“那你找我喝茶干什么啊？”郑可慧嘟着嘴，“真不考虑考虑我？”

楚静笑着摇头，郑可慧嘟着嘴、戴上墨镜不高兴地走了。楚静把茶杯放在桌子上，脸上的笑容消失了：“埋单。”

外面车里，王斌看着数码长焦相机的回放。楚静上车问：“拍得怎么样？”

“没有任何能用的照片，”王斌摇摇头，“她很老到，这些照片都不能清晰辨认她的外形特征。你有什么收获？”

“如果她没问题，那就是我有问题了！”楚静冷笑，“你自己听听。”

王斌戴上耳机仔细听着：“绝对不是业余的，是在编的情报人员。这是经过训练的老手，回答如此之圆滑是我们很少遇到的。”

“上报吧。”楚静戴上墨镜，“这是个人物，绝对不是搞一般情报搜集的。”

“肯定是专项行动。”王斌点点头，“得养她的金鱼了。”

没想到郑可慧根本就没有回学校，当时就消失了。王斌在办公室放下红色保密电话，苦笑：“被惊了，没了。”

“这更说明她有特殊任务。”肖天明放下正在读的文件，“下一步怎么办？”

“我们不要插手了，交给侦察部门拉网吧。”王斌说，“在没有搞清楚她的动向以前，我们不能浪费这个精力。明子继续读文件，我们继续学习中央精神。”

肖天明笑笑，清清嗓子继续读：“……维护社会稳定和国家安全，是推进改革开放和现代化建设的基本条件。要严厉打击国内外敌对势力的破坏活动，打击各类违法犯罪活动……”

★　★　★

轰！大地都震颤起来，远处的靶子在炮弹的爆炸当中四分五裂。

研究人员看着数据显示，在板子上写着什么。涂着迷彩服色的新式主战坦克高速行进，越过壕沟如同出山的猛虎。轰！大口径滑膛炮又是一家伙，照样又是地动山摇。

001 号“猛虎”新式主战坦克展现完出色的越野性能，高速开回出发地域。盖子打开，戴着坦克头盔的陈光爬出来：“太过瘾了！什么时候能装备部队啊？”

“还需要验证。”高工程师笑着说，“这是原型验证车，很多地方还不成熟。陈参谋，下来吧别舍不得了！那又不是你老婆！”

陈光嘿嘿笑着摘下坦克帽跳下来，拍拍坦克的铁甲车身：“这个玩意儿在我眼里，比老婆还亲呢！”

“幸亏你老婆不在啊！”高工指指他笑道，“回头我就给你打个小报告！”

“咳，她最了解我了！”陈光大大咧咧地蹭了工程师一支烟，“我在坦克部队的时候就是这样！谢谢你啊高工，要不是你把我借来帮你做验证，我还得坐办公室！可把我憋坏了！”

“咱什么交情？”高工眨巴眨巴眼睛，“你老婆还是我介绍的呢，还没朝你要红包呢！”

陈光嘿嘿笑：“结婚一定给！”

“得了，结婚得我给你红包！”高工拍拍他，“少跟我套磁，我老头子明白着呢！

小梅的工作安排了吗？”

“安排了，我同学介绍她去一个公司当秘书了。”陈光笑着说。

“什么时候结婚？”

“等等吧，我妈最近身体不太好。”陈光想想，“等她身体好了，我们就结婚！”

“走吧，吃饭去。”高工收好板子，“坦克研究所可没你们坦克师的伙食过瘾，没那么多大鱼大肉，吃得惯不？”

“咳，只要有坦克，我什么都吃得下！”陈光兴奋地说，“只要你让我接着帮你搞试验，你就算给我条履带，我都不打磕巴全给你吃了！”

战士们缓缓地把主战坦克开入车库，盖上蒙布。车库的大门哗啦啦关上了，武装哨兵在车库门口站岗。晚饭以后精力过剩的前坦克连长陈光又跟着战士们跑步打球浑身臭汗，穿着职业套裙的田小梅跟高工出现在球场边上。陈光正在三步上篮，一看田小梅的打扮当即惊艳了，球也飞了。田小梅捂住嘴笑了，陈光嘿嘿乐着跑过去：“换人换人！我女朋友来了！”

“陈参谋的女朋友来咯！”战士们起哄，跑过来争着跟田小梅握手：“嫂子好！”“嫂子辛苦了！”……田小梅早就习惯了和战士们接触，大方地和大家握手，拿出吃的分给大家。陈光跑过来嘿嘿笑着：“你怎么来了？”

“周末知道不知道？”田小梅笑着说，“瞧你这一身臭汗！赶紧洗洗去！”

“那什么，这是我那屋子的钥匙。”高工把他们俩拉到一边，丢给陈光钥匙，“我晚上回家。”

“高工，你太好了！”陈光激动地握着高工的手，“你简直是及时雨啊！”

“少来！”田小梅红着脸踢他一脚，“我去招待所住！”

“那是你们俩的事儿自己安排。”高工摆摆手，“陈光你要注意啊，我那床不结实，你别拿那个当坦克开！我走了。”

陈光嘿嘿笑着看田小梅，田小梅红着脸：“你说说你，怎么也能是中尉军官呢？”

“中尉也是人嘛！”陈光嘿嘿笑着拉着田小梅，“走走！”

“干吗啊？”田小梅皱着眉头，“我坐了俩小时汽车还没吃饭呢！”

“吃饭吃饭！”陈光赶紧掉头，“门口饭店吃饭！”

“你赶紧洗洗去，这身汗！”田小梅推他一把。

陈光嘿嘿笑着：“等我啊，我冲一把去！”他飞快跑向宿舍楼。田小梅看着他的背影捂住嘴：“傻样！”

★ ★ ★

走出美容院的郑可慧戴上墨镜。她的头发已经彻底染黑洗直，脱下学生装换上时装，完全是另外一个人。她坐公交车到银行的地下保险柜，这里有个早为她预备好的“死信箱”。她按照密码打开，取出里面的手提箱，打车到一个星级酒店用一个伪造的身份证开了个房间。

她进屋以后锁好门，拉上窗帘打开手提箱，里面有个信封，抽出来是几个伪造得很好的大陆身份证和护照。她拿起身份证挨个对着上面的防伪标签，都看不出什么破绽。她把身份证放在一边，拿出里面的几张信用卡和一厚沓美元、人民币，还有一本大陆的《兵器知识》杂志，封面是刚刚研制成功的“猛虎”主战坦克。再打开夹层，里面还放着两盒避孕套。她苦笑，点着一支烟靠在沙发上想事情。

晚上，换了发型和衣服的郑可慧打车去三里屯酒吧。灯红酒绿之间她忘情喝酒，麻醉自己。强劲的音乐之中她脱去自己的外衣，穿着吊带背心混入舞动的人群。她的身段一流，舞姿动感，男人们吹着口哨围着她。坐在角落和吧台女郎动手动脚的一个男人抬起头，这是个比较喜剧的男人，大黑天的戴着个墨镜，长相也很喜剧。他摘下墨镜，注视着郑可慧的性感身材咽口唾沫——他就是曾经被王斌暴打的那个小贼，不过现在有点鸟枪换炮了，看来不是小贼了。

“那妞儿哪儿的？”“墨镜”问。一个手下仔细看看：“宝哥，不认识，新来的吧？”

“哼！你吃着碗里的想着锅里的！”吧女不乐意了。“墨镜”烦躁地骂出声：“少他妈跟我废话！滚！”吧女赶紧起来溜走了，找到妈妈桑哭诉。妈妈桑安慰她几句，给她换了个客人。妈妈桑笑着走过来：“哎哟宝哥啊，您看您怎么对我们女孩子那么粗鲁呢？这都是新来的小妹，何必呢？您不满意我再给您换一个！”

“规矩我知道，台费我照出。”“墨镜”掏出三百元钱塞给妈妈桑，指着舞动的郑可慧：“我要那个妞儿！”

“那个？”妈妈桑看看，“哎哟宝哥，那个不是我们这儿的！”

“不是你们这儿的你跟我腻歪什么？滚蛋！”“墨镜”轰走妈妈桑，对一个手下努努嘴。手下过去了，走到郑可慧跟前：“我们大哥请你喝杯酒！”

郑可慧根本不搭理他，手下提高声音：“我们宝哥请你喝杯酒！”

郑可慧还没有反应，手下急了伸手去抓她：“操！敬酒不吃吃罚酒！”咣！他被郑可慧一脚踢出去，哗啦啦倒在旁边的桌子上。全场哗然，“墨镜”站起来。郑可慧冷冷看他一眼，继续跳舞。

“墨镜”抹抹鼻子，走过去：“我叫小宝，江湖上给个面子都叫我宝哥！”

“还《鹿鼎记》呢！小宝！”郑可慧冷冷一笑，“我今天心情不好，你别惹我！”

“有个性，宝哥我喜欢！”“墨镜”抹抹鼻子。音乐在这个时候缓和下来，“墨镜”伸手搂住了郑可慧，郑可慧甩甩头发：“你想泡我？”“墨镜”嘿嘿一笑：“对，泡你！”

“你家伙够大吗？”郑可慧在他的怀里舞动着自己蛇一样的身躯，伸手一抓冷笑：“说得过去，还不算火柴棍！”

咣！酒吧后面的仓库门被撞开，“墨镜”被郑可慧直接推进来，咣就撞在一堆啤酒瓶子上。“墨镜”扶扶自己的墨镜：“靠，这么生猛？！宝哥我喜欢！”郑可慧一脚就踢在他的裆部，“墨镜”高叫一声捂住自己的裆部：“臭娘儿们你想害死我啊？哎哟！”

郑可慧冷冷一笑蹲下，扶起“墨镜”的头一口咬住了他的嘴唇。“墨镜”被咬出血高叫出来：“啊——”

马上叫不出来了，蛇一样的舌头伸进了他的嘴唇。“墨镜”含含糊糊着就被郑可慧按在地上了：“操！从来只有宝哥在上面——哎哟，你别使劲抓啊！哎哟哎哟！”……

黑暗之中的郑可慧冷冷点着一根烟。“墨镜”爬起来跟做梦一样：“你，你……你这不等于把我强奸了吗？”

“不可以吗？”郑可慧冷冷地说。

“可以可以，你想怎么强奸都可以！”“墨镜”嘿嘿笑着又要过来。郑可慧一把抓住他的要害，“墨镜”哎哟哎哟地叫着：“你别没事老抓那儿啊！哎哟哎哟！”

“听着，我不是那种小白兔任你使唤的！我是一条蛇！”郑可慧冷冷地说，“一条有毒的蛇！不怕死你就试试！”

“好好我知道了，你放手放手！都好商量！”“墨镜”连声说。

“我刚刚到北京，需要有个地方落脚。”郑可慧冷冷地说，“你有这个兴趣吗？”

“有有，太有了！”“墨镜”喜笑颜开。

“不要跟你那帮烂人、那些烂事儿搅和在一起，我需要安静！”郑可慧冷冷地说，“当然我会报答你，这是应该的。”

“好好！”“墨镜”笑着说，“那你以后就跟我吧！我罩着你！”

“你罩得住我？”郑可慧冷冷笑着，“我的事儿可大了！”

“当然，我宝哥是什么人！”“墨镜”精神起来，“黑白通吃啊！黑道不说，市局刑侦总队著名的青年神探林涛涛那是我大哥啊！治安总队的冷面观音杨雪那是我大嫂啊！还有……”

“少吹牛了！”郑可慧冷冷地说，她的脑子在急速运转着——如果真是这样，那这个小宝倒是有点利用价值。不仅仅可以帮自己弄个安全岛，最关键的是可以利用这种警方关系。

“操！我怎么是吹牛呢，江湖上谁不知道我宝哥那是朋友多路子广啊……”

“临检了！”里面传出一声尖叫，马上是纷乱的脚步声。警察们进来厉声喝道：“都蹲墙根去！”“墨镜”脸色大变：“哎哟！临检！你赶紧走，这有个门出去！”他匆忙穿衣服。

“黑白通吃？”郑可慧冷笑，但还是开始穿衣服。

咣！他们俩打开后门就顺着胡同跑。黑暗之中几道手电光亮起，杨雪厉声喝着：“站住！蹲边儿上！”

“杨，杨大姐……”“墨镜”笑着蹲下，抱住脑袋，“这么晚了您还没回家啊？”

“曹小宝！”杨雪和几个警察走过来冷笑，“你们这帮烂人不回家睡觉，我能休息吗？你是谁？怎么不蹲下？”

郑可慧在手电光柱下脸色发白：“我，我……”她委屈地哭起来，“他说他是好人……”

“曹小宝，你又祸害良家女孩啊？”杨雪冷笑，“是不是骗人家嗑药了？”

“没有没有！”“墨镜”赶紧说，“那是没屁眼儿的浑蛋才干的事儿！我们是真心相爱的！”

“你？！也配真心相爱？把你兜里的东西掏出来。”杨雪冷冷地说。曹小宝一边掏出来东西一边苦笑：“您看杨大姐，我从不碰那玩意儿的。”

“你的身份证我看看。”杨雪对郑可慧说，郑可慧哭着拿出身份证递给杨雪。

杨雪拿手电照照：“孙南颖？广东人？来北京干什么？”

“我想学表演……想报戏剧学院的培训班……”郑可慧哭着说，“我只是来酒吧玩儿的，他说他是好人。警察姐姐他是不是坏人啊？”

“他？”杨雪把身份证还给郑可慧，“好人断然不是，但是如果你说他是坏人——糟蹋‘坏人’那俩字！曹小宝，我警告你，再跟我打擦边球，哪天我有心情要好好收拾你！滚！”

“是是，我滚！”“墨镜”起身赔笑，“我林大哥还好吧？”

“关你屁事儿，滚！”杨雪冷冷地说。

郑可慧看着“墨镜”的背影哭起来，杨雪转向郑可慧：“看你也是规矩人家的女孩，来北京学习就好好学习，少跟这种不三不四的人接触。回去吧！路上注意安全，有问题打110。”

“嗯。”郑可慧哭着低头走了。出了胡同口，“墨镜”闪出来：“嘿嘿，我等你呢！”

郑可慧气不打一处来：“就这个你还敢跟我吹？”

“这不人多嘛。”“墨镜”嘿嘿笑着，“私下我跟他们一家都特熟，真的！”

“得了吧你！”郑可慧冷笑，“你等我干什么？”

“你不是要找地方住吗？”“墨镜”嘿嘿笑着，“走，去我家。我自己住！”

“楼房平房？”郑可慧冷笑，“平房我可不去，我可不想大晚上派出所查我的暂住证！”

“哟！看不出来你刚刚来北京对这儿还挺熟啊？”“墨镜”笑着说，“楼房楼房，我爸妈都去世了，就我自己住！”

到了“墨镜”家，打开一看这个乱。郑可慧皱起眉头捂住鼻子，“墨镜”嘿嘿笑着引她进来：“斯是陋室，唯吾独馨嘛！来来来，卧室在里面！该休息了，咱们……”

郑可慧点着一支烟，打开窗户驱散臭味：“我给你一个小时时间，你把这里给我收拾干净！否则我现在就走，赶紧收拾！”

★　★　★

上官晴慢慢睁开眼睛，头有点疼。她翕动红唇：“这是在哪儿？”

“军情局雨农医院。”周新宇抱着肩膀站在她身前，“为你做了新的脑部手术，帮你脱离中共安全部神经控制药物的阴影。你还需要保守观察治疗一段时间。”

上官晴流出眼泪，感激地说：“谢谢你，周叔叔。”

“军事法庭已经秘密撤销了你的死刑判决，改为终身监禁——但是这个结果不能公布。你杀了三个海员，公布出来的话会引起舆论对军情局的抨击。所以你现在等于是被执行了死刑的另外一个世界的人。”

“天！”上官晴脸色发白，“我是死人？”

“从法律上说，是这样的。”周新宇点点头，“为了保护你，我们只能这样做。等你恢复好一点，远走高飞吧。你为这个事业付出太多了，局长交代要妥善安排你。你去南美智利重新开始生活吧，一切都已经结束了。”

“‘孤燕专案’呢？”上官晴问。

“结束了。”周新宇摊开双手，“GAME OVER！专案结束了！”

“结束了？”上官晴疲惫地倒在枕头上，双眼发呆。她似乎在回忆什么，可脑子里又一片空白。原来乱七八糟在脑子里面来回撞击的碎片现在都不知道去哪儿了，她反而觉得空落落的。

“你休息吧，等你痊愈了安排你去南美。你没有去那里执行过任务，不会有人认识你。”周新宇叹口气，“为了我们的同志，局里永远是不惜一切代价的。”

“周叔叔，对不起……”上官晴含着眼泪说。

“没关系，是我的错。”周新宇戴上军帽，“我不该再让你执行任务，你太累了。你父母的仇，我们其余的同志替你报吧。我走了。”

“周叔叔！”上官晴哭喊出来，“对不起，我真的不是故意的！”

周新宇不回头，叹气：“别说了，都过去了！”

“再给我一次机会！”上官晴坚持要坐起来，“我现在已经等于是个死人了！没有人知道我是谁，我有执行任务的便利条件！”

周新宇其实就在等她说这句话，但他还是不紧不慢、不焦不躁地淡淡一笑：“你以为你的免死金牌可以扛多久？这次是借助你的精神分裂，下一次没有人救得了你！”

“我知道，我愿意接受任何制裁！”上官晴哽咽着，“求你再给我一次机会！我想报仇，我不会再把事情搞砸了！”

周新宇很为难：“你知道安排你去南美，要经过国家安全委员会多少道手续？需要什么级别的上峰签字？而且你知道，让你成为军情局的秘密谍报员有多难？！”

“我明白，我绝对不会再搞砸了！”上官晴流着眼泪说。

“你知道团体的纪律吗？”周新宇冷冷地问。

“知道。”

“如果你再搞砸——我会亲手制裁你！”周新宇回过头冷冷地说。

“是！”上官晴脸上挂着眼泪坚定地说。

“事情没那么简单，我必须和局长取得沟通。”周新宇说，“就算局长同意，你也不能待在本地了，必须出国。你要永远背井离乡，永远不能再回来！”

上官晴哭出来：“那我爸爸妈妈的坟怎么办？我不能回来扫墓吗？”

“当然不能！”周新宇断然说，“你已经死了，你不仅是一只孤燕，还是一个游魂！这就是我们从事情报工作的代价，艰巨的代价！”

上官晴抱着被子哇哇大哭。

“你要学会不动感情，记住——秘密战线是残酷无情的，感情用事会害了你！”周新宇厉声说，“如果团体要你制裁我，你也要毫不犹豫！明白吗？”

上官晴含泪点头，脑子空荡荡的不知道还有些什么。

高尔夫球场，军情局长挥杆击球。周新宇站在他身后，局长回头：“你打算从哪里开始？”

“暂时不能让她在华人世界行动，这种环境对她多少会有影响。包括上次在曼谷的任务也是这样，泰国的华人太多了。”周新宇跟局长走着，“我们让她在完全是外国人的环境中彻底脱胎换骨，也让她手上沾上匪谍或者中共情报代理人的血。即便有一天我们的神经控制试验失败了，这个麻烦也是甩给中共的。那时候无非出现三种情况：第一，她手上血债累累，只能向我们主动靠拢，彻底被我们控制；第二，她向中共自首，但是她的血债会让她枪毙十个来回还富余；第三，她被当地情治机关击毙或者抓获，这样一种情况是最热闹的。虽然她的指纹换过，但是她的DNA和牙齿特征资料足以证明她是大陆赴美的留学生韩晓琳，是中共安全部的孤燕，必要的时候甩出去这会是一颗原子弹！没有任何一个情治单位会相信她的故事，会认为那是中共安全部给她设计好的供词，用来毁我们的。”

“中共情报机关培养影子杀手，在境外制裁自己的同志？”局长笑笑走到球跟前挥杆，“亏你想得出来！那样一来我们对中共情报战的被动局面会有所改观，我在总统跟前也好交差咯！”

“兵者，诡道也。”周新宇对局长笑笑。

“‘人马座’那边有没有什么消息？”局长问，“这么长时间了，是不是断线了？”

“最近中共安全部那边风声太紧，我估计他很难找到途径和我们联络。”周新宇说，“他是无法收手的，一个人一旦开始放纵自己对金钱的贪婪，就等于和魔鬼签了终身合同。”

局长点点头，又问：“‘猛虎专案’进行得如何了？”

“‘蜂鸟’正在加紧实施。”周新宇皱着眉头说，“有点麻烦，中共安全部找她谈了一次话。可能是例行谈话，但是‘蜂鸟’的警惕性很高，已经停止原来通过大学和参与猛虎坦克设计的教授挂关系的方案；她打算采用备用方案，我已经同意了。‘蜂鸟’是我们的老同志了，我相信她可以处理好的。”

“那我就等她立功的消息了。”局长点点头，又转向周新宇，“你是我最得力的青年干部，有件事情我要提前祝贺你，下个月，你就提前晋升中校了，并且要被授予四等宝鼎勋章！总统府秘书长代表总统来给你授勋，他早想见见你这个出色的党国精英！”

周新宇的脸激动极了，敬礼：“愿为党国效劳！”

★ ★ ★

墨镜宝哥穿着崭新的西服、崭新的皮鞋，还打着崭新的领带十分不适应，走在星级酒店大堂不时地低头看看自己的鞋怎么跟地板擦出这种声音。侍者捂住嘴：“先生，您有何贵干？”

曹小宝抬起头：“哦，我去1101房间。”

“您找人？”

“我有房卡。”曹小宝拿出房卡。侍者礼貌地将他引到电梯，宝哥上了电梯忽悠一下子就起来了。他摸摸跳动的心口，这个姑奶奶可真不好惹。他出了电梯探头探脑地走在地毯上，好不容易找到1101房间。拿出房卡按照姑奶奶交代的往里插，却怎么也打不开。他急了，拿起崭新的手机拨号码：“我说老大，这门打不开啊？”

“就你还跟我充什么宝哥？！酒店都没住过！”郑可慧在那边又好气又好笑，“看看绿灯亮没亮？没亮就是反了！”

墨镜宝哥看看，赶紧翻过来，这下亮了门开了。他左右看看，鬼头鬼脑地进去了关上门。屋子拉着厚厚的窗帘，很暗。他不得不把墨镜往下放放到处找灯，怎么也找不到又打电话：“灯开关在哪儿啊？！”

“在门口插卡！”郑可慧恨不得直接宰了他。

“插卡？”墨镜宝哥到处找可以插卡的地方，终于找到了，一插，灯一下子都亮了，“我操！谁在啊？！”他虚张声势半天，屋子里面没人才放心。床上凌乱，扔着郑可慧的衣服什么的。

他按照吩咐把衣服都收起来，放进酒店干洗的塑料袋，然后去衣橱拿出手提箱。正想开门出去，突然念头一闪。他把手提箱放在床上搓搓手，墨镜放到鼻子上，喜笑颜开：“你折腾了我一晚上，我弄点外快总是可以的吧？”他看看手提箱，是密码锁。不过这难不住墨镜宝哥，他从皮带内侧抽出从不离身的各种规格的针。折腾了几下，箱子弹开了，他嘿嘿笑着打开箱子。一打开他就傻了——美元和人民币就算了，还有几个不同的身份证和各国护照。

“我操！江洋大盗？！”墨镜宝哥真傻眼了，手都哆嗦了，再摸到隐藏的夹层打开一看，当即坐在地上！

手枪！崭新的手枪和铮亮的匕首！

职业杀手？！墨镜宝哥整个身体都开始哆嗦了，他还没反应过来，新手机就响了：“你好了没有？！好了赶紧出来！”

墨镜宝哥哆嗦着：“好，好了！”他不敢不出去，赶紧把东西原样放好。他哆嗦着手拿起手机拨了个极其熟悉的号码，对面回答：“刑侦总队，你哪里？”

“林，林涛涛副队长在吗？”墨镜宝哥都快哭了。

“不在，出现场了。你有什么事情？”

墨镜宝哥一把按下电话，又拨了个号码。对面回答：“治安总队，你哪里？”

“杨雪警长在吗？”墨镜宝哥绝对是要吓瘫了。

杨雪过来接电话：“我是杨雪。”

“我，我曹小宝！大姐我……”

“杨雪，东城分局让我们赶紧去一下。”那边有个警察喊。

“我有任务，你那点破事儿回头再说！”杨雪厉声说，“治安管理处罚条例你比我都背得熟，自己跟自己对号！找我只能从重处罚！”

啪！电话挂了。墨镜宝哥一屁股坐在地上，苦着脸不知如何是好。他觉得裆部潮湿，一看居然是尿裤子了。手机又跟炸弹似的响了，他哆嗦着手看着来电号码，不敢不接：“喂……”

“你在里面磨磨蹭蹭干什么？！”郑可慧在那边怒了，“赶紧出来！”

墨镜宝哥夹着腿提着手提箱，像提着炸弹一样走过大厅，所有人都好奇地看他的裤子。墨镜宝哥腿都打哆嗦，出门就到处找警察。可是警察这种货色总是在不该出现的时候出现，该出现的时候怎么都没影了啊？！

他还站在门口找警察，手机又响了。墨镜宝哥赶紧接：“喂……”

“我现在看着你呢，你听我的命令。”那边郑可慧很冷地说，“横穿马路。”

墨镜宝哥到处找不到郑可慧，想到不知道在哪儿对着自己的枪口，只好违反交通规则直接就冲过车水马龙的马路站在对面拿着手机：“我，我过来了！”

“直走 100 米。”

墨镜宝哥按照规定行事，还没到 100 米的时候郑可慧又喊：“掉头！快速走 100 米！”

墨镜宝哥原地掉头就走，他是彻底乖了。这种货色是惹不起的！还没到地方又是一个命令：“现在上公交车，就是刚刚进站的那辆！”

墨镜宝哥急忙冲过去用力拍要离站的车门，车门开了。他刚刚上去郑可慧又说：“后门下车！”墨镜宝哥急忙对售票员作揖：“对不起，对不起，我要下车！我要下车！”他挤过意见很大的人群，从后门下车，腿一软差点倒在地上。他拿着手机问：“现在呢？”

“打车。”郑可慧冷冷地说，“电话不许放下。”

墨镜宝哥伸手拦了一辆出租车，拿着跟炸弹一样的电话上车了。后面几十米之外、化过装的郑可慧伸手也拦了一辆夏利，上车：“跟住那辆黄色的。”司机看她，戴着墨镜的郑可慧拿出大陆警徽，继续说，“公安办案。”司机就没说话，开车走。

墨镜宝哥拿着跟炸弹一样的电话听着郑可慧的指示左拐右拐下车上车换来换去，足足折腾了俩小时才跑步到家门口。他哆嗦着手拿出钥匙，门打开了。墨镜宝哥一屁股坐在地上，郑可慧站在他的面前：“进来。”

墨镜宝哥进去腿都是软的，郑可慧看着他的眼睛接过手提箱。她只看了一眼就狠狠抽了墨镜宝哥一个耳光：“你居然敢开箱子？！”

“姑奶奶！”墨镜宝哥跪下，鼻涕眼泪一起流，“我错了！我错了！姑奶奶您是高人，我不过是个小贼！你就把我当个屁放了算了，我不会说出去的！”

郑可慧一把拿过他的手机，看了拨出号码又拨出去：“喂，刑侦总队……”郑可慧一把将电话直接在地上砸烂，冷冰冰地看着墨镜宝哥：“你居然敢报警？”

“我没报成，没报成啊！”墨镜宝哥哭着在地上磕头，“我真没报成啊！”

郑可慧直接一把抓住他的头发揪过来，举起右掌。墨镜宝哥哭着喊：“姑奶奶，我真没报成啊！如果我报成了，我还敢回来吗？”

郑可慧冷冷地看着他半天，这条腿暂时还不能丢，还不到杀的时候，现在杀，刑警也要介入就更麻烦了。她冷冷地问：“你知道我是谁吗？”

“我不知道，我不知道，我永远也不知道！”墨镜宝哥哭着喊，“我不想知道！姑奶奶，你就放了我吧！”

“我也是贼，我们是一路人。”郑可慧冷冷地说，“我也是求财，不想害命！——你听着，想不想活命？！”

“想，想！”墨镜宝哥连声说。

“想活命就乖乖照我说的做！”郑可慧冷笑，“不然我把你撕成碎片！连你们家狗都认不出你来！”

“我，我不养狗！”墨镜宝哥苦着脸说。

“我就是打个比方！”郑可慧气得恨不得现在就宰了他，“我们是一个国际盗窃团体，如果你跟我混，百万富翁都是小的！你能开我的密码箱，说明你还有点本事！怎么样？愿不愿意去国外干大事？吃香的喝辣的？潇潇洒洒走一回？”

墨镜宝哥不知道这是上天堂还是入地狱，刚刚想说“我就是个小贼”，一看郑可慧的目光，马上说：“想，想！”

“那从今天开始你就是我们团体的人了。”郑可慧冷冷笑着说，“你的代号——‘傻鹰’！”

“还有代号？”墨镜宝哥真惊了。

“当然，我们是正规的国际盗窃集团！企业化管理的，每个人都有代号！”郑可慧冷冷地拿过桌子上的纸笔，“写！我自愿加入团体，遵守团体纪律，如果违反甘愿接受团体制裁！”

“我写我写！”墨镜宝哥不假思索赶紧跪在地上就写。郑可慧看着：“签字！”她拿起这张纸冷笑，“我们团体和大陆警察不共戴天，只要这张申请书交给大陆警察你就死定了！只有跟我混才是唯一的出路！明白没有？！”

“我明白，我明白！”墨镜宝哥连连磕头，“只要你不杀我，怎么都好！我跟你混，我是团体的人！”

郑可慧把申请书放在密码箱里面锁上蹲下，大棒用了也得给他点甜头。她抚摩着墨镜宝哥的脸盈盈笑着：“傻鹰，我怎么舍得杀你呢？你那么棒，我还等着你跟我出国一起潇洒呢！”

墨镜宝哥脸上鼻涕、眼泪一起流，哀求道：“求求你，别抓下面行不行……哎哟！哎哟！啊——”

★　★　★

一辆破面包忽悠着就停在楼下面，墨镜宝哥开着车。不一会儿，从楼道里面走出来一个穿着白色T恤和牛仔裤，长发扎成马尾巴的纯情女孩。戴着咖啡色墨镜的女孩轻妆淡抹，背着书包穿着旅游鞋。墨镜宝哥立即看傻了，这个女孩一看见这个车就哭笑不得：“你就借来这个破车？！”

墨镜宝哥才知道这原来是姑奶奶：“我操！你怎么换了个人？！”

郑可慧冷冷看他，打开车门坐上去。墨镜宝哥傻傻地看着她，郑可慧瞪他一眼：“不认识啊？！开车！”墨镜宝哥赶紧开车，嘿嘿笑着：“你穿这个最好看，特纯！跟大学生一样！”

郑可慧哼了一声：“男人，都是女学生情结！”

“以后你就穿这个吧，”墨镜宝哥嘿嘿笑着说，“带出去特有面子！”

“我警告你——傻鹰！”郑可慧冷冷地说，“穿什么是我工作性质决定的，我跟你之间是工作关系！所以你别胡思乱想！跟你睡觉是因为我也需要缓解压力，并不代表我对你有什么想法！”

“是是，工作需要就工作需要！”墨镜宝哥嘿嘿乐。——这个工作还真不错，有钱赚还有美女！抓就抓吧，反正也抓不坏！他开车拐出僻静的小街：“去哪儿啊？”郑可慧看着四周，淡淡地说：“按照我说的路走——记住，我现在叫孙南颖，广东佛山人，来北京学习表演的学生！”

车在市区东拐西拐，最后拐上郊区的公路。墨镜宝哥纳闷儿：“到底去哪儿啊？”郑可慧——孙南颖冷冷地说：“你别问了，按照我说的做就是了！”

开了足足一个多小时，拐进一个林荫路，再前面有一个渣子路。轰隆隆的声音传来吓了墨镜宝哥一跳，紧接着树林当中的渣子路上轰隆隆开过一辆铁家伙。墨镜宝哥当即就惊了，停车就要跳：“我操！坦克要开炮了！”

“没出息！”孙南颖哼了一声，仔细观察着过去的坦克。是一辆老59式坦克，没什么稀奇。只是车身上的编号写着“坦研027”，不是单纯的部队编号。孙南颖深呼吸，已经距离自己的目标很近了。但是她明白，“猛虎”坦克是肯定不会那么大摇大摆地从这条路上走的。外形也不重要，因为图片都公布过，关键是性能参数和训练大纲。她看着坦克过去，坐在车里想着什么。

“我操！偷坦克卖钱？！”墨镜宝哥伸着脖子看，“老大，这个玩意儿可偷不走啊？铁也卖不了几个钱啊？”

“少废话。”孙南颖在紧张地思考着，“开车，这附近转转。”

车沿着公路开，轧过那个坦克专用的渣子路。在军事禁区的牌子前拐弯，接着开到附近一个相对繁华的小镇上。有穿着军装的青年官兵在买东西，军车也有几辆。孙南颖的脑子里面过着地图，知道这里的位置。她的眼睛在墨镜后面扫过路两边，敏感地发现并不现代化的小镇却有几个粉色招牌的发廊。她的眼睛从发廊门口扫过，有几个浓妆艳抹的发廊女在门口坐着抽烟招揽生意。她深呼吸，脑子在迅速运转着，闭上眼睛靠在座位上。

车往回开着，墨镜宝哥开着车哼着小调。孙南颖的右手在握拳，又放开。开过无人的野山坡，孙南颖选择好了地方，从背包里面慢慢拔出匕首。墨镜宝哥突然停车，笑着喊：“等一下！”

孙南颖一阵紧张，墨镜宝哥这个时候下车了。孙南颖不得不换了手枪上膛藏在身侧，墨镜宝哥下车就去路边摘野花。孙南颖诧异地看着他美滋滋地抱着一把野花上来递给自己，墨镜宝哥嘿嘿乐：“送给你！”

"我？！"在身侧藏着上膛的手枪的孙南颖哭笑不得，"给我干什么？！"

"女的没不喜欢花儿的！我小宝长这么大，第一次想给女人送花！"墨镜宝哥有点不好意思了，"你是我第一个喜欢的女人！"

孙南颖哭笑不得："你喜欢我？！"

"是啊，说实话，我还真没上过你这么漂亮的女人！"墨镜宝哥嘿嘿笑着说，"还是你主动的，虽然你说是因为工作，但是今天你穿这身出来我就喜欢上你了！真喜欢你！"

孙南颖恨不得一脚给他踢出去："你知道我是什么人吗？！"

"贼啊！"墨镜宝哥嘿嘿乐，"你是大贼我是小贼，反正都是贼！"

孙南颖气得说不出话来，握着手枪的右手直打哆嗦。墨镜宝哥诧异地看着她："怎么了？不喜欢我没关系啊，我只是喜欢你啊！送个花儿都不行啊？你要不喜欢这花儿直接扔了，没事！"他开车美滋滋地哼着小调，孙南颖左手拿着野花咬牙切齿，右手在身侧拿着手枪打哆嗦。过了好久，她关上手枪的击锤疲惫地靠在座位上。

晚上，孙南颖突然变得很温柔，墨镜宝哥几乎不敢相信。孙南颖似乎非常陶醉，甚至在高潮的时候流出眼泪。墨镜宝哥当然更卖力了，他根本想不到在黑暗当中孙南颖几次把手伸到枕头下面去摸匕首。

终于都筋疲力尽了，墨镜宝哥下来，抱着孙南颖赤裸的身体感慨地说："哎呀，我才算知道这辈子男人没白当啊……"他一摸孙南颖的脸，却摸到一手眼泪，"你怎么哭了？我弄疼你了？！"墨镜宝哥一个激灵坐起来。

"你为什么喜欢我？！"孙南颖咬牙切齿地问。

"我就是喜欢你啊，你这么漂亮我能不喜欢吗？"墨镜宝哥很诧异。

"我不许你喜欢我！"孙南颖摸住枕头下的匕首恶狠狠地说，"说，说你不喜欢我？！"

"可我就是喜欢你啊。"墨镜宝哥更诧异了，"真心的啊。"

匕首在黑暗当中闪着寒光贴在了墨镜宝哥的脖子上，孙南颖怒吼："说！说你不喜欢我——"

"可是我喜欢你啊！"墨镜宝哥哆嗦了一下，还是说，"你就杀了我，我也喜欢你啊。"

"你不说我杀了你！"孙南颖咬着牙说。

"那你杀了我算了。"墨镜宝哥突然躺下翻身，盖上被子睡了，"长这么大我还没说过这话，杀了就杀了吧。这个世道喜欢都不能说，我活得也够不容易了。"

“你？！”孙南颖气呼呼地举起匕首，没想到墨镜宝哥鼾声起来了。孙南颖的匕首举在空中半天没下去，她稳稳自己眼中射出的寒光又高高举起。墨镜宝哥磨磨牙，鼾声换了个节奏——确实累坏了！

孙南颖的匕首慢慢放下了，她捂着自己的嘴哭了。

一个小时以后，换了一身衣服的孙南颖站在床前。她拿着匕首呆呆站着，看着酣睡的墨镜宝哥。墨镜宝哥睡得心满意足，完全不知道死亡的危险就在眼前。

“你是这个世界上第一个说真心喜欢我的男人。”

孙南颖突然把匕首插好塞进提箱。她拿出一根烟点着，打火机没有灭，慢慢伸向她手中的那张墨镜宝哥申请参加团体的签字申请书。纸烧着了，在她的手中燃烧着照亮她惨白的脸。

“也会是最后一个！”孙南颖把纸丢在地上，看着火焰慢慢熄灭。她转身提着自己的手提箱大步离去了，留下床上还在酣睡做美梦的墨镜宝哥——他曾经差点成为团体的成员和刀下之鬼，代号“傻鹰”。

★　★　★

“我操！我说你们别太过分啊！”林涛涛满脸锅底灰笑着骂。王斌他们哪儿听啊，把喝得脸红脖子粗的林涛涛直接就给推到里屋：“给丫一大哄啊！哦——哦——”

杨雪穿着整齐的警服在里面红着脸坐在床上，田小梅坐在旁边乐个不停。楚静站在门口忍着笑一把把林涛涛推出去：“出去出去！洞房是那么好进的？我跟你说，新郎官！我不同意，今天晚上你就别想进来跟新娘洞房！”

王斌他们哈哈笑着，婚宴已经结束，这哥几个都在闹洞房。陈光喝得也不少，嘿嘿笑着推林涛涛：“赶紧给红包啊！这安全部的把门，你公安局的不好使了吧？完了吧？”

“你当他那么笨啊？”王斌哈哈笑着，“你个山沟回来的装甲兵都知道无照驾驶，他个在花花世界混的警察能当和尚？”

杨雪在里面听不下去了，一摘红盖头红着脸：“王斌！你！你！”

“我？我？”王斌很少这么开心过，“我怎么了？我们要以事实为依据，法律为准绳！是吧？安全部的弟兄们？”

“是啊！”肖天明他们笑喊着。杨雪红着脸，指着陈光：“你看我到时候怎么收拾你！”田小梅赶紧说：“杨雪姐，我可什么都没说啊！你可别难为我！”

正在笑着闹着，门铃响了。雷鹏跑过去开门：“谁又来凑热闹了？”一看就愣住了，是个戴着墨镜满脸堆笑的混混。雷鹏很诧异：“你找谁？”

“啊？”墨镜宝哥叫苦，怎么赶上人家结婚的时候来了呢？

林涛涛回头一看，纳闷儿地说：“我说你怎么找我家来了？什么事儿啊？你那点破事儿用得着找我们家来吗？”

“林大哥，您今天结婚啊？”墨镜宝哥小心地说，“对不起，对不起，打扰了！我，我走了！”

“什么事儿，你就在这儿说吧！”杨雪也出来了很不高兴，“曹小宝，你这也胆子太大了吧？！我们家你也敢说来就来？！——说，什么事儿？！”

“对不起，对不起！”墨镜宝哥看看这一屋子人，除了几个穿警服的认识，是刑侦总队和治安总队的，还有个穿军装的倒也罢了，只是几个穿便服的没见过不知道什么来路。他赶紧小心地赔笑，“我，我没事儿！我，我专门来给二位祝贺的！”

“知道了，走吧。”林涛涛黑着脸说，“以后不要到我们家来！我也有个人生活！”

墨镜宝哥不得不把一肚子话咽回去，转身下楼了。门在他背后关上，他悲凉地一步一步下楼，听见楼道里面自己的脚步声很响。里面一帮子警察在哈哈笑着用《结婚进行曲》的旋律高唱：“结婚了吧？傻 × 了吧？不能到街上泡妞了吧？……”

第八章 Dark Hunter

★ ★ ★

“通过我们不同渠道的情报证实，‘贼鸥’是专门来搅浑水的死间。”内保局长看着冯云山说，“他的任务就是将我们的调查视线转移到你身上，掩护真正的‘人马座’——这段时间对你的内部调查是正常程序，委屈你了。”

冯云山并不欣慰，也没任何惊喜，只是淡淡笑笑，似乎没发生任何事情：“我早知道结果如此。敌特对我们的严谨工作作风十分了解，他们明白我们会很认真地对待这个情报。不过我对自己非常自信，我相信用不了多久就会解释清楚。”

“我倒是觉得他们真办了件傻事。”内保局长笑了，“老冯，你想过没有？如果‘贼鸥’真被你们搞回来了，他肯定出发前受过很多心理训练，自己也有准备，到时候会浪费我们更多的时间、精力、物力！搞死‘贼鸥’是弄巧成拙，得不偿失。”

“高手对局，虚虚实实。”冯云山喝口茶，“也许他们就是打算让我们觉得‘贼鸥’就是非常有价值呢？值得他们搞一次高难度的暗杀行动？在我们没有确凿的证据以前，这些都未可知。对了，对韩晓琳家的监控有结果吗？”

“没有，她父母的生活都很正常，没有任何来自海外的电话或者客人。”内保局长说，“也许她真的已经被执行了死刑。”

“什么可能性都有。”冯云山的眉间掠过一丝疑云，“注射死刑？我最有疑点的就是这个，因为枪决是没法伪造的。而注射，伪造太容易了。问题是留她活着能干什么呢？出了这么大事情，我们不可能搞不到相关资料，她已经没法再打回来活动了啊！”

“是不是留着她搞行动？”内保局长问，“她在结业典礼上的表现超乎寻常。

如果我是军情局的领导，当然不会让她再去搞情报，她是行动特工的料子。”

“我只是不愿意点破罢了。”冯云山闭上眼睛，“我也是看着她长大的，她是那么柔弱的一个女孩儿……”他突然睁开眼睛射出寒光，“曼谷的行动很可能就是她干的！”

“对王斌下手？”内保局长问，“我看过相关的资料报告，她如何下得去手？”

“神经控制药物！”冯云山猛醒过来，转向内保局长，眼睛炯炯有神，“这种下三烂的手段，并不稀奇。只是我们机关的作风严谨，很少往这方面想罢了。让她对王斌下手，有两个目的——第一，彻底断了她回来的路，摧毁她内心所有的底线，要知道对心灵的摧毁是最可怕的！第二，杀伤我们的有生力量，要知道王斌这些出色的青年干部是可遇不可求的，是我们未来工作的支柱骨干！”

内保局长脸色沉重：“这一手确实狠毒。”

“早在渣滓洞白公馆时期，他们就已经开始使用神经控制药物了。”冯云山叹口气，“只是那时候仅仅是为了逼供，科技也没到今天这个地步。现在神经科学的研究成果已经越来越多地用在情报作战领域，这是一个科技时代啊！我们面对的不仅是敌特对我们的正面挑战，还有对我们没有自我保护意识的人民黑暗中的渗透利用！国家安全工作，走向一个崭新的时代了！对于王斌这些年轻干部的培养和锻炼也要赶紧跟上啊！”

“我们老了，脑子没那么活了。”内保局长苦笑，“以后的天下是他们的，咱们这把老骨头主要是给他们做战略指导和敲敲边鼓咯！”

冯云山笑笑：“情报工作也不可能成为科技工作，还是要靠传帮带的，几千年前，我们的战略家、军事家孙子就在《孙子兵法》里面对情报工作做出了精辟的分析和论断——几千年后，世界各国的情报工作都没有超越他所涵盖的范畴！这说明什么，说明姜还是老的辣嘛！”

两个老头子哈哈大笑。

“年轻人有干劲，有想法，有新思维都是好事。”冯云山说，“但是他们缺乏经验——经验是什么？是无数先烈血的教训！对于年轻干部如何培养怎么运用，我们都要慎重。我坚持一个原则——每一个细节都必须耐心细致地做好传帮带工作，譬如会见客人——进门怎么进，见了怎么站怎么坐，甚至说的每一句话都必须给我汇报！我闭着眼睛听汇报，甚至是客人咳嗽一下，上个厕所多长时间我也必须知道！然后就要帮助他们分析。搞情报就是搞人的工作，搞人，毛头小子上来就放炮怎么搞得了？——所以要培养，要耐心地给他们灌输经验，等到他们可以和自己的实际工作结合起来了我就该退休咯！”

“你？”内保局长正在喝茶闻言一笑，“退休养老？想都不用想，肯定是返聘回来继续干！你冯豹子不干到进八宝山那天，是不可能让你休息的！”

“哎——这‘冯豹子’的外号咱们可只能私下说！”冯云山严肃地说，“可不能让那帮年轻人知道，尤其是王斌！”

“知道，这是我们这帮老家伙的头等绝密！”内保局长哈哈笑，“想当年，你冯云山可是一只出山的豹子，威猛凶狠！令敌特闻风丧胆，只要你去审讯不用说别的，只需要一句话：‘我就是冯豹子！’对方马上开始哆嗦了。哎，我现在可得对你交代，当年我打你的名号可啃下来不少硬骨头，好使着呢！”

冯云山自豪地笑，摸摸自己头上的白发：“老咯！老咯！当年的冯豹子可成了老豹子咯！真老咯！”很多豪情岁月在他眼中浮现，又在一瞬间变成过眼云烟。老归老，没有我们这帮老家伙拼命，有他们今天这帮娃娃的工作局面？这么一想，笑容又出现了，似乎回到了那些艰难斗争的光辉岁月。

★　★　★

陈光带着警通连的新兵小钱去镇上的邮局，给田小梅寄包裹，小钱去取来自老家的汇款。虽然都在一个城市，但是坦克研究所实在太远了，田小梅不可能每周都来，刚刚到公司上班自然要积极一些。陈光自己做的坦克炮弹壳子工艺品就只能寄托一把思念了，好在田小梅也确实喜欢这个，当时追到手的时候小梅就说因为喜欢装甲兵这种男人的感觉。小钱是南方兵，家里很有钱，当然在南方这个算不上什么，但是在部队这种人物绝对是有钱的。小钱取了汇款，塞进军装口袋，再看陈光已经发完包裹就走过去问：“陈参谋，要不要去打炮？”

“打炮？”陈光没反应过来，“不是训练日不让打炮啊？”

小钱诡秘地笑：“去不去啊？”

陈光想想，反应过来了：“你小子啊！——别忘了你现在是军人，不是少爷！走，跟我回去！去找你们指导员好好做个检查，不像话！”

“不去就不去吧，好心当驴肝肺！”小钱苦笑，“你又不是我们部队的，何必呢？”

陈光压抑住怒火，想想自己确实不是人家的直接领导：“这个事情我今天当没听见！”

“那去剃头总可以吧？”小钱问。

陈光摸摸自己的头发，也确实不短了："可以，我跟你一起去。"

小钱轻车熟路地进了一个发廊。老板娘迎上来："哎哟！钱少爷！怎么这么久没来了？"小钱借过烟，让老板娘点上苦笑："部队管得严呗，这是总参来的路大高参！你伺候好了！"陈光看见发廊里面坐着一排小姐就着急："小钱，换一家！"

"别啊，陈高参！"老板娘急忙迎上来，"还有别的小妹呢，我再叫来！"

"小钱，走！"陈光黑着脸说。小钱苦笑："陈参谋，这里也是发廊，好歹也能剃头！咱就理发不就完了嘛。"老板娘看口风不对，赶紧说："就是就是，我们是正规发廊，您看这是营业执照！就剪头，别的什么都没有！"

陈光不想跟小钱搞太僵，毕竟不是自己手下也犯不上。就说："你剃头吧，我不剪了。在这儿等你。"

小钱苦笑着："好好，我剃头。"他走到座位坐下，对老板娘说，"你看看你，告诉你多少次了，一把年纪了别搞得跟妖怪似的！让我们陈高参腻歪了吧？赶紧道歉！"老板娘会意："是是！我把我的镇店之宝供上，给陈高参道歉！"她转身对后面喊，"珍珍啊！珍珍——妈叫你呢！"

陈光没搭理他们，自己叼着烟想事情。帘子一掀开，从后面出来个长发披肩穿着白裙的漂亮女孩，眼中还若隐若现地含着眼泪。长发盖不住脸上的青紫，手腕上还有被绑过的痕迹。陈光一愣，那个女孩珍珍看见他的军装眼睛一亮。老板娘就推她："赶紧去给陈高参道歉！这可是总参来的大高参，见过大世面的！"

陈光就呆住了，他看着这个女孩走过来。女孩举起打火机小心翼翼地："陈高参……"陈光愣了半天才点着烟，老板娘看在眼里笑："珍珍啊，还不赶紧给陈高参汇报汇报思想？"

"陈高参，您理发还是休闲？"珍珍小心地问，声音带着颤音。

陈光本能地后退一步："我什么都不！"珍珍眼中的眼泪吧嗒就下来了，红唇轻启是个唇语："帮帮我……"陈光心头一紧，看着老板娘想说什么没说出来。珍珍又问："陈高参，您理发还是休闲？"

"我不理发……"陈光说。老板娘见缝插针："那就是休闲了啊！珍珍，请陈高参去休闲！"陈光跟做梦一样，一种魔力让他跟着这个柔弱的白裙女孩穿过发廊走出后门。珍珍在前面走，白色凉鞋踏在斑驳的石板地上；陈光跟在后面，看着她的脚腕子上也有青紫，压抑着心里的怒火。

东拐西拐，最后到了一个小平房跟前。珍珍拿出钥匙开门，陈光就跟进去了。这是个空间很小的屋子，窗户拉着厚厚的窗帘，里面灯光幽暗只有一张床。床上有被子和简单的铺盖，床头放着一卷手纸。陈光很紧张，珍珍背对他声音颤抖：“您是推油还是全活？”

陈光赶紧说：“我什么都不做！”珍珍回过头流着眼泪：“帮帮我，不然我又要挨打了！”陈光急了：“怎么回事啊？你是哪里的，怎么被搞到这里了？”珍珍抽泣着说：“我不敢说……我是学生，我没办法了……我家里穷，是农村的，我爸爸病了，我不做这个没别的办法……我不愿意也没办法，你帮帮我吧……”

陈光无语，拿出身上所有的钱：“我只能帮你这么多了，如果你是被迫的，我可以帮你逃出去。我有同学是警察，我说话他们会管的。”

“警察？”珍珍奇怪地苦笑，“就是警察把我搞成这样的！你看看，这是手铐铐的！”她举起白皙的胳膊，“警察才喜欢玩儿这个！警察最变态！”陈光看着心里在滴血：“哪里的警察？这里派出所的？我同学是市局的，我让他们反映给监督单位。”

“那我也完蛋了，别想上学了。”珍珍苦笑。

陈光遇到这样一个绝大的难题，不知道怎么解决。他叹口气：“我帮不了你了，我不过是个当兵的。这些事情不是我可以左右的，我走了。”珍珍赶紧喊：“别！你现在走他们会打我的！”陈光无奈：“那怎么办？”

“大哥，陈高参，你是好人。”珍珍哭了，“你陪我说会儿话成吗？就一会儿，过了一个小时就可以。”

陈光想想，叹口气坐下了。珍珍站在他跟前伤心地哭着：“我也不愿意这样，我也不愿意……”

“你叫什么？”陈光又点着一支烟。

“孙珍珠，我家是渔民。”珍珍哭着说。

“难怪，有闽南口音。”陈光点点头。

孙珍珠给陈光讲述了自己的故事，一直泣不成声。讲到计划生育政策的父母为了要个男孩，生了四个。自己是老二，大姐已经出嫁，三妹还在上初中，弟弟才七岁。结果妈妈身体垮了，爸爸出海的时候遇到台风，好在活了下来但也受了重伤。现在家里唯一的经济支柱就是她了，她只能这样做。

陈光心情沉重，作为一个热血军人他很容易被这样的故事打动。他感慨地说：“你这样不是个办法，找个好点的兼职工作吧。”

“大哥你是好人！”珍珍跪在他面前泪光盈盈地说，“我和你做！”

“别别！”陈光赶紧站起来，“我不做！”

“全活，我不要钱！”珍珍哭着说，“你是不是嫌我脏？”

“不是不是！”陈光说，“我有老婆！”

孙珍珠愣了半天，幽幽地说：“她真幸福，遇到你这样一个好男人。为什么我的命那么苦呢……”

陈光无语，看看表半天才说：“一个钟头了。我得回部队了，有时间我来看你。你最好别做这个了，真的。”他拉开插销开门走了，阳光照得他头晕眼花。孙珍珠看着他的背影擦去眼泪，长出一口气，有一种失败的懊恼。

陈光走到发廊那边，小钱已经回来了在抽烟。他起来笑着迎过去：“陈参谋，怎么样？”“回去不许说！”陈光黑着脸说。小钱赶紧说：“那是那是！保密原则我背得好，不该说的不说！”

陈光看着他半天，举起食指：“你给我记住——下不为例！”

“是是！”小钱喜笑颜开，乐颠颠地跟陈光走了。老板娘在后面高喊：“陈高参！钱少爷！有时间来玩啊！”

回到坦克研究所，正好看见收垃圾的老赵头。陈光过去跟他打招呼：“老赵！又来了！”老赵风烛残年，是镇上的五保户，他嘶哑着喉咙说：“啊，陈参谋回来了！一周一次嘛，感谢部队让我还有个谋生的手段！”

陈光笑笑还帮老赵推了把三轮车，带小钱进去了。老赵推着三轮车出了门上车慢悠悠地骑走了。

★　★　★

忙活了一晚上的林涛涛从大楼走出来走向自己的警车，这个案子太闹心了，眼睛都熬红了。走过去气就不打一处来，墨镜宝哥蹲在车旁边抽烟，已经有一地烟头了。看见他过来，墨镜宝哥急忙站起来：“林大哥……”

“瞧你这给闹的！”林涛涛一指地面，“你当这是垃圾堆啊？这是刑侦总队！扫了去！”

“是是，我扫！”墨镜宝哥赶紧说，“我能不能，能不能请你喝茶？”

“喝茶？”林涛涛很纳闷儿，“你小宝什么时候也喜欢喝茶了？就你那水平，知道什么是好茶吗？”

“我，我真的有事找你。”墨镜宝哥赔笑着说，“我请你喝茶。”

“茶就算了，你那事儿犯不上找我啊？”林涛涛很无奈，“你那是治安问题，找治总啊？找我刑警队干什么？我不跟你说过嘛，没两条以上的人命我们刑侦总队不接手！”

“我，我自首！”墨镜宝哥脸都憋红了。

“你杀人了？！”林涛涛本能地一惊就摸手枪，“我操！你曹小宝什么时候变得这么彪悍，居然敢杀人了？！带没带家伙，掏出来蹲地上！”

“我，我没有！”墨镜宝哥赶紧说，“我没杀人！我杀只鸡我都不敢，我怎么敢杀人啊？”

“先举手再说。”林涛涛直接给他翻过来按在车上，“两腿分开，快点！”结果搜出一沓子美元来，还有一沓子人民币，“你鸟枪换炮了？搞外国人了？”

“没有，我真没有！”墨镜宝哥苦着脸说，“我真的什么都没干！”

“那你自首什么？这是天上掉下来的？”林涛涛拿着钱说，“转身，自己戴上吧。我给你交到反扒队去，那边队长是我哥们儿，你只要老实不会吃苦。你啊，怎么搞这么多钱？现在想帮也帮不了你了，怎么说你啊？”

“林大哥！我真的是来自首的，这个钱也不是我偷的！”墨镜宝哥鼓足勇气转身说，“你相信我！咱认识也不少时间了，我什么人你最清楚！”

“那你自己说，怎么回事？”林涛涛看着他问，“别跟我玩儿花样，你要是不跟我说实话——那我只有亲手收拾你了！”

“车上说可以吗？”墨镜宝哥很严肃，前所未有的严肃。林涛涛想想，打开他的手铐，冷冷地说：“上车！”

“我替别人自首。”墨镜宝哥很伤心地说，“我不想她最后走上刑场，我真的喜欢她。”

“谁？”林涛涛点着烟很严肃。

“我不知道她到底叫什么。”墨镜宝哥更伤心了，“她是一个国际盗窃团体的成员。我跟她是这样认识的……”

烟都烧到过滤嘴了，林涛涛还在惊讶。墨镜宝哥小心地问：“林大哥？林大哥？你怎么了？”

“没事。”林涛涛回过神，“你自首得好！我们现在换个地方说这事儿，刑侦总队管不了这个案子。”

“啊？！”墨镜宝哥张大嘴，“你们刑侦总队都管不了？！哪儿能管啊？！”

林涛涛没回答他，一边开车一边拿起手机：“斌子？我涛涛，你现在方便吗？我们找个地方见面，你说……好，就去那个茶馆。废话，你请客！这是我给你找的活儿！”

"林大哥，到底有多严重？"墨镜宝哥小心地问，"是不是要交给公安部？"

"是交给部里面处理，不过不是公安部。"林涛涛开着车说，"如果你说的是真的，你立功了。但是如果是假的，我让你后悔生出来！"

"句句是真！"墨镜宝哥诚恳地说，"我只求不枪毙她。"

走进茶馆二楼雅间，王斌已经到了，正在自己整工夫茶，还在那儿跟服务员说："你们这个技术都是刚刚出道，茶得这么……"

"还品茶呢！"林涛涛苦笑着带墨镜宝哥进来，"一会儿你就没心情了！"

"你出去吧，我们谈事儿。"王斌对服务员笑笑，服务员出去把门带上。墨镜宝哥看见王斌愣了一下，再看看林涛涛："他，他也是警察？！警察还劫钱？！"

"坐下再说。"林涛涛摘下警帽扔在边上，坐下点着烟。王斌也纳闷儿："你带他来干吗？"

"干吗？让你们部请客喝茶！"林涛涛苦笑。王斌看着犹豫的墨镜宝哥，出示了警官证："我和林副队长算是同行，你说吧。"

墨镜宝哥咽咽唾沫，开始讲述这梦一样的经历。

★　★　★

"你还能认出来她吗？"王斌抽着烟，淡淡地问。

"可以！化成灰我都认得出来！"墨镜宝哥说。王斌看他一眼："别这么肯定，化装以后你未必认得出来。"

"她左边乳房上面有颗痣！"墨镜宝哥说，"真的，洗不掉！我给她擦过澡……"

王斌苦笑："我不能满大街让长得像的女孩脱衣服检查啊？"林涛涛也忍住笑："操！就你们丫那帮人什么干不出来？还跟我装嫩！"

"我们也是共产党的干部。"王斌苦笑拿起手机，"我出去打个电话，你们先待着。"林涛涛看着墨镜宝哥，笑："看不出来啊，你哪点那么香？勾搭了个女特务？"

"特务？！"墨镜宝哥张大嘴，"她是特务？"

林涛涛知道自己说多了，赶紧说："我胡说的，这事情得他们单位说了算。你别没事瞎嚷嚷啊，国法无情！在这种事情上没人救得了你！"

王斌打完电话回来，对墨镜宝哥说："你得跟我走了。涛涛，谢谢你啊！"

"应该的。"林涛涛笑，"小宝，跟你斌哥走吧。你丫下楼别忘了结账！"

墨镜宝哥战战兢兢地跟王斌上了奥迪车，哗啦啦一家伙开到一个陌生的高档小区。这是王斌他们在市区的一个安全点，楚静他们已经到了。墨镜宝哥跟着王斌上了电梯：“斌哥，这是哪儿啊？”

王斌不说话，带他上了一个高层复式公寓。墨镜宝哥走进布置温馨、宽大敞亮的客厅：“哇！斌哥，这是你家啊？太牛了！这得多少钱啊？哇！”他刚刚走到沙发上坐下，楚静从楼上下来了：“就是他啊？”

“哇！斌哥你老婆好漂亮啊！”墨镜宝哥赶紧站起来，“嫂子好！我叫曹小宝，江湖给个面子叫我……宝哥！当然嫂子叫我小宝就可以了！”

楚静被他叫嫂子叫得脸红了一下，转向王斌：“是他吗？”王斌点点头，看看手表：“给他作笔录吧，我给市局的打电话约个时间见面。明子他们呢？”

“都在呢！”肖天明和雷鹏从里屋出来，“说吧，怎么弄？”

“先给他问明白了。”王斌说，“我有一种感觉，她就是我们丢掉的那个职业留学生。楚静，你让技术处来个人按照他的描述画图。明子，你拿北京地图过来，让他标示一下那天走过的路线，我看看她到底是对什么感兴趣。鹏子跟我走，回去报告。”

魏处长听完汇报皱起眉头：“太离奇了？受过训练的在编特工会放过一个小贼？这个曹小宝是不是编故事给我们听啊？或者是有企图转移我们的视线？”

“有可能。”王斌说，“不过也不能排除他说的是真的，宁可信其有，不可信其无。处长，我觉得我们应该开始着手专项调查。我申请侦察证。”

“先摸一下，如果问题不大就丢给市局处理。”魏处长点点头签字，“我们的工作重点不在国内防间，不过也得发挥我们应该的作用。你去吧，明天给我个详细的报告。”他拿起红色保密电话苦笑，“我给局长汇报，我们的工作总是千头万绪，按下葫芦起来瓢！”

下午的时候，墨镜宝哥已经彻底交代了好几遍。楚静很仔细反复验证了每一个细节，不厌其烦。里屋的肖天明看着地图上错综复杂的线路，仔细看着经过的地点。王斌站在他的旁边，苦笑着点点坦克研究所的位置，这个地点在旅游地图上是没有的。

“能称得上目标的只有这里了，真难为她了。”

“搞科技情报？”肖天明脑子运转着，“那她干什么去点点的学校留学？”

“军工科研传统大学。”雷鹏点点头说，“是不是那里的教授参与了坦克研究？”

“完全可能。”王斌说，“我们得去一趟了，看看那边是不是真有什么动静。”

“那个宝哥怎么处理？”雷鹏问。

“跟我们走一趟，把所有的路线重新走一遍。”王斌说，“然后转给别的单位按照规定处理吧，该批评教育的要批评教育，该算立功的要算立功。”他带着肖天明、雷鹏走出屋子，对楚静说：“把那辆面包调来，换个外地牌照再给弄点泥。我们实地走一趟。”

墨镜宝哥站起来：“大，大哥，你们到底是什么单位的？”

“国家安全部。”王斌掏出红色封面的侦察证说，“曹小宝，按照法律，当国家安全人员出示侦察证，你有义务配合我们办案。”

“国家安全部？”墨镜宝哥苦着脸，“她真是特务？”

“只能说是特务嫌疑。”王斌说，“如果核实，你算是立功表现。走吧。”

“不会枪毙她吧？”曹小宝脸色发白。

“非战争时期一般不会，除非她搞破坏或者暗杀并且造成严重后果。”王斌说着拿起那张模拟画像，“如果你说的都是真的，我们也会考虑给她做一下思想工作。”

面包车呼啦啦在市区开，按照曹小宝的回忆左拐右拐。王斌开着车观察着周围，拐到郊区的野山坡已经到了黄昏。曹小宝鼻头一酸：“我就是在这儿给她摘花儿的。”

楚静看着满山野花就有几分感动，雷鹏在旁边笑笑：“回头让王斌给你摘！”楚静就打他：“去去去边儿去！”肖天明笑笑：“不能现在就教唆王斌啊，家花儿哪儿有野花儿香？”

开到那个渣子路，王斌下车去看了看。他看看那边的坦克研究所院子，又上车了：“然后去哪儿了？”墨镜宝哥指引他到了小镇，面包缓缓开过去。王斌他们细致地观察着小镇，偏僻的小镇已经接近黄昏。粉色发廊的霓虹灯在闪烁着，小姐们已经洗漱完毕准备开始今天的工作。

“不简单。”王斌突然苦笑着说，“确实不简单，这是个角色！能付出如此巨大代价，来完成任务的不多见啊！”

楚静看着那些小姐们：“她在这里？”

“只有这里不会问女孩的来历，也只有这里可以藏得下外地女孩不受怀疑。”王斌冷冷地说，“她——就在她们中间。”

墨镜宝哥马上就要打开车门下车，王斌一把拉他回来：“你搞什么？！”

“我不能让她做小姐！”墨镜宝哥痛心疾首地说，“我喜欢她！”

“你说了不算的。”王斌冷冷地说，“这是她的职业，走吧。我们回去，从今天开始你由于涉嫌参加特务组织被暂时拘留审查了。破案以前你不能出来，这是有关规定。”

面包车离开小镇，墨镜宝哥回头看着那些粉色的发廊流下眼泪：“你知不知道，你是我第一个喜欢上的女人……”

★　★　★

穿着便装的陈光出门的时候又看见老赵头，挥挥手就过去了。老赵头哼着小调去收垃圾，这时一辆黑色奥迪车停在门口。王斌看见陈光下车喊：“路大参谋！”陈光回头，笑着跑过来抱住王斌：“你怎么跑这里来了？楚静、明子、鹏子，你们都来了啊？”

“公务。”王斌笑着说。陈光拍拍他的肩膀：“你的公务我就不问了，我去一次镇上。中午一起吃饭，我请客！”王斌笑笑：“我公务在身，恐怕吃不了了。就是和你打个招呼，你去吧。”看着陈光走远，他们上车。哨兵看看他们的证件：“所长交代过，你们直接去办公楼。”

奥迪车开进去，和收垃圾的老赵头擦肩而过。王斌仔细看了他一眼，没说什么继续开车。部队的环境永远跟花园一样，楚静看着满院子的花儿就乐：“真好看啊！”

王斌笑笑没说话，车停在办公楼门口。所长和政委已经等在那里，王斌他们下车互相自我介绍一下就上去了。

陈光来到镇上，磨蹭了半天才拐进那个发廊。老板娘一看他进来就笑：“哟！陈高参，稀客啊！快快快，您是理发还是休闲？有日子没来了！”陈光含糊着：“珍珍在吗？”老板娘赶紧说：“哟！珍珍啊？珍珍现在有客人！要不给您换一个？小丽啊，来来来！这是陈高参！”

“我等。”陈光走出去站在门口。过了一会儿，小钱一边系着风纪扣一边哼着歌儿出来了：“哟！陈参谋！您来了？”陈光尴尬地点头，没说什么。小钱嘿嘿笑着：“放心，我不会说的！”陈光看着他的背影，叹口气。孙珍珠走出来：“陈高参？”

陈光回头：“哦，我找你。不用去那个地方了，太闷。”孙珍珠点点头：“好，我跟老板娘说一声。”老板娘已经出来了笑着说：“出台啊？没问题，陈高参叫台半价！30台费，小费另算！”

陈光带着孙珍珠来到镇口的一个山坡上，孙珍珠看看周围：“在这儿？那我回去拿个毯子。”陈光拦住她：“不用了，我不是那个意思。”他掏出一个信封递给孙珍珠：“我帮不了你太多，这些你拿着。我走了。”孙珍珠傻傻地拿着信封，含泪高喊：“陈大哥！”陈光站住，没回头。

孙珍珠跪下了泣不成声：“谢谢你……”

陈光赶紧扶她："你别这样！"孙珍珠抓住他："你的钱我不能要！你是当兵的，没多少钱！"陈光笑笑："没什么，大不了我晚点结婚。给你爸爸看病要紧！"

"陈大哥，我真的不能要……"孙珍珠哭着说，"这不行的，我还不起……"

"我不要你还！"陈光说，"或者你毕业了慢慢还。"

"我还不起你那份情意！"孙珍珠抱住陈光哭着说。陈光苦笑推开她："我说了，不用你还。"

"我给你，我都给你。"孙珍珠哭着说，"我什么都给你！只要你不嫌弃我脏……"

"不是这个意思，我有老婆的！"陈光赶紧说，"这不行的！你别这样，真的！我是革命军人，我有纪律的！"

"我都给你……"孙珍珠抱住陈光哭着，在他耳边说，"我是你的人，无论什么时候我都是你的人……大哥我都给你，你要我好不好？我心里面苦啊……"孙珍珠的眼泪和气息都落在陈光的脖子上，他的胳膊僵住了："这不行，不行啊！不……"

"行"字还没出口孙珍珠的嘴唇已经堵住了他的嘴……

——会议室里面，王斌笑着说："根据我们的关系掌握的情况，可能有一个T军事情报局的谍报员在这一带进行活动。目前还没得到更多线索，不过我们可以肯定的是——他们已经盯上了'猛虎'主战坦克。"

所长很严肃："我们一直对'猛虎'主战坦克的研制和试验过程严格保密，就是在研究所内部能接触到机密级别核心资料的也是极其少数的。安全部同志提供的情报很及时啊，提醒我们要再次进行保密核查。保卫处长要全力配合安全部同志的工作，这是关系到我军未来战斗力的大事！"

"更多的内部核查工作还是要你们来做，我们的任务就是对付这个派遣来的谍报员。"王斌笑着说，"这段时间我们还会频繁地打交道，到时候还需要你们帮助。"

"一家人不说两家话。"政委笑着说，"用得着的地方就说话，我们一定全力支持。"

陈光看着天空发呆，孙珍珠偎依在他健壮的胸口上："陈大哥，你怎么了？"陈光长叹一口气，闭上眼睛："小梅，我对不起你……"

孙珍珠愣了半天："陈大哥，你放心。我不会给你找麻烦的……我愿意做你的人，不要什么名分。"

陈光苦笑："可我不是这种人，我对不起小梅，对不起我跟她之间的感情……"

孙珍珠哭了："大哥，你真是个好男人……你就别让我那么苦了，好吗？我愿意做你的小妹妹，你别这样说了好不好？没人会知道的，我愿意的！"

陈光长叹一声，闭上眼睛流出眼泪："是我不好，小梅……"

——王斌他们跟着保卫处长在研究所参观，检查安全保卫措施。在车库，雷鹏拍拍'猛虎'主战坦克很兴奋："好家伙！这就是我们最新的主战坦克啊？"

"对！"保卫处长骄傲地说，"这是我们自己研制的，全都是国产的！知识产权也是我们自己的，一旦装备全军装甲部队，那战斗力的升级可就厉害了！"

"我们的责任就是让我军的战斗力得到保护！"王斌感叹地说，"如果真让敌特得逞，我们就是吃干饭的，对不起这些辛苦的科研人员。"

"你们看看怎么做？需要我怎么配合？"保卫处长问。

"彻底摸底调查。"王斌说，"所有可以接触'猛虎'坦克机密核心资料的人员，全部摸底排查。楚静，你跟许处长负责这件事情；我负责外部侦察。至于有没有什么里应外合现在都不好说，楚静你要随时和我保持联系。我们走吧。"

出门上车，正好遇见陈光回来。王斌跟他打招呼，陈光还在自己走着。王斌高喊："你脑子进水了啊？"陈光反应过来："哦，你们要走啊？"

"你们认识？"保卫处长问。

"发小。"王斌笑着拍拍陈光的肩膀，"怎么了？被坦克震傻了？我走了，你有什么话带给小梅没有？"

"没有。"陈光脸色发白。王斌笑笑："注意身体，看你这段时间熬的！走了啊！"他跟肖天明、雷鹏上车走了。楚静招招手，跟陈光打了个招呼就和保卫处长进办公楼了。陈光傻了半天，默默地走了。

"怎么搞？"肖天明问。王斌正在拨电话："这个事儿靠我们自己搞不了，我们没权力搜查发廊。……杨雪？我啊，新娘真厉害啊！我哪儿敢啊，上次不是闹洞房嘛，有时间没，晚上我请你吃饭。涛涛啊？问他有没有时间，没时间我就请你一个！怎么我不能单独请你吗？好好，你点地方。"

他放下电话："这个得治安总队出马了，我们跟着混。先惊她一下，看看有没有什么反应。"

★ ★ ★

"有难度。"杨雪听完王斌的话说，"关系不好理清楚。我们跟当地县公安局、镇派出所不打招呼就下去扫黄肯定不合适，而且那个地方也轮不到我们扫啊？"

"你看看怎么把关系理清楚，那个地方我肯定要碰一碰。"王斌说，"我怀疑我的工作目标就混在那些小姐里面，这关系到国家安全。"

“我知道你的意思，不过我肯定不能带人这样下去扫。”杨雪想想说，“无论哪个角度都说不过去，而且我只不过是个基层警长没那么大权力。如果你跟我们总队长说，估计他就是想帮你也很为难。这次扫完了，后面的善后工作不好做。”

王斌点点头：“那么你县局里有没有熟人可以帮我的？”

“够呛。”杨雪苦笑，“熟人有几个，但是下面的事情你应该清楚。首先跟你们没直接隶属关系他们肯定不愿意，其次他们跟下面镇派出所的关系怎么处？而且指望他们扫发廊，难说是不是就提前给通知了。你要找的人没准一下子被惊了，彻底消失了怎么办？我估计把她吓跑不是你的目的，你是想抓住她。”

王斌想着，点着烟：“是啊，是有难度啊。但是我总不能让干部一个发廊一个发廊地去实际看吧？”

“哎呀！对了，找涛涛啊！”杨雪突然笑着说，“他们刑警办大案要案是经常秘密下去的，不和当地发生直接关系！这谁也说不了什么！”

“他们刑侦总队扫黄？”王斌觉得奇怪，“什么时候他们有这个职能了？”

“他们是不扫黄，不过他们和下面的白道黑道都熟。”杨雪说，“你不就是想摸清这个人在哪儿吗？有没有什么固定的特征？”

“有。”王斌认真地说，“左边乳房上面有一颗黑痣。”

噗——杨雪正在喝茶当即喷了，咳嗽半天拿餐巾纸擦嘴：“我说你们男人真没一个好东西啊！这个你怎么知道的？”

“宝哥说的。”王斌笑笑说，“他还说那个人你也见过。”

“你找的是她啊！”杨雪睁大眼睛，“哎哟！怎么就从我手边擦过去了呢？早知道我那天就不发善心了，查暂住证就给她扣了！后悔死我了！”

王斌笑笑：“你不也不知道嘛，继续说，涛涛怎么帮我？”

“让他以办案的名义去一次镇里，你们不也有警服嘛，穿上跟他混，等跟当地派出所熟悉了，就找这个人。派出所那都是油子，你要这个人肯定能给你找到。”

林涛涛开着车极度郁闷：“我说你现在发展得是越来越不像话了，下次是不是还得我爸出面替你们工作？”

“这不咱是发小嘛。”第一次穿着崭新警服的王斌坐在边上笑，“看在党国的分儿上，拉兄弟一把！”

“跟你们安全部的做兄弟，都得被你们利用上。”林涛涛苦笑着说，“你说说你这特务当的有什么劲？狗屁权力没有，到哪儿办事都跟做贼似的，到处打我们的旗号！你也不跟人家 007 学学，那多潇洒！”

王斌笑笑：“我倒是想啊，但那不是电影嘛。”

“什么时候我要能沾着你的光就好咯！”林涛涛苦笑着拐弯进了镇里面，“你说我能沾你什么光？钱你也不多拿，权你还不如我，到哪儿办事也不能打你的旗号。前面就是镇派出所，所长我见过一次，上次办碎尸案的时候接触过。老油子，说话机灵点。你们的车跟上了吗？”

王斌回头看见肖天明和雷鹏穿着警服，开着换了警牌的面包跟着：“来了。”林涛涛苦笑：“刑侦业务你们都学过吧？到时候别露馅儿了，我们总队领导那边我来打招呼。但是你可记住不能乱来啊，别让我们刑警背你们安全部的黑锅！”

“哪儿能呢，大不了下次去夜总会，我说自己是刑侦总队的但是我不叫林涛涛。”王斌眨巴眨巴眼睛。林涛涛痛心疾首：“我操！”

一看派出所所长满面红光，就知道他刚刚喝酒回来，林涛涛进了院子和他握手：“所长我们又要麻烦你了！”

所长当即挥手：“不麻烦，我们都是一家人！走走走，先喝！镇长一听你们来，那高兴！走走走，赶紧都跟我走！喝！”

林涛涛苦笑：“回头吧，咱先谈工作。进去吧。”所长就招呼：“倒酒！不，倒水！最好的茶叶！这些都是市局的同志，是大衙门的！见大世面的，要好茶！”

进去坐下，林涛涛就说：“是这样的，我们在办一个比较重要的案子，漏了个人。是个女的，当小姐的，知道很多线索。我们要找到这个人然后监控起来，不能跟任何人说。”

“小姐？”所长想想，“小姐我熟悉啊！你们要找哪个？我都给你们叫来。小史，你去通知镇子里面的发廊和歌厅，所有小姐都在这里排队站好！市局的同志要哪个走哪个，要几个走几个！”

林涛涛无奈地苦笑：“我们不带走，监控！秘密监控！”

“知道了，是秘密！”所长恍然大悟笑，“我们要保密！明白了，明白了！我们保密，等我把门关上。小史，不要去叫小姐了！我们保密！”

“我操！”雷鹏忍住笑，“这还保密个蛋啊？”

王斌看了他一眼，把他的话憋回去。林涛涛很无奈地拉所长回来坐下：“所长，我跟你说啊，这是大案子。这个女的对我们很重要，我们必须找到而且绝对不能惊动她！明白？”

“明白！”所长摸摸脑袋还是红光满面，“什么都不用说，我明白！说，叫啥？”

林涛涛看王斌，王斌就说：“我们现在还不能确定，她化名很多。不过有一个特征——左边乳房有一颗黑痣。”

“好说！”所长站起来打开门，“小史！我问你啊，你认识的小姐里有没有左边乳房有黑痣的？没有啊，哦，看来你对咱镇的小姐情况不清楚，走吧。出去别说，注意保密啊！”所长走回来坐下，“看来我们掌握的情况有漏洞，我们再下去摸底，一定给你们找到左边乳房有黑痣的小姐。”

林涛涛彻底无奈了，他说：“所长，我们要保密！明白吗？”

“明白！”所长又摸摸脑袋，“对，我怎么把他忘了？走走走，跟我去见个人！全镇妇女的身子他都熟悉！一切尽在掌握！”

“我就不跟着去了。”林涛涛起来说，“这个案子是小王主抓的，我还要去办别的案子。我先回去了。”

“你看看这，小林！”所长赶紧说，“你这回来也没喝，也没洗澡，也没让我好好招待啊。”

“真有事！下次吧！”林涛涛苦笑着出去上车走了。所长带着穿着警服的王斌他们穿过镇子，很神秘地对王斌说：“你刚刚去刑侦总队了吧？你知道他爸爸是谁不？咱们市局主抓刑侦的林副局长！和他关系处好了，那可是未来飞黄腾达的机会！”王斌再严肃也忍不住笑了：“所长，前面有个井盖没了，你注意点。”

“没事，全镇我闭着眼睛都能走八遍！”所长嘿嘿笑着突然对旁边喊，“三狗子你个兔崽子！赶紧把井盖给我还回来，又拿你们家去了？这是国家的……”

镇人民浴池的看门老头是个说话都漏风的，嘿嘿笑着给所长上烟。所长一把打开：“你最近是不是又不老实了？”看门老头嘿嘿笑：“哪儿能呢？我对政府不敢说假话，劳教回来以后我都改了！”所长带着酒意眼睛一瞪：“看我不收拾你！”看门老头马上蹲下，抱住头很可怜：“政府我说实话！我说实话！我又偷看女的洗澡来着！别劳教我了，我以后不看了！”

王斌这才明白所长说的“全镇妇女的身子他都熟悉！一切尽在掌握”是什么意思，他忍不住笑了。所长咳嗽两声：“不是我不帮你，你事儿大了！这是你坦白从宽的机会，这几位都是市局的同志，你赶紧跟他们交代。”

“我被人告到市局了？”看门老头更惊了，“不可能啊。我就看女的洗澡，没敢跟以前一样动手动脚啊……”

“见过这个人吗？”王斌拿出那张模拟图。看门老头看看，摇头：“有印象但是不熟悉，是咱镇上的吗？”

所长一把揪住看门老头的耳朵：“我问你，都哪个女的左边奶子上有黑痣？！”

“所长我说我说！”看门老头叫唤着，“我说！有五个女的奶子上有黑痣，三个在右边两个在左边！我说我说我说！”

“说不就得了！”所长松开他的耳朵，“说，左边的都有谁？”

“一个是马大婶，一个是咱镇新来的珍珍。”看门老头苦着脸说，“我真的就看看，没干别的……”

“马大婶都那样了你也看？！”所长惊了，“你倒真是谁来看谁啊？”

“珍珍？”王斌问，“你知道她多少情况？”

“她话不多，不过身材真好。”看门老头咽口唾沫，“那奶子跟屁股长得有板有眼！水灵灵的那叫一个滑啊……”

“行了！没问你这个！”所长一挥手，“滚！”

“他不会说出去吧？”王斌有点担心。所长大大咧咧：“给他五个胆子！活了五十岁劳教五次，都是因为偷看女的洗澡！这个镇上的女的没他没看过的，劳教的滋味他忘不了！我打包票，这种人我熟悉！你们找珍珍啊？我问问她是哪个发廊的，让她们老板娘过来谈话。”

“别别。”王斌赶紧说，“我们要秘密监控，千万不能泄露。”

“有难度啊。”所长苦着脸说，“这个镇子上谁不认识谁？秘密？咋秘密啊？你们几个来这里根本保密不了。”

“那就不保密吧。”王斌横下一条心，“我们来办案子，不过千万不能说找珍珍！其余的事情我们自己解决，好吧？”

“好，这个好说。”所长说，“你们住哪儿啊？镇招待所吧，条件不好委屈各位了。”

去招待所当然要登记，可王斌不想拿自己的证件出来。所长眼睛一瞪：“这是市局的！你们眼睛瞎了？！”服务员马上拿出钥匙，不再问任何问题。

★　★　★

“得去验证一下啊。”王斌在房间里面说，“她胸口是不是有那颗黑痣，我们怎么也得亲自验证一下啊。”

“好说！”所长一挥手，“我跟那老头打个招呼，女的洗澡你去看就得了！”

“那可不行！”王斌赶紧摆手，“还有很多无辜女同志呢，那是违法的！我们不能那么做，不然连报告都没法写！”

“那怎么看？”所长纳闷儿，“我也没办法让小姐脱衣服啊？”

“化装侦察呗。”肖天明忍住笑，“装客人去会会这个珍珍就知道了。”

“谁去啊？”王斌皱着眉头，看雷鹏。雷鹏马上摆手：“我不行，我当兵出身，打架抓捕没问题，做这个非露馅儿不可！”再看肖天明，肖天明也摆手：“我有女朋友啊！你放了我吧，这也不是什么非得我去的任务！再说我和那女的见过面，还得圆上次的谎更麻烦！”

“那我去！”所长很兴奋，配合市局同志办案去发廊还是第一次。王斌摇头：“不是不信任你，是我们必须亲眼看到才能确定。我去吧。”

“我去给你们找便装。”所长说。王斌摆摆手：“我们都有。”

哗——行李袋打开，里面都是各色便服。王斌在里面找着，拿出一套普通的T恤牛仔裤。

王斌笑笑，换上便服，戴上有隐形摄像镜头的平底眼镜。肖天明拿出一块脖子上挂的佩玉递给他：“试音。”王斌对着佩玉：“一二三，一二三。”肖天明摘下耳机：“可以。”

“我进去，关键时刻给我手机打电话啊！”王斌说，“别给我套里面了，千万别使坏啊！”

“放心吧！”雷鹏看着手里的视频无线接收器笑笑。

所长诧异地看着：“要不是知道你们是市局的，我真的怀疑你们是特务了？！设备这么全乎？”

“科技强警嘛！”王斌笑笑，戴上棒球帽，背上背包，完全是个来野游的独行客打扮。走到外面，他转了一圈，然后径直走向发廊一条街。小姐们当然都拉他，他装得很羞涩。那个老板娘看见了急忙招手：“小伙子，小伙子！这边！哎呀，一看就是学生，来山里玩儿的吧？辛苦了！”

王斌被她拉进发廊，老板娘介绍：“我们这里的小妹都不错，虽然没你们大城市的漂亮，但是都很纯呢！看看喜欢哪个，大姐给你打折！”王斌很羞涩地站着，半天也没选。老板娘笑，“怎么不好意思？那大姐给你选。”

“不是不是，这些我，我……”王斌苦笑，“我不喜欢。”

“哟！小哥口味很刁啊！”老板娘笑，“没办法了，拿出我的镇店之宝！珍珍！”

帘子打开的瞬间，王斌的眼睛羞涩地看过去。孙珍珠也羞涩地看着他，四目相对，居然都是如水感觉。王斌低下头，老板娘问：“怎么样？那就这个了！珍珍，赶紧拉小哥进去啊！”

王斌跟孙珍珠走着，观察着她的背影。走进那个屋子，王斌很局促。孙珍珠笑笑：

“你不是第一次吧？”王斌很羞涩地笑，没说话。孙珍珠大方地拉他过去，王斌跟着过去看台灯：“这个灯，太暗了……”孙珍珠笑：“怎么，你还喜欢开着灯做啊？好，我给你打开大灯。”日光灯开了，这下摄像头可以看清楚了。

“我想，我想看着你脱衣服。”王斌对上来给自己脱衣服的孙珍珠羞涩地说。孙珍珠很诧异，随即笑了：“小伙子还真见过世面啊，懂得情调！那好，看你长得不错，是我喜欢的类型，我给你跳一段舞，他们都没见过的！”

王斌就被孙珍珠按在床上，孙珍珠嘴里哼着音乐开始舞动自己蛇一样的身躯，眼神火辣辣的。王斌羞涩地看着，心里盘算着他们什么时候打电话。孙珍珠开始脱衣服，裙子扔在一边，她爬到王斌的腿上开始解开乳罩，左边乳房上的黑痣马上进入王斌眼里。

——肖天明马上打电话，电话里面说：“对不起，您拨叫的用户不在服务区。”肖天明大惊：“操！信号盲区！”

王斌等不到电话，孙珍珠已经爬到他的身上了，坐在他的腿上。王斌咬牙忍着，心里大骂肖天明。孙珍珠抱着他的脖子要亲他的耳朵，王斌一把推开她。孙珍珠倒在地上：“你，你干什么？！”

王斌羞涩地说：“我，我……姐姐对不起，我已经……”

“看你身体很好，没想到是银样镴枪头？”孙珍珠苦笑着拿衣服穿，“算了，不收你小费了。走吧。”

王斌小心地说：“对不起啊，我再试试？”孙珍珠摆手：“算了算了，我没情绪了。”王斌很内疚地推门出去了，一出门脸色就变了，咬牙切齿。孙珍珠在里面穿衣服，没觉得哪里有什么不对。

王斌在镇子里转了一大圈，然后从后门回到招待所，上楼进了房间，一进去就破骂：“肖天明，我跟你不共戴天！”

肖天明苦笑：“对不起，对不起！那没信号我也没办法，我不是故意的！”

“验证了。”王斌看看房间，“所长呢？”

“喝酒去了，我推了半天才推掉。”雷鹏苦笑，“下一步怎么办？”

“怎么办？盯死了呗！”王斌摘下帽子、眼镜和麦克，“看她打算怎么办，和谁接头，怎么搞情报。”

“什么时候动手？”雷鹏跃跃欲试。王斌说：“最好的时机，就是她和上线交接情报的时候。当然，一切都要局里决定。我们现在只能等了，我怕的是研究所内部有他们的鼹鼠，那抓她是没太大用的。”

局里面的指示来了——内外结合，耐心深挖。王斌对他们俩笑笑：“看见没？耐心深挖！也就是说，在这里等着吧！”

★ ★ ★

陈光不是坦克研究所的干部，所以出入自由。他没打球，鬼使神差地出了研究所大门。收垃圾的老赵头跟他打招呼，他也没听清楚。老赵头笑笑就进去了，陈光自己走着。不知道怎么回事，他一抬头已经在镇上了。

发廊对面的二楼是镇百货公司的仓库，所长一句话已经征用了。监视镜头将发廊门口的画面传送到监视器上，王斌拿着咖啡睁着熬红的眼睛在看着。雷鹏在旁边打呼噜，肖天明坐在他的身边戴着耳机。王斌揉揉眼睛：“你看着，我睡会儿。”肖天明点头看着监视器，王斌到后面的货物麻袋里面躺下盖上外衣。

“王斌！”肖天明突然低声喊，“你，你过来！”

“怎么了？！”王斌一下子爬起来，雷鹏也起来了：“有线索？！”

“你看看这是谁？！”肖天明指着屏幕说，“你仔细看看！”

王斌一看头就大了！

穿着便装的陈光在发廊一条街磨蹭，站在发廊门口。老板娘出来招呼：“哎哟！陈高参啊，你又来了？珍珍啊，珍珍啊！陈高参来了！”

王斌睁大眼睛，使劲揉揉——没错！是陈光！陈光给老板娘钱，然后带着孙珍珠走了。王斌疲惫地坐下，脑子跟充气的皮球一样飘。他突然站起来就要往外走，肖天明一把拉住他：“你干什么去？！”

王斌脖子都起青筋了：“他不能这样！”

“你坐下！”肖天明一把按住他，“你要明白我们来干什么？！——这是我们的任务！你给我冷静！”

王斌急促呼吸着，肖天明冷峻地说：“雷鹏，想办法跟过去，不要让他们发现。”雷鹏无语，戴上帽子出去了。王斌心都碎了，脸色铁青。肖天明深呼吸：“我也是陈光的朋友。”

“他是我的发小！”王斌急了，“你知道什么是发小吗？！我们一起长大的！我们就像亲兄弟一样！”

“可你要清楚，你现在是干什么的？！”肖天明低声说，“你是党的干部，我是党小组长！我命令你！给我在这里坐着！动都别动！”

“那我眼睁睁看着他走向深渊？！”王斌声音颤抖，眼中含泪。肖天明不语，半天才说：“情况没有明朗以前我们不能有任何动作，什么可能性都有！”

“陈光不可能是鼹鼠！”王斌说，“他怎么可能是鼹鼠呢？”

“我没说他是！”肖天明说，“但是我也没说他不是！因为我说什么都不算，我们要以事实为依据！”

“我要向局里汇报。”王斌忍住眼泪，“我要向冯局长汇报，他也是看着陈光长大的！”

“你可以汇报，你是行动组长！这是你职权范围内的事情，我不反对。”肖天明点头，“我们都听组织安排。”

冯云山冷静地听完王斌的汇报，片刻之后冷静地说：“不许惊动目标，你能不能做这个任务？不能做就撤回来，在党和祖国面前我们都没权力感情用事！我们要对党绝对忠诚，服从最高利益！”

“是！”王斌挂上保密电话，闭上眼睛眼泪流出来。肖天明站在他身后也不说话，递给他一支烟。

王斌久久闭着眼睛，让眼泪流着。许久，他睁开眼睛，声音颤抖着：“我这是干的什么工作啊？我的爱人被敌人搞下水了，现在连兄弟都没了……”

★　★　★

荒郊野外，陈光坐起来点着一支烟。他低沉地对正在穿衣服的孙珍珠说：“珍珍，这是我最后一次来找你了。我觉得我们不能这样下去了，我不能对不起小梅。我知道你是好女孩，但我们真的不能这样了。我给你一笔钱，我们算了吧。”

孙珍珠傻傻地看着他：“陈大哥，你不要我了？”

“我要不起，我不是那种能拿得起放得下的人。”陈光很痛苦地说，“算了吧，我心里也很难受。但是我是军人，我有小梅，也有自己的原则……这样下去，我什么都毁了……”

“那我们走，我们换个地方重新开始！”孙珍珠抓住陈光的手含泪说，“我们重新开始，新的生活！”

“开玩笑，我是军人我有自己的工作。”陈光苦笑。

“那你不当兵了好不好？”孙珍珠流着眼泪吻着陈光的手说，“我愿意和你在一起，天涯海角去哪里我都愿意！”

“不可能的，我走不了的。”陈光推开她的手摇头，“我把我所有的积蓄都给你，你去给你爸爸看病别做这个了。”

“陈大哥！”孙珍珠哭出来，“我爱你！你不要抛弃我，好不好？”

“我们不可能的啊！”陈光说，“我有老婆！我有单位！我还是党员，还是干部，我有纪律的！最关键的是——我爱小梅！”

“陈大哥——”孙珍珠声嘶力竭地哭着，“那我怎么办啊？我怎么办啊？我已经爱上你了。”

“你以前不也没有我嘛。”陈光说，“我不是嫌弃你，是因为我爱小梅啊！”他站起来，低下头，“我走了，那个信封有个存折，你自己去取吧。密码是我的生日，你知道的。”他缓缓往草丛外面走。

“陈光。”

声音异常冷静，陈光一愣站住了。他慢慢回头，看见孙珍珠站在那里脸上已经没有刚才的柔情和痛楚，只有一种平静。

“珍珍，你怎么了？”陈光以为她要去死。

“打开天窗说亮话。”孙珍珠冷静地说，“我现在就可以到坦克研究所去告你。”

“告我？告我什么？”陈光一惊，“我没有对不起你啊。”

“嘴在我身上，我想怎么说就怎么说。”孙珍珠冷冷地笑，“不信你就试试看，看我敢不敢。我还可以把这个寄去，让他们化验。”她举起内裤。

陈光看着她：“你想干什么？我什么地方对不起你了？”

“我现在可以告诉你，我不叫孙珍珠。”孙珍珠说，“我也是军人，我的军衔和你一样都是中尉。”

陈光奇怪地看着她，以为她魔怔了。孙珍珠冷冷一笑继续说：“我的服役单位是T军事情报局，我是中尉谍报员。”

“你是特务？！”陈光惊讶了，随即脸色变了，“你想干什么？！拉我下水？！”

“对，就是拉你下水。”孙珍珠冷冷地说，“你现在只有一个选择——和我合作。”

“不可能！”陈光眼中冒火，“我现在就宰了你，狗特务！”

“你可以试试！”孙珍珠冷冷地说，“你是装甲兵中尉，我是谍报员中尉——你可以试试我们谁更能打。”

陈光高喊一声扑上来，孙珍珠简单一个擒敌动作就把他按倒了：“我提醒过你，你不是对手！”陈光怒吼着：“狗特务，我不会下水的！”

“你别忘了，你有未婚妻，你还是军人！”孙珍珠冷笑，“我要是豁出去了，你什么都完蛋了！你的爱情，你的职业军人生涯，你的家庭，你的朋友、同事全都会抛弃你，你就是一个彻底的穷光蛋！”

“不管你怎么说，我不会下水的！”陈光梗着脖子说，“我宁愿自杀也决不叛变军队！”

“你自杀的后果只有一个——那就是我把你的全部事情都揭个底朝天！”孙珍珠冷静地说，“到时候你的未婚妻、你的父母、你的领导、同事、朋友全都会看见，你陈光到底是个什么样的伪君子？！”

“你个浑蛋！”

“我也是军人，所以我也了解军队会如何处理你这种自杀者！”孙珍珠笑笑，“你就是死了，也会背着‘叛徒’的帽子！”

陈光急促呼吸着，孙珍珠慢慢松开他。陈光抓着地面，突然哀号起来：“啊——”

孙珍珠冷静地观察着陈光的反应，慢慢蹲下细声细气地说：“陈大哥，何必呢？我又不是要你做什么杀人放火的事情。只是你顺手可以做的，没人会怀疑你的。”

远处，躲在高处树丛当中的雷鹏戴着耳机，手里举着超指向话筒在录音。

陈光哭够了，抓着地面的手指都抓出了血。孙珍珠还在柔和地劝说他，陈光咬着牙齿：“你别说了，你要什么？”

“‘猛虎’主战坦克的设计说明书和训练大纲草案。”孙珍珠轻声说，“你果然是聪明人，我就麻烦你这一次。完事我就走，再也不联系你。”

陈光沉默着，急促呼吸。很久，他缓缓地说：“你必须发誓——再也不联系我！”

“当然，我说到做到！”孙珍珠笑着扶起陈光的脑袋，“看你吓得一头汗，我给你擦擦……”

“你躲开！”陈光一把推开她，“你别碰我！我可以给你，但是你不要碰我！你是毒蛇，一条伪装冻僵的毒蛇！我怎么那么傻，就被你咬了呢？”

“这是我的工作。”孙珍珠有点凄惨地笑，“我跟你说句心里话，如果一个情报单位打算搞谁，基本没有逃得了的。你也一样逃不了，一个人是不能和庞大血腥的情报单位作对的。”

“我答应你。”陈光闭上眼睛，“我给你，但是你必须马上离开！”

“当天就走。”孙珍珠如释重负。陈光挥挥手：“你滚！我要一个人待一会儿！”孙珍珠起身穿好衣服：“我理解你，中尉。对不起，我也是执行任务。再见，等你的好消息。”

陈光自己趴在山坡上，压抑地哭起来。哭声也越来越大，他伤心地哀号着。

王斌听得受不了了，他摘下耳机丢在桌子上，肖天明默默地看着他。王斌趴在桌子上伤心地哭着：“为什么你不让我拦住他？”

“这是我们的工作。”肖天明低下头说，“我也很内疚。”

“他本来不是鼹鼠！”王斌捂着自己的眼睛，“可他现在是了！你满意了？！”

“我再说一遍——王斌同志，这是我们的工作！”肖天明也很痛心，“如果陈光不是你的发小是个陌生人，你会这样对待自己的工作吗？干我们这个行当当然不是六亲不认，但是我们不能对不起最高利益！”

“你让我安静会儿！”王斌突然怒吼。

肖天明起身，对雷鹏招手。两个人都无声地出去了，王斌自己坐在桌子前。他看着监视器，看着耳机，看着超指向话筒，也看着放在自己手边的红色封面的国家安全侦察证。

盾牌、五星、短剑，以及那庄严神圣的“国家安全”字样组成的证件正面图案。

王斌的右手手指缓缓滑过红色侦察证图案下面的“中华人民共和国国家安全部侦察证”那行庄严神圣的小字。随即他的右手缓缓放在侦察证的图案上面，最后一滴眼泪落在他的手背上。他声音颤抖着却很坚定：“我的父母和我都宣誓效忠于你，我会遵守我的誓言。”

★　★　★

陈光的意外出现使得安全部门的监控目标范围扩大了，市局侦察部门开始介入。更多的干部被派来，将孙珍珠、陈光等可疑目标完全彻底监控起来。整个小镇和坦克研究所内外都变成了安全机关的一个透明的大鱼缸，而孙珍珠和陈光就变成了两条在安全干部密切注视当中的金鱼。正如镇派出所所长所说“一切尽在掌握”。

变得憔悴也变得严肃的王斌一丝不苟地在完成自己的工作，陈光熟悉的身影和声音此时此刻变得那么遥远。那个曾经在一起度过少年时代的“虎牙”，那个立志从军报国投身疆场的装甲兵军官，那个从山沟回来还拐了一个民办女教师的陈光——似乎都变得那么遥远，变得那么陌生。在王斌的面前和耳朵里面，只有代号“比目鱼”的监视目标。

也许在这沉重的打击之前，王斌没有倒下，反而变得成熟——但是，他却付出了巨大的常人难以忍受的代价。这个代价除了爱情的破灭，还有友情的死亡，除了这个工作他几乎已经一无所有。他不知道事后该如何面对田小梅，也不知道该如何面对林涛涛和杨雪，总之他不知道该如何告诉他们这个无情的现实，也许他不需要解释什么，只是一句“案件需要保密”就可以搪塞过去，但是他内心的痛楚该如何面对！

一切都是保密的，一切都是黑暗中的。

只是他身边原本在光明当中的爱人和兄弟，一个一个被拉进了这个黑暗当中的世界。

一个本不属于他们的黑暗世界。

“我在黑暗中，是为了守护光明。”这是王斌在参加工作以后写在保密工作本扉页的一句话，他曾经为自己少有的艺术才思激动不已。守护光明？自己身边的人却一个也守护不了，甚至要眼睁睁地看着他们下水！对于从事国家安全工作的王斌来说，这真是一个莫大的讽刺。

也许只有在这个时候，他才真正理解为什么冯云山不愿意他从事这个工作。你可能目睹很多悲剧发生，却什么都不能做，不能阻止，只能眼睁睁地看着，静待后果严重到需要你出手的一瞬间；你内心深处隐藏着很多痛楚，却不能对任何人提及，因为很简单的原因——保密。你的一切工作都是秘密，甚至是你的名字、你的单位，你经常要改头换面，没有人会问你是不是还具有一个完整的正常人的生活，因为你是一个情报干部。

你要对党——绝对忠诚。

什么是绝对忠诚？王斌现在已经逐渐理解了，那就是除了这个工作，你什么都可以放弃。情报工作不是只有那么多惊险刺激和豪言壮语，更多的是一种默默牺牲，一种永远也不会有人知道的牺牲。

在这个等待的时刻，陈光的电话意外地进来了。

“喂。”王斌竭力抑制住自己波澜壮阔的内心世界，“陈光？怎么了？有事儿？”

“斌子，你现在方便吗？”陈光的声音嘶哑。

眼泪默默地从王斌眼中流出来，他闭上眼睛，用干涸的嘴唇努力挤出平静的话：“怎么了？方便。”

“我有话对你说，要当面见你。”

王斌睁开眼睛，已经是热泪盈眶，语气却依然平静：“我现在在开会，等会儿我给你打过去好吗？”

电话挂了，他闭上眼睛默默地哭了。片刻，他拿起保密电话：“我要找冯局长。”

两个小时以后，陈光坐公交车辗转到了市区的一个茶馆。王斌已经在那里等他，陈光穿着便装背着军挎脸色憔悴。王斌竭力装出笑容：“坐，怎么了？什么事儿那么重要，非要见我？”

陈光默默地打开军挎，拿出军官证、帽徽、领花、肩章，一一放在桌子上。王斌正在给他倒茶的右手停在空中，陈光抬起头看着他很平静：“斌子，我犯罪了。”

眼泪一下子冲出王斌的眼睛，他放下茶壶捂住自己的脸，让激动的泪水痛快流淌。陈光看着他，逐渐明白过来了：“你早就知道了？”

王斌虽然设计了两个小时的台词，但是在陈光面前他已经不能再伪装。他捂着自己的脸点头：“你没让我失望……”

“真是什么事儿也瞒不过你们安全部啊。”陈光惨惨一笑，“我犯罪了，你抓我吧。”他对王斌伸出双手。

王斌擦擦眼泪，把他的军官证什么的都推回去：“抓不抓你，什么时候抓你都不是我说了算。你今天能来找我，我真的很激动，真的很激动……”

“我不配做个军人。”陈光苦涩地说，“我对不起党，对不起祖国，对不起军队。我答应参加特务组织，我对敌不坚强……”

“别说了，是我的错。”王斌痛楚地说，“我本来应该提醒你的，应该经常提醒你，你就不会走错这一步了。”

“斌子，我该怎么办？”陈光脸色发白。

“冯局长——也就是我干爹说，可以给你立功的机会。”王斌擦去眼泪，认真地看着陈光的眼睛，“这身军装你可能穿不成了，但是我要尽我自己的全力保住你，不让你进监狱。你一定要配合，明白吗？”

陈光脸色更白了：“我不能当兵了？”

王斌点点头：“你有叛变行为，不可能再在部队了。”

“我真的不想叛变……”陈光咧开嘴哭了，“我喜欢部队，我不想离开部队……如果是在战场上，我杀敌绝对不会犹豫的……斌子，你相信我……”

“这也是战场啊！隐蔽战线也是战场啊！”王斌的心在滴血，“军队的纪律你比我清楚，你已经触犯了军法和国法。如果不是你在关键时刻悬崖勒马，你的命都可能保不住啊！”

陈光伤心地号啕大哭，从未这样伤心过。

王斌并不阻止他，让他一个人静静地哭。他抬起头点着烟，捂着眼睛默默地抽着。

一个年轻有为的优秀军官，没有倒在战争时期的热血战场，却倒在了和平年代的隐蔽战场。从此要永远离开自己心爱的部队，脱下自己心爱的军装，成为一个和军队彻底无关的老百姓。

这，不足以让他伤心地哭吗？

★　★　★

“老赵头，把这个垃圾运走！”小钱把一纸箱子垃圾从兵楼搬出来扔在三轮车上。老赵头笑笑，点着一支烟，摸身上没火。小钱就把火给他点着，低语：“还差两箱子，完事就赶紧收手吧。现在所里面抓得紧，差不多得了。”

老赵头嘿嘿笑着：“钱给你打账号上了，我走了。”他慢悠悠地蹬着三轮车走了，一路高喊，“收垃圾啊！收垃圾啊！”

楚静在楼里放下望远镜，对着耳麦说：“‘黑鱼’和‘小黄鱼’已经会面了，‘黑鱼’游出去了。二组接手，完毕。”

老赵头慢悠悠地骑着三轮下车，推着从小门出门。陈光正好回来，老赵头嘿嘿笑：“陈参谋，回来了？”陈光挤出笑容点点头：“啊，你又来收垃圾啊？”老赵头嘿嘿笑着，骑上三轮车：“闲着也是闲着，也帮部队搞搞营房卫生不是？”

陈光没再说话进去了，老赵头嘿嘿笑着骑三轮走了。小钱拿着文件夹去打字室，看见陈光就嘿嘿笑。陈光黑着脸没搭理他，小钱凑近了说：“陈参谋，怎么样？‘按摩店你按我我按你你我安逸，洗头房洗大头洗小头头头轻松’啊！”陈光没搭理他过去了，小钱在后面摸摸脑袋：“你牛个什么啊？脱裤子干的时候怎么不牛了！”

陈光径直走向资料室，保管员看见他笑笑：“陈参谋，您要借什么资料？”陈光拿出借阅证：“‘猛虎’坦克的设计说明书，最详细的。我写训练大纲草案有几个需要核实一下数据。”保管员登记在册，然后去拿手册。陈光脸色铁青，不知道自己在想什么。保管员把手册给他：“在这儿签字。”陈光反应过来，笑着签字。

晚上，陈光又到山上找孙珍珠。

“你要的东西在我手里，但是太多了我抄不完。”陈光黑着脸说。孙珍珠笑容可掬地抱住陈光：“没关系，明天你来找我。我给你相机，你拍完把胶卷给我就可以了，别的你不用管。陈大哥，你真聪明，我要报答你……”

“你别碰我！”陈光一把甩开她，“你是毒蛇！你毁了我！”

孙珍珠笑笑：“我知道你恨我，我也只是执行任务。明天晚上这个时候，我们在这里见。我给你相机，然后你给我胶卷，我们从此各奔东西。”

那边镇上，老赵头在阴暗狭窄的房间里面打开小钱给他的箱子。取出上面的垃圾以后，里面是一个包裹好的笔记本。打开来，取出里面的微缩菲林笑眯眯地放好。

另外一组侦察员在镇子的一个大车店的二楼房间里面看着监视器。他们化装成地质勘查队包了整个旅馆的二楼，老板收了钱也就懒得过问他们的事情。楚静走进房间：“还是那么处理的？”一个侦察员努努嘴：“那不，装起来了。看来是要结束了，准备等人接头。”楚静拍拍他的肩膀：“仔细点！这肯定是个老狐狸！”

第二天，陈光按照约定拿了烟盒照相机。他忍着性子学习了使用方法，孙珍珠本来想给他点鼓励，但是看他铁青的脸色还是算了。陈光默默地回去了，孙珍珠看着他的背影苦笑，心里如释重负——终于要完成了！

陈光坐在床上坐了半夜，设计说明书和烟盒相机都扔在床上。他呆呆坐着，始终没有去碰那个相机。快天亮的时候，门被人轻轻地敲着。陈光很警觉地一把拿被子盖住东西问：“谁？！”

“我。”王斌在门外低声说。陈光起身开门，王斌站在门口。

陈光没说话让他进来，王斌低着头：“我是来帮你的，我知道你下不了手。”陈光忍着眼泪：“你都看见了？”王斌点头，陈光无语。王斌压抑着自己的眼泪：“陈光，你听我说……”

“别说了，这是你的工作。”陈光苦笑推开他，“你开始吧。”

王斌忍着眼泪掀开被子打开台灯，拿起烟盒照相机翻开设计说明书一页一页开始拍摄。陈光胸闷，闭上眼睛眼泪流出来：“我做梦也没想到，我会背叛这支军队……我太爱这支军队了，这几天我脑子里面都是我上军校以后走过的每一个正步，打过的每一颗炮弹，甚至是穿坏的每一双胶鞋……我怎么觉得都跟做梦似的？我做了一场军人梦，好几年的军人梦，现在梦怎么就那么突然醒了呢？”

王斌的眼泪啪嗒啪嗒地掉在说明书上，他轻轻拂去，想说什么又都说不出来。

“如果是在真刀真枪的战场上，我会是一个好军人的。我不怕死，我勇敢，我立场坚定！我技术娴熟，我心理稳定，我还会带兵，我会把战士们带得嗷嗷叫！”陈光转向王斌睁开泪眼，“王斌，你相信我吗？”

“我相信……”王斌哽咽着说。

“我现在每天穿上军装，都觉得是最后一次。我原来也跟别的干部一起骂，说我们的军装太土，太难看……可是，我现在觉得这军装是这么好看，这么好看……王斌，这军装真的很好看……我舍不得！我真的舍不得！我恨不得穿着这身军装去死！我宁愿去死我也不愿意脱了军装啊，王斌……”陈光哭着说，“可是我为什么就出卖了这身军装呢？为什么呢？这一切都是为什么呢？我可以为了这支军队去死啊，我绝对不眨眼啊！我在军校是第一名，我在部队带的连队是第一名，我什么都是第一啊！可是我为什么就把这一切都毁了呢……”

王斌再也忍不住哭了出来。

“还有小梅，她那么爱我。那么纯洁的一个女孩，一个乡村女教师……她把一切都给了我，无怨无悔……我带她来北京，她以为可以开始新的生活……”陈光痴痴地说，“我该怎么面对她？怎么告诉她这一切……”

王斌捂住自己的嘴不哭出声。

“还有我的父母，我怎么告诉我爸爸妈妈我叛变了解放军？”陈光哭着说，“我一直是他们的骄傲啊！他们都是普通工人，我是他们最大的骄傲啊！他们把我穿迷彩服、戴着坦克帽、蹬着坦克靴站在坦克上的照片放得和我真人一样大啊！挂在客厅，谁来了都要看见，都要告诉他们我儿子是坦克兵……那满屋子都是我的奖状和奖杯啊，还有军功章……我还有军功章啊，现在我要他们把这些都拿下来……”

“陈光，你原谅我！原谅我没有在你最关键的时刻把你拉出来！”王斌哭着说，“我对不起你，我对不起我们之间的兄弟情义！”

“别说了，那是你的工作……我能理解。”陈光脸色苍白闭上眼睛。

王斌咬着嘴唇流着眼泪继续拍照，一页一页地翻着。

天边逐渐显出鱼肚白，王斌熟练地取出菲林交给陈光：“你记住，把这个交给她。千万别演砸了！”

陈光点点头，眼睛红透了。他突然转身问要出去的王斌：“我还是党员吗？”

王斌心都碎了，他闭上眼睛：“起码现在还是。”

陈光点点头，惨淡地笑笑：“我知道了，你去吧。”

王斌出了屋子，后面的屋子里面陈光爆发出撕心裂肺的哭声。王斌戴上墨镜坚定地走着，可是眼泪已经从墨镜下面流出来。他走着，每一步都在撕裂着自己的心。

★　★　★

“今天晚上的行动分为两组——第一组，监控‘蜂鸟’和‘比目鱼’的交接，由王斌负责；第二组，监控‘黑鱼’和‘小黄鱼’的交接，由楚静负责。他们现在已经在现场，你们将作为有生力量投入战斗，保证最后阶段的战果！”魏处长缓缓地说，“行动代号‘打鱼’，行动决心是斩断敌特围绕坦克研究所铺开的间谍网，同时顺藤摸瓜挖出他们的地下交通线。由于我们送出去的诱饵都是真实的‘猛虎’主战坦克绝密资料，所以半点马虎不得。明白了吗？！”

“明白！”年轻的情报干部们低声吼道。

“根据部局两级领导指示，‘打鱼行动’正式开始！”魏处长挥挥手，“出发！”

天色黄昏，十几辆各种牌照、各种品牌的轿车和吉普车从北京郊区的一个没有任何门牌标志的机关大院鱼贯开出，拐上不同的方向。年轻的情报干部们默默无言，在无人知晓的这个普通的黄昏去投入这场黑暗当中的沉默战斗。

他们都很年轻，都曾经是普通的大学毕业生，只是已经投身这个沉默的职业。国家、民族、信仰、忠诚、责任……这些词对于他们的同龄人来说，可能非常遥远，而对于他们来说却在生活的每个瞬间，甚至渗入个人生活的方方面面。他们也有家庭，也有父母、爱人或者孩子，然而他们对那些悄悄消失的日日夜夜却无从解释，也永远不会解释。

沉默，就是他们唯一的解释。

黑暗当中，坐在远处车里的年轻干部们等待着命令。在楚静的监视屏幕上，老赵头已经离开小镇，在野外换了得体的干净便装搭车进城。在她暗语命令当中，监控车辆如同黑暗当中的利剑慢慢地展开了跟踪包围圈。

镇外的山上，穿着崭新常服的陈光中尉一步一步走向了接头地点。无数黑暗当中的眼睛将这里变成了透明的、不同角度的监控镜头将画面传送给了监控指挥车上的王斌。

他睁着布满血丝的眼睛注视着陈光走向孙珍珠。

什么地方不对劲？他总隐隐约约感觉到，但是又说不出来。他看着面色沉着的陈光，那脸上的坚定如同走向战场。是的，这是自己教他的啊！这就是战场，看不见硝烟的战场。没什么问题啊。但是，哪里不对劲呢？

崭新的三接头军官皮鞋踩过哗啦啦的乱草。

陈光走向等在那里的孙珍珠，她也没有什么表情。军帽下陈光的眼睛很平静，也很冷峻，就是在注视敌人。孙珍珠惨淡地笑笑：“中尉，你穿军装真的很帅。”

“你要的东西。”陈光伸出左手。孙珍珠无语接过，片刻：“你不想再和我……”

“滚。”陈光的语气很平静。孙珍珠颤抖一下，默默无语转身走了。她越走越快，要赶紧离开这个危险的地方。陈光看着她的背影消失了，彻底看不见了。一滴眼泪滑过他的脸颊，他低沉地说：“王斌，你交给我的任务我完成了。”

监控指挥车上，王斌恍然大悟，他冲着耳麦高喊：“阻止他！”

陈光拔出腰间81自动步枪的枪刺对准自己的咽喉：“我爱军队，我不是故意的。”

王斌已经扯掉耳麦跳出指挥车，肖天明和雷鹏紧紧跟在他的身后跑向那片山坡。王斌的脚步跌跌撞撞，头上青筋暴起，想喊却又无声——绝对不能喊！这是职业本能告诉他的，绝对不能惊动正在撤离的“蜂鸟”！

暗处还有几个干部在悄悄迅速地跑上山坡。

“我要穿着军装死。”陈光闭上眼睛，手下突然用力。

已经跑上山头的王斌睁大眼睛张大嘴，就那么眼睁睁地看着儿时的伙伴“噗”地将81自动步枪的枪刺利索地扎入咽喉。血在黑暗当中一下子喷出来，流在崭新的军装上。陈光睁大眼睛，猝然倒在地上。

王斌一下子如同踩在棉花上，栽倒在地上。他没命地向陈光跑去，跌跌撞撞，连跑带爬，抱起了血泊当中的陈光。他失声痛哭着，用手堵着陈光的喉咙。血涌出来流在他和陈光的身上，他仰起头张开嘴却没有一丝声音只有奔涌而出的眼泪。

王斌全身哆嗦着，无声地哭着、呐喊着，对头顶那无边无尽的黑暗。

陈光的血热乎乎地流在他的手上，流在他的身上，他眼睁睁地看着他一点一点失去了热度。

跑上山坡的干部们都慢慢站住了，默默地注视着这个悲惨的场面。

肖天明对着耳麦颤抖着声音发出命令：“一组注意，我是副组长猎豹。我现在接管一组行动，黑豹因故退出行动。”

随着耳麦当中干净利索的一连串回答，他流着眼泪转身大步走向指挥车。路过雷鹏的时候他低声命令：“送他们去医院吧，我接手负责这里。”雷鹏擦去眼泪，对着耳麦低声说着。

田小梅像走在棉花上一样在杨雪的搀扶下走进医院的走廊，林涛涛黑着脸大步走在前面。田小梅看着脚下点点滴滴通向急救室的血迹脸色发白几次差点倒地，杨雪半抱着她也是脸色发白。

急救室前面，雷鹏在哀求医生：“大夫，你想想办法啊！想想办法啊！”医生为难地说：“同志，根本不可能啊！他直接将匕首刺入咽喉，当场已经死亡了，就是神仙也救不活他啊！”雷鹏急了：“可是他的心脏当时还在跳动！”医生苦涩地说：“那只能说明他身体太好了，他已经死了！已经死了！”

田小梅“咣”地就晕倒了。

“王斌！”林涛涛黑着脸站在急救室门口。

跪在急救室门口默默看着陈光被推出来的王斌慢慢地站起来，给陈光整理好血污的军装风纪扣：“他说了，他最爱这身军装。你们别给他脱下来，好吗？我给他带新军装来再换上。”

林涛涛冲过来一把将王斌按在墙上一字一句地说：“你让我帮你，就是为了搞陈光？！”

王斌已经不可能再解释任何事情，只是木然地看着林涛涛。林涛涛揪住他的脖领子："你跟我出去！"雷鹏上来拦，王斌淡淡地说："你别管，这是我们兄弟的事儿。"

"我跟你不是兄弟！"林涛涛怒吼着把王斌拖出走廊，扔到大楼前面的空地上。王斌站起来，默默地看着林涛涛。林涛涛一拳打在他的脸上，王斌栽倒了。

"为什么你要搞他？！"林涛涛怒吼着，"你的心是不是石头做的？！你为什么不帮他？！我不相信他会是叛徒！"

"我没说他是叛徒。"王斌擦去鼻子上的血，淡淡地说。

"你为什么不肯帮他？！"林涛涛又一脚上来，直接踢在王斌的小腹上。王斌又栽倒了，林涛涛抓起花坛子边上砖堆的板砖拍在他的头上。砖啪地碎了，王斌头上的血流下来。他的脸贴在地面上，眼泪无声地和血流在一起……

中学时代的陈光拿着板砖虚张声势，混入战团的王斌和林涛涛打倒好几个，转身就跑。陈光还傻在那里，王斌一把拽住他："走啊！"对方的一个孩子冲上来举起铁锹，陈光一下子抱住王斌扑在他的身上。铁锹拍在了陈光的背上，林涛涛冲上来举起板砖一下拍在他的头上拍开了。王斌拉起陈光："你没事吧？！"陈光嘿嘿笑，露出虎牙擦擦鼻涕："没事！"……

"到底是怎么回事？！"林涛涛一把揪住王斌的脖领子就是几个耳光，"你告诉我！"

王斌的泪眼看着林涛涛："对不起，我什么都不能告诉你……"

"我们一起长大的！他把你当大哥！"林涛涛抓着王斌的头发直接就撞击在花坛子的边上，"他是你的兄弟！是我的兄弟！"

王斌头破血流，却感觉不到任何痛楚。他闭着眼睛，血和眼泪都流在他的脸上。林涛涛按住他举起拳头暴揍："你居然通过我搞他？！你是不是人？！你还是不是人？！你的良心都被狗吃了？！"

王斌发出了痛苦的哭声，浑身都在哆嗦着。

"为了升官，你连兄弟都不要了？！"林涛涛怒吼，恶狠狠地又举起一块板砖直接拍在王斌头上。

王斌这时候才觉得头晕目眩，林涛涛抓起他的脖领子又是几个耳光："你是他的大哥啊！你居然不帮他！你到底吃错了什么药？！"

杨雪跑出来拉住林涛涛："别打了！小梅那边要住院，你身上带钱没有？"林涛涛起身，王斌艰难地爬着伸手摸口袋："我这里有……"

“你没资格拿你那个臭钱！”林涛涛一脚踢飞了王斌的钱包。他转身大步走着，杨雪着急地看看王斌又只能追着丈夫。

林涛涛突然站住了，头也不回地怒吼：“今天开始，你是你，我是我！”

林涛涛大步进去了，头破血流的王斌压抑地哭着爬向那个被踢飞的钱包。雷鹏跑过来拿起钱包递给王斌，把他扶着坐起来：“斌子，你没事吧？”

王斌哆嗦着手打开钱包，看见里面的韩晓琳在甜甜地笑着。他流着眼泪和血把钱包贴在胸口痛楚地哭着，千言万语都混合着这血和泪咽进了自己的肚子。

他是一个黑暗当中的猎手。

所以，他的痛楚也属于无边无际的黑暗。

第九章
下一站，香港

★ ★ ★

在那个风声萧索的黑夜，安全机关的天罗地网开始逐渐收拢。老赵头刚刚把那本装着菲林的书交给前来接头的交通，黑暗当中隐藏的猎手们在那一瞬间一跃而出，枪口和有力的手将他们按倒在地上。不需要他们交代什么，因为没什么需要他们说的，这个早在安全机关其余单位监控当中的情报网其余组成部分在一夜之间就被连根拔起荡然无存。

“蜂鸟”也没有沿着另外一条交通线顺利撤离，当她刚刚踏上来接她的轿车，数辆马力强劲的轿车已经卡头断尾地将她和她的交通堵截得严严实实。来不及开枪自杀，有力的手揪住她的头发直接就从打碎的车窗拽出去。她绝望地挣扎着，然而更多的有力的手将她死死按在地上。冰凉的手铐结束了她的谍报员生涯，“蜂鸟”撞进了早已在等待她的鸟笼子。

短短几个小时之内，以坦克研究所为中心，从北京郊区市区一直延伸到沿海渔村的两条地下交通线被全部摧毁。在安全部的统一指挥下，相关各地安全厅、安全局展开的如同狂风扫落叶一般的突击行动铲除了这个隐藏在共和国健康机体上的毒瘤。

“打鱼行动”顺利结束，而这个时候大多数人们还在梦乡当中。他们永远也不会知道，在这个普通的黑夜发生了什么惊心动魄的故事，参与上演这些故事的都是些什么样的普通人，他们付出了什么样的代价。也不需要他们知道，只要他们可以笑着面对每一个共和国的黎明，就足够了。

看着陈光自杀的详细报告，冯云山苍老的脸颤抖了一下。他缓缓地将报告放在桌子上，低沉嘶哑地说了一句话：“伤敌一千，自损八百啊……”

办公室里面，一向对上级的命令不折不扣执行的王斌铁青着脸第一次和魏处长拍桌子：“我们的报告不能这么写！陈光不是畏罪自杀！”

“难道他是烈士？”魏处长叹口气，“王斌，我很理解你的心情。但是陈光和敌特发生关系并且同意加入组织是事实，虽然他有自首行为，但是他是军人！你明白吗？军人在战时如果这样做就是死罪啊？！在和平年代，如果他不自首那是要上军事法庭的啊！起码是10年徒刑啊？！这是政治原则问题，政治是来不得半点含糊的！”

“但是陈光绝对不是畏罪自杀，他不怕死！”王斌怒吼，“他是受不了那种耻辱！他是个真正的军人，一个视荣誉比生命还重的军人！”

“那你说怎么写？！”魏处长也着急了，“你说说怎么写？！他不是畏罪自杀那是怎么自杀？！问题性质怎么定？！”

王斌被噎住了，但是他随即怒吼：“陈光不是畏罪自杀！他是在完成协助国家安全机关办案的任务当中牺牲的，是为了完成任务牺牲自己的！”

“王斌啊王斌，亏你想得出来啊！”魏处长无奈地苦笑，“你以为这是好莱坞拍电影啊？我们想怎么篡改事实就怎么篡改？我们要以事实为依据，法律为准绳！我们不仅是情报干部，还是政法干部！”

“我知道！”王斌拿起桌子上的行动报告草稿，“我去找局长！”

“你就是找部长，这个性质也没法改啊？”魏处长叹息道，“冯局长的脾气你难道不知道？”

王斌已经夺门而出了。

冯云山坐在椅子上，手中的烟在燃烧。王斌在门外高声喊：“报告！”冯云山回过神：“进来。”

王斌进来急促呼吸着：“冯局长，我有事找你。”

“你们处长知道吗？”冯云山问。

“知道。”王斌说。

“那好，你说吧。”冯云山点点头坐好了，“说，什么事情？”

“陈光同志的死不是畏罪自杀！”王斌说，“他是为了协助我们国家安全机关办案，为了完成党和国家交给他的任务牺牲自己的！”

冯云山没说话，伸手。王斌把报告草稿双手递给他：“我愿意证明，是我找到陈光要他协助我们办案，去打入敌特组织的。”

冯云山没什么表情，翻着报告。他摘下老花镜，看着王斌久久无语。王斌急促呼吸着，看着冯云山："陈光是一个好同志，他是革命军人！他热爱军队、热爱祖国，他不是叛徒，更不可能畏罪自杀！我愿意证明，他是按照我的安排和敌特接触的！所有后果我一个人来承担！"

冯云山看着报告草稿，半天才说："通知参与'打鱼行动'的同志，半小时后到会议室集合。"

半小时后，冯云山准时出现在会议室。他步履稳健地走到首席坐下，看着一屋子的干部们。王斌看着他，呼吸还是那么急促似乎马上就要站起来说话。冯云山只是看了他一眼，就让他钉在椅子上了。

"今天叫大家来开会，还是因为'打鱼行动'。"冯云山声音洪亮地说，"有一个情况我一直没有告诉大家，是为了保密起见。现在我必须告诉大家，因为事关重大！"

大家都精神起来，注视着局长。王斌也诧异地看着冯云山，难道他另有什么安排我们不知道？

"我要很严肃地告诉大家——陈光同志，是受到我的秘密委派去和敌特接触的。"冯云山缓缓地说，"他直接和我个人联系，没有通过任何组织。他是我亲自掌握的情报关系，他的任务就是引诱敌特'蜂鸟'露头，使得我们可以掌握第一手的证据顺利完成这个案件！"

王斌的眼泪已经在眼眶酝酿。大家都看着局长，局长的话是不容置疑的。在这个作风严谨的机关，你对上级的任何一个怀疑都是犯错误，想都不能想的。严密的纪律铸就严密的工作作风，不能怀疑自己的同志是他们从受训开始就养成的严肃纪律——即便有内奸，那也是内保部门的事，不该你过问的永远不要问。他们相信自己的局长，为了他的一句话就要赴汤蹈火，在所不辞。

冯云山下面的话，让所有的干部都明白过来局长真正的意思了。

"陈光同志在完成我交给他的任务中，不幸以身殉职。"冯云山还是那么洪亮的声音，"涉及他的那部分报告内容，我要亲自过目。就是这个事情，散会。"

大家默默无语地起身离开会议室，没人说一句话。王斌默默擦去眼角的泪水，冯云山坐在座位上看着他无语沉默。很久，他浮起一丝苦笑："不是因为你找我，你永远记住——你的上级说的都是真实的。"他起身缓缓走了，王斌看着养父的背影哭出声来。

崭新的军装穿在了陈光的身上，田小梅的眼泪落在他的脸上。她轻轻吻着陈光的脸颊，给他扣好风纪扣。杨雪虽然万般挽留，但是她已经买好了回那个普通山沟的车票，是两张。田小梅将自己的脸贴在陈光冰冷的脸上："咱们回家，回家……城里太危险了，不是咱们的家……"

林涛涛和杨雪站在站台上，对远去的田小梅和陈光挥手。抱着骨灰盒的田小梅站在门口泣不成声，默默看着远去的城市。

王斌冲到入站口出示自己的警官证，大步跑向外面的站台。林涛涛和杨雪站在那里注视着远去的火车，王斌大步跑过来："已经开车了？！"

林涛涛不看他，也没说话。杨雪转向王斌，红着眼睛点头。王斌拿出公函："这个我还没来得及给她呢！"

杨雪拿过来，是盖着国家安全部大印的证明。证明陈光同志接受国家安全部秘密任务，不幸以身殉职，望地方民政机关按照有关政策处理善后事宜。杨雪哭了："为什么你不早告诉我们？"

王斌低头无语，林涛涛拿过公函直接就撕成碎片扔向空中。他转身对着王斌怒吼："人都死了，你拿这张纸有个屁用？！秘密任务！秘密任务？！你王斌对我们到底有几句实话？！滚蛋！"

林涛涛大步走了，杨雪看着王斌低下身子一点点捡起这些碎片。她鼻子一酸："你不该瞒着我们的，你也不该让陈光去执行这些任务。他不是那块料子啊，他就是个只知道打仗的军人啊……"

王斌不说话，只是一点点把那张公函凑齐拼接起来。杨雪擦擦眼泪，转身去追林涛涛。王斌终于快凑齐了，却刮来一阵风。公函重新化成碎片，飘舞在风中。

★　★　★

"赵德顺，你还打算跟我打哑谜？"楚静很随便地玩着手里的钢笔笑着问。

"政府既然什么都知道了，还需要我说什么？"老赵头战战兢兢地看着眼前这个漂亮柔弱的女孩说。

"既然你不要这个机会了，那我替你说。"楚静笑着的眼睛露出寒光，"你的本名叫宋长河，山东泰安人。你是跟着国民党军队逃到台湾去的，当时还是个新兵。不过你的表现很好，很受上司器重，于是被选拔参加T军事情报局的特务训练。抗美援朝爆发，你奉命以假战俘的身份打入巨济岛志愿军战俘营进行破坏志愿军战俘地下党组织的特务活动。那是你崭露头角的开始，你不仅提供了大量关于志愿军战俘营地下党组织的情报，还亲手暗杀了多名战俘骨干党员！你的手上有我们的人的血债！但是你伪装功夫很好，没有人发现你就是敌特，战俘甄别开始你接受了一个秘密长期的潜伏任务。你利用一个病死的和你外形相似的战俘身份，他不仅是孤儿，而且他的整个连队都在战场被打光了——你伪装成他，利用这个没法查清楚的死身份跟随回大陆的战俘被遣送回国，正式开始了你潜伏特务的生涯！”

老赵头脸上的战战兢兢消失了，取而代之的是一种凄然的微笑。他举起大拇指：“你们的情报工作很出色，超乎我的想象。”

“还需要我说吗？”楚静喝口茶慢悠悠地说，“是你自己说还是我替你说？”

“我说。”老赵头点点头，“我瞒着也没什么意义，对于我来说职业特工生涯已经正式结束。我估计我这辈子也出不去你们的大牢，我这把年纪也没什么奔头了，既然你知道我也不瞒着你了。我交代，我直属于T军事情报局大陆工作处的‘紫光专案’，这是一个专门针对大陆军事科研机构和军工厂开展的专项情报搜集活动。我的代号是‘狐狸老妖’……”

另外一个审讯室，雷鹏叼着烟随便地靠在椅子上，看着面前被摘去军衔领花的小钱：“我也是当兵出身，你知道我最恨什么？叛徒！”小钱看着体壮如牛的雷鹏有点害怕。雷鹏咔吧咔吧按着自己的指关节，“自我介绍一下，我是解放军体育学院格斗专业毕业的，全国散打70公斤级的第五名。”小钱咽了一口唾沫。雷鹏淡淡地说，“我没他们那么多耐心，你自己选吧，怎么说？”小钱当即跪倒：“我说！首长，我都说！是老赵头，他用钱收买我！我只是给他送箱子！那些资料我是搞不到的，研究所另外有人！”雷鹏淡淡一笑：“已经抓了，是资料室的一个保管员。那些你不用操心，你就说你自己的问题就可以了。”小钱一把鼻涕一把泪开始哭诉……

又一个审讯室，王斌点着一支烟，看着面前的“蜂鸟”。肖天明坐在他的身边，翻着资料：“别的不用多说了，你的代号‘蜂鸟’，本名是彭羽慧。你原来是学国际关系的，是T军事情报局第一批从大学征召的谍报员。你打算说吗？”

彭羽慧木然摇头。

“你是一个棋子而已。”王斌说，“狐狸老妖都已经交代了，是他安排小钱将陈光带到你那里的，所有的一切都是他们设的一个局。他们拿你做疑兵，来吸引我们的注意力，然后由狐狸老妖来完成‘猛虎专案’。你被出卖了，明白吗？”

“我什么都不知道。”彭羽慧木然地说。

“陈光是我的兄弟，你害死了他。”王斌冷冷地说。他拔出手枪拍在桌子上，“我从来不和人这么谈话，我脾气很好，但是我现在心情特别不好，尤其是面对你！”

彭羽慧挑衅地看着他：“你有这个胆量？你们的同志会制裁你的！”

肖天明想拿起桌子上的手枪，被王斌提前按住了。肖天明看着王斌，意思是不是来真的吧？王斌冷冷一笑，拿出钱包打开对着彭羽慧，他的声音发抖：“你认识这个女孩吗？”

彭羽慧仔细一看，脸色开始发白。

“我就是王斌。”王斌看着她的眼睛说，“你既然认识她，你就该知道我多想宰了你！我们都是专业特工，你我之间搞什么阴谋诡计都是可以理解的——但是你不该伤害她！”

彭羽慧看着韩晓琳那甜甜的笑，脸色越来越白。

王斌拿起手枪站起来。彭羽慧看着王斌走近，手枪一下子顶住她的脑门。

“你不是想问我有没有这个胆量吗？！”王斌的眼睛冒血，“你伤害了我的女孩，害死了我的兄弟——我现在打死你都是轻的！”王斌哗啦一下拉开枪膛，顶上子弹。肖天明站起来：“王斌！”

“你写个报告——‘蜂鸟’夺我的枪企图反抗，我开枪自卫。”王斌顶住“蜂鸟”的脑袋食指已经在加力。彭羽慧闭上眼高叫着：“我说！我说！我什么都说——”

王斌的手颤抖着，急促呼吸着让手枪离开彭羽慧的脑袋。

“我恨不得一枪打死你。”王斌的声音也在颤抖，“你给我记住，你现在面对的是韩晓琳的男人，陈光的兄弟！”

彭羽慧哭着喊：“你别杀我，我什么都说！”

“只要你有一句假话，我亲手宰了你！”王斌关上保险压抑着自己的复杂情绪冷冷地说，“我会的，我对天发誓！”

★　★　★

莲蓬头哗啦啦喷出水流。

王斌站在洗手间的帘子后面，仰起头闭着眼睛扶着墙上的瓷砖无声地在热水当中哽咽着。泪水被热水冲刷着，心却冰冷……他再也忍受不住这压抑，放声大哭。被割裂的心一片片终于在这哭声当中破碎，长久的痛楚随着这哭声释放出来，竹笋一般刺穿自己把心包裹起来的坚强的外壳。

他哽咽着、呐喊着，含糊不清地叫着那个早已消失在自己视野的女孩和刚刚离开这个世界的兄弟。是的，“贼鸥”被打死了，“蜂鸟”也被抓住了，自己算是报仇了……可是真的一切都好起来了吗？没有，根本就没有。这场艰难的情报战从未停止过，也永无止境。看得见和看不见的敌人，看得见和看不见的悲剧，还在黑暗当中激烈地上演着类似的故事。情报战没有赢家，同样也没有输家，“取得彻底胜利”那是扯淡的话，最多只能说“取得阶段性的胜利”；而在这个阶段性胜利的下面，是不是也是对手阶段性的胜利呢？那就不得而知了。

这是一个秘密的世界，到处都是秘密。充斥着阴谋、谎言、诡计，不仅是斗勇，更关键的是斗智。你走的每一步、说的每一句话甚至是你错过的每一个眼神都可能关系到国家和民族的安危与未来——这种巨大的心理压力，无论对于王斌还是对于任何一个从事情报职业的官员来说都是非同一般的。情报官员不是超人，也有常人一样的脆弱、情感或者说弱点，而这些必须被压抑在一个神圣的信仰下面不能爆发出来，你必须坚强、必须冷漠或者说……必须冷血，具有铁石一样的心肠。

是所谓——无私奉献。

你要面对多少悲剧？你要忍受多少误解？你要承受多大压力？你的一生到底什么是真实的？什么是虚假的？你想不出来，也说不清楚。但是你必须去做这个工作，因为你已经把一切都交给了党的情报事业，交给了那个朴素的信念——“对党绝对忠诚，精干内行”。于是你只能打碎了牙和着血往肚子里面咽，品品滋味，再对着所有人说味道不错说得过去……

是所谓——为人所不为，为人所不能。

在热水的冲刷下面，王斌放声哭泣着，这个时候才会有人想到——他还不过是个二十多岁的小伙子……他彻底发泄着自己压抑已久的悲情，这个机会在抓住“蜂鸟”以前不曾有过。也许以后也不会再有，因为隐蔽战线的战斗永无停止，他的一生都要在斗智斗勇中度过，体味着“无私奉献”、“甘做无名英雄”和“为人所不为，为人所不能”这些口号下面隐含的酸甜苦辣。

王斌在热水下面哭泣着，仰起自己年轻的头颅哭泣着。哭到自己虚脱，哭到站不住栽倒，哭到跟那个八岁孤苦伶仃来到北京参加父母葬礼的孤儿一样无助地蜷缩在浴室的角落……

楚静敲着冯局长家的门。冯局长出差了，她当然不是来找冯局长。她带着一个生日蛋糕，也许只有她会那么细心地记得王斌的生日。门居然没有锁开了一条缝，楚静紧张起来。她放下生日蛋糕，拔出手枪闪在门边。她不敢相信细心的王斌会那么马虎没锁门，也不敢相信居然会有敌特敢秘密潜入这个家属院！但是那种本能反应让她第一瞬间想到的是可能遇到的复杂情况。她闪在门边静静听着，屋子里面只有水声。她疑惑地用左手轻轻推开门，于是看见屋子里面一地的水。

楚静右手持枪在前，左手推开门，敏捷地闪进去。踩了一裤脚的水，但是这个时候她是顾不上了。她的眼睛在屋子里面敏捷地扫了一遍，没有什么异常，只是衣服什么的都扔了一地全湿了。楚静利索地搜索整个房间，最后目光落在洗手间。水是从里面流出来的，里面也隐隐约约有哭声。

楚静紧张起来，积蓄力量突然起脚咣地一脚开门："出来！开枪了！"

里面都是水汽扑面而来，楚静闪躲到门侧躲开可能发生的攻击。一切都没发生，只有那种隐约的哭声更加清晰。楚静待水汽散去，敏捷地闪进洗手间。帘子拉着，她一把拉开举起手枪对准里面。

王斌赤身裸体地蜷缩在角落哭泣着，就是一个可怜的孤儿。他所有的一切都没有了，只剩下他自己在角落哭泣。

一种母性的温柔涌上楚静心头，鼻子一酸。她关上手枪保险插回腰间，冲进水雾里面抱住王斌："别哭了，别哭了，都过去了……"她自己也哭了起来。

王斌在恍惚之间被她抱着，抱紧了。感觉到一种温柔、一种安详，王斌苍白的脸上涌起模糊的笑容，却又涌出眼泪。楚静抱住他苍白的脸贴在自己的脸上："别哭了，王斌。都过去了，一切都过去了……"

王斌抽泣着推开她，楚静抱紧他抱得死死的。王斌无力地抗拒着，抗拒着这个陌生的怀抱。楚静抱紧他，吻着他流满泪水的孩子一样无助的脸。王斌逐渐安静下来，哭声渐渐弱下来。被莲蓬头的水流湿透短发的楚静吻着他的脸颊、他的嘴唇、他的喉结："都过去了，过去了。我还在你的身边，我在……"

王斌伸出胳膊抱紧楚静，哭泣着。楚静吻着他的眼睛："傻孩子，别哭了。我还在，我还在你的身边……"

王斌一把抱紧楚静的脖子，孩子一样再次哭出来。

……王斌从昏睡当中清醒过来，看见楚静睡在自己身边像个可爱的婴儿一样。王斌脑子一下蒙了，马上坐起来。楚静马上就醒了，赶紧抱住他："怎么了？怎么了？别害怕，我在！"

王斌急促呼吸着，感受到楚静紧紧抱着自己贴着自己的温暖身躯。他闭上眼睛，再睁开才知道不是梦。他狠狠地打了自己的头一下："我浑蛋！"楚静愣在那里，傻傻地看着王斌。

王斌捂住自己的脸抹了一把："楚静，我，我不是故意的……"

"别说了，我知道。"楚静淡淡地说，开始穿衣服，"是我的问题，不是你的。"

"你别这样！"王斌赶紧回头说。楚静勇敢地看着王斌："我爱你，我不觉得这有什么丢人的。”

王斌看着楚静：“问题是我，我……”

“我知道你不爱我，我说了这是我的问题。”楚静继续穿衣服，“这不怪你，是我自愿的。”

王斌傻傻地看着楚静穿衣服起身，他一把抓住楚静的手。

楚静不回头用另外一只手整理着自己的短发：“我自愿的，说到哪里和你也没关系。如果你不愿意再见到我，下午我就打报告调走。”

“你把我当成什么人了？”王斌着急地站起来却发现自己没穿衣服赶紧拿被子裹住自己。

楚静回头，忍不住笑了：“当成男人，我爱的男人。除了你是一个共产党员、一个国家干部，你还是一个我爱的男人。王斌，你包裹自己的东西太多了，你束缚自己太久了。我都看着难受，你明白吗？”

王斌看着脸上还有红晕的楚静，久久不说话。

“我走了——你不要以为我是随便的女人，我只是愿意把我交给一个我爱的男人而已。”楚静忍住眼泪转身就走。

王斌一把拽住她：“你不许走！”

“那你说，你爱我。”楚静头也不回。

王斌张开嘴，却无声。

“懦夫。”楚静冷冷一笑。

王斌赶紧拉住楚静：“我……”

楚静站住了，等待着。

王斌还是没说出来：“楚静，不用说出来好不好？你心里明白不就可以了嘛。”

“不，我要你说。”楚静冷冷地说，“我可以理解你心里有她的位置，但是我不能接受你连说爱我的勇气都没有。”

“这都什么跟什么啊？”王斌着急地说，“楚静，你不要这么说好不好？”

“或者你说你爱我，或者我现在就走。”楚静的眼泪流下来。

“我不能忘记她。”王斌说。

“我理解，我也不强求你忘记她。”楚静抽泣了一下，坚强地说。

“是我对不起她。”王斌低下头。

“但是你没有错，这不是你的错！”楚静断然说，“你把所有的一切都归结到你自己头上，但是你没有错！”

“但是，那是我的错！”

“那我走了。”楚静要走。

王斌抓住楚静，从后面抱住她流出眼泪：“我们结婚吧，好不好？我想有一个家，一个属于我自己的家……”

“你自己说，我会和一个连说爱我都不敢的男人结婚吗？”楚静闭上眼睛。

王斌被噎住了。楚静惨淡地笑：“我不怪你，我说过了，我爱你。如果你连说爱我都不敢，不要来找我谈结婚的事情。”

楚静打开卧室的门。

王斌看着楚静的背影，突然高喊：“说就说，谁怕谁啊？！”

“那你说啊？！”楚静回头。

“我就敢说！”

“那你说啊？！”

“我说了我敢说！”

“那你说啊？！”

“我，我说了我肯定敢说！”

“那你说啊——”楚静几乎是哭喊出来。

“我爱你。”王斌的声音很平静。

楚静哭出来了。

“我们结婚吧。”王斌恢复了往日的冷峻。

楚静扑到王斌怀里，突然又推开他：“有你这样求婚的吗？！你看看你现在什么样子？！”

王斌一把抱住楚静：“谢谢你的包容和理解……我爱你，我们结婚吧。”

“你说结婚就结婚啊？我偏不……哎呀你干什么啊……救命啊，国家干部王斌要流氓啊……啊呀你别撕啊！挺贵的呢我自己解……救命啊——二级警司王斌要流氓啊……呜……能不能别弄我一脸口水……啊——”

★　★　★

军情局长戴着棒球帽，坐在海边钓鱼。几个特勤保镖穿着西服，散立在周围不远处，墨镜下的眼睛警惕地注视着四周。穿着便装的周新宇跑步过来，站在局长身后。局长看着远处的海面：“知道我叫你来干什么吗？”

“知道。”周新宇立正低头。

“损失惨重，你要给我个交代。”局长缓缓地说，“中共安全部这一网下去，我们几十年在大陆经营的‘紫光专案’荡然无存！这是我们多少同志多少年的心血，总部对此都很震惊！”

“卑职失职。”周新宇惭愧地说。

“‘狐狸老妖’的家属要安顿好。”局长拿出烟，周新宇急忙给局长点着火，“这是为我们在敌后潜伏几十年的老同志，要授勋给他。另外，要采取一些有显著后果的行动，堵住那些政客的嘴。要让他们知道，我们军情局在对大陆情报工作方面是有能力的！”

“是！”周新宇利索地回答。

“执行K线图计划。”局长不动声色地说，“放飞‘孤燕’！”

★ ★ ★

上官晴刚刚走出曼哈顿麦迪逊大街书店的大门，就露出了笑容。穿着黑色风衣、戴着黑色墨镜的周新宇站在黑色别克轿车边对她举起手中的手套，笑着挥舞了一下。上官晴笑着跑过去：“周叔叔！你怎么知道我在书店？”

“你忘了我们是干什么的？”周新宇笑着打开车门，“上车，想吃点什么？我请你。”

奔驰开在纽约的街头，周新宇随便翻着她怀里的书：“莎士比亚？萨特？哟，这本是斯坦尼斯拉夫斯基的《论演员的自我修养》？看来你学得不错！”

“瞧你说的，周叔叔！”上官晴有点不好意思，“你不是安排我来学戏剧表演吗？我就得好好学，不然不是浪费团体的钱吗？”

“还好，你还记得团体。”周新宇笑了。

上官晴看着周新宇，笑容凝固了：“有任务？”

“打开储存箱。”周新宇说。

上官晴打开储存箱，里面有一个信封。她拿出来打开，里面是几张照片和资料。照片上是一个中年男子，有的是偷拍的。她看着资料读出来：“绍良？”

“他的真名是徐公道，掩护身份是祥龙国际贸易公司总裁。”周新宇不动声色地说，“他是中共安全部得力的外派匪谍，代号‘啸狼’。我们一直没碰过他，不过这次得给他们点颜色看了。但是你不能杀了他，因为杀了他关系重大，会引起我们和中共安全部之间的相互格杀，那会是血流成河，几十年双方都会剑拔弩张。那不是我想看到的，对我们的伤害可能更大。”

“你希望我怎么做？”上官晴看着资料问。

“一场假暗杀，给他赶回大陆去。”周新宇说，“他负责中共安全部在海外比较关键的谍报网，他只要回到大陆这个谍报网会平静下来，对我们的压力会缩小。他身边的人你可以杀，他不能碰。记住了？”

“其余的人，还有没有什么顾忌？”上官晴问。

“没有任何顾忌。”周新宇说，“这次看你的了，‘孤燕’。我们的工作现在面临巨大的压力，团体需要成绩。赶走徐公道，就是一个比较重大的成绩。但是记住——千万不能要他的命，不然激怒对手我们就得有几十年的时间来互相火拼了。这不是情报工作的实质，我们需要的是情报而不是尸体。明白？”

“明白。”上官晴点头。

“具体方案，你自己拟订，随时向我汇报。”周新宇拐过一个街区，“资料你不要带走，你自己做好准备随时出发。等我的命令下来，你就要一往无前地完成任务。明白吗？”

“明白。”上官晴说。

“团体对你寄予厚望，不要让团体失望。”周新宇冷冷地说，“这是你最后的机会，如果失手你自尽吧，不要等我来制裁你。”

上官晴点点头，仔细看着徐公道的资料。

“下车。”周新宇把车停在红灯前，上官晴抱着自己的书下车了。她已经把徐公道的照片和资料背进自己的脑子里面，不需要再多看一眼。她抱着自己的书，和纽约街头许多学艺术的大学生一样走在喧闹的人群当中。不一会儿，就没影了。

★ ★ ★

“你有无贞节？”金发碧眼的帅小伙仔细打量上官晴。

“殿下！”上官晴吃惊地问。

“你美吗？”他趋前一步看着上官晴。

“殿下是什么意思？”上官晴看着他后退一步。

“你若有贞节，并有美貌，那么，你的贞节不应和你的美貌有所来往。”扮演哈姆雷特的小伙子半跪下伸出右手说。

“美貌与贞节，能有比此更完美之结合吗？殿下？”上官晴躲开他的眼睛说。

“当然有的。美貌能败坏贞节，使它淫荡；这比贞节能感化美貌来得容易。从前这是无法想象的，但是现在它已得到了时间的证实。我曾爱过你，在以前。”哈姆雷特缓缓地说。

上官晴急忙说："你曾经的确令我如此想过，殿下。"

"STOP！"教授拍手打断示范，上官晴和哈姆雷特都站起来面对他。偌大的纽约大学戏剧系排练教室内，学生们围在一起，在地板上席地而坐。

教授举起双手："奥菲莉娅——爱！L——O——V——E！LOVE！怎么你的爱都消失了吗？我看不到爱，看不到你对哈姆雷特的爱！那是你的爱人，为什么你的眼神当中没有爱的影子？爱的女神提前从你年轻的心中消失了吗？"

"对不起，先生。"上官晴道歉说，"我刚才有点走神。"

"戏剧——是神圣的、纯洁的！"教授摇头说，"我不能看见你不全身心地投入——下去吧！"

上官晴礼貌地点点头，走回自己的位置坐下。坐在她身边的也是一个漂亮的华裔女孩，上官晴眼神黯淡地想着什么。那个女孩撩起自己的长发扎上马尾巴关心地看着她："Alina，你怎么了？你今天上课好像不那么专心啊？"——徐睫，曾经在曼谷出现的徐公道的女儿。

上官晴笑笑，没说话。教授喊着："Katrina！你来！"

徐睫欢快地答应一声，跑了过去。上官晴看着她的背影，出神地想着什么。

——暗夜的别克车里，周新宇在开车，递给她一个信封："我想你对她的观察应该足够多了。"

上官晴抽出信封里面的照片，是徐睫。她一愣："Katrina？！"

"对，是你的同学也是室友Katrina。"周新宇冷冷地看着纽约的夜景，"她的真名叫徐睫，徐公道的女儿，也是匪谍。她的代号是'豌豆'，也是徐公道的得力助手之一。团体安排你来纽约大学学戏剧，和她同学，都是有目的的。你应该已经细致观察她很长时间了，知道她的生活规律。"

"她每个周末都会出去，说是和在陆军特种部队当军官的男友度假。"上官晴认真想着。

"她的男友是在陆军特种部队，不过不是在美国陆军，是大陆陆军。"周新宇开着车缓缓地说，"她是要去做情报交通或者会见他们在北美的情报代理人，我以为你有足够的警觉。看来我失策了，你让我很失望。"

"对不起。"上官晴看着徐睫的笑脸，"你要我怎么做？"

"挑选她和徐公道在一起的时机，杀了她。"周新宇淡淡地说，"这是对徐公道的警告，他会被大陆撤回去的，因为他太重要了。"

上官晴的心里一惊。周新宇看她一眼：“你和她同学，还在一套公寓住了半年，下不去手了吗？”

“不是。”上官晴收好照片稳定自己，“我可以。”

“你的身份是绝对保密的，他们不可能知道。”周新宇说。其实也确实是这样，因为在世界上根本就没有上官晴这个人。

上官晴闭上眼睛稳定自己，周新宇缓缓地说：“杀了 Katrina。”

一道闪电在暗夜划过，映亮了上官晴惨白的脸。

徐睫看着哈姆雷特，含情脉脉地说：“啊，这位高贵的灵魂已全然失去理智！朝士的相貌，军曹的武艺，学者的口才，一国之君的辉煌前途，万人楷模的翩翩风度，显赫的至高尊严，这些全毁了，全毁了……”她流下了眼泪，“我是个最伤心、最不幸的女人。我曾听过他甜如蜜糖的美言，但是现在却目睹他丧失其崇高的理智，就像一串七上八下的铃铛，失去了它们的和谐。至上的青春典范，就如此地在疯症中被摧毁。啊，我曾见过的，与我现在所见到的，它们令我痛心！”

教室内久久沉默。

教授开始鼓掌，大家掌声响起。

“LOVE！”教授吃惊地感叹，“我看到了爱！Katrina，你的心中有爱！”

徐睫擦去眼泪，脸红扑扑地笑着：“谢谢，先生。”

上官晴看着徐睫漂亮的笑脸，嘴角浮起一丝辛酸的苦笑。

★　★　★

又是周五的下午，上官晴开车回到公寓。徐睫果然不在，餐桌上放着一盒月饼。还有一张纸条：“亲爱的，我去布雷格堡兵营跟男友度周末了。这是我姨妈从西海岸寄来的，送给你。明天是中秋节，别忘了找个男孩过节啊！——Katrina。”上官晴拿着纸条脸色阴郁，如果在平时她会笑笑。虽然她不会去找男孩过节，大多数时间都在公寓待着看书或者去健身房，但并不是没有男孩追求，只是她从来都是冷面对待而已。可今天，她不仅冷面地对待这张纸条的玩笑，甚至是冷面地对待这张纸条的主人，和她情同姐妹的 Katrina，这个“来自西海岸的华侨女孩”。

她闭上眼睛深呼吸平静自己的情绪，让自己可以冷峻地面对这个任务。再睁开眼，她已经恢复了往日的冷漠。确定屋里没人以后，她戴上手套拿针撬开了 Katrina 的房间。房间很温馨，干净舒适，收拾得整整齐齐。她迅速不留痕迹地搜查了一遍，没发现什么特别的，也许周新宇的情报不准确？她有点疑惑，毕竟这是和她同住了半年的女孩，如果不确定就下手，有点不忍心。

她的手摸到了书架上，挨个抽出书本检查。打开一本英文版本的《莎士比亚戏剧精选》，证据发现了——抠出来的一个凹窝里面放着一个臂章。她拿出这个已经洗得发软发白的臂章，上面是一个剽悍的狼头露着森森白牙，狼头上有一行汉字——“中国人民解放军狼牙特种大队”。不需要再说别的，周新宇的情报是准确的。

上官晴的头有点晕，臂章背面用圆珠笔写着汉字“特战一连，林锐”，闻一闻还有一股男人的汗味。上官晴苦笑，原来这就是你在“布雷格堡”的男朋友。她放好书，在书架上继续翻，抽出一本剪报簿。打开来前面都是英文时事或者社论剪报，这个没有什么稀罕的。再翻下去发现了一些奇怪的剪报，配着照片。照片上是穿着迷彩服的士兵们，奔尼帽下是黄色的脸孔，英文新闻是“中国陆军特种部队惊现爱沙尼亚”、“东方神枪手军团震惊世界”、“飞毛腿的中国军团”，等等。上官晴明白了，原来这是 Katrina 在“布雷格堡”的男朋友参加了爱尔纳·突击国际侦察兵比赛。

女人特有的秉质让她去寻找哪个是 Katrina 的男朋友，几乎不用判断她的目光就落在了一个年轻的解放军中尉脸上。奔尼帽歪戴着却有一股特殊的味道，眼睛当中露出一股自信，却是一股孩子气。很帅，也确实很酷，却是真的像个长不大的孩子。上官晴笑了一下，倒是真的和温柔漂亮的 Katrina 蛮般配的。

这一想就有点坏事了，心里疼起来。上官晴合上剪报，脑子里都是 Katrina 提起男友的时候幸福的脸，她把那个不存在的华裔美军特种兵戴维塑造成了一个永远也长不大的孩子，带着那股让人心疼的孩子脾气，到处惹事。当时自己总是模糊地下意识地想着什么人，也不知道到底是白人还是华人，现在明白过来了——是一个华裔，可到底是谁呢？

不知道。

上官晴揉揉额头，试图让自己冷静下来。呼吸却开始急促，心跳厉害。某种感觉被唤醒，很奇怪。好像很多事情距离自己很近，又很遥远。她闭上眼睛，又睁开，还是那种感觉，还是在想那张逐渐清晰的华裔男孩的脸。奇怪，自己什么时候认识的呢？是在台北？高雄？还是在纽约？还是看不清楚男孩的样子，可他总是在对着自己笑。

上官晴把剪报放好，头又开始疼。她急忙跑回自己的房间拿药，匆匆吃下去平息自己的思绪。

Katrina 是一个漂亮的华裔女孩，对自己很好很照顾自己，她有一个帅气的孩子气的男朋友——但是她却是敌人，是匪谍！上官晴拼命让自己想着这些。自己是团体的人，和匪谍不共戴天！要完成团体交给自己的任务！

电话炸雷一样响起，上官晴去抓却碰在了地下。她从地毯上拿起电话："哈啰！"

"风在吹，云朵在飞舞。"是周新宇的声音。

"雷电在聚集，我在岸边。"上官晴平稳着自己，回答。

"海中有很多美丽的贝壳，你愿意去捞起来吗？"周新宇淡淡地问。

"我已经准备上船。"

"黑色福特，出门右拐。"周新宇挂上电话。

上官晴放下电话，走出自己的房间。她走到Katrina的房间开始扫尾，突然又苦笑，还有没有意义呢？因为Katrina不会再回来了。但她还是细心地把那个剪报簿子放回去，心里沉甸甸的。她的心在疼，真的在疼。虽然Katrina是匪谍，但是她并没有伤害自己。真的要杀了她吗？让这个孩子气的男孩失去自己的爱人？

"生存，还是毁灭，这是一个问题。"上官晴突然冒出这句台词。

Katrina，你的生存，还是毁灭，真的是一个问题。

上官晴苦笑，锁好Katrina的房间门。她走回自己的房间换衣服，电脑走的时候忘记关了她去关。突然，她迅速连接网线，进入一个自己从未使用过的备用注册信箱，信箱的名字是Linlin。自己在注册那几十个备用信箱的时候随便取的，也不知道为什么。

"生存，还是毁灭，这是一个问题。"

她在信箱收件人写上Katrina的常用信箱，长长出了一口气。

Katrina，我该做的都做了，你的命只有天注定了。上官晴默默地在心里念叨，利索地关上电脑。屏幕黑了，上官晴的心也消失了那种怜悯。她穿上风衣戴上墨镜，快步走出自己的房间锁好门。回头看了一眼月饼，她的脸上已经没有表情。我们姐妹半年，我能做的都已经做了。如果你还出现在我的射程，那就是上天安排的，Katrina。

她关上门快步走出公寓，打开那辆没有锁的福特轿车。地图就在储存箱内，还有一个新手机。她拿出地图，看着上面标示的城市——洛杉矶。

福特发动了，拐入车流。上官晴内心的矛盾消失了，现在她是团体的人，代号"孤燕"。要去完成一个刺杀任务，目标是一个化名Katrina的中国女孩，真名叫徐睫。团体的命令是必须执行的，自己也并没有违反，那是一个没人知道的死信箱，那个信箱的主人叫Linlin，不是自己。

女人最大的弱点就是——喜欢自欺欺人。

★　★　★

王斌摘下墨镜，笑着和对面的老人握手：“顾老，久仰大名。”

穿着唐装的顾老白发苍苍，笑着和王斌握手然后示意他们坐下：“后生可畏啊！小徐的学生吧？果然是一表人才，听到这种纯正的北京话不容易啊！坐，自己倒水，茶都放好了——铁观音！”

徐公道哈哈笑：“顾老，难得您还记得我好这口啊！如果你愿意叶落归根，那满大街都是这样的普通话。”

“老了。”顾老摇摇头感叹，“儿孙满堂，舍不得这里了。干咱们这个行当，能有今天的下场算是幸运了。北平已经成为一个难圆的梦了，带着这个梦进棺材吧！多少年的腥风血雨，回想起来都不寒而栗啊！北平留给我的记忆太深刻了，杀来杀去好不容易安顿下来，已经不敢面对那些过去咯！”

“顾老，他叫王文。”徐公道介绍说，“从此以后，他就是您的联络人。王文，给顾老敬茶。”

王斌起身敬茶，顾老看着徐公道狡猾地笑：“王文？恐怕少了一个武吧？文武才是双全呢！是不是啊，王斌？”

“没想到顾老消息这样灵通？”徐公道也笑，“看来很难瞒过您啊！”

“大陆安全部出了个年轻干部王斌，智勇双全坚忍果断，这不是什么秘密。”顾老笑着说，“干咱们这个行当，出名不是一件好事，但是出名也说明你确实干得好！雨农先生曾经说过，特务工作者要甘于无名，但是也要敢于出名。哪个机关没几个招牌呢？冯云山不也是你们的招牌吗？这不是什么坏事，只是你不能再做潜伏工作罢了，做做指导可能更适合你发挥更大的作用。”

“顾老消息这么灵通，肯定是有什么来源吧？”徐公道笑。

“来源不好说，我的学生多嘛！”顾老狡猾地笑着，“王斌同志马上就要新婚燕尔了，怎么连喜糖也不给老家伙带一颗啊？”

徐公道脸上的笑容消失了：“顾老，如果连这样的细节您都知道，那么我只能说，您的情报太准确了！”

“哪里哪里！”顾老摆手笑，“学生看得起，偶尔和我这个老家伙聊聊天。其余的我是真的不知道，他们也不可能在麻将桌上和我说实质性的问题。”

“谢谢顾老。”徐公道点头，“您的话对我们很重要！”

顾老意味深长地笑："不要以为我有什么想法，我只是随口说说。我人在异国他乡，早已看淡了政治斗争中的你死我活。我只是在寻求一种平衡，内心的平衡。我大半生都在政治斗争的最前沿，看惯了很多，也看淡了很多——平衡，这个很重要。如果这种平衡被打破，我看见的就是最悲惨的一幕——中国人自己的血洒在自己的土地上。我老了，你们晚辈之间的斗争肯定是要继续下去的。风云变幻，你们各自保重吧。"说完这个，顾老发出一声长长的叹息，似乎回忆起很多往事。

离开顾老在洛杉矶郊区的别墅，徐公道一直沉着脸。王斌默默开车，徐公道突然说："你不能在这儿待了，得撤回去。"王斌不说话，有点不甘心。徐公道缓缓地说："我们受到压制了，这个'人马座'一天不拔出来，我们的工作就多受一天压制。"

"那你呢？"王斌问，"要不要撤回去？"

"我？"徐公道笑，"动我，他们还没这个胆子，留下我，他们得集中力量盯我，反而对别的同志有好处。他们想动我的话，也得掂量掂量我的分量，他们也有人在我们的监控下不好过。"

"'豌豆'呢？"王斌问。

徐公道想想："暂时不要撤，她也可以吸引他们的注意力。'大马勺'提供的情报很重要，起码我们知道那个'人马座'就是我们局内部的人。这种生活细节，外人是不可能知道的，我们的范围缩小了。"

"这个顾老的代号怎么是'大马勺'？"王斌有点纳闷儿。

"那是他刚刚参加国民党军队时候的外号，养过马。"徐公道忍不住笑了，"后来和我们接上关系以后，他自己要叫这个的。老头子老了老了，反而孩子气了，他既然坚持，我们当然也没什么意见。"

——公路拐角的山坡上。上官晴背着背囊快步跑过树林，她看着手表。周新宇的话还在耳边回荡："'豌豆'好像今天不跟'啸狼'去见代理人，来的是个新人，代号'故人'。"上官晴很纳闷儿："'故人'？这是什么代号？"周新宇不动声色地说："也许他在怀念过去的某个人吧，这是他第一次执行情报经营任务，他对我们的破坏力很强。杀了他，对我们有更大的好处。"

上官晴额头出现汗珠，她跑到预定的狙击位置。打开背囊，组装M24狙击步枪，前面加装了消音器。下面是一个加油站，来往车辆都在这里加油。

——周新宇很严肃："这个'故人'的照片我就不用给你了，'啸狼'身边的就是他。他们肯定是要在那个加油站加油的，这是你动手的最好机会。"上官晴点点头：“我明白。”

上官晴趴下潜伏在草垛里面，眼睛贴在狙击镜上对准下面的加油站调整焦距。她心里在想，Katrina，你没来太好了，我今天要杀的不是你了，是“故人”。

★　★　★

王斌心里不是很舒服，在想着什么事情走神。具体是什么他也说不出来，难道是时差没倒过来？快到加油站的时候经过一家热狗店，徐公道摸摸肚子：“在客人家吃饭永远也吃不饱，我去买个热狗吃——你要不要？”王斌摇摇头神色有点紧张，徐公道笑着拍拍他的肩膀，“别瞎紧张，没事，习惯了就好。我去了。”王斌停下车，徐公道下车走进热狗店。王斌继续开车拐进前面的加油站，排在队伍后面等待加油。

山坡上，上官晴的右眼贴着狙击镜在逐个辨认着。车流很缓慢，她可以清晰辨认不怕错过。没有发现“啸狼”的踪迹，她清楚地记着时间段，应该大致没错，战略狙击需要的就是耐心，再耐心……她慢慢移动着步枪，从每一辆车前面滑过。她的枪随便地滑过一个戴墨镜的脸，突然停住了。枪口迅速滑回去，是一个戴墨镜、穿着黑色西服、白色衬衣、没打领带的年轻人，在车里默默地等待着，不时地跟着挪一下。

上官晴的呼吸几乎都停止了——没有语言可以表达她现在的感觉，只能说是在一瞬间呆滞了。

王斌把车停好，打开车门下车接着打开油箱盖。他跟工人说几句，工人拿着油泵开始加油。王斌站在车边，摘下墨镜看着阳光想着什么。他不知道怎么会有这种感觉，仿佛这个地方他以前来过似的，可是他真的没有来过啊！到底怎么回事呢？

上官晴看着他摘下墨镜，刻度下面他年轻的脸轮廓分明，眼神忧郁。风呼地从她眼前吹过，带走一滴无声落下的眼泪。她的嘴唇轻启，擦去被风吹出的眼泪重新贴在狙击镜上。

王斌的视线随便扫过周围，没发现什么异常。他重新戴上墨镜，掏出钱给工人准备重新上车。风吹过来，一滴水珠落在他的脸颊上。他诧异地摸摸脸上的湿润，看向风吹来的方向。一片山坡，杂草和树林，什么都没有。

徐公道拿着两个热狗从后面走过来，一个戴着棒球帽卖报的男孩蹬着自行车过来跟在他身边叫卖着。徐公道在加油站外面停下了，伸手掏零钱招呼他过来买报。男孩蹬着自行车过来下车，拿出一份报纸。徐公道递钱给他——

棒球帽遮住了孩子的脸，上官晴在他们“接头”的一瞬间冷峻地开枪了。

噗！一颗弹头旋转着钻出消音器，在空中径直飞向那个男孩的胸膛。徐公道惊讶地看着那个男孩猝然仰面栽倒，棒球帽飞出去，一头金发甩出来咣当一声连车带人倒在地上。血从胸膛流出来，男孩睁着蓝色的眼睛似乎还没搞清楚发生了什么事情。

王斌在那一瞬间已经反应过来，用英语高喊着：“全部卧倒！”他冲过去用身体盖住徐公道按在地下，伸手试试男孩的脖子动脉：“我们走！”他拉着徐公道低姿跑向自己的车。

上官晴的眼睛还贴着瞄准镜——天啊！这个孩子会是“故人”？！

王斌把徐公道推进后座关上车门，自己打开前面的车门坐好直接就踩油门。加油站一片尖叫，王斌卧在方向盘上左拐右拐地躲开狙击手可能的弹道高速离去。徐公道从后面坐起来抓住把手：“是不是冲我们来的？！”

“肯定是！”王斌头也不回地高喊，“坐好了，我们要在州警察封锁边界之前离开这里！”他脸色冷峻，在公路上急驰而过。

上官晴从惊讶当中醒悟过来，迅速收好步枪，背上背囊快速下山。隐蔽在路边树林当中的越野车门被打开，上官晴把背囊扔上去。她上车直接四轮驱动高速离去，心还在跳动——到底那个孩子是不是“故人”？她来不及多想了，赶紧开车撤离这里。眼中居然无意识流泪……她又想起那个摘下墨镜的华裔男人，那陌生却又那么熟悉的脸……他是谁？他到底是谁？为什么会让自己流泪？

州警察已经出动，警用直升机在空中飞翔。巡警和黑衣特警已经守住路口，涂着 SWAT 字样的厢式福特警车与蓝白相间的州警巡逻车停在路边。路障前面，巡警举起示意牌，车都停下了，逐次接受检查。黑色面罩下的洛杉矶 SWAT 特警队员抱着 M4A1 卡宾枪和 MP5 冲锋枪等跟着巡警警惕地注视着每辆车的每个人，美国警察的快速反应是全球出名的，在这个高犯罪率的国度这种快速反应是社会秩序得以维持的保证。上官晴把车停在路障前，脸上没有什么表情递出去证件。巡警仔细看过，看上官晴：“小姐，请摘下墨镜。”

上官晴摘下墨镜，眼中还残留着眼泪。巡警仔细地看看她：“你有什么麻烦？需要警察帮助吗？”上官晴木然地摇摇头，巡警礼貌地说：“下车，我们要检查车。”上官晴下车，按照警察的吩咐双手放在车上。一个女警察过来搜了她的身上，两个 SWAT 特警和一个巡警牵着狼狗警惕地搜查了整个车辆，什么违禁品都没有。

“发生了什么事情？”上官晴木然地问。

"一个15岁的男孩在加油站被枪杀了，职业杀手干的。"巡警叹口气说，"我不明白职业杀手为什么要杀他？他不过是一个中学生。好了，你可以走了。"

上官晴戴上墨镜上车通过路障。武器在她半个小时前经过一条河的时候已经被丢入河中，没有指纹也没有任何使用记录，没有人能查出来。她一边开车一边让自己冷静，却怎么也忍不住，咧开嘴痛苦地哭起来。

★ ★ ★

"生存，还是毁灭，这是一个问题。"

徐公道伸手抽出打印纸，面色严肃地看着。徐睫站起来："就说了这么一句，这个信箱的注册信息没任何线索。"徐公道仔细看着，仿佛要看穿这张纸。王斌站在他身边拿出一支烟："这是一个警告。"

徐公道点点头："可惜我们发现得太晚。这是莎士比亚的《哈姆雷特》里的著名台词，发信人很有修养。"

"信箱的注册名字是Linlin，我怀疑是一个女性。"徐睫说。

王斌正在点烟的手停止了，火在烧着。他拿过那张纸仔细看着，眼睛一亮："是她！"

"谁？"徐公道一惊，仔细看王斌。

"是她！"王斌的眼中闪着激动的光，"肯定是她！琳琳……"

徐公道反应过来："你是说韩晓琳？"

"对！"王斌平静着自己的心情，"肯定是她，她知道我在这儿！她在给我发警告，她在告诉我这里有危险！她在这里，她肯定在这里，在我们看不见的地方！"

"你先冷静下来，这是在境外！"徐公道严肃地说，"你头脑要冷静！我们现在面对着严峻的敌情，你不能感情用事！"

"我不是感情用事，能这样警告我们的只有她！"王斌缓和下来，但是眼中依然含着泪花，"她在用特殊的方式警告我们！"

"如果是韩晓琳，为什么会把信发到我的信箱呢？"徐睫思索着，"而且用的是戏剧的台词，她难道知道我是学戏剧的？我们现在正好在排练莎士比亚的《哈姆雷特》啊，这太奇怪了啊！"

"都有什么人知道你这个信箱？"徐公道问。徐睫想想："知道的太多了，我在学校用的就是这个信箱。一切对外公开的联络也都是这个信箱，包括在学校的通讯录上也是这个信箱。"

“她应该就在你的身边！”王斌冷静下来思索着，“不然她不会用莎士比亚的台词来警告我们！”

徐睫仔细想着：“韩晓琳的资料我看过，我也算是谨慎的人。起码她没有和我打过照面，不然我不可能认不出她。”

“我们现在不要过早下结论，未必是韩晓琳。”徐公道皱着眉头想着，“过早下判断容易让我们走弯路，现在也不是追查韩晓琳下落的时候。我们必须首先摆脱当前严峻的敌情。对方已经开始破坏游戏规则，下黑手了。美国警方和FBI肯定已经开始调查这起暗杀事件了，我们不能在这里逗留。王斌，你必须马上撤回国内，把情况报告上级，排查鼹鼠；徐睫，你撤到香港去。我留下，继续看看他们搞什么花样。”

“这里已经不安全了，你留下会不会有问题？”徐睫着急地问。

“如果他们敢动我，那将是血流成河。”徐公道笑了一下，随即眼睛射出寒光，“我敢说他们没这样的胆子！只是我最近要整理一下整个网络，排除安全漏洞。”

王斌还在看着那张纸出神，徐公道看着他说：“王斌！”

“我没事。”王斌看着徐公道，“我执行命令，撤离！”

“个人恩怨不能在我们的工作范围内考虑，你尽快撤离吧。”徐公道拍拍他的肩膀，“你也是受过对党绝对忠诚教育的干部，这点内心的风浪我相信你扛得过去的。至于这个Linlin到底是谁，你现在不要想，这不是你的工作范围内的事情。记住了？”

王斌苦涩地咽口唾沫，点头。

“这封信怎么办？”徐睫问，“要回信吗？”

“回信。”徐公道想想，“是否应默默地忍受坎坷命运之无情打击，还是应与深如大海之无涯苦难奋然为敌？”

徐睫迅速地在电脑上敲下这行台词，发给这个Linlin。王斌默默看着这行台词，压抑自己内心的情绪。徐公道叹口气：“先试探一下吧，也许是，也许不是——这些都不重要，重要的是这个人给了我们这样一个信号。我们还是应该想办法联系上的，收拾东西，这个点不能用了。”

★　★　★

周新宇看着报纸上关于神秘刺客刺杀孩子的报道，半天没说话。片刻，他撕碎报纸丢进身边的垃圾箱，戴上黑色墨镜转身走进自己的别克车。戴着墨镜的上官晴木然地坐在车里，他看着她半天才叹出一口气。上官晴幽幽地说：“是我失手，我接受团体任何制裁。”

周新宇趴在方向盘上想了半天：“你怎么能对一个孩子下手呢？”

“我看不清楚……”眼泪顺着上官晴洁白的脸颊滑落，“我真的看不清楚，他戴着帽子……是我的错，你制裁我吧。”

周新宇叹口气，开车：“主要是我的错，我应该把照片给你的。”

“你为什么不给我‘故人’的照片？”上官晴问。

周新宇没正面回答，片刻才说：“我哪里想到他会和‘啸狼’分开？这种偶然因素太少见了，怎么会那么巧呢？就跑出来个卖报纸的孩子？”

“我该怎么办？”上官晴问，“还需要暗杀‘豌豆’吗？”

“你不能待在这里了，美国警方和FBI会开始拉网搜查的。”周新宇说，“武器早晚会被发现，虽然我们处理过，但是难说会不会顺藤摸瓜找到你。美国警方的办事效率很高，他们的拉网排查是不计人力、物力的。你扛不起任何风险，要马上撤离。”

“去哪儿？”上官晴问。

“先撤到香港，还是以学生身份。”周新宇说，“暂时不要活动，等我的命令。这次的责任我来承担。”

“谢谢你，周叔叔。”上官晴感激地说。

“你是我精心培养的‘孤燕’，我不想你还没发挥应有的作用就消失了。”周新宇冷冷地说，“剩下的事情我来和上峰交涉，在这件事情上，我们不能沾上任何麻烦。美国人不好惹，他们如果知道内幕就麻烦了。你这次惹的麻烦真不算小，今天晚上你就走，公寓没留下什么会带来麻烦的东西吧？没有就不要回去了，断掉以前所有的公开关系。”

“那样是不是反而有麻烦？”上官晴思索着，“‘豌豆’不知道是我动手，如果我突然消失，反而可能会引起她的怀疑。”

周新宇思考着，片刻点头：“有道理，你回去一趟。就说你要转学去英国皇家戏剧学院，别的不用多说。我会安排人观察她的反应，如果她对你产生怀疑你就必须消失。”

更深的话周新宇没说，如果徐睫真的对上官晴产生怀疑，那么从未在世界上存在过的“上官晴”就真的要彻底消失了。这个雷肯定不能让军情局来顶，实话说也顶不起，FBI哪是军情局惹得起的？当年军情局按照高层命令布置黑帮刺杀一个在美国旅居的华裔作家，本来是天衣无缝，但是没想到FBI一口气追查到底，搞得当时还在世的小蒋先生非常被动。国际纠纷不用说了，此事仅仅是执行指导者的军情局也扛了多少年黑锅，还无处诉苦。那还是个旅居作家，如今搞死一个正牌美国人，依照FBI的个性不把这个丑闻揭个底朝天才怪！中共安全部如果知道什么风吹草动，也肯定不会放过这个搞臭军情局的机会的。那时候军情局就不仅是朝野共怒，海外工作也会受到CIA和FBI的强力压制而无法有效开展，损失就太大了。

上官晴在拐角处下车，坐地铁回到公寓。她十分警惕，毒药胶囊就握在手里。在不经意之间观察了四周，没发现什么不对的情况，她拿钥匙开了门。屋里没有开灯，月饼还在桌子上，只是纸条没有了。她跟往常一样笑着喊着："我回来了！"没有应答，她慢慢走进去，"Katrina，你在吗？"走到Katrina的房间门口，发现门虚掩着，门上贴着一张纸条。她推开门，屋子里面已经空空如也，除了房东剩下的家具什么的，Katrina像没来过一样消失了。上官晴打开灯，撕下纸条，上面写着："Alina，我姑妈病重，我不得不过去陪她了。希望你一切都好，爱你的Katrina。"

上官晴靠在门边露出一丝苦笑，居然闪得比我还快？她把纸条收好，这是要交给周新宇去分析归档的。走回自己的房间打开门，屋子没人动过。她长出一口气，习惯性地打开了电脑。她鬼使神差地打开那个Linlin用户名的死信箱，果然有一封回信。

"是否应默默地忍受坎坷命运之无情打击，还是应与深如大海之无涯苦难奋然为敌。"

上官晴无奈地笑，默默读出声音。她迅速删除了这封邮件，关上笔记本电脑。这里的一切结束了，以后会有新的开始。也许自己会换个名字，也许不会，那又有什么关系呢？我是孤燕，独自飞翔的孤燕，我不需要伙伴。

下一站，香港。

第十章
花房姑娘

★　★　★

“下面这首歌，献给我深爱的你们！”头发蓬乱、穿着旧国防绿军装的摇滚歌手站在麦克风前低沉地说，“《花房姑娘》！”

整个星期五酒吧楼上楼下顿时全场雷动，口哨和欢呼四起。陈点点举着荧光棒高兴地流着眼泪跳着欢呼着：“崔健——我爱你——”

在有节奏的掌声和无节奏的口哨声中，前奏带着苍凉的味道响起。摇滚歌手弹着吉他随着节奏点着头发蓬乱的脑袋，用嘶哑的喉咙呐喊着爱的箴言：

我独自走过你身边
并没有话要对你讲
我不敢抬头看着你的……喔……脸庞
你问我要去向何方
我指着大海的方向
你的惊奇像是给我……喔……赞扬……

陈点点跟着摇滚歌手激动地唱着，脸上淌着眼泪。肖天明站在她的身边，也跟着节奏嘶哑地吼着。雷鹏满头大汗地脱下T恤挥舞着仰面高吼：“好——”

坐在酒吧角落的王斌抽了一口烟，在喧闹当中保持着他的冷峻。但是歌声已经在撞击着不为人知的内心，在他的内心世界里面出现了韩晓琳那曾经甜甜的笑，那未名湖边的芦苇丛，那含着哀怨热泪的明眸……

和音当中，摇滚歌手弹着吉他开始下个段落：

你带我走进你的花房
我无法逃脱花的迷香
我不知不觉忘记了……喔……方向
你说我世上最坚强
我说你最善良
我不知不觉已和花儿……喔……一样……

王斌的眼睛浮出一层泪意，很多往事都在眼前再现。韩晓琳那走向女生宿舍的孤独背影，那跃动的马尾巴……那受训的日日夜夜，那撕心裂肺的思念和哀痛……

萨克斯手戴着红五星军帽加入合奏，摇滚歌手对着麦克风低沉吼出：

你要我留在这地方
你要我和它们一样
我看着你默默地说……喔……不能这样
我想要回到老地方
我想要走在老路上
这时我才知离不开你……喔……姑娘
我就要回到老地方
我就要走在老路上
我明知我已离不开你……喔……我的姑娘……

王斌再也忍不住了，他低下头捂住眼睛。一张纸巾轻轻塞在他的手里，楚静坐在他的身边默默无语。王斌拿纸巾捂住眼睛，无声地抽泣着。楚静没有问他为什么，做这个工作的人都没有互相刨根问底的习惯。常常是在一个办公室对面坐着，但是互相都不清楚对方到底在负责什么，所以经常出现大多数干部都下班回家了，但是有的干部却长年累月加班加点，累病了悬着吊瓶输着液工作，甚至出差也不可能有人搭手帮忙的情况。不是不想帮忙，而是别人的工作你不能帮忙，不能插手——这是情报单位不可改变的工作性质，你的工作只能你自己完成，累病了也没法换人你就得硬顶着，说起来似乎很不人道、很不体恤干部——但是情报工作就是决定了也只能这样做。所以楚静虽然隐约知道王斌他们在境外遇到了突发情况，但是具体怎么回事也是一无所知的，她也不想知道。不该问的不要问，已经是她骨子里面的意识。

摇滚歌手唱完了，酒吧里面一片欢呼雀跃。王斌抬起头，脸上没有泪痕，眼中还残存些许。他深呼吸让自己平静下来，看着一切都那么陌生。楚静把他手里已经熄灭的烟头拿下来，按在烟灰缸里面。王斌把纸巾揉团扔进去，看着欢呼的人群发呆。

“如果心情不好，明天我们去爬山吧。”楚静低声说。王斌回过神来，看着喧闹的酒吧声音发涩：“我没事，明天我答应跟冯局长去墓地的。”楚静不说话了，只是点点头。王斌拿起啤酒一饮而尽，擦擦嘴拉起楚静：“走，跳舞去！”

酒吧里面已经换了迪曲，变幻的灯光下面王斌投入到舞动的人群当中。他年轻却历经沧桑的脸并没有和别的年轻人显出特别的不同，只是那双明亮的眼睛掩饰不住的忧郁，并不能被这疯狂的舞动完全驱走。

Linlin，我知道是你。

我知道……是你。

眼泪混合着汗水从他的脸上滑落，他闭上眼睛在音乐当中无声哭泣。

★　★　★

拂晓的墓地，晨色刚起。一束百合花放在韩晓琳的墓碑前，戴着墨镜、穿着黑色西服的王斌站起来看着甜甜笑着的韩晓琳。冯云山戴着墨镜、穿着黑色干部服站在他身后不远的地方，王斌压抑着自己的情绪声音颤抖：“我知道 Linlin 是你……回来吧。”

冯云山脸上没有什么表情，也不说话。

王斌深呼吸，转身面对冯云山：“走吧，我好了。”

冯云山点点头：“坚强点，没有挺不过去的坎儿。”

王斌没说话，惨淡地笑笑：“如果真的是她，她是在给我们报信。”

“现在还不能确定到底是不是她，你的直觉是不能作为我们工作的依据的。”冯云山说，“当然，这可以作为工作的一个方向。不过这不是你的工作范围，你可以提出你的看法，不过你不要插手也不要过问，明白吗？”

王斌点点头：“我服从组织安排。”

“另外，你和楚静的婚事我要过问一下了。”冯云山说，“我知道你的思想现在肯定有波动，但我想你也明白，即便她活着，你和她也是不可能的了。政治就是政治，是残酷无情的；即便她主动回来，事情的结局也是不能改变的。她要承担法律责任，当然主动回来会得到宽大处理，如果有立功表现那就更好。但是，这不可能改变事情的性质。你明白吗？”

王斌点头：“我明白。”

“楚静是个好干部，是个好女孩。”冯云山说，“我希望，你不要因为思想的波动伤害了她的幸福，还有你自己的。现在发生的情况，她什么都不知道，她是无辜的。我不是想干涉你的爱情，你们都是我的部下，从领导的角度来说，给你做做思想工作也是没错的。对吗？”

王斌点头，冯云山看着他：“我相信你会挺过去，也相信你会正确处理你的感情问题。走吧，去看看你的干娘和姐姐。”

转过几个弯，有一个普通的墓碑。冯云山缓缓低下身将一束“勿忘我”放在墓碑前。这是一个合墓，墓碑上的照片是从三口之家黑白合影上剪下来的母女。母亲娟秀温柔，面带笑意，女儿尚在襁褓之中面对镜头可爱至极，墓碑上没有更多铭文——“爱妻渝洁与爱女囡囡之墓”。简单到了不能再简单的地步，没有日期，也没有落款。但是王斌还是一眼看出，这是冯云山的手书。

“渝洁也不是她的真名。”冯云山起身看着墓碑上的妻子、女儿声音低沉，“她的真名我也不能告诉你，只有组织才可以掌握。如果是你我埋在这里，连照片也不会有的。”

王斌把手里的百合花轻轻放在墓碑前，起身摘下墨镜：“就和我父母的墓碑一样，没有照片也没有真名。他们永远消失在黑暗当中，只有我们来纪念。”

“总有一天我们也会消失，会和他们一样彻底被人遗忘。”冯云山缓缓地说。

“但是他们不会被党和祖国遗忘，不会被我们的事业遗忘！”王斌坚定地说，“党和共和国的旗帜上面，也有他们的鲜血！我们的同志或许不知道他们的名字，但是会知道因为他们的牺牲才有我们事业黑暗当中的辉煌！”

冯云山摘下墨镜，把右手缓缓地放在墓碑上声音颤抖着：“你长大了，真的长大了……”

王斌的右手放在冯云山粗糙的手背上：“你老了，所以我长大了。”

冯云山露出一丝狡猾的笑意：“我是老骥伏枥，志在千里！”

王斌也笑了，握紧冯云山的手。冯云山看着他年轻的脸、炯炯有神的目光和坚毅的神情，点点头：“三十年以来，在人民解放战争和人民革命中牺牲的人民英雄们永垂不朽！”

“三十年以来，在人民解放战争和人民革命中牺牲的人民英雄们永垂不朽！”

王斌看着冯云山的眼睛。

冯云山的声音变得坚定：“由此上溯到1840年，从那时起，为了反对内外敌人，争取民族独立和人民自由幸福，在历次斗争中牺牲的人民英雄们永垂不朽！”

一老一少两只右手紧紧握在一起，温暖和力量在一瞬间传到他们的全身、他们的内心。目光交碰之间似乎有一种看不见的信仰在燃烧，燃烧着两双同样锐利的眼睛。

★ ★ ★

“扑通！”穿着嫩绿色游泳衣的陈点点非常漂亮地一个前跃钻入碧水中，水花很小。她用标准的自由泳在水中穿行，如同美丽的海豚。靠在这边水里的肖天明笑着看着陈点点从那头游过来，举起右手：“看你能不能抓住我啊！”他憋足一口气钻入水中潜泳，陈点点见状笑道：“就你啊？我在体校游泳队的时候你还狗刨呢！”她憋足气下潜，追逐肖天明。

楚静穿着紫色游泳衣坐在游泳馆边上的凉椅上出神，雷鹏从水里钻出来：“下来游泳啊！”

楚静无力地笑笑：“我身体不太舒服。”

雷鹏爬出池子抹把脸：“怎么了？你的脸怎么那么白？”

“没事儿。”楚静笑笑拿起一瓶饮料叼住吸管，“我可能最近有点感冒。”

“是不是王斌欺负你了？”雷鹏一脸坏笑，“这恐婚症还真明显啊！”

楚静脸上红了一下，没笑出来：“别胡说，什么恐婚症？八字没一撇呢，就你着急喝酒！”

“我是着急当干爹！”雷鹏嘿嘿笑着拿过一瓶饮料打开插上吸管，“他今天去看过去的女朋友，你多想了吧？斌子是个重感情的人，他越这样越说明他以后会对你好。”

“我真没多心。”楚静说，“他心里的苦我都知道，我也不会多想什么。”

“鹏子！”肖天明被陈点点抓住了从水里钻出头，“下来玩儿啊！我游不过她！”

“你就笨蛋吧你！”雷鹏把饮料放下笑着，“连你老婆都游不过，还好意思说！看我的，咱好歹也是解放军体育学院毕业的！”他跑着一个弹跳鱼跃径直跃入水中。

楚静正在想什么，旁边放着的包里手机在响。她仔细听听，喊：“明子！你的电话！”

“你帮我看看是谁，没要紧的你就帮我接了吧！”肖天明在下面正在和陈点点一拨与雷鹏打水仗。楚静从肖天明的包里面翻，警官证下面放着手机。她拿出来一看来电显示上写着“老板”，脸色变了：“是老板找你！”

肖天明愣了一下：“周末找我？”他游过来上岸，走过来拿过电话看看，神色严肃地按下：“喂？”

“有个业务得你来谈，回公司。”冯云山的口气很缓和，却不容置疑。

“知道了，马上回去。”肖天明答应着，他拿着手机苦笑一下。

楚静看着他，想问又憋回去了。肖天明无奈地对陈点点喊：“点点，我回公司一趟！你们玩儿吧，回头鹏子开车送你回家。”

“啊？”陈点点愁眉苦脸地游到岸边，“你又要出差啊？”

肖天明蹲下笑笑：“还不一定呢，等我呼你啊。”说完捏捏陈点点的脸蛋，起身走了。

“那你记得呼我！”陈点点着急地喊着，肖天明回头笑笑：“知道了，我走了。”陈点点看着肖天明的背影发呆，她起身出了池子走到楚静身边坐下：“静静姐，我问你一件事儿。”

楚静笑笑拉住她的手：“说吧，什么事儿？”

“李克农是谁啊？”陈点点认真地问。

楚静愣了一下：“你为什么问这个？”

“他问过我知不知道这个人，我本来还以为是香港歌手李克勤呢！”陈点点说，“静静姐，李克农到底是谁啊？”

楚静睁着眼睛想了半天，话到嘴边又咽下去了：“点点，我不是不跟你说，这件事情我想还是他自己告诉你比较好。”

“这么复杂啊？”陈点点不明白。

“复杂倒是不复杂，只是很重要。”楚静平静下来，“这对你和他的一生都很重要，我想还是应该他来告诉你。好吗，点点？”

陈点点似懂非懂，但还是乖巧地点点头。楚静笑笑，摸摸点点的脸：“你说你怎么就那么可爱呢？难怪明子那么喜欢你。”

“他才不喜欢我呢！”陈点点认真地说，“他爱我！”

楚静忍不住笑了，这段时间她难得笑得这么开心。雷鹏游到池子边上：“我说你们笑什么呢？谁下来啊，怎么就我一个人游啊？”

“走走走，我们一起下去！”楚静拉起陈点点笑着跳下去。两个女孩欢笑着掀起水花袭击雷鹏，雷鹏躲闪着高喊：“我说你们一个大嫂一个二嫂不能欺负我吧？”

★ ★ ★

冯云山没有像往常那样坐在办公桌后面看案卷夹，而是背着手站在屋子中间声音缓和地说：“进来。”肖天明走进办公室，随手关上门：“冯局长，您找我？”

冯云山看着肖天明，点点头：“坐。”肖天明更觉得摸不着头脑，只好按照局长的示意坐在长沙发上，冯云山缓步走过来坐在他身边。肖天明立即起立，冯云山伸手示意他坐下。肖天明坐下，不敢乱动，心里不是紧张而是十分紧张。

“小肖，”冯云山的声音也是十分缓和，“我找你随便聊聊。”

“是，冯局长。”肖天明说。

“抽烟。”冯云山递给他一支中华，肖天明小心接过来。

冯云山自己叼着一支，肖天明急忙给他点火。冯云山抽了一口笑笑：“你不用那么紧张，我又不是豹子吃不了你！”

肖天明也笑了，那颗烟还是没敢点：“冯局长，我不是紧张，是尊重您。您不仅是我的领导，还是功勋卓著的老前辈。第一次和您单独聊天，我当然不敢太放肆。”

冯云山看着肖天明，若有所思地点点头：“你是不是觉得，我一直没关注你？”

“没有没有，您是局长，要把握战略层面的工作，怎么可能随时关注像我这样的年轻干部呢？”肖天明急忙说，“我从来没有这样的想法。”

“其实，从你受训开始，我就一直在观察你。”冯云山认真地说，“仔细地观察你，甚至是在头脑里面不断地回放你在生活和工作中的每一个细节，每一句话。”

肖天明脸上的笑容凝固了，他不知道自己到底什么地方引起了这位老情报干部的特别注意。冯云山若有所思地笑笑：“这么说吧，你记得受训的时候我给你们讲过钱壮飞同志吗？”

肖天明转过脸去看冯局长，在他的笑容里面似乎想探什么。肖天明的声音低沉稳健：“钱壮飞，原名钱壮秋，亦名钱潮，1895 年生于浙江，1926 年在北平参加中国共产党。1927 年在周恩来同志直接部署下打入敌特组织任要职，和李克农、胡底三人共同战斗在敌特的心脏，并称为我党隐蔽战线的‘龙潭三杰’。他在关键时刻送出了当时特科负责人叛变投敌的情报，为党的早期革命斗争做出了突出贡献……”

冯云山脸上的笑容也消失了，取而代之的是一种肃穆。肖天明深呼吸：“冯局长，我明白了。您安排吧，我随时可以出发。”

“你在学校的专业是英语，第二外语选择的是日语，两科的成绩都非常出色。”冯云山缓缓地说，“你的籍贯是福建莆田，8 岁跟随父母到深圳生活，所以你会说一口本色的闽南话和流利的粤语。你自小学习美术，而且摄影也不错，在杂志上发表过作品。你已经在机关工作过一段时间，执行过几次比较重大的专项工作，熟悉工作流程，业务也很突出——肖天明同志，今天我跟你谈话就是要告诉你，你的情报干部生涯从今天才算正式开始！”

一股热血和一种豪情涌上肖天明的心头，他看着冯云山：“请冯局长安排工作，我将万死不辞！”

冯云山仔细地看着肖天明：“你准备一下吧，有外派任务。你的身份是自由摄影师，所以你要尽快熟悉你的掩护身份，从形象和气质上都有一个比较大的变化。胡子和头发就不要再收拾了，长起来。你先去电影学院摄影系进修，那里正在办一个图片摄影进修班，业余时间自己去找个影楼的工作。你顺便多接触一些朋友，熟悉国内外摄影界的环境和一些习惯用语，更重要的是把你自己推广出去，让这个圈子的人知道你。”

“我有多长时间准备？”肖天明仔细想着。

“一个月。”冯云山淡淡地说，“你直接属于我领导，不和局里其他干部发生任何横向联系。所有的工作关系你要全部断掉，手机、呼机全部换掉，号码以及你的化名等只有我可以掌握。你虽然还在北京，但是你等于人间蒸发了。明白吗？”

“还可以和我女朋友见面吗？”肖天明问得很认真。

“你等于人间蒸发了。”冯云山不动声色地强调。

肖天明点点头，不再说话。他拿起那颗烟自己默默地点燃了，抽了一口让自己沉浸在辛辣的烟雾当中。他的心情很平静，因为他从报名开始就在期待这一天。如果说肖天明最开始希望参加情报工作带有男人本能的冒险挑战精神，那么经过这段时间的工作实践他已经学会冷静地看待自己现在从事的工作——一个需要付出巨大牺牲的秘密工作。

★　★　★

“楚静，我有话对你说。”王斌看着正在粉刷新房墙壁的楚静。

“不用说了，决定权在你。”楚静无力地笑笑，继续拿着刷子给简单的新房刷白漆，“真的，我什么都不想听。是职业习惯，也是我自己的习惯。是我选择的你，如果你有什么想法都不怪你。”

王斌看着楚静刷完一面墙壁用手背擦着自己的额头。楚静笑笑："看，我的水平还可以吧？"王斌抬起头，主意已经打定。他冷峻的脸上露出内疚："难为你了，我出差的时候你自己布置新房。"

"你有你的工作嘛！"楚静笑着说，"再说我又不是娇小姐，老百姓家的闺女什么干不了？"

"楚静。"王斌的声音有些颤抖。楚静背对着他奇怪地问："你怎么了？神神道道的？"

"没什么。"王斌低沉地说，"我想抱着你。"

背对王斌的楚静手颤抖一下，刷子头掉在油漆桶里面杆还在晃着。王斌慢慢走过去从后面紧紧抱住楚静，楚静闭上眼睛眼泪唰地就流出来。王斌贴着她的脸闭上眼睛，久久无语。王斌的喉结嗫嚅着，几次想说话，但是都咽了回去。按照工作纪律，不该说的是肯定不能说的。他压抑着自己内心深处的感情彭湃，声音嘶哑："楚静，我们结婚吧。我真的好想有个家了……"

"你要的是个家，不一定是我……"楚静闭着眼睛任凭眼泪流。

"我要你做我的妻子，楚静。"王斌声音嘶哑。

"你确定？"

"确定。"王斌深深地点头。楚静哭出声来，转身抱住王斌："王斌，你知不知道你多讨厌？你知不知道你多讨人心疼？我吃错药了让你这么欺负我……"

王斌流着眼泪不说话，只是抱住楚静，紧紧的，紧紧的。楚静吻着他的嘴唇："如果你心里苦，就咬我吧，我不怕疼的。"王斌一下子吻住她的嘴唇疯狂地吻着她，楚静全身发软依赖在王斌身上。

"我要娶你。"王斌松开楚静，抚摩着她的头发。

"不够！"楚静高喊一声，再次吻住王斌，措手不及的王斌被她一下子按倒了。在油漆点点的地面上，两人流着眼泪滚在一起。

★ ★ ★

"我不是做梦吧？"

"不是。"

"这真的是我？怎么那么难看？"楚静傻傻地看着结婚证上的合影，上面已经盖了红章。

"你以为你多好看？"王斌坏笑着说，"我也是救一下阶级姐妹！"

“你讨厌！”楚静气坏了打他。两人追逐着出了街道办事处，跑向外面的车。王斌绕着车跑着：“好了好了，别闹了！还得回去加班呢！”楚静擦着眼泪很委屈：“我牺牲够大了，你还说我难看！我在学校也是校花呢，怎么就入不了你的法眼呢？”

“我开玩笑的啊！”王斌急忙过来哄，“走吧。”他把楚静扶进车门，自己绕过去开车。

奔驰汇入车水马龙。楚静擦着眼泪嘟着嘴：“你以后不会欺负我吧？我已经是你的人了。”

“你不早就是我的人了吗？那股泼辣劲儿哪儿去了？”王斌笑着问。

“你！”楚静急了，“我说的是结婚了！”

“你不欺负我就不错了，我还欺负你？”王斌笑着拐弯。

“王斌，我会是一个好妻子的。”楚静红着脸低声说。

王斌笑笑，没说话专心开车。路边掠过婚纱艺术影楼的大招牌，楚静傻傻看着又委屈地哭了：“连婚纱我都拍不了……”王斌有些内疚，苦笑：“这是规定也没办法，咱们本来就不许拍照片。证件照都是统一安排的，出去照相是根本不可能的，再说，这些婚纱摄影楼大多都是台湾或者合资的，咱们什么情况都不了解啊。”

“我知道，我就那么一说。”楚静抽泣着擦眼泪。

这条街上都是婚纱艺术摄影，王斌把车开得很慢，他知道楚静想仔细看清楚两边的橱窗和招牌。突然，他眼睛一亮：“明子！”

头发蓬乱的肖天明穿着浑身是兜的摄影背心抱着120相机在给一个在街边摆姿势的女孩照相，脸上笑得很贫：“对对对，把裙子撩起来一点——哎，妩媚点嘛！好——”

车没减速直接过去，楚静苦笑：“我还以为他已经出去了呢。”

“可能是准备吧，也可能就是在北京有任务。”王斌脸上很严肃，不再说话。两人都不再讨论这件事情，车上变得沉默。突然，楚静高喊：“不得了！点点！”

王斌也是一惊：“哪儿呢？！”

“你看啊，那不！”楚静一指，“刚刚下公交车！”

王斌急忙看过去，眼睛也是一亮。陈点点背着书包和几个女孩下了公交车，往街里面拐。他回头看看肖天明还在那儿，楚静很着急：“怎么办啊？”王斌心一横直接掉头，后面和旁边的司机都破口大骂：“你丫会不会开车啊？！”

王斌没搭理他们，直接停在陈点点身边：“叫她上车！”

“怎么说啊？”楚静问。

“我来吧。”王斌解开安全带戴上墨镜下车喊，“点点！”

陈点点傻了一下，一会儿笑了：“斌哥哥！”

“上车。”王斌挥挥手，陈点点跟同学说了一声就笑着跑过来打开后面车门：“静静姐也在啊！这么巧啊？”楚静笑着下车坐到了后面拉住陈点点的手：“今天怎么这么有空，来这儿干吗啊？”

“她们拉我来照艺术照。”陈点点说，“他的手机怎么停机了？呼他也不回，我想给你们打电话来着，可是我又不知道你们的电话号码啊！他怎么了，也不跟我联系？”

“是这样的，点点……”楚静编着理由。

“老板让他去国外办点事儿。”王斌笑着抢过来，“过几天就回来了，你别着急。”

“他不会有危险吧？”陈点点着急地问。

“不会。”王斌斩钉截铁，“走，我请你吃饭。想吃什么你自己点。”

“现在不是饭点儿我吃什么饭啊？”陈点点苦笑，“我走了，她们还等我呢！”她不由分说就下车了，回头挥挥手，“斌哥哥、静静姐再见！”

王斌看着她的背影咽下一口唾沫。

“怎么办？”楚静着急地问。

“我们又不能把她强行带走，下车看看吧。”王斌苦笑，“能帮忙混过去就混过去，帮不了忙再说。随机应变吧。”

肖天明还在街边照相，陈点点跟同学们手拉手嘻嘻哈哈过来了。陈点点看见那个熟悉的背影愣了一下，她有点不敢相信。穿着摄影背心的肖天明胡子拉碴，一脸贫样地在跟模特逗闷子：“跟你说啊，你穿黑丝袜不好看！你应该穿那种网眼的，特性感！”

“去！你丫以为拍A片啊？”模特叼着烟瞪他一眼。

肖天明刚刚想说什么，突然听到后面清脆的一声：“黑社会！”他脸上的笑容立即凝固了，跟触电一样一动不动。肖天明在一瞬间调整自己，继续和模特说话：“什么A片啊，性感而已。对不对？”

“黑社会！”陈点点脸上红扑扑地冲过来一把转过肖天明的身子，兴高采烈地说，“你装什么装？我一眼就认出来你了！”

肖天明看着陈点点茫然无知地问：“你谁啊？谁是黑社会？”

“你啊！”陈点点乐呵呵的，“哎呀你别装了，化成灰我都认得你！你干吗呢？怎么改行当摄影师了？他们不是说你出国了吗？”

远处的楚静就要过来，王斌一把拉住她闪到旁边的商店门口。

“你们认识啊？”模特很意外，“你不刚从南方过来吗？”

“不认识。”肖天明也很意外，“小姐，你认错人了吧？”

“哎呀！你以为你穿个马甲我就不认识你了？”陈点点很高兴，“你跟我装什么呢？怎么也不给我打个电话，没想到你改行当摄影师了？你找到正经工作了怎么也不告诉我啊？怕我不让你给别的女孩照相啊？我没那么小心眼的！正好我们宿舍女孩都来照艺术照你露两手吧！”

“小姐，我真的不认识你。”肖天明脸上露出诡异的笑意，“不过我会很高兴给各位美女拍照，敢问小姐怎么称呼？”

“你真的不认识我了？”陈点点不敢相信，“我是点点啊，你抽什么疯啊？”

“现在认识了啊，点点小姐。”肖天明一脸色相地伸出右手，“我叫阿蒙，很高兴认识你和你的美女朋友们。”

“妈的，男人都这个色狼样子！跟憋了几辈子没见过女人似的！”模特掐灭烟冷冷地说，“看不下去了，我回去换衣服了！你们就给这个世界上留几个好女孩吧！”她踩着高跟鞋掉头就走了，水泥地面发出噔噔的声音。

“你，你怎么变成这样了？！”陈点点脸都憋红了，“这不是你，不是你啊！我求你了，我这么多同学呢！你别开玩笑了行不行啊？”

“不知道各位美女们都怎么称呼啊？”肖天明转向那些女孩。那些女孩脸都吓白了后退着：“点点，咱们走吧？”

在商店门口躲着的楚静忍不住哭了出来，王斌一把捂住她的嘴。楚静转身扑到王斌身上，王斌戴着墨镜冷冷地看着。

“你怎么了？”陈点点不肯放弃，傻傻看着肖天明，“你告诉我你怎么了啊？”

肖天明笑着问：“小姐，不知道今晚能不能赏光一起吃饭啊？”

“可以，我想知道你怎么了。”陈点点傻傻地说。

肖天明离近一点，看着陈点点的眼睛：“然后我们去开个房间……”

“不——”陈点点后退着，“不！你不是他，不是他！他不会这样对我的！他不会的！他不会的，绝对不会的！”陈点点哭出来了，“他不会这样对我的——”她转身吓跑了。

肖天明看着陈点点的背影，眼中的复杂情绪一瞬间都消失了。他转过脸还是一个自由摄影师“阿蒙”。突然，他看见了路边的那辆奔驰，熟悉的车牌让他一愣。王斌拉着楚静从暗处闪出来，远远地看着他。肖天明扫了一眼就过去了，楚静捂住嘴被王斌死死拉住拉向奔驰塞进去。王斌关上车门，楚静看着后视镜奔跑的陈点点，无声流泪。王斌上车半天没说话："他是在工作。"

"但是点点太可怜了！"楚静哭着说，"我们不能想个办法给她个暗示吗？"

"上不传父母，下不传妻儿。"王斌叹口气，"这是我们的工作纪律。"

楚静擦着眼泪："有时候我在想这样是不是太过分了？我们也是活人，也有活人的感情啊！"

"我跟你讲个故事，真实的故事！"王斌很严肃，"你不要问故事的主人公是谁，他已经离休很多年了，就在我们家属院养老。他为了完成任务所付出的巨大代价是无人知晓的。"

楚静睁大眼睛看着王斌。

"'文革'前，他的公开身份是某城市外贸局的采购科长，经常出境——但是他是我们的干部，当时咱们单位还叫中央调查部。"王斌看着前面，声音低沉地说，"他有一个在当地歌舞团拉小提琴的妻子，很漂亮，还有一个可爱的女儿。有一次，他去境外采购，随身带了300万现金。要知道是'文革'前的300万啊！他携款潜逃了。"

"是派遣？"楚静问。

"对，是派遣。"王斌缓缓地说，"秘密派遣，他的任务我也不是很清楚，我就说他和他的一家的命运。"

楚静认真听着。

"由于他的'携款潜逃'，他的妻子接受了公安部门的调查，并且入党申请被搁置。他的真实身份，除了咱们单位没有任何人知道。"王斌低沉地说，"那时候'文革'还没开始，所以没受到太多的连累。但是没多久，'文革'开始了。"

楚静睁大了眼睛。

"他的妻子被开除公职，被造反派凌辱。剃了秃头挂破鞋游街，关进牛棚，那么美丽的一个女人，具体吃了多少苦我不想复述了。"王斌叹口气说，"不仅如此，那个干部的父母也受连累。父母那么大年纪，被批斗，后来双双含冤去世了。他的弟弟喜欢集邮，有不少外国邮票，就这点也被说成和他的特务哥哥联络用的暗号，遭受了非人的摧残，一个非常优秀的中学教师上吊自杀了。"

"天哪！"楚静张大嘴。

"最让人受不了的，是他女儿的命运。"王斌眼中闪着心痛，"'文革'开始的时候她刚刚11岁！一个11岁的女孩，从小拉小提琴的手，被扔到农村煤窑去接受贫下中农的再教育！捡煤球还不算，11岁的小女孩挂着牌子游街！在地上学狗爬，学狗叫……”

楚静的脸彻底白了，手都是冰凉的，紧紧抓住王斌。

王斌点着一支烟缓缓地说：“后来她母亲单位下乡演出，正好他们乐队队长看见了这个女孩。于是他想办法把这个女孩救了，带回歌舞团打杂。这个女孩就这样在歌舞团长大，再后来长大了爱上了这个年轻的乐队队长。但是这个乐队队长根本就不敢接受她，当时正好有人给他介绍对象，就赶紧结婚了。这个女孩没办法，没人敢娶她，年龄大了就被造反派盯上了。再不结婚肯定是要被糟蹋了，真没办法了。只有一个男的敢娶她，是他们歌舞团烧锅炉的老头，一辈子没结婚的。于是，她就嫁给那个老头了……”

“怎么会这样？！咱们单位就没人过问吗？”楚静急了。

“怎么过问？不是因为保密，而是因为当时是‘文革’的特殊历史时期啊！”王斌的心非常难受，“当时的情况非常特殊，主管她父亲的同志也被关起来审查了啊！怎么管？”

楚静脸上的眼泪消失了，换了一种难忍的痛楚：“天啊，她跟那个老头怎么生活在一起啊？”

“对，这个女孩天天坐在歌舞团外面的马路上哭。”王斌也很痛楚，“但是没有人可以帮助她……后来她还有了孩子，那时候‘文革’接近结束……”

“再后来呢？”楚静着急地问。

“再后来，‘文革’结束以后他回来了。”王斌吐出一口烟，眼神很凄凉，“不是从境外执行任务回来，而是从自己人的监狱出来……‘文革’扰乱了国内的秩序，我们单位也没能幸免。一批外派的干部由于受到莫须有的怀疑被调回国内，接受秘密审查。调查部门武断地下结论认为他们是双面间谍，为敌特组织服务出卖我们的情报。他就这样进了自己人的监狱，受尽折磨，可是出于对党绝对忠诚的考虑，他一个字都没有对手续不齐全的审查人员说。他完全不知道家里发生了什么，一平反就跟疯子一样往家跑……”

眼泪在楚静眼中酝酿着：“他的妻子该多恨他啊……”

“对，他妻子根本就不肯见他。”王斌低沉地说，“咱们单位给他们歌舞团出了正式的公函，证明她爱人是我们的干部，执行的是秘密任务，包括‘携款潜逃’都是按照组织安排进行的。但是他的妻子不肯原谅他，一直到去世都不肯见他。这个家所有的厄运，都是因为他接受了组织的派遣，而他的‘潜逃’是为了执行对党绝对忠诚的秘密任务！其实当时组织上在设计这个计划的时候，曾经考虑过可能对他家人产生的不良影响，他自己当然也清楚。但是都觉得还是在可以接受的范围内，因为谁也没有预料到会发生‘文革’啊！”

楚静哭了，伤心地哭了。

“在那个特殊的年代，为了履行自己对党绝对忠诚的誓言，我们的老前辈付出了巨大的代价。”王斌叹口气，“和他们这些老前辈相比，我们还有什么不知足的呢？我们的工作就是这样的，打碎牙齿都得要就血咽下去！现在这个老前辈还在世，就在我们大院养老，一个人。”

“他女儿呢？”楚静最关心这个。

“离婚了，真相大白以后就跟那个老头离婚了。”王斌看着前面淡淡地说，“自己带着孩子过，这个女孩很争气。恢复高考以后，她第一批考上了音乐学院，毕业以后在南方一个歌舞团乐队。带着孩子生活，现在她已经是一个艺术学院的音乐系主任了。孩子也长大了，考上了音乐学院毕业以后，在一个乐团工作。”

“可是她的青春已经完了啊！”楚静着急地说，“那么美好的青春，都完了！就因为她父亲从事的是这个工作！”

“对！”王斌面不改色，“就是因为她父亲从事这个工作，他们一家付出了巨大的代价！‘对党绝对忠诚’，不是口头说说那么简单的！很多时候我们的工作不是像电影里面那么光鲜体面，而是无人知晓的血和泪！”

“冯局长是他当时的主管？”楚静问。

王斌点点头：“是啊，也是他亲口告诉我的，在我参加工作以前他专门跟我谈话，让我自己想明白。是他派遣这个干部出去的。这件事情让他内疚很多年，他这辈子见过类似的悲剧太多了……”

楚静沉默了，看着外面的车流。王斌淡淡地说：“和他们相比，我们真的是太幸福了……在这个隐蔽战线上，有多少说不出来也不能说的苦涩和辛酸，也许永远无人知晓。”

楚静握紧王斌的手：“我们在一起，不是吗？”

温暖传递到王斌的手上，传递到他的心里。他笑了：“对，我们在一起。”

楚静扑到王斌的怀里抱紧了他：“我知道，我们不能说什么一辈子永远不分开的誓言。也许明天你就要外派，也许是我，我们就要从此分开在两个世界，几年都见不到一面。但是我会记住，你也记住——我们在一起！”

王斌抚摩着楚静的脸，突然眼睛一亮：“对了，你不是想拍婚纱吗？”

“啊？”楚静不明白王斌的意思。

“我们有一个可以绝对信任的摄影师！”王斌笑着说，“走，去找他！”

“这违反工作原则了吧？”楚静问。

王斌笑笑：“他是摄影师，我们是客户。一辈子你就结一次婚，别的女孩都有婚纱照就你没有，凭什么？小小犯规一次，要处分就处分我！”

“王斌，我爱你！”楚静激动地抱紧王斌。

★　★　★

肖天明正自己坐在影楼郁闷，王斌和楚静手拉手进来了。肖天明眼睛一亮随即又黯淡下去，工作人员迎上去笑容可掬：“二位拍婚纱？”

楚静脸就红了，低下头。王斌笑着说：“对，拍婚纱。”

“二位这边坐。”工作人员赶紧拿椅子，“您看看这是我们的样片，有各种风格各种套装的。你们二位仔细看看，可以挑选自己信任的摄影师。我们这里有来自台湾的著名摄影师，也有来自香港的皇家摄影师……”

“你这么能煽呼，我还真不敢选了呢！”王斌笑着说，他翻着相册指着阿蒙的名字，“这个是哪儿的摄影师？”

“哦，您问这位啊？”工作人员很惊喜，“先生您可真识货啊！这可是我们的镇店之宝啊！著名的摄影家阿蒙啊！电影学院毕业的，您知道吧？顾长卫！中国的摄影大师啊，是他的老师！电影都拍过好几部了，像什么《最后一颗子弹留给我》了，就是最近热播的那个！”

楚静忍住笑：“那是电视剧吧？”

“哟，说顺嘴了！”工作人员不好意思地笑，“对对对，是电视剧！”

王斌笑着问：“哪个是阿蒙啊？”

“这位就是我们著名的摄影师阿蒙！”工作人员笑着拉起肖天明，“如果你们觉得合适，那么现在就可以预约了！”

“我想和摄影师谈谈怎么拍，可以吗？”王斌笑着说，肖天明走过来坐下，随意地翻着相册：“二位好，你们看看这是不同规格的。当然价钱也不一样，你们选择什么规格的？”

“这个吧。”王斌随手选了一个，低声问，“晚上可以用这里吗？”

“可以，晚上两点我等你。”肖天明不动声色随即大声说，“这个啊？现在这个不打折！”

“怎么不打折啊？”王斌不高兴了，“现在哪个影楼不打折啊？”

“这个就是不打折！”肖天明也不高兴了。工作人员赶紧走过来：“哎呀哎呀！这是怎么了，二位？阿蒙刚刚来我们店里，可能还不懂规矩！你们二位可别一般见识啊，阿蒙赶紧给客人道歉啊！”

“我就没见过你这样的！都说顾客是上帝，你怎么对上帝这个态度？”楚静也不高兴了。

“上帝？”肖天明苦笑，“我的上帝是什么？”

“顾客啊！”工作人员急忙拉他，“赶紧给人家道歉啊！”

“不！我的上帝是艺术！”肖天明扯着脖子喊，“艺术！你懂吗？艺术才是我的上帝！我是艺术家，你们知道什么是艺术家吗？你们让我来拍这些没有任何艺术价值的垃圾，就是对我的一种摧残！你们不珍惜我的价值！”

“这人疯了，我们走！”王斌脸上很不好看，拉着楚静出去了。

肖天明吼累了，工作人员脸都白了：“你是艺术家，那你也别跟我发火啊！我也是打工的，都是吃人家饭的！你这个人，神经病！就看今天老板不在是吧？你就欺负我是吧？！”工作人员掉头走了。

肖天明独自站在大厅中间急促喘气，突然转身：“我他妈的是艺术家！”喊完就进摄影棚自己郁闷去了，大厅没人搭理他。

模特自己在摄影棚换衣服，肖天明进来视若无睹。模特穿着三点式晃过来：“怎么了？艺术家，发火了？”肖天明没搭理她。模特笑笑，抚摩他的胡子：“英俊的艺术家，需要泄火吗？”

“我没钱。”肖天明看都不看她。

啪！模特抽手给他一个嘴巴子：“你以为我是什么人？！以后你别搭理我，别跟我贫！”肖天明不说话，也没什么表情变化。模特穿上衣服出去了，肖天明闭上眼睛沉浸在一种难言的情绪当中，许久，嘶哑地低语：“点点，我不该爱上你……”

★　★　★

陈点点正在床上哭，呼机响了。她本来不想看，把呼机扔到床下。但是随即就起来下床光着脚抓起呼机，着急地按下。上面写着：“点点，半小时后我在楼下等你。静静。”她失望了，摔在一边继续哭。

楚静戴着墨镜抱着手站在车边，看见眼睛红肿的陈点点出了楼道露出笑容。陈点点走到她面前，声音哽咽：“静静姐，你找我？”

“对。”楚静笑着打开车门，“上车，我们找个地方喝茶。”

“我不想喝茶，”陈点点又哭了，“我就想知道他爱不爱我……”

“他爱你，这一点我确信无疑。”楚静虽然很冷静，但是脸上还是有不忍，“本来按照规定，我不该来。但是我想我必须来，无论你是否还爱他，我都要告诉你——他爱你。”

“为什么他自己不来？”陈点点哭着说，“为什么他要那样对我？”

“什么？”楚静问。

“我不可能看错人的，静静姐！”陈点点哭着说，“是他啊，我怎么可能看错他啊——”

楚静看着她，不说话。陈点点拉住楚静的手：“你告诉我啊，告诉我啊！他为什么那样对我？为什么？我是不是有什么对不起他的地方？”

“走吧，我们找个地方说话。”楚静低声说，“有些事情，我必须要告诉你。”

在一个安静的茶馆，竹帘子后面的幽雅环境和古朴的琴声让两个女孩的心更贴近了。陈点点在楚静面前平静下来，眼泪已经停了，却还在不时地抽噎一下。楚静默默地看着陈点点，等待她安静下来。

“在这个世界上，我们是黑暗当中的人。”楚静缓缓地说，“我不知道你怎么理解这个概念。”

“我知道，你们是黑社会……”陈点点声音发涩，“我看过《教父》，看过《美国往事》，也看过周润发的《英雄本色》。我不知道这样理解对不对，但是我真的在努力理解他啊！”

“你爱一个人，不管他是干什么的吗？”楚静看着陈点点，心疼地问。

“我爱的是他这个人，只要他爱我，我为什么要管他是做什么职业的？”陈点点的眼泪下来了，“我只是一个普通的女孩，我渴望的只是普通的爱情！我没那么多的奢望啊！”

楚静低下头，也不知道为什么。许久，她叹口气：“其实，我也不知道怎么对你说，也不知道该不该现在对你说，因为我们有这方面的规定。”

“我不会出卖他的。”陈点点泪盈盈地看着楚静，“我爱他，我不会出卖他的。你相信我，我不会去找警察。”

楚静苦笑：“你去找警察，他们也不会说什么的。”

“你们的势力真有这么大？”陈点点很震惊，“不怕警察？”

“不是势力，是人民和法律赋予的职责和使命。”楚静看着陈点点，默默地拿出自己的警官证，“我现在告诉你，我们是干什么的。”

陈点点惊讶地看着银色的警徽：“你们也是警察？！”

“打开看看。”楚静不动声色。

陈点点打开警官证，睁大眼睛。除了楚静的照片，其他的都是文字说明：姓名　楚静；职务　副主任科员；警衔　二级警司；单位　国家安全部。

楚静默默地喝口茶，看着陈点点的反应。

陈点点笑了，抬起头：“啊？你们是管消防的？”

楚静差点被热茶烫着，她抹抹嘴巴苦笑：“你认为安全部是管消防的？”

“是啊。”陈点点睁大眼睛，“抓贼的不是公安部吗？”

楚静叹口气：“太单纯了也不是什么好事啊！难怪他那么惦记你。点点，你要学会成熟啊，这个世界不是你想象的那么单纯。在我们眼里，永远都是危机四伏——当然，这些你们是看不见的，我们也不希望你们看见。”

“静静姐，那个人真的是他，对吗？”陈点点惊喜地说，“我知道我不会看错的！我要去找他——”

“坐下！”楚静声音不高但是很严厉。

陈点点懵懂地站着不知道到底怎么回事，但是楚静的语气是不容置疑的：“坐下，我话还没说完。”

陈点点乖巧地坐下，看着楚静：“静静姐，你不要吓我……”

“你能答应我，不去找他吗？”楚静和缓地问，“你不要去找他，而且你即便现在去了肯定也找不到他。”

“为什么？”陈点点颤抖着声音问。

楚静没有正面回答她的问题，从自己的包里取出一本书：“这本书，你看看吧。本来我想应该由他告诉你，但是现在恐怕也只有我来说了。”

陈点点接过书，这是本公开的出版物。上面写着《中共情报首脑：李克农》。“李克农”这个陌生而熟悉的名字让她眼睛一亮，她匆匆翻开，迫不及待地低声读着：“1955 年 9 月 27 日，北京中南海。授衔仪式上，毛泽东庄严地将一级八一勋章、一级独立勋章、一级解放勋章以及中国人民解放军上将军衔的命令状颁发给李克农……1962 年 2 月 13 日，北京中山公园中山堂。中共中央为李克农举行公开的公祭仪式。主祭：中共中央副主席、国务院总理周恩来；陪祭：陈云、邓小平、董必武、彭真、陈毅、李富春、李先念等；中国人民解放军总参谋长罗瑞卿大将致悼词……”

陈点点抬起头，惊奇地看着楚静：“这么高规格？他到底是干什么的？”

楚静点点头，没说话，只是示意她往下看。

陈点点着急地看下去：“1941 年，毛泽东请李克农一家在枣园吃饭。毛泽东问李克农的女儿李冰：‘你知道你父亲是干什么的吗？’李冰不知道，毛泽东笑道：‘你父亲是大特务，不过是共产党的特务’……”

陈点点睁大泪眼抬起头，惊讶地看楚静。楚静点点头，没有说话只是如释重负地长出一口气。

眼泪从陈点点的脸上滑落，她的声音颤抖：“原来这就是……‘中国最大的黑社会’？”

“我们是黑暗当中的战士，为的就是让你们可以在阳光下快乐生活。”楚静看着陈点点。

“True Lies……”陈点点泪眼盈盈。

“他是爱你的。”楚静伸手握住陈点点的手，“希望你可以原谅他，他不可能一开始就告诉你，当他打算告诉你的时候，可能总是觉得还不是时候。”

“我还曾经告诉他，什么是 SPY？”陈点点哭得很伤心，“原来他根本不需要我告诉他……”

“按照规定，配偶是可以知道的。”楚静缓缓地说，“我知道，你愿意嫁给他。”

“可是他不该骗我，我那么爱他……那么爱他……”陈点点抽噎着，“为什么他还要骗我……他是做什么的都不重要，我爱他……但是他不该欺骗我……”

“你应该为他自豪，他是这个国家的战士。”楚静握紧陈点点的手，“他在为了这个国家、这个民族战斗，在隐蔽战线默默无闻地战斗，是一个值得尊敬的无名英雄。”

“他为什么要骗我，他是不是……根本就不信任我……”陈点点哭得好伤心。

“这是他的工作，他不能随便告诉别人。”楚静内疚地说。

“可是我不是别人，我是他的爱人！”陈点点看着楚静伤心地说。

“你们毕竟，还没结婚。”楚静低声说，“他可能是想结婚前告诉你——听着，如果他根本不信任你，首先就不会和你接触；其次，他不可能把你介绍给我们认识。我们长什么样子和我们的真实姓名，都是绝密的！一般人不可能知道我们的工作单位和我们的真实姓名，你明白吗？或者知道我们的名字和长相，但是不知道我们的真实工作单位；或者是知道我们的工作单位和长相，但是不知道我们的真实名字！这几样在外人眼里是绝对不能对上号的，你明白他和我们对你的信任吗？”

陈点点傻傻听着，心情稍微好了一点：“他是爱我的，对吗？”

“他当然是爱你的，否则我也不会专程来找你。”楚静伸手擦去她的眼泪，“这已经不是我的工作范围，在我的眼里你已经是他的爱人、他的妻子。”

陈点点脸红了，楚静露出笑容：“这样多好，安静地等他回来——好吗？”

“我想见他。”陈点点抬起头。

“最好不要，我希望你不要见他。”楚静说。

“我想和他结婚。”陈点点坚定地说。

“这绝对不可能。”楚静说。

“为什么，他不爱我？”

“他爱你，他也想娶你——但不是现在，明白吗？”楚静强调说。

“我不相信我们不能结婚。”陈点点的声音和以往不一样，变得很坚定。

“是没有这方面的限制。”楚静说。

“我已经毕业了，我要和他结婚。”陈点点坚定的目光让楚静心碎，“我要和他结婚，我要嫁给他！”

“等他回来，好吗？”楚静低声说。

“我……”陈点点眼中含着热泪，“我怕……”

“他会回来的，我们的工作并不像电影里面那样危险，到处都是枪战。”楚静笑着说。

“那我更可以嫁给他了。”陈点点认真地说，“既然他会回来，我更可以嫁给他。我等他，等他回来。”

“你的父母不会同意的！”楚静说。

“我爷爷、我奶奶，曾经都是地下党！”陈点点哭了，“我不知道李克农，是因为从来没有人跟我提起过！我不知道安全部，是因为从来没有在任何出版物上看见过这个单位！我是女孩，我不关心这个啊！这不能怪我啊！但是我知道地下党，我知道地下工作是什么意思啊！”

楚静低下头，苦笑：“恐怕上级不会同意，他要去执行任务。”

“我去和你们上级说！”陈点点擦去眼泪，变得很坚毅，“我告诉他们，我爱他！”

楚静为难地看着陈点点，不知道到底该说些什么。

★　★　★

肖天明独自在摄影棚摆弄着灯光和幕布，服装柜子也已经打开。他叼着烟开始默默地擦拭镜头，等待王斌和楚静的到来。作为长期在一起工作的同事，他太熟悉两个人的眼神和暗示了，特殊的工作环境养成他们之间特殊的无语交流习惯。不需要更多的语言，他知道这两个人想要什么。

作为党小组长，经过训练和考验的情报干部，他熟悉工作的原则和限制；但是作为年轻人，作为在一起的兄弟姐妹，他认为这是可以理解的。胶卷连夜冲洗，不在这里过夜，痕迹销毁得干干净净。他相信照片不会被他们拿出去，就在那个普通的武警把守出入严格的家属院里，在那个属于王斌和楚静的小家里面，成为他们结婚的纪念。

毕竟，结婚是人生的大事。不是吗？

如果条件适宜，为什么他不能帮助他们呢！

在他们漫长的人生和繁忙的工作当中，这会是他们美丽的爱的回忆。

幽暗的灯光下面，肖天明装好镜头。他坐在柔光灯下面默默等待着他们的到来，如同在那些无数的长夜等待他们的到来一样，没有什么特别。

门轻轻在敲击，肖天明转向门口："进来。"

门开了，黑暗的楼道里面站着一个黑色的身影。

肖天明的眼睛慢慢睁大了，他看着女孩慢慢地走过来，苍白的脸在黑暗当中那么洁白无瑕。

陈点点流着眼泪慢慢走进光区，披肩的长发犹如黑色的瀑布，而美丽的脸庞如同冰山的雪莲。肖天明慢慢地站起来，在那一瞬间他试图伪装但是却无法伪装。他只能无语，无语地看着自己的爱人慢慢走过来，慢慢地走入柔和的光区，慢慢走近自己神秘的世界。

"你……一直在骗我……"陈点点开口了，声音很弱。

肖天明无言，沉默是他面对爱人唯一的方式。

"黑社会……"陈点点举起右手，却轻轻落在肖天明的脸上，她哭了，"我知道李克农是谁了……"她抚摩着肖天明刚刚留出的胡子，泪盈盈地说，"我……为你自豪……"

"他们告诉你的？"肖天明声音嘶哑。

“谁告诉我并不重要，重要的是我爱你……”陈点点哽咽着扑在肖天明的怀里，“重要的是……我想嫁给你……”

肖天明默默注视着她美丽的脸：“我现在不能结婚。”

“你骗我。”陈点点毫不示弱。

肖天明躲开她的眼睛：“我不知道什么时候回来。”

“我不需要知道，我可以等。”

“我是一个没有影子的男人。”

“那么就让我成为一个没有影子的男人的妻子。”

“我不知道什么时候回来，还能不能回来……”

陈点点一下子用嘴唇堵上他的嘴，喃喃地低语：“我不许你这样说……”

楼道里面，楚静抱住了王斌捂着自己的嘴压抑地哭着。王斌没有任何表情，紧紧地抱着她的肩膀。

“扎着了吧？”肖天明问。

“我喜欢。”陈点点把脸贴在他的胡子上幽幽地说，“我们结婚吧，我给你怀个孩子……”

肖天明抱紧陈点点柔弱的身躯，感受着她激烈的心跳：“我会娶你，等我回来。”

陈点点发出撕心裂肺的哭声：“不——”

肖天明理智地平静自己的情绪：“等我回来，我们结婚。”

“我就不——”陈点点哭着说，“我在向你求婚，你不要拒绝我……是我在向你求婚啊！”

肖天明无语了，心如刀绞。

这是一个秘密的世界，走入这个秘密世界的人都要接受这个秘密世界的煎熬。无论男女，无论是属于这个秘密世界的人还是爱着他们的人。这就是游戏规则。

★　★　★

冯云山面色铁青，久久无语。他看着面前一副豁出去的架势的王斌和冷静的楚静，竖起一个手指头晃了晃，还是把话咽下去。王斌心里有些难过，但还是迎着冯云山的目光。冯云山冷冷地瞪着他们，许久才挤出几个字：“你们要知道你们在干什么？！”

“知道。”王斌面不改色，“我们已经详细汇报了。”

“你们在破坏我的行动计划！”冯云山压抑自己的暴怒。

“没有任何外人知情，我不知道冯局长说的破坏到底在哪里。”王斌并不退让。

“那个陈点点——不是外人吗？”

“她是肖天明同志的爱人！”王斌斩钉截铁。

“他们结婚了吗？！”

“所以我们请求局长批准，让肖天明同志结婚！”王斌看着冯云山。

“好你个王斌！”冯云山终于止不住火了，“你成心给我上眼药是不是！谁让你们去找肖天明的！谁让你们去找陈点点的？！——你的党性原则哪里去了？！”

“报告冯局长，是我的主意。”楚静说。

“你的问题——一会儿再说！本来我认为你是个原则性很强的女干部，我批准你们结合是放心的！没想到你们串通好了一起瞎胡闹！”冯云山冷冷地说。

“我们可以结婚，为什么肖天明不可以？”王斌问。

“肖天明同志马上要执行派遣任务，这是第一；第二，那个陈点点的情况摸底了吗？！”冯云山压抑心头的怒火，“我们都是党的情报干部！结婚是有严格的政审条件和手续的！——这是你们想怎么做就可以怎么做的事情吗？！”

“陈点点同志的情况，经得起任何组织部门的审查！”王斌毫不退让，“冯局长可以出示正式公函，进行相关调查。”

冯云山冷冷地看着他：“出了问题怎么办？！”

“我负责。”王斌说。

“我也负责。”楚静跟着说。

冯云山长出一口气：“如果出了问题，开除你们的党籍公职都挽回不了这个损失！肖天明是肩负特殊使命的情报干部！”

“情报干部，也是普通人。”王斌低声说。

冯云山的心被打了一下，沉默了。他的眼神瞬间变得苍老，犹如一只变得衰老的豹子，见过太多的血腥悲剧，心中隐藏的悲怆在某个时刻突然爆发出来。但是锐利却从未消失，再老也是豹子。

王斌低下头，他太熟悉冯云山的每个眼神了。

“你们啊……”冯云山无奈地苦笑一下，“你们太年轻了，太年轻了……”

他叹口气：“你说得没错，情报干部也是普通人。我可以理解你，但是你们事先不请示我就擅自行动，我要严厉处分你们！”

王斌和楚静都不说话。

冯云山举起右手食指疲惫地晃了晃：“陈点点的情况，我要摸底。今天晚上，我要在这个办公桌上看到她的详细情况报告。不许外传，不许任何人知道。”

“是。”王斌低声说。

“她父母同意吗？”冯云山问。

“她去找她爷爷、奶奶了，希望通过二位老人做通她父母的工作。”楚静说。

“她结婚，找她爷爷奶奶干什么？”冯云山觉得奇怪。

“她的爷爷奶奶，解放前曾经是北平地下党城工部干部。”王斌说，“在刘仁同志领导下做过辅佐义军队的和平起义工作，解放后调离情报口，在政府机关工作，都是局级干部离休。我在内部资料上已经查到二老的名字，情况属实。”

冯云山眼睛一亮，绝对是一丝欣慰的苦笑：“世界很大，也很小。你们去吧，如果情况确实属实，而且女方家长同意，我可以签字。”

“在哪里登记呢？”楚静问。

“女方户口所在地吧，单位现在不能开公函，我个人以局长的身份出个证明。先结婚登记，剩下的手续等肖天明回来补办。”冯云山想想说，“负责登记的同志你们要联系好，必须是五年以上党龄的老党员，政治上要绝对可靠才可以！明白吗？”

“是。”王斌点头。

“除了女方的爷爷奶奶和父亲母亲，我代表肖天明这边，你们两个可以出席。”冯云山说，“地点我来安排，你们不要说出去。”

“雷鹏可以参加吗？”楚静问。

“可以。”冯云山说，“仪式前半天再通知他，事先不许任何人知道。去吧。”

干儿子和儿媳妇这两个让他心疼又头疼的部下出去了，冯云山长叹一口气。他在空旷的办公室慢慢踱步，也许他有些小小的犯规——但是，他不想让他的部下在出生入死之前留下这个遗憾。因为，他已经见过太多的遗憾。

★　★　★

“奶奶，你跟爷爷结婚的时候，知道他是地下党吗？”

陈点点靠在奶奶身边问，奶奶正戴着老花镜看小说，听言一笑：“我说点点怎么那么好，突然想起来看爷爷奶奶了？原来是打算揭爷爷奶奶的老底了！都一把年纪了，你问这个干什么？”

“没有啦！”陈点点不好意思地说，“随便问问啊。”

“你奶奶啊，当年那可是北京大学的一朵花！”奶奶笑着说，“你爷爷是大学老师，会煽呼，好演讲。为了追你奶奶，那是天天演讲啊，就在你奶奶宿舍楼底下！”

正在阳台伺候花的爷爷听了，赶紧起身说：“哎哎，我演讲可是组织安排给我的任务！怎么就成追你了呢？那是谁追着我要我签名来着？谁为了多看我一眼参加文学社来着？谁为了跟我对话，专门连夜看《资本论》来着？第二天眼睛跟熊猫一样，学俩名词就挂嘴边上！”

“去去去！”奶奶不乐意了，“伺候你的花祖宗去！我跟孙女揭发揭发你，谁让你这辈子一直压迫我！”

爷爷笑笑：“点点，我跟你说啊！你爷爷当年是风流倜傥、一表人才啊！20岁就当了大学教员！你奶奶这个毛丫头一直追着我给我写信来着，我后来心软就答应她了！”

“你个倔老头子，你不说话没人拿你当哑巴卖了！”奶奶先是怒，后来忍不住笑出声来。

“奶奶脸红了！”陈点点跟发现了新大陆似的叫起来。

“没有没有！一把年纪了我怎么可能脸红呢？”奶奶赶紧正色道，“我跟你说啊点点！你爷爷最不地道了，不仅把我追上了还把我拉下贼船！”

“怎么是贼船呢？是革命的船嘛！”爷爷不生气，嘿嘿笑着。

“是是是！革命的船！”奶奶说，“就你高明，成了吗？”

“奶奶，那你知道爷爷是地下党，害怕过吗？”陈点点问。

“害怕？顾不上害怕了。”奶奶笑着拍拍陈点点的额头，“那时候我们一心都在期待建立新中国，真没想过什么害怕不害怕！那个时候的人很单纯，就是为了劳苦大众得到解放！”

“做地下工作，是周恩来同志在延安交给我们那批青年学生的任务。”爷爷也严肃起来，“李克农同志专门给我们讲话，谈到深入龙潭虎穴的危险性，但是你爷爷还是来了北平！怕什么？！干革命的就是把脑袋系在裤腰带上，就算砍了我的头，下辈子我还是共产党！”

“哇！”陈点点鼓掌，“爷爷你好棒啊！原来你也知道李克农！你怎么不早告诉我啊？”

“当然知道了，他当时是社会部部长，是主抓地下工作的。”爷爷笑道，“你爷爷怎么可能不知道李克农同志？不过我告诉你这些干什么？你也没问过我啊？点点，你今天怎么想起来问这些了？”

陈点点脸上的红晕消失了，她低下头开始擦眼泪。

“怎么了，点点？”奶奶急了，“谁欺负你了？是不是你爸爸？我马上打电话让他过来！”奶奶说着就拿起电话，陈点点急忙按住电话：“没有，奶奶！”

“那点点怎么哭了？”爷爷也赶紧走过来，着急地问，“工作不顺心？”

“不是。”陈点点低声说。

“那你说啊，到底怎么了？”奶奶拉住陈点点的手，“快说啊？”

“爷爷，奶奶……我……”陈点点脸涨得通红，流着眼泪欲说还休。

“点点，你说啊！”爷爷急得不知道该怎么办才好，“爷爷给你做主！”

“到底怎么了？”奶奶也着急地问，“点点，奶奶最疼你！你说啊！”

“爷爷、奶奶。”陈点点抬起头诚恳地说，“如果我也嫁给一个地下党，你们同意吗？”

爷爷奶奶当即就震惊了，一句话也说不出来。爷爷站着愣了半天，慢慢坐在沙发上。陈点点看着他们：“我爱他……”

“是情报干部？”奶奶慢慢明白了。

陈点点点头，眼泪又下来了。

爷爷奶奶都久久不说话，看着在自己眼里还是个小丫头的陈点点。陈点点泪光盈盈地看着爷爷奶奶的眼睛：“爷爷奶奶，你们同意吗？”

爷爷奶奶还是不说话，这真是一个绝大的难题。不过……

★　★　★

“肖天明同志，陈点点同志，从今天开始你们就正式结为夫妻。我代表局党委对你们表示祝贺，为你们的相爱也为你们的结合。”冯云山穿着笔挺的干部服，严肃当中带着一丝和蔼。他的干部服上还别着“证婚人”的礼花，红色的礼花黄色的字迹，衬托着他苍老、沟壑密布的脸。这已经不知道是他主持过的第几个部下的婚礼了，其中也包括王斌父母的婚礼。

也许正是看了太多的生离死别，他的嗓音带着些许嘶哑。而面前的新人，还是那么年轻，风华正茂。隐藏在内心深处的那些年轻的脸孔似乎逐一浮现出来，在这个特殊的时刻，却又被自己强行压下去。胡子拉碴的肖天明穿着整洁的西服，和漂亮可人的陈点点站在自己面前。

这是一个背靠山区的独立小楼，是一个基本不怎么动用、专门接待重大客人的安全点。为了这次特殊的婚礼，冯云山签字动用了这里。出席婚礼的除了他和王斌等三个年轻的同志，还有陈点点的爷爷奶奶、父亲母亲，除此以外再无他人。婚宴的酒席都是雷鹏出去订好，自己开车拉来的。空旷的大厅简单布置以后，有了结婚的喜气，大红喜字贴在墙上带来一股暖意。虽然这是一个在当代中国空前简朴的婚礼，陈点点却依旧化了自己有生以来最漂亮的新娘妆，穿着红色合身的旗袍，眼影遮盖了哭肿的眼睛。

冯云山点点头："从现在开始，希望你们相亲相爱，在建设祖国、保卫祖国的道路上携手并进。"

陈点点看着自己的亲人，咧开嘴想笑却先涌出早已酝酿的眼泪。妈妈已经泣不成声，爸爸带着微笑看着自己；而爷爷奶奶还是那么慈祥……她拉紧肖天明的手，突然问："黑社会，你会一辈子爱我吗？"

"我会。"肖天明握紧她的手。

"一生一世？"

"一生一世！"

"妈，他会对我好，你听见了……"陈点点颤抖着声音说。妈妈哇地哭出声音来："点点，你早跟妈说啊！妈一点准备都没有啊……说结婚就结婚，妈真没想到啊……"

"妈，我很幸福……"陈点点抽泣着，"真的，我爱他……"

"好了好了，大喜的日子！"爸爸忍着眼泪搂住妈妈，"天明，点点年龄比你小，从小我们就娇惯她。你要多体谅她、多担待她，她从学校走出来就直接进了你肖家的门。你是老大哥，又是党员，多让着她。"

"……爸爸、妈妈……"肖天明喊出这两个陌生的词，"是我对不起你们，我现在不能照顾点点。等我回来，我会好好疼她。你们放心吧，点点是我最爱的女孩，她是我的妻子。我会珍惜她、会爱护她，一生一世！"

陈点点靠在肖天明的臂弯里，擦去眼泪。肖天明转向爷爷奶奶，和陈点点一起鞠躬："爷爷、奶奶……您二老是我的老前辈，是曾经为了人民解放战争立下汗马功劳的老战士！从此以后，我就是您二老的孙女婿，就是您二老的亲孙子。感谢您二老对我和点点婚事的支持，没有你们的支持，就不会有我们今天的结合。我会牢记您二老的嘱托，请您二老放心！"

"对点点好，才是真的对我们好。"爷爷的声音很苍老，"你也是国家干部，我不跟你说那么多大道理。完成任务，注意安全。"

"是。"肖天明恭敬地说，"爷爷，我记住了。"

接下来就是年轻人的时间了。雷鹏把自己心爱的爱尔纳·突击国际特种兵比赛纪念章送给肖天明，这是他在军体院的教官去参加比赛的时候的荣誉，因为自己是教官最得意的格斗专业学生，所以送给自己作为毕业留念，他一直珍藏着；然后又把一双阿迪达斯的慢跑鞋送给陈点点，粉红色的很漂亮。他笑着说：“点点跑慢点，别让肖天明这个笨蛋追不上。”

陈点点脸红了，笑：“这不都嫁给他了嘛。”

王斌和楚静送了一对情侣手表。楚静笑着把手表戴在陈点点光洁如玉的手腕上，王斌则给肖天明戴上，带着一种坏笑。肖天明真诚地说：“斌子、楚静，谢谢你们。”

“谢我们没有用，是你命好。”楚静笑着亲了陈点点脸颊一下，“点点多好一个姑娘，你说你的命怎么那么好呢！点点，他要欺负你，你就告诉我，我收拾他！”

陈点点红着脸点头。

“我错过的那一次是我一生的痛。”王斌看着肖天明的眼睛说，“所以无论如何，我不会让你错过这一次！人的命运往往就在瞬间改变，没有地方买后悔药！好好心疼点点！这是我的嘱托！”

肖天明看着王斌眼中隐含的泪花，点头。楚静错开脸，和陈点点说着女孩之间的私房话。

老人们坐在酒席上已经开始喝酒。冯云山端着酒杯站起来，示意大家都坐下：“第一杯，我敬二位老前辈。别的什么都不说，作为晚辈我只有努力工作才能报答你们对我和我的干部的信任！我干了！”他一饮而尽，雷鹏急忙倒酒。

“第二杯，我敬点点的父母。”冯云山看着陈点点的父母深情地说，“请二位原谅今天如此仓促、简陋的婚礼。我内心是非常歉疚的。你们养育了一个好女儿，今天她成了我们年轻干部的妻子，成为我们的亲人！我感谢你们，真心感谢你们深明大义！我保证，你们的女婿回来的时候一定会补办一个隆重的婚礼！这是应该的，也是必须的，这也是我欠你们的！”他一饮而尽。

他转向肖天明和陈点点：“第三杯，我敬你们二位新人。很多话压在我心里，一言难尽，我也不能说。在未来漫长的人生道路上，作为他的妻子你要牺牲很多，也需要你更多的理解和宽容。也许你一生都不会知道他到底在做什么，但是我可以向你保证——他会是一个出色的男人！”

陈点点举着酒杯：“谢谢冯局长……”

深夜。陈点点紧张地坐在床上，肖天明局促地坐在她的身边。陈点点呼吸急促，似乎不敢相信这一切。肖天明也不知道说什么好，想了半天：“我给你倒杯水。”

陈点点看着肖天明倒水的身影，突然紧张地问：“我真的结婚了？”

肖天明回过头："好像是，我去看看结婚证。"

"什么好像是啊？！你这人！"陈点点气哭了，"我怎么就嫁给你了呢？！还好像是！"

"我，我也觉得是在做梦啊！"肖天明赶紧解释，"点点，你别哭啊！"

陈点点推开他的手，肖天明尴尬地站在那儿。陈点点抬起头看着肖天明，呼吸急促："你抱抱我……"

肖天明伸出手试探地抱住了陈点点，陈点点一把抱住他，抱得很紧很紧。她闭着眼睛深呼吸："不许出事，答应我！"

"嗯。"肖天明点头。

"还有——我不管什么情况，你碰了别的女人不许告诉我，我不想知道！"陈点点闭着眼睛说，"我要你骗我，骗我一辈子！"

肖天明苦笑："你以为我……"下面本来想说"你以为我是怎么工作的"，但是他马上下意识地咽下去了。

"我是个傻女孩，我爱一个人，只想对他好。"陈点点闭着眼睛流下眼泪，"我是你的妻子了，我会对你好。"

肖天明无声地抚摩着陈点点的脸。

"什么时候走？"

肖天明想了想，还是没说。

"我不问了。"陈点点泪盈盈地睁开眼睛，"我可以不问任何关于你工作的事情，但是你答应我，在走之前要告诉我！我求你了，好吗？"

肖天明点点头："我会的。"

"我爱你……"陈点点紧张地闭上眼睛，"吻我。"

肖天明俯下头轻轻吻陈点点的嘴唇，但是随即被陈点点抱得死死的。两个人紧紧抱着对方，跟长在了一起一样。好像，从来就没有分开过那样和谐。

第十一章
铜墙铁壁

★　★　★

冯云山看着投影上的香港地图，缓缓地在黑暗当中站起来。所有的干部都鸦雀无声，看着自己的局长慢慢走到地图前面。他的脚步踩在每一个干部的心上，沉甸甸的。冯云山转身面对大家，声音坚定：“香港，自古以来就是中国领土，是祖国不可分割的一部分！根据 1984 年 12 月 19 日签订的《中英联合声明》，中华人民共和国将于 1997 年 7 月 1 日对香港恢复行使主权！”

王斌、楚静等干部们炯炯有神地看着冯云山，浑身的血液都在燃烧。

“这是一个会载入历史的时刻，是中华民族自强不息、抵御外辱的一个重大的标志性胜利！一百多年来，无数中华民族的先烈抛头颅洒热血，为的是什么？”冯云山冷冷地看着自己的部下，“我想不用我多说，你们都是受党教育多年的干部！你们心里都清楚这个任务扎扎实实的分量！”

干部们静静听着，激动和自豪藏在他们内心深处。和国家民族直接联系在一起的工作可能很多，但是没有任何一项工作像情报工作这样默默无闻、不为人知，具有复杂性、艰巨性和危险性。

“我命令，针对香港回归的专项工作现在开始！”冯云山的眼中射出寒光，“我们部门的任务和使命是——排除一切可能阻挠香港回归的境外特务组织安全隐患，不惜一切代价，保证香港顺利、安全地回到祖国怀抱！”

“是！”干部们全部起立齐声答道。

“这不仅是党和祖国交给我们的光荣任务，也是中华民族赋予我们的伟大使命！同志们，我们这次的行动不仅代表着祖国和人民，也代表着全世界的炎黄子孙和中华民族的尊严！”冯云山高声强调，“如果我们的工作出现一丁点纰漏，那么我们就会被钉死在历史的耻辱柱上！我们每一个人，都会是中华民族的罪人！——你们明白了吗？！”

“明白！”干部们齐声吼道。

“上级给我们的要求是四个字！”冯云山盯着他们的眼睛几乎是从牙缝里面挤出来，“万无一失！”

★ ★ ★

“生存或毁灭，这是个必答之问题——是否应默默地忍受坎坷命运之无情打击？还是应与深如大海之无涯苦难奋然为敌，并将其克服。此二抉择，究竟哪个较崇高？”一个英俊的男孩披着披风站在阳光明媚的排练场中间高声用英语朗读着，另外一个女孩在他的逼视下后退着很惊恐。

“Stop！”

香港演艺学院的排练场内，扎着马尾巴显得精神干练的上官晴打断他，她在做导演作业。她操着流利的粤语，中间偶尔夹杂几个英语单词：“哈姆雷特，feel下人物嘅内心（感受一下人物的内心）！要catch人物此刻的感觉（抓住人物此时的感觉），要去体验！”她大步走上搭建的简易平台比画着，“你係一个王子（你是一个王子）！王子——Prince！你係高傲嘅，高傲到好似天鹅咁（你像天鹅一样高高在上）；但係你又係悲愤嘅喔（但是你内心无比愤怒），因为你老窦畀人杀左（因为你父亲被人杀害了）谋杀——Murder！好大锅，係畀佢老婆同细佬杀左（他是一个好哥哥，但是却被他的妻子和弟弟联手害死了）！understand？good！依家好好feel（你们要好好体会人物的内心），继续！”

她走下来点着一支烟双手抱胸看着演员表演。叮咚的手机声响起，排练被干扰了。上官晴发火了：“又乜事呀！边个冇关手机（又有什么事呀？谁没有关手机）？”

演员面面相觑，上官晴一拍额头：“Sorry！係我，我唔记得左关添（对不起，是我，我忘记关手机了）！”她从放在旁边的包里拿出电话刚刚要关上，一看是一条短信。她按下查阅键，上面写着：“野径云俱黑，江船火独明。”

她的脸色马上变了，烟也掉在地板上了。女演员好奇地看着她：“Demi，搞乜呀你（黛米，你怎么了？）？”

上官晴回过神，急忙蹲下拿起烟掐灭在烟灰缸里面：“今日排练结束喇（今天排练先到这里），咩时候再排练我畀电话你哋喇（什么时候再排练，我给你们打电话）。”说完她就拿起包和外衣大步走出排练场，丢下两个惊讶的演员。

上官晴戴着墨镜打车到中环红棉路的香港公园。现在不是旅游旺季，公园里面只有稀稀拉拉的游客。她混杂在从大陆来的游客当中跟着走，这是一个来自北京的旅游团。导游小姐正在用纯正的北京话介绍着："各位，这里就是香港公园。这个公园1991年5月建成，占地面积8公顷，耗资达到3.98亿百万港币！"

北京游客们一片惊呼。一个游客就问："那得多少年才能收回来啊？"

"这个公园是免费的，是公益设施。"导游笑着说。

"看来我们北京也得加强公益意识啊！"一个年长的游客感叹。他老伴跟上说："就是！以后北海、故宫、颐和园都该免费！"

似曾相识的方言和地名让上官晴不由一震，她愣住了，什么东西在她的脑子里面闪动着却模糊不清。北京游客们嘻嘻哈哈往里走，上官晴的脚步慢下来，她的脑门隐隐作痛。她吃了两片药，让自己缓和下来，接着深呼吸平静自己。

转进观鸟园，她行走在人工的热带雨林之间。一个穿着黑色T恤、戴着墨镜的中年男子坐在长椅上，棒球帽下的脸线条分明。周新宇眼角的余光看见了过来的上官晴，没有什么表情。上官晴在长椅另外一边坐下拿出一本剧本看着，似乎跟他完全不认识。

"你脸色很不好，最近病了？"周新宇看着远处跳跃的鸟儿，漫不经心地说。

"功课比较紧张，快考试了。"上官晴淡淡地说。

"恐怕你不能参加考试了。"周新宇还是那么漫不经心，上官晴则认真地听着。周新宇长叹一口气，"1997年的7月1日已经进入倒计时，香港这个东方明珠就要被蹂躏在中共的铁蹄之下。此情此景，不知道还可以看几天。"

"上峰有什么指示？"上官晴翻过一页书。

"启动'飓风专案'，给共匪点颜色。"周新宇说。

"这样做有用吗？"上官晴叹气。

"什么意思？"周新宇不动声色。

"香港和大陆之间只有一条深圳河，如果香港出现异常，共军强行接管的话根本就不可能拦住。"上官晴淡淡地说，"而且香港的经济跟大陆有千丝万缕的联系，包括供水、食品都来自大陆。香港其实就是大陆的囊中之物，他想拿随时都可以拿走，等待7月1日不过是为了国际观瞻的仪式而已。"

"这个上峰也很清楚。"周新宇说。

"那么执行'飓风专案'的意义是什么？"上官晴问。

“这不是你考虑的问题。”周新宇冷冷地说，“你的心变软了吗？”

“不，我将执行上峰交给我的任何命令。”上官晴冷漠地说，“我生是团体的人，死是团体的鬼。”

“那么就执行我的命令。”周新宇站起来，“‘飓风专案’开始启动——砸烂香港，给中共留一个烂摊子！”

上官晴坐在那里看剧本，呆呆地看着面前的香港。

★ ★ ★

香港铜锣湾渣甸街，Photo Club 摄影工作室的摄影棚。留着大胡子的长发摄影师阿蒙——肖天明换好胶卷，示意模特换个姿势。坐在高脚凳上的徐睫轻松地跳下来扶着凳子摆了个别的动作。闪光灯咔嚓咔嚓地响着，肖天明工作很专业，只是嘴唇在翕动：“‘飓风’有动作，这次是大动作。”

“家里知道，我们的任务是阻止‘飓风’。”徐睫笑着却说着沉重的话题。

“他们打算搞带响的，爆破暗杀，也包括煽动黑社会扰乱治安。”肖天明伸手示意她再换个姿势，“靠我们目前的人，阻止他们有难度；而且这样一来，大多数都会暴露身份。”

“家里已经派人增援了，在路上。”徐睫说，“家里已经得到高层指示，不惜一切代价，确保万无一失。”

肖天明点点头：“如果他们破坏现在的游戏规则呢？”

“不惜一切代价。”徐睫重复。

“知道了。”肖天明放下照相机换镜头，“我们没有多少时间了，他们也在派人过来。这会是一场危险的战斗，必须精心策划，掩藏在黑暗当中。不然就要出大乱子，在国际上会成为笑话。”

“所以我们搜集的情报才重要，家里来的人需要我们的情报。”徐睫说，“你这边的人要撤出去，指挥部需要大量的情报。”

“知道。”肖天明笑笑举起相机咔嚓咔嚓，“有消息说，他们的大老板要亲自过来。”

“消息可靠吗？”徐睫眉毛一挑。

“一半一半吧。”肖天明说，“别的渠道还没相关情报，如果他们的大老板亲自过来，那他们的重视程度可是非同寻常。”

“再确定一下。”徐睫脸上显出阴郁，“这太重要了。”

“我已经安排了。”肖天明拍完把胶卷取出来，哗啦啦拉开全部曝光，苦笑道，“可惜我每次的心血，你是一个不错的摄影模特。”

“留着你的本事回去给你老婆拍吧。”徐睫笑着整整头发穿上外衣，“对我那么上心算是彻底浪费了，我走了。”

肖天明看着她出去，把手里已经曝光的胶卷细致查看一下拿出打火机点着了。胶卷在他面前的烟灰缸里面翻滚着，化为灰烬。

一个小时后，里面穿着英军迷彩服外面套着原版 M65 军用风衣的肖天明堂而皇之地挎着 M4A1 步枪提着一个背囊出了门口，径直上了陆虎吉普车消失在香港街头。

杂乱的草丛当中奔跑着肖天明的身影，他的面罩只露出眼睛，还戴着迷彩头盔和风镜疯跑。后面枪声大作，几个身影在远处追逐他。肖天明不时地转身扫射，逼得追兵退后或者躲避。他十分敏捷地翻身跃过前面的沙袋，躲在沙袋后面更换弹匣。

“响果边！上（在这边，上）！”

追兵用粤语互相呼喊着从后面追上来，肖天明听到脚步声近了站起来哒哒哒哒就是一个扇面。追兵纷纷卧倒，肖天明掉头就跑向前面的村落。村落街道破旧，还停着几辆破旧不堪的汽车。

追兵穷追不舍，肖天明跟猴子一样翻过围墙。当追兵靠近，他跟变魔术一样从后面跃出来就是一阵扫射。钢珠弹打在追兵们背后，他们瞠目结舌地待在原地。只有一个拿 P90 单兵自卫武器的枪手反应很快，一个侧滚翻进了草丛。

那些“中弹”的军友们只能眼睁睁地看着肖天明去追那个P90枪手，叫嚷着加油。肖天明的速度虽然很快，但是那个家伙的速度更快，钻进村落一眨眼就消失了。这是在西贡榕树澳 Wargame 训练营，这些村落都是训练营的设施，专门对军友出租的。

肖天明追入一个杂货仓库，一脚踢开门进去，M4 步枪抵肩搜索，眼跟枪走，动作敏捷，但是嘴里却在低语：“确定一下，你们大老板到底来不来？”

从暗处闷闷传来声音：“已经确定，来。”

“住在什么地方？”肖天明问。

“这个我不知道，但是他来是肯定的。”

“你怎么确定？”

“孙维民来了，跟他一起来的还有大老板的贴身保镖。”

肖天明一愣，“孙维民”是军情局长的得力干员周新宇上校的化名。由于曾经对军情局长有救命之恩加上自己表现出色，周新宇早已连续被破格提拔，是军情局长的心腹，他出现在香港也是个大事件。肖天明踢开筐子继续搜索："也就是说，大老板可能已经来了？"

"据我所知，那个保镖自从进入团体就没离开过大老板左右。"

"好，我知道了。"肖天明搜索着后退到门口，"你注意观察，随时和我联系。一定要注意安全，必要时我安排你撤到大陆。"

"我走不了，我母亲还在那边。"

"你提前通知，我们会安排她撤离，这个你不用操心。"肖天明一条腿出了门槛，"我们共产党说话是算数的，绝不抛弃自己的朋友。你千万注意安全，我走了！"他转身跑出去。当他的脚步声消失，暗处戴着面罩的P90枪手站出来，风镜后面的眼睛很明亮。

★ ★ ★

"侯伯，这是晚辈带给您的礼物。"周新宇笑着拿出一个唐三彩花瓶，"唐朝的真迹，不成敬意！还望侯伯笑纳。"

头发花白、鱼泡眼睛的侯伯穿着一身唐装敞口黑色千层底布鞋，他睁开眯缝的眼睛，笑眯眯地接过花瓶，一嘴带着山东乡音的普通话："这么贵重的礼物，我怎么好意思呢？要不少钱吧？"

"侯伯是我们团体多少年的老朋友，帮了我们不少忙。"周新宇笑着说，"作为晚辈表示一点敬意也是应该的，能够聆听侯伯这样的前辈教诲也是我的幸运。"

"不要这么客气，社团也得到你们团体不少帮助。"侯伯笑道，转向手下人，"把这个花瓶放到我书房，注意不要弄坏。"手下人去了，顺手关上了小客厅的门。侯伯靠在藤沙发上，笑眯眯地看着周新宇，"社团和团体是多少年的老交情、老朋友，有什么话你就直接说吧。"

"侯伯，一家人不说两家话。"周新宇笑着说，"现在已经是1997年了，距离7月1日只有不到一个月的时间。中共马上就要接管香港，不知道侯伯有什么打算？"

侯伯的鱼泡眼睛微微眯起来："我还能有什么打算？一把老骨头，又在警察局有案底，移民办不了。FBI对我的调查资料摞起来有那么厚，没地方可去。准备在中共统治下苟延残喘，度过余生罢了。好在邓小平说过，一百年不变！我活不了那么久了！"侯伯笑起来，带有一丝悲凉。

"一百年不变？"周新宇笑了一下，"侯伯，您真的相信共产党？"

侯伯含笑看着周新宇，不说话。

“戡乱战争，共产党蛊惑民心打破中国经济结构闹土改，把土地分给农民——客观地说，我也支持中国经济结构进行这样的调整。但是结果呢？共产党建立政权没多久，土地还是农民的吗？”周新宇看着侯伯说，“大陆刚刚沦陷，共产党号召‘百花齐放，百家争鸣’，好像是民主了、自由了——但是结果呢？1959年开始，整死了多少人？”

侯伯还是那么笑着，不说话。

“更不要说文化大革命了，共产党连对自己的功臣都那么狠，能放过像您这样和社团有千丝万缕联系的老人吗？”周新宇很自信地说，“一百年不变？您相信？反正我不相信。”

侯伯开口了：“那你说，我的出路在哪里呢？”

“继续帮助团体，您和您的家人移居到我们那里。”周新宇淡淡地说，“我们会照顾好侯伯的晚年，那是共产党的权力和势力以外的地方。您的安全和晚年的生活不必担心，团体会拿出诚意来。”

“继续帮助团体？怎么帮助？”侯伯笑得意味深长。

“我们不能让中共如此顺利接管香港，那样太便宜他们了！”周新宇冷笑，“我们要给中共留下一个烂摊子！这个烂摊子未必如同撤离大陆那样到处爆炸，只要他们那套在香港行不通，那他们就很难受了！中共接管香港，三教九流他们都要接触——侯伯，我相信你已经接到了请柬。”

“你的消息很灵通啊？”侯伯笑。

“我就是吃情报这碗饭的。”周新宇自得地笑，“在香港的各个社团里面，侯伯是老前辈。您的态度，其实就是香港各个社团的态度。”

侯伯在思索。

“团体希望侯伯拿出态度，来作为香港各个社团的表率。”周新宇说，“戴老板在世的时候，对各个社团的照顾以及和杜先生的关系，侯伯不可能不知道。团体和社团，其实就是一条路上的两辆车，我们的利益是一样的。——这也是我们大老板的意思。”

“你们大老板在香港？”侯伯睁开眼睛。

“瞒别人不瞒侯伯，我们大老板现在就在香港。”周新宇淡淡地说，“这是请柬，同一天请各位社团前辈吃饭，共叙香港未来。”他拿出一张红色的请柬恭敬地伸出双手交给侯伯，“您是香港社团的灵魂人物，也是杜先生的得意门徒。晚辈相信，侯伯的出席会使我们团体和香港社团之间的友谊万年常青！”

侯伯看着请柬：“你们的大老板出席吗？”

“不能全程出席。”周新宇淡淡地说，“但是他会露面，晚辈惭愧奉命充当宴会代理主持。”他站起来，鞠躬，“晚辈打扰侯伯清闲，告辞了。我会如期静候侯伯光临，共叙旧情意。”

侯伯含笑点头端起茶杯，站在身后的官家扯着脖子高喊：“送客——”

周新宇戴上黑色墨镜昂首大步走出去，小客厅的门关上了。侯伯放下茶杯，看着桌子上的请柬。他苦笑，一伸手。官家马上递给他另外一张请柬，两张请柬拿在侯伯手里。他仔细端详着，哼了一声：“没一个好东西，都是鸿门宴！”他把请柬丢在桌子上，闭上眼睛靠在沙发上开始唱京戏：“我坐在城楼观山景，耳听得城外乱纷纷……”

★　★　★

“大老板来了，这是高规格哦。”冯云山闭着眼睛靠在沙发上，右手食指点着自己手里的茶杯盖子打着心里的节奏，忽快忽慢。

他睁开眼，眼神很锐利：“其他方面的情报呢？”

“侯老头那边一直没给我的关系打电话，也没说去，也没说不去。”王斌站在他面前说，“这个老帮子是个典型的老狐狸，可能还是念着过去跟军情局的交情敷衍我们。”

冯云山在思索着：“香港黑道跟军情局在历史上就有千丝万缕的联系，这个不假。但是从另外一个角度说，他们和我们也不是没有联系，老侯也和我们的关系打过交道。我想他们应该很清楚 1997 年对香港意味着什么，他们家大业大而且都是负案累累，走出去的可能性不大。”

“是不是周新宇给了他们什么承诺？”楚静问，“譬如给他们安排了去那边定居之类的？”

冯云山笑：“强龙还不压地头蛇呢！那边才多大，黑社会的势力比这里可要猖獗得多！他们这帮人去了，那边又是要血流成河打几十年才能安生。这一点军情局不可能不知道，何况他们也未必愿意去！这里已经安定下来各自的势力范围，犯得上吗？”

“要我说，这帮黑社会也是作恶多端！”雷鹏站在另外一边说，“干脆一下子铲平算了！冯局长你下个命令，我不到一个小时就带人把侯老头那个贼窝子给端了！而且完事不留一点把柄，干干净净。香港警方查不到一点线索，杀鸡给猴看！我看香港黑道还敢不敢跟咱们软磨硬泡！”

“胡闹！”冯云山把杯子一顿，很严肃，“你以为你是谁？！你是007有杀人执照？！你以为这是拍电影？！这是工作，很严肃的工作！是党交给我们的任务！一个社会有一个社会的特点，何况这是资本主义的花花世界！‘一国两制’是小平同志规定的基本国策，你以为你是谁？！香港社会的构成是经过多少年复杂的变化，是有历史原因的！我们没有权力改变香港的现状，明不明白？！——何况我们的任务是保卫香港顺利回归！我们不是公安警察，更不是香港警察，不要多事！”

“是。”雷鹏低头说。

“香港黑道在1997年以前就不断通过关系给我们放信号，表示支持‘一国两制’。甚至还有过去是军情局的关系，现在反过来希望帮我们做事的——为什么？”冯云山冷冷地说，“因为他们看到了大势所趋，也看到了我们的决心和能力！没有一个强大的中华人民共和国政府，没有一支强大的中国人民解放军，可能吗？没有亿万炎黄子孙的民心所向，可能吗？——黑社会追逐的本质是什么？江湖道义？不错，有这个成分。也许他们和军情局的交情很深，他们的组织结构很严密，但是他们的本质不是具有明确政治纲领的政治团体！他们还是追逐利益的，也不完全是黑道头面人物的个人利益，还有整个帮派的利益。这一点很重要！我们绝不会保护他们某个帮派的利益，我们不是军统，干不出来这种事情，更不会利用黑道之间的仇杀来渔翁得利！香港黑道在这个时候乱起来对我们没什么好处，相反还会给人们造成一种我们政府没有能力控制香港局面的印象。而这一点，恰恰是军情局想达到的目的之一！我们不能让他们得逞！我们要让这些帮派心里明白，他们在共产党的地盘搞事不仅不会得逞，相反我们有能力重新对香港秘密社会构成重新洗牌！谁敢在这个时候捣乱，那就是自找死路！我想这个信号传递出去，他们不会不慎重考虑！”

“军情局那边搞的‘飓风专案’怎么办呢？”王斌问。

“我正要说这个。”冯云山转向他，“王斌你的主要精力在香港黑道上，稳定住他们就是斩断了‘飓风专案’的群众基础。没有这帮人跟着搞事，剩下的就好办多了。失去了黑道的掩护，那帮家伙搞不出什么大名堂。把浮云拨开，线索就明晰了。至于军情局那边的什么‘飓风专案’，不是你们的工作范围——明白吗？”

“是。”王斌马上不问了，既然不是自己的工作范围那么就耐心跟老侯这些家伙周旋吧。冯云山看着香港地图，看着“英占”两个字皱眉。他的茶杯顿在这两个字上：“这是耻辱，是民族耻辱！这是我们为民族雪耻的历史使命！什么样的艰难困苦都不能阻挡我们恢复对香港行使主权的步伐！你们给我记住——难忍能忍，难舍能舍！”

他们的眼睛都看着香港地图，利索地齐声答道：“是！”

王斌和雷鹏戴着墨镜出了充当临时指挥部的别墅，从车库开出奔驰轿车。电动门打开，他驾车出去。香港回归将至，繁华的街头依旧。王斌驾车行驶在香港街头，他打开车窗看着外面的繁华。红灯亮了，他停车。一个妈妈推着婴儿车从人流当中过去，看着可爱的孩子，王斌露出笑容。妈妈推着婴儿车过去了，她的文化衫背后印着英国国旗。王斌脸上的笑容消失了，他无声地发动轿车汇入车流。雷鹏苦笑：“当正义长久得不到伸张，受害者也将得不到应有的同情，荒谬就变成真理。”

“什么时候变得这么有文化了？”王斌问他。

“小说上看的。”雷鹏笑道，“新版的《最后一颗子弹留给我》拍的电视剧里面的，多火的电视剧？你没听说过？”

“到底是小说还是电视剧啊？”王斌皱着眉头问。

“小说，后来改电视剧了。”雷鹏说，“作者是戏剧学院导演系毕业的，所以写的小说也比较影视化。我跟你说，里面老多台词可经典了……”

“写小说就老老实实写小说，拍电视剧就老老实实拍电视剧，没事儿胡掺和什么？”王斌冷冷地说，“再经典，经典得过莎士比亚？”

“你不看《最后一颗子弹留给我》啊？”雷鹏苦笑，“我都看过了。我跟你说，真不错！我那儿有碟，回头你看看！”

“不看。”王斌拐弯，“看那玩意儿干吗？有那时间多看看业务书不更好？又没什么文化，看了脑子容易变笨。”

香雾缭绕的香堂，侯伯恭敬地对着关公上香。身后是几十个各个帮派的头目跟着上香，表情是虔诚的。侯伯上完香，大家在桌前按照座次坐好。侯伯喝口茶，表情完全不像和外人见面那么老态龙钟而是精神抖擞、神采奕奕。他冷冷扫视这些年纪已经不轻的头目们：“诸位！想必你们和我一样，都接到了两份请柬！”他拿起那两份请柬，“一份是T军情局大老板的，还有一份——你们都知道是谁的。今天召集社团的各位兄弟开会，就是为了商议我们社团到底去参加哪一个宴会？”

大家都很严肃，这是社团的大事。一个头目想了想：“我们和军情局是几十年的交情，现在正是军情局最需要我们表示支持的时候。我觉得，我们不能把老朋友丢下。我们出来混的，讲的是一个‘义’字，不讲义气以后在江湖上怎么做人？”不少头目附和称是。

“各位，1997 年回归已经箭在弦上了。”另外一个头目则说，“7 月 1 日，解放军进港已经不能改变。我们社团在 7 月 1 日以后怎么在香港继续生存，这是我们不得不面对的问题，也是我们讨论过很多次的问题。中共方面对香港现状的态度是一百年不变，也就是说我们社团的现状也不会有大的改变。但是如果我们出席军情局大老板的宴会，而放弃和中共情治单位的友善性接触，可能会对我们今后的发展不利啊！”又有不少头目点头称是。

“那照你这么说，关老爷在曹营就应该给曹操卖命？”刚才那个头目站起来很激动地拍着桌子，“我们都是拜关公的！关老爷遇到这种问题会怎么办？你们自己都想一想！我们社团的历史，还有和军情局的关系，你们都不知道这个分量吗？我们出去以后怎么做人？怎么面对江湖上的各路好汉？”

“军情局照顾得了我们这么多弟兄吗？老蒋要是有办法，还会逃到那么小的岛上吗？”反对的头目也激动了，“这么大片河山他如果不要，我要！干吗跑啊？他撤离大陆的时候，管过我们这些江湖弟兄吗？侯伯不也是自己偷渡跑到香港来的？我们在香港好不容易打下这片天，他们军情局到底帮了我们什么忙？为了江湖义气，我们替他们背了多少黑锅？现在香港要被共产党接管了，又要我们把现成的江山丢掉？！我们要是惹恼了共产党，按照共产党的个性收拾我们那是易如反掌啊！共产党可不是香港皇家警察，光是嘴上说说不来真格的！”

“共产党到底给了你什么好处？！你这么替共产党说话？！”那个头目怒了，“是不是你和共产党有交易，以后你来坐社团老大的位子？你想出位，要架空侯伯啊？！”

大家都看那个头目，那个头目也怒了：“我告诉你！老子跟侯伯打天下的时候，你还吃奶呢！我是为了社团的根本利益，你算什么东西？！你别以为你跟军情局暗中交易我不知道？！你为了自己的私利，出卖社团利益！我要检举你，要号召对你执行家法！”

“你不要血口喷人！”对面的头目啪地一拍桌子，“你拿出证据来，没有证据老子要砍你！”

“好啊！有本事你就砍啊！”那个头目也梗着脖子喊，“老子砍人的时候你知道什么是打架吗？！”

“操你妈的老东西！”对面的头目抽起椅子就要上桌子，被旁边的人拉住了，“老子现在就砍死你！”

“别在这里叫唤！有本事你个兔崽子跟我出去，单挑！”

“单挑就单挑！老子怕了你了？！”对面的头目怒喝，“我大飞的名字也是打出来的，不是吓出来的！”

“七叔，算了！”年轻的头目抱住老头目，“都是自己兄弟，何必呢？”老头目怒不可遏：“太子！这个事情你别管！这个混账东西没大没小，我今天非教训他不可！”

众头目正在叫嚣，侯伯闭上眼睛。他轻轻地拿起茶杯喝了一口，淡淡一笑。茶杯却没有放在桌子上，直接往桌子上啪地摔碎！所有在场的人都安静了，因为侯伯发火了！

侯伯一怒，不用睁开眼睛还是那么坐着，大家都已经感觉到那股杀气了。所有的人都安静下来双手放在身侧肃立，大气都不敢出。侯伯不睁眼睛，睁眼睛就不是侯伯了。他闭着眼睛淡淡地说：“大事临头，窝里斗。”

“侯伯，我听从家法处置。”那个闹事的年轻头目大飞低着头说。

“侯伯，您怎么处置我，我都接受。”七叔也低下头。

“我现在不想处置你们，我想处置我自己。”侯伯闭着眼睛说。大家大惊失色：“侯伯！”

“大事当前，社团不能齐心合力共筹对策，反而窝里斗？这不是你们的错，是我没有带好社团。”侯伯睁开眼睛，“执行家法。”

大家围上来：“侯伯！侯伯！不能啊！侯伯！”太子脱下外衣含着眼泪：“我替您，侯伯！”很多年轻头目都脱下外衣：“侯伯！我们都替您！”

“执行家法。”侯伯站起来开始解自己的唐装，没有人再敢作声。他露出自己的光脊梁，上面都是累累伤疤。所有的头目都跪下了，有的已经哭出声音：“侯伯！”

侯伯在关公面前跪下。执法长老拿着荆杖：“子不教，父之过——你知过吗？”

“弟子知错。”侯伯低着头闭着眼睛。

“杖责 20！”执法长老高声喊。下面哭声一片，荆杖抽打在侯伯的背上马上就是血道子。他咬牙忍着，豆大的汗珠流下来，却一声不吭。他要用自己的痛楚来团结在这个历史的突变面前分崩离析的社团军心，这是他不得不为的。啪！啪！啪……

★　★　★

“宝哥，大陆公安真那么厉害吗？”一个长头发问。

“大陆公安？！”墨镜宝哥扶扶自己鼻子上的墨镜，“想当年我在大陆，那是把公安打得屁滚尿流啊！我在大陆犯第一个大案子的时候，那是出动遍城警力追捕我啊！公安拿着冲锋枪，我拿着手枪，那是一场混战啊！最后怎么着，你宝哥我不还是全身而退？！”

“宝哥，你好厉害啊！”另外一个黄毛激动地竖起大拇指，“那大陆武警呢？武警你怎么对付的？他们可是有小炮的，还有火箭筒？”

“武警？！”墨镜宝哥激灵了一下，随即咽口唾沫，声音有点发虚，“武警啊？——宝哥，宝哥全毙！”

“对了，大陆还有国安呢！”长头发又着急了，“国安厉不厉害？”

墨镜宝哥额头都出汗了，声音更虚：“国安……国安……”

“是啊，国安！国安厉不厉害？”黄毛也着急了。

墨镜宝哥刚刚鼓足勇气想吹牛，一辆黑色奔驰径直开来停在他们身边。所有人都惊讶了一下，随即围上去。车窗慢慢滑落，露出王斌戴着墨镜的脸。他冷冷地看着这些帮派分子，墨镜宝哥腿都软了，拉住黄毛和长头发：“你们别过去！惹不起。”

“喂！你混哪里的？这里不许停车！”一个花衬衫拍拍车头，“谁让你到这儿来的？”

“大路朝天，不是让人走的吗？”王斌下车冷冷看着他们。

“我们社团在开会，你赶紧走！”花衬衫起脚就要踹车门，王斌突然色变，一个弹踢直接踢在花衬衫膝盖上。花衬衫捂着膝盖惨叫一声倒地，所有人都围上来拔出刀子、铁棍。戴着墨镜的雷鹏下车，直接一拳打在对面冲过来的人脸上，劈手就夺过对面人的铁棍，他是专业格斗运动员，抡起来呼呼带风。一片噼里啪啦，四面都是倒下的人和乱七八糟的械斗武器。雷鹏收手，把铁棍丢在地上不屑地冷笑：“就这个也敢出来混？你们是黑社会？我比你更黑！”

站在楼道口的一个冷峻的壮汉慢慢走过来，从背上慢慢拔出雪亮的西瓜刀。王斌看着他过来，突然抽手从怀里拔出乌黑的手枪对准他的鼻子。壮汉一愣，这破坏了香港社团之间的游戏规则。西瓜刀自然当啷一声落在地上，他举起双手：“兄弟，玩大了。你们混哪里的？”

“这个答案，你没资格知道。”王斌嘴角挤出一丝冷笑，“带我上去，我要见侯伯。”他翻过来这个壮汉，枪口顶着他的后脑勺，“让他们都闪开一条道，不然我让你脑袋开花。”

“兄弟，拿好你的枪小心走火。”壮汉语气平缓，“你最好想明白，你在招惹谁。”

“就是华山天险，今天我也要辟开一条道！”王斌抵住他的后脑勺厉声喝道。

“这里不是阎王殿，胜似阎王殿！”壮汉冷冷地说。

“那么就让我来跟阎王爷过过招，痛打黑白无常——走！”王斌一推他，壮汉慢慢往前走。两边的人都闪开：“九叔，九叔……”王斌推着壮汉进了楼道，雷鹏抱着肩膀站在楼道口，冷冷看着他们：“谁想上去，先干倒我。”

墨镜宝哥往人后面躲，还是被雷鹏看见了。雷鹏冷冷笑了一下：“乌龟配王八！”墨镜宝哥不敢说话，雷鹏也没搭理他。

临时指挥部的别墅，冯云山系着领带下楼：“让雷鹏开车出来，我要去见个客人。”楚静为难地说：“冯局长，雷鹏不在。”冯云山脸色一变：“王斌也不在？！”楚静只好点头：“是！”

“胡闹！”冯云山大惊失色，“他们是不是去找老侯了？！”

“是。”楚静低声说。

“不知道轻重！”冯云山急了，“无组织无纪律！那是什么地方，能随便闯吗？！你赶紧去开车，我们马上过去！”

“雷鹏的身手不该有事吧？”楚静小心地问。

“我不是怕雷鹏出事，我是怕他们惹事！”冯云山气得手发抖，“给老侯一百个胆子，也不敢动他们俩！但是江湖中人最看重的是个面子，今天我们不给他们面子，就等于把他们往军情局那边推了一把！这是我们要争取香港社会政治稳定的重要因素，他们怎么这么糊涂？！如果出事，那不是我们丢人，是祖国丢人！他们怎么这么不明白？你为什么不阻止他们俩？！”

楚静不敢说话，知道问题的严重性。冯云山叹口气抓起电话，楚静赶紧出去开车。

香堂里面，额头冒着冷汗的侯伯受刑结束正在冷静地穿外衣。头目们都围着门口站着，显然已经知道有人闯进来了。大飞叫嚷着：“侯伯，你下命令！我砍死这两个放肆的小子！”大家都是群情激昂，侯伯却很冷静。

咣！门开了，壮汉被推进来。王斌戴着墨镜拿着手枪顶着他进来，嘴角浮起一丝冷笑。大飞想冲上来，被几个头目抱住，他声嘶力竭地喊：“我操你妈！老子干死你！”王斌冷冷地看着他，枪口慢慢放下，环视着香雾缭绕的房间。侯伯一个眼色，都安静下来。

“这位兄台，敢问有何贵干？”执法长老开口了。

“我有几句话，想跟这里的兄弟说。”王斌把枪扔在桌子上淡淡地说，“枪里没有子弹。”

“关公在上，敢问兄台闯我们香堂是什么意思？莫非真把我们社团的规矩当成纸糊的？”执法长老冷冷地说。

“你们都拜关公，我想问关公保的是哪一家？”王斌问。

“汉室正统——”执法长老扯着嗓子说。

“何谓正统？”王斌看着执法长老问。

“皇叔刘备刘玄德！”执法长老厉声说。

“刘室为什么是正统？”王斌淡淡一笑，“汉朝以前呢？秦始皇嬴政算什么？汉朝以后呢？那些历朝历代的皇帝算什么？到底哪个朝代是正统？你能告诉我吗？”

执法长老被噎住了，他瞪着眼睛半天：“谬论！关云长忠心护主，千里走单骑！是人之武圣，千古英雄！”

“对，我没说不是！”王斌看着大家，“关云长是中华民族的千古英雄，永垂青史！但是，他为什么保汉？仅仅因为汉室是所谓的‘正统’？我以为不是！天下大乱民不聊生，军阀混战百姓受难，国家安定统一是民心所向，关云长挺身而出，桃园结义是顺乎民心的大义！而不仅仅是为了保护某个所谓‘正统’统治集团的利益，民心才是真正的正统！”

头目们静静听着，大飞叫出来：“一听你就是共产党！你这是在给我们洗脑！弟兄们，上！”

“我看看，哪个敢动我？我今天来，就是打算闯一闯这个香堂！”王斌淡淡一笑，“不错，我是共产党！而且我们一家都是共产党！——但是我问你，我有说一句共产主义的口号吗？我在这里给你们灌输什么政治理念了吗？完全没有！我在跟你们说道理，我不知道你们社团是不是根本容不得别人说道理，如果是，那么你们就干脆不要叫什么社团了，你们跟街头的混混没任何区别！”

“现在香港还是英国的，不是你们共产党的！”大飞怒火中烧，“你不要在这里如此放肆！”

“你再说一次，香港是英国的？！”王斌怒视大飞，“关公在上，你告诉他——香港是英国的？！你们哪个现在站出来告诉关公，香港是英国人的？！”

大飞像被打了一下，呆住了。侯伯脸上也像被刺了一样，肌肉哆嗦一下。所有人都不说话，看着王斌。王斌看着侯伯：“侯伯，晚辈斗胆闯香堂，就是想问诸位弟兄一句——香港，到底是不是中国人的？！”

“是。”侯伯开口了。

“我们脚下的土地，和大陆、澳门、台湾一样都是中国人的！都是中华民族的祖宗给我们留下来的，丢失一寸都是愧对列祖列宗！也愧对关公！”王斌冷冷地看着大家说，“民心，什么是民心？——我以为香港的民心和内地、澳门、台湾的民心一样，那就是祖国统一，安居乐业！其余的都是后话，没有一个统一的中国，兄弟闹家务还谈什么安居乐业？！”

侯伯看着王斌，淡淡地说：“年轻人，你说的有道理！但我是杜先生的门生，要遵从杜先生的教诲！——我知道你想说什么，但军情局是我们的老朋友，戴老板和杜先生的关系那是雷打不动的！”

王斌笑了：“但是杜先生自己是怎么说的？侯伯难道一点都不知道吗？杜先生为军统做了多少事，可谓说立下汗马功劳！但是关键时刻，谁被抛出来做替罪羊？！——杜先生怎么说的？——‘我就是国民党的一个夜壶，需要的时候拿出来用，尿完了直接踢到床底下’！”

侯伯脸上的肌肉又抽搐一下。

“远的不说，刺杀江南案，军情局又是怎么对待为他们手上染血的江湖社团的？”王斌冷冷地说，“你们难道不知道？！竹联帮是岛上数一数二的江湖社团，可谓是如日中天！结果呢？为军情局当杀手，去美国杀一个无辜的作家！然后呢？竹联帮在一夜之间被扫荡，几乎荡然无存，帮主等弟兄全部被扣押判刑当成替罪羊！稍微有点常识的人都知道，竹联帮吃饱了撑的去美国暗杀一个华裔作家干什么？！偌大一个竹联帮，那么好的一个局面，全部烟消云散！——而这，就是你们念念不忘的江湖同盟军情局干的好事！”

侯伯不说话，眉头紧锁。王斌环视着满屋子的江湖人物：“你们都是出来混的，出来混的都是一个‘义’字当先！试问你们哪一个换位想过，如果你们也为军情局卖命遭到这个下场，你们该怎么面对‘义’字？！真在共产党的地头闹事，军情局管得了你们吗？！先不说他们到底有没有那么大的本事，我就问——你们哪个跑得了？！我且不说共产党的手段，你们就是跑到天涯海角背井离乡，即便可以逃掉法律的制裁，但是你跑得了你自己的良心的谴责吗？！——别忘记，你们都是中国人！——我不宣传什么共产主义，但是大陆对香港恢复行使主权就是祖国统一大业的一部分，这是在哪个角度都站得住脚的！现在香港要回家，有什么事情等回家以后一家人坐下慢慢谈，不要阻挠香港回家！这是大是大非的原则！——你们出来混可能是生活所迫，但是背叛祖国，关公也不会宽恕你们！都自己想明白了！”

侯伯看着王斌，眼中流露出欣赏。王斌转向侯伯：“侯伯，该说的我都说了！

香港回归祖国是大势所趋，民心所向，这是不容置疑的事实！谁在这个时候闹事，谁就是不顾民族大义！谁就是民族的罪人！不仅我们共产党不容他，凡是炎黄子孙都不能容他！就是死了，他的灵魂也得不到关公老爷的宽恕，将是游荡异乡的孤魂野鬼！”

侯伯看着王斌，淡淡地说：“后生，你的口才很好。”王斌抱拳：“谢侯伯！晚辈闯了社团的香堂，今日之鲁莽必将付出代价！为贵社团的威望，晚辈个人甘愿接受社团处分！请侯伯下令！”

侯伯看着王斌，转向执法长老：“传令。”

执法长老颔首：“请侯伯示下。”

“从现在开始，都给我规规矩矩。”侯伯面无表情，“谁敢在这个时候闹事，按照背叛社团执行家法！”

“得令——”执法长老抱拳。

侯伯转向王斌：“按照你的身份，你不应该和我这种人称兄道弟；但是我欣赏你，今日我与你义结金兰！赏脸的话，请！”

王斌一愣，这种事情是必须报告上级批准的。但是现在这种情况是无法报告了，只能自己当机立断。他抱拳：“谢侯伯厚爱！晚辈才疏学浅，不能与侯伯称兄道弟！还望侯伯海涵！”

侯伯脸上有一丝遗憾：“因为你是共产党？”

“晚辈不是江湖中人，侯伯慧眼！”王斌低声说，“此事未经请示，晚辈自己不敢做主。”

侯伯很遗憾，点点头：“你不是我社团的人，是我终生的遗憾。我若生子如你，社团将不会是今天。看不上就看不上吧，我们不必勉强。”

“侯伯千万别这么说，晚辈心中无比惶恐！”王斌急忙说，“既如此，晚辈斗胆恳请侯伯宽恕晚辈方才无礼！”

“你答应了？”侯伯颔首笑道。

“侯伯，请！”王斌抱拳道。

楼外，两辆奔驰轿车疾驰而至。第一辆车下来的是徐公道，他冷冷看着这些守卫，用粤语说：“告诉侯伯，老徐要见他。”

冯云山和楚静在第二辆车，他下车以后冷冷看着雷鹏。雷鹏马上跑步过来，低声说：“经理，你来了？”冯云山冷冷看着他：“回去我再收拾你，这里出事没有？”雷鹏低着头：“没有。”冯云山看着楼上：“上面有没有动静？”雷鹏还是低头：“没有。”

过了一会儿，九叔下来了。他对徐公道满脸笑容：“徐先生也过来了，侯伯在上面。请！”徐公道在前面，冯云山和楚静跟在后面进去了。

香堂里面已经是乐融融的气氛，各个头目都在按照辈分见过王斌。侯伯严肃地说：“从此以后，这就是我的拜把兄弟，你们的叔叔辈！按照排行，他就是十五叔！以后在香港，十五叔的事就是社团的事！你们都记住了？！”

“记住了！十五叔的事就是社团的事！”头目们回答。

徐公道满脸笑容抱拳走进来：“哎呀！侯伯，不好意思啊！年轻人缺乏管教，到您这里胡闹！我肯定会严加管教！失礼失礼！”王斌急忙站起来，随即看见冯云山满脸严肃地走进来站在徐公道身后，他不敢说话。楚静很无奈地看着他，叹口气。

“哪里哪里，你们人才济济！”侯伯笑着说，“我很羡慕，也很欣赏你们的作风。难怪你们把他们打到了那个岛上，这样的人才都在你们那边，岂有不败之理？”

徐公道严肃地看着王斌：“你赶紧道歉，今天晚上摆赔罪酒！”

“是要摆酒，不过不是赔罪！”侯伯拉着王斌，“今天晚上我请客，祝贺我有了个文武双全、胆识过人的十五弟！”

冯云山眼睛眨巴一下，没说话。楚静张大嘴，看着王斌。王斌则一脸苦笑，徐公道看看王斌笑道：“侯伯错爱了，虽然如此，我们还是要严肃处理他这种擅自行为！”

“转告你们冯先生，我们社团参加你们的宴会。”侯伯正色道，“香港是中国人的香港，香港回家是全球炎黄子孙的大事！我们社团愿意为香港顺利回归做点事情，希望冯先生有什么事情不要见外！”

“我会转告。”徐公道笑道，“侯伯，如果您不介意，这个人我得带回去。我们内部也要对他进行处理，这件事情纯属擅自行动，我事先是不知情的。如若有什么失礼之处，今天晚上我把酒赔罪！”

“你们的人当然听你们的，但是希望看在我的薄面上请手下留情。”侯伯抱拳，诚恳地说，“现在这样的年轻人已经不多了，你们要是开除他，我要。”

徐公道笑道：“开除不可能，但是他肯定要受内部处分。晚上见，告辞了！”王斌和侯伯告别，穿过人墙。众头目都低头：“十五叔走好！”王斌苦笑，跟着出去了。

★ ★ ★

“今天我们要重新严肃一下纪律！”冯云山坐在中间的沙发上非常严肃，“王斌身为党的情报干部，目无规定擅自行动，几乎给我们的工作带来不可弥补的损失！我建议，王斌立即离开香港，调回北京听候处理！”

王斌不说话，低着头。

“我谈点不同看法，要分两方面看。”徐公道笑道，“虽然他擅自行动，但是效果不错！挂上了侯伯这个重要关系，这对我们今后的行动有好处。处分肯定是要有的，但是现在王斌还不宜离开香港，还有工作要他继续做。香港黑道稳定，是香港顺利回归的一个重要前提。老侯的十五弟，乖乖！在江湖上地位还不低呢！”

楚静忍不住笑了一下。冯云山看着王斌，不说话。

“我也认为王斌暂时不宜离开香港。”魏处长想了半天说，“权衡利弊，王斌留在香港工作的好处要大一些。侯伯的态度在某种程度上对香港的地下社会有着导向性作用，王斌成为侯伯的十五弟，他在江湖行走就方便多了。说话也管用，至于处分我觉得等专项工作结束以后回到北京再讨论。当然，王斌擅自行动还是要批评的，这种事情绝对不能再次发生！”

冯云山闭着眼睛想想，点点头：“可以暂时留在香港，但是——一切行动要及时报告，批准后才能行动！”

“是，冯局长。”王斌诚恳地说。

“你们出去吧，我和老徐单独谈谈。”冯云山说。大家都起身出去了，王斌最后走，关上门。

冯云山看着徐公道：“‘豌豆’和‘葡萄’那边的情况怎么样？”

“‘豌豆’还在报社继续搜集线索，‘葡萄’和‘岳飞’接触了一下。‘岳飞’正在想办法继续打听大老板的下落，现在还没有什么进展。‘岳飞’提供的其他情报，我们都已经进行了核实和处理。那边来的人基本都已经被有效控制起来，在这方面军情局不太可能有什么动作了。”徐公道笑道，“包括他们指使和雇用的恐怖组织，目前都已经被找岔子驱逐出境，就是偷渡过来的，我们也有人在监控。我们通过广东警方已经跟香港警方通报了情况，他们会采取联合措施，7月1日前后一周，可疑分子肯定会被香港警方扣起来。”

冯云山闭着眼睛仔细想着：“有没有我们还没有控制起来的杀手呢？”

“可能性不大。”徐公道仔细想想，“我们的情报来源都是可靠而且层次比较高的，这种事情执行起来比较麻烦。武器、弹药什么的运进香港并不容易，香港警方对这方面的控制也比较严格。”

冯云山闭着眼睛思考，还是不放心：“再核实一遍，东南亚的关系也用上。无论如何不能出事，我们就是香港看不见的铜墙铁壁！”

第十二章
光荣与梦想

★　★　★

“我该说的都已经说了，侯伯已经决定的事情，我也没办法改。”大飞戴着墨镜对周新宇说。

周新宇看着维多利亚湾不出声，许久他笑了一下：“你好像也没坚持？”

“我辈分没那么高，那帮老家伙们说话都比我管用。”大飞摘下墨镜，“唉，我也是爱莫能助咯！我看就这样吧，你愿意怎么搞是你的事情了，我大飞是社团的人，自然只能听社团的。”

“你的意思是，那笔钱就白给了？”周新宇嘴角的肌肉抽搐了一下。

“哪笔？”大飞装糊涂，随即恍然大悟，“哦，你说那笔啊，那算我借你的，到时候还你就是！我场面事情多花钱厉害，你雪中送炭我当然还是要感激的！谢了，我走了！”

“站住！”周新宇厉声喝道。

大飞站住，转头：“你说什么？我听不见？”

“你以为我的钱是那么好花的？！”周新宇眼中露出杀机，“大飞我告诉你，你是流氓我也不是善人！玩儿阴的，我比你会玩儿！我们团体从来都是对得住朋友，但是也决不放过出卖团体的人！你给我想清楚了，不要让我的手上沾上你的血！”

“你威胁我？”大飞冷笑，“你以为这里是哪儿？这里是香港，我告诉你！这里不是你的管辖范围，这里是我们社团的地头！你动我一个试试，我立即把你装进麻袋扔进深圳湾喂鱼！”

“你要知道你在和谁说话？！”周新宇露出了凌然杀机。

“你啊，跟一条丧家狗说话啊！”大飞看着他笑着说，“你也不想想，你们有那么厉害吗？有那么厉害，就别跑到岛上去啊！多少年了反攻反攻，你们反攻了吗？倒是连累了我们不少弟兄，我们凭什么要听你们调遣？你们对我们社团够意思吗？我今天告诉你，相安无事各走一边！不然，要是社团出面，你们在香港永无立足之地！自己好好想想吧，笨蛋！”他转身就走。

“对了，”他转身对周新宇说，“转告你们大老板——我不是你们的夜壶，尿急就用一下，用完了就扔一边嫌臊！”他大步走了，丢下压抑内心怒火的周新宇。

“经理，要不要我去干掉他？”贴身保镖低声问周新宇。

周新宇嘴角的肌肉在抽搐着，随即断然说：“不行！最后这句话我明白了，这不是大飞这个脑袋能想出来的！我们中计了，是老不死的给我们设的圈套！——打掉牙往肚子里面咽吧！”

一个半山的别墅，军情局长背着手看着繁华的香港久久无语，周新宇站在他身后。

军情局长似乎一瞬间老了十岁，他叹气：“虎落平阳啊！我们团体多少年来，也没有蒙受过这样的耻辱！”

“听局长安排。”周新宇颔首道。

“安排？”军情局长苦笑，“还能有什么安排？局势已经明摆着，共军大兵压境，公开秘密手段一起来。我们在香港的社会关系已经基本断干净了，难道我们还能在香港打一场血战？——正规军八百万美式装备都打不赢的仗，靠我们做特工工作的可以打赢？可笑！说到底还是自己不争气哦！”

周新宇脸色铁青，咬紧牙关。

“香港，已经是中共的囊中之物。”军情局长闭上眼睛，“我们不可能改变这个历史潮流，但是——我要让他们明白，不是那么容易的！”

“是！”周新宇厉声回答，“卑职立即安排！”

“完事以后手要洗干净。”军情局长睁开眼睛，“这个雷，我们不能顶！”

侯伯的家里，大飞恭敬地取出一个信封：“侯伯，这是他当时给我的支票。按照您的吩咐，我一分也没动用过。”

侯伯笑着看大飞：“既然是他给你的，你拿去花吧。”

大飞一愣，侯伯随即说：“这是对你的奖励，你完成得很好。继续努力吧，为社团好好做事。”

“是！”大飞恭敬地说，“我大飞自小是被社团养大的，养育之恩我永世不忘！”

侯伯看着大飞出去，靠在藤沙发上露出笑容：“夜壶？我倒要看看，现在谁是夜壶！”

★　★　★

“这是威尔斯亲王军营的地图。”周新宇打开手里的手包取出一张地图，“这个地方就是换防仪式的地点。这里，就是共军卫队长的位置。这个是你的狙击地点，事后的撤离路线是这条，这条是备用撤离路线。你现在就把这个记住了，这张地图我马上销毁。”

上官晴坐在车里仔细地看着地图，把上面的一切都刻在脑子里面。

周新宇趴在方向盘上脸色阴郁，他不可能不阴郁，各个方面关系汇总来的情报非常不妙。侯伯这条老狗收了个智勇双全的十五弟，简直就是诚心打军情局的脸。

“你现在真的是孤燕了……”周新宇叹口气，“我们的局势很不好，香港毕竟距离大陆太近了。他们给我们的压力非常之大，‘飓风专案’阻力重重。晴儿，任务很可能需要你独立完成了。”

上官晴看完了，交给周新宇。周新宇将手伸出车窗外点着地图，看着地图在手里烧着。他丢下纸屑，风马上吹走了。他看着上官晴：“我不能再给你别的正式掩护身份，我们的外围公司现在被监控很严。你只有使用伪造的证件了，当然这些是真正的高手做的，足以乱真。”他打开手包取出一个信封，上官晴接过来打开，里面是记者证和采访证件，还有身份证。

“新华社？”上官晴一愣。

周新宇点点头，阴郁地说：“万一你没有成功撤离……”

“我懂了。”上官晴淡淡地说，“我会服毒自尽，不给团体带来麻烦。”

“晴儿，这是万一。”周新宇说，“万一的意思就是万分之一，你撤出来的可能性是极大的。如果你不能成功撤出来，团体需要把麻烦转嫁给中共方面。新华社记者的假身份虽然可以事后证实，但是西方和香港媒体是管不了那么多的，他们的新闻会第一时间出来。扰乱视听，对团体是很重要的。”

“我这次的任务，是死间。”上官晴嘴角浮起一丝苦笑。

“我会尽全力掩护你撤离。”周新宇说，“但是我们也要做好万一的准备，这是必须的。你还是要相信我，我有能力掩护你出来。”

“周叔叔，我是团体的人，这些道理我都明白。”上官晴苦笑，“到了团体用我的时候了，我不会给您还有我父母丢脸的。”

周新宇看着上官晴，许久：“你这样说，我很欣慰。”

“我只有一个要求。”

“说。”

“在我的墓碑上写下这样一行字——‘这是一个用生命和角色合一的演员’。”

周新宇想了想，点头：“好。”

上官晴闭上眼睛，也许自己的生命真的要走到尽头了。

★ ★ ★

强劲的音乐和变幻的灯光下，墨镜宝哥在夜总会还在大放厥词：“想我小宝在大陆，当年也是一个狠角色！那是名声在外啊……”

正说得热闹，忽然手机响了。墨镜宝哥一边继续说一边摘下手机看短信，“宝哥一出，那是……”他看了一眼短信脸色就变了，“你们继续玩儿，我出去办点事儿！”

众人挽留，墨镜宝哥捏了一把身边小姐的脸，“小妹，等我晚上好好伺候你！”小姐打他一下：“讨厌！”墨镜宝哥跑着就出去了。

墨镜宝哥开车来到山上，刚刚下车就被周新宇一把抓住脖领子扔在地上。墨镜宝哥在地上哎哟着爬着坐起来：“老大，你想打死我啊？！”周新宇一脚踢在墨镜宝哥裆部，墨镜宝哥惨叫一声捂住裤裆：“老大！有什么话你说啊？我还没孩子呢，哎哟哎哟……”

周新宇发泄完了，出口恶气冷冷地看着墨镜宝哥：“我问你，让你办的事情办了没有？”墨镜宝哥捂住裆部艰难地站起来：“老大！您让我办的事情我哪一样不办的？”

“你跟我吹牛，说你可以收买太子，怎么太子现在还是这个态度？！”周新宇厉声问，“他的钱你到底送了没有？！”

“送了啊！”墨镜宝哥很无辜，“你让我送的钱我都送了！太子现在这个态度，我怎么知道怎么回事？老大，我真的很冤枉啊！”

周新宇牙根紧咬：“大飞拿我钱的事情，你告诉侯伯没有？”

“说了，侯伯说6月30日召开社团会议处理这件事。”墨镜宝哥苦着脸，“老大，我真是无辜的！”

周新宇点点头："好，我再相信你一次！记住，你是我的人！滚吧！"他摔出一沓港币，"拿去看医生！"墨镜宝哥爬过来，哎哟着拿起港币。

夜总会里面还是歌舞升平，墨镜宝哥稍微缓过来艰难地走进来坐在包厢里面："没事没事，大陆的一个朋友过来了！跟我见见面！"那个小姐凑过来妩媚地说："宝哥，想死我了！"她伸手一抓，墨镜宝哥惨叫一声，顺手一个耳光就抽过去："浑蛋！"小姐不甘示弱，哭喊着和墨镜宝哥扭打起来："你居然敢打我？我不活了我！"

争吵声很大，整个夜总会都在看。坐在暗处的肖天明站起来仔细看看，诧异地看见了墨镜宝哥。他苦笑摇摇头坐下，一个戴着棒球帽的男人坐在他的对面："怎么？熟人？"

"认识，谈不上熟。"肖天明说，"一个北京的混混，不知道怎么也跑到香港来捞金了。还不清楚他来这里的目的是什么，但是这个地方不能待了，我们走吧。"他拿着包站起来，"你自己注意安全，我从后面走。你走前面，五分钟以后再走。"

戴棒球帽的男人点点头，喝口啤酒看着正在和小姐厮打的宝哥。五分钟以后，他起身走向前门，和扭打当中的宝哥他们擦肩而过。他走出去开车匆匆离开，暗处有车跟上了这个戴棒球帽看不清脸的神秘男子。

★　★　★

周新宇看着属下送来的监视报告，脸色凝重。他放下报告长出一口气，点点头不说话。十五分钟后，他出现在军情局长面前。局长也不说话，只是很悲伤地说："我是看着他长大的。"

周新宇看着局长："制裁他吗？"

军情局长闭着眼睛仔细思索着："如果需要，我会亲自下令制裁他。不过现在，留着他可能对我们更有用。"

周新宇低声说："请老板示下。"

"长久以来，大陆是铁板一块，我们打不进去，只能搜集外围情报。"军情局长打定主意，睁开眼睛缓缓地说，"他现在成了大陆的双面谍，反而可能对我们有利。通过监控他，我们可以接触到中共安全部门的工作手段，等等。如果运气好，还可以挖出中共安全部在我们这边其余的鼹鼠；而且，可以通过他送一些虚假情报过去，制造他们决策的混乱。从这个角度看，利大于弊！"

周新宇敬佩地说：“老板高见！”

“但是现在不能让他留在香港了，我们在香港的行动不能再被泄露出去。”军情局长点头说，“派他回大陆原来潜伏的地方继续待着吧，我们已经不指望他还能给我们什么有效的情报，只是留着他做个饵子！——记住，此事要绝对保密！”

第二天，穿着西服的军情局情报干员廖文枫在罗湖桥口岸返回大陆。在洗手间里面，他用一个从未使用过的手机卡发了一条短信：“弟匆匆告别，此去恐因被家长所疑。兄多保重。”随即将卡取出丢入马桶。

肖天明在影楼看着手机短信，苦笑。他写了条短信：“家里准备点衣服吧，变天了。”发了出去，他叹口气掀开窗帘一角。外面一切如旧，他苦笑。短信马上回来：“立即回家过冬。”

半个小时以后，肖天明从写字楼后门开着陆虎径直出来。刚刚拐上公路，他就注意到了后面跟踪的车辆。他冷静地看着这辆车跟在自己的侧后方，淡淡笑了一下。但是随即笑容消失了，他看见前面也有一辆车在靠拢自己的车道。这个家伙可就不是跟踪那么简单了，肖天明马上意识到恼羞成怒的敌特要下手了！

他加速超车，后面的车也不躲闪直接开始加速。

肖天明拿出手机发了报警短信，随即掀起身边的座位。在副驾驶的座位下面藏着一把 92F 手枪。他单手开车，观察着周围的动静。夜色当中车流如梭，肖天明的陆虎车如同出山的黑虎嗖嗖就过去了。

周新宇亲自驾车在后面跟着，他面色冷峻。耻辱和愤怒已经将他的内心燃烧起来，按说执行这种行动不用他出面，但他还是亲自来了。他并不想要肖天明的命，也不敢——处于劣势的团体层层被制约着，犹如被阉割的太监一样对很多事情都无能为力。

周新宇的目的是警告一下中共，传递一个我们还是有能力的信号。死人是最好别出现的，受伤是最理想的结果。他知道前面这个人不是一般被发展的情报员，是安全部直属的专项行动官员，按照谍战的游戏规则双方对等，意思到了就可以了。

肖天明拐上海边公路，追车还是没有甩掉。对方的车技也很高，不是简单角色。两辆轿车紧紧尾随，他明白过来这是一场老鼠追老鼠的游戏。但自己到底是在哪个环节暴露的？他还没想出来。和自己一样，廖文枫也是个非常出色的特工，应该不会被抓住什么明显的破绽。

鼹鼠？！

肖天明猛醒过来。

——就在这一走神的当口，对面居然逆行开来一辆摩托车。肖天明脑子一激灵，方向盘下意识右打，这是在大陆养成的习惯，但是在香港行不通了！陆虎直接就开下山崖了！

周新宇急忙刹车，看都不看就拐弯过去了。他不能在这个麻烦地方久留，太危险了。至于下面的人是死是活，他现在肯定顾不上了。他带着那辆车匆匆离去。

开摩托的显然是喝多了，还带了个小姐。他着急刹车，目瞪口呆地摘下头盔，这下酒醒了。原来是墨镜宝哥，他嘴唇都哆嗦。小姐也不闹着开快车了，跟着他下车看着下面的山崖。

海浪拍击礁石，下面黑压压一片。墨镜宝哥咽口唾沫，腿都软了。小姐倒是很有主意，戴上头盔上了摩托车："宝哥！走啊！警察一会儿就来了！"墨镜宝哥脸色发白，被小姐拉上摩托车疾驰离开。

下面还是黑压压一片。

★　★　★

肖天明艰难地在礁石之间爬行着，海水冲刷着他额头上的伤口火辣辣的。身后一百多米的地方，已经警车云集。车摔下山崖直接落入大海，肖天明艰难打开车门游了出来。他上岸以后不敢声张，就这么在礁石之间爬行找隐蔽的地方。爬着爬着，他昏迷在礁石间，任凭海浪冲刷着。

一双手把他翻过来，摸着他的鼻孔。墨镜宝哥冻得浑身哆嗦，把肖天明悄悄拉上岸躲在礁石后面："大哥大哥，我小宝喝多了。我欠你的这条命来世再还，你别变厉鬼吓我。我天生胆小经受不起，我在这儿给您磕头了……"

海浪冲上来填塞了肖天明的鼻孔，肖天明被呛着了，咳嗽一声吐出一口鲜血。墨镜宝哥被吓了一大跳，原来人没死啊！肖天明挣扎着想推开他，墨镜宝哥抱住他低声说："大哥大哥，您别喊！我小宝是偷渡来的，这要让警察抓住了，肯定被遣送回去！"

"曹……小宝？"肖天明从牙缝挤出他的名字就晕过去了。

这下轮到曹小宝发蒙了，不知道他是不是真的变成了厉鬼，居然知道自己姓曹？他壮着胆子借助月光俯下身子仔细一看，脸马上白了："啊？！"

临时指挥部，楚静冷静地拨着电话，全部都是关机。她转身面对冯云山："'葡萄'断线了！"冯云山背着手不说话，脸上是一种冷峻。楚静站起身："老板，怎么办？”冯云山思索片刻：“你还是打他的电话，五分钟一次！”他转身出去了。

魏处长匆匆走进客厅，冯云山恰好下楼：“怎么样？”魏处长摇摇头：“所有接应地点都没有‘葡萄’的踪迹，他也没给任何一个号码打电话。”冯云山长出一口气，王斌进来了：“出事了！海边公路发生车祸，是‘葡萄’的车！车从悬崖栽进大海！”

“人呢？有没有事？！”冯云山急了。

“失踪了。”王斌说，“香港警方也在寻找车主。”

“是不是他们动手绑架？”魏处长问。

冯云山思索片刻：“无非是几种可能——第一，军情局动手绑架，这个可能性不大，双方现在在香港是犬牙交错，你中有我我中有你，他们也得有这个豁出去和我们对等行动的勇气；第二，真正的车祸，‘葡萄’可能牺牲了，也可能生死未卜！——无论哪种情况，‘葡萄’都断线了！”

“我们怎么办？”魏处长问。

“王斌，你继续跟香港警方和黑道的关系周旋，一定要核实车祸的真实情况！”冯云山严肃地说，“小魏，你通过关系在军情局内部查一查，到底是不是他们有什么行动！我马上向家里汇报，采取应急措施！”

“如果发现‘葡萄’，我们采取什么行动？”王斌问。

“先向我汇报！”冯云山严肃地说，“如果他落入警方或者黑道手里都好办，我担心的是他落入军情局或者别的境外情治单位的手里！——先按照断线处理，一旦发现‘葡萄’下落要采取断然行动，抢回来再说！但是一定要经过我的批准，去吧！”

“是。”两人转身离去。

冯云山忧心忡忡，久久看着外面的夜色不说话。

★　★　★

肖天明从昏迷当中醒来，第一个反应就是警觉。这是一个破旧的出租屋，他看见有陌生人在给自己敷热毛巾，立即一把抓住他的头发按倒了就举拳。墨镜宝哥急忙喊：“大哥大哥，别打别打！是我——曹小宝！”

肖天明急促呼吸着，但是手没松开：“我怎么到这里来了？！你又怎么来香港了？！”

“大哥大哥，您先松开！”墨镜宝哥龇牙咧嘴地说，“您下手太猛，我这儿疼啊……”肖天明松开他的头发，怒视着他：“说！”

“是这样的，我是偷渡来的。”墨镜宝哥揉着头发说，“这不我去深圳做生意，认识了几个朋友，他们介绍我加入了社团。我就来了……”

“你干点什么不好，加入黑社会？”肖天明冷冷看他。

“大哥，我这不也是没出路嘛，”墨镜宝哥苦着脸说，“像我这种人，在北京也找不到正经工作，大事又不敢犯，小事又不挣钱……我……”

肖天明冷眼看他：“曹小宝，你瞒得了别人瞒不了我！你那点胆子，也敢偷渡？！也敢来香港混黑社会？！——没有人支持你，你那点能力能偷渡？！没有人帮你介绍关系，你个大陆来的小混混，凭什么加入香港黑社会？！”

曹小宝语塞了。

“我是干什么的，你心里清楚！”肖天明冷冷地说，“你这点花样，还瞒不了我的眼睛！”

曹小宝嗫嚅着：“我不是想瞒您，大哥……我没跟我上级取得联系，我不敢告诉您。”

“你还是加入特务组织了？！”肖天明很愤怒，“我们怎么教育你的？！”

“不是不是！”曹小宝着急地说，“我，我不是特务……这么说吧，大哥！我不会对不起祖国的，我，我发誓我要是背叛祖国我生个孩子没屁眼儿！”

肖天明有几分明白了：“你是公安的特情？”

曹小宝不说话，很久：“这个事情，您回去问林涛涛队长就知道了。我想他不会瞒着您的，你们都是一个阵营的。”

肖天明有几分欣慰：“他不是在市局刑侦总队吗？怎么现在主抓特情了？”

“他现在调公安部了。”曹小宝低声说，“主抓特情，打进去拉出来的工作。”

“行啊，你小子！”肖天明苦笑，“行话你都会几句了？”

曹小宝苦笑：“大哥，您现在能信任我了吗？”

肖天明认真看他，判断着他话的真伪。很久，他缓缓地说：“做特情，长期潜伏是项很艰苦也很危险的工作。你选择了这条路，其实是选择了一生都在演戏，有哪个环节演不好都会出事的。虽然你是公安的特情，但你现在做的其实就是和我们性质差不多的工作。你自己要多小心，我也不能说更多，千万谨慎！”

“我知道的。”曹小宝诚恳地说，“大哥，我是命不好！我小时候也是个好孩子，做梦都想当警察！但是爹妈死得早，亲戚不管我，我没办法只能去偷。也没学上，初中就退学了。这个警察梦不仅实现不了，反而成了贼。其实我心里比谁都苦，比谁都难受。上次你们抓了我，教育了我，我心里很委屈——我真的不想背叛国家啊！我想做好人，想做警察！你们放我出来以后，我想了好久。是我主动找林队长的，我告诉他我想为公安做工作。”

肖天明静静听着。

“大哥，我立过功！”曹小宝脸上显出光彩，“我真立过功！我帮助破获过贩毒集团，我打进去了！我有奖状的，只是不在我手里！奖金我没要，捐给希望工程了！我想更多的孩子应该读书，不要做贼！真的，不信您回去问林队长！我在他办公室看见了自己的奖状，没发给我，都在他的保险柜锁着！希望工程办公室接到过我的汇款，您可以去查的，我用的化名是……‘傻鹰’……”一滴眼泪从曹小宝眼里流出来。

肖天明心里也是一震，他不说话把手放在曹小宝肩膀上：“我相信你。”

“这次香港回归，公安派了很多人打入香港……”

“别说了！”肖天明制止他，“不该我知道的，我不想知道。”

“有个事情我应该向你们部门报告的。”曹小宝擦去眼泪，“但是我一直没找到机会，我已经告诉林队长了。不知道反馈给你们没有，军情局的孙维民一直在社团内部活动……”

“这个情况我知道，有什么更具体的情报没有？”肖天明问。

“他在社团内部收买人，跟侯伯斗法。”曹小宝说，“他想控制社团年轻骨干，大飞把钱交给侯伯了，太子那边我还不知道。经过我手送的钱，大概有十几个老大吧。侯伯是清楚的，在他眼里我是他的人，我都给他报告的。”

肖天明点点头，苦笑：“反间，反反间……江湖的事情一点也不比我们简单啊！老侯那边的态度呢？”

“我不知道。”曹小宝说，“侯伯很沉着，也不说什么。可能有什么措施吧，但是没经过我。”

“他也不会经过你的。”肖天明点点头，“你的身份暴露了吗？”

“我自己觉得，还没有。”曹小宝说。

“如果有危险，你赶紧给林队长报告。”肖天明说，“如果来不及，就通过我们在香港的渠道先撤离。虽然你不是我系统的关系，但是你已经给我们做了工作，我们有义务保证你的安全。”

曹小宝很惊喜：“我，我这就算给安全部做工作了？！”

“你刚才说的情报很重要，是我们还没有掌握的。”肖天明说，“只是你不是我经营的关系，所以我也不好对你有什么具体的指导。你下面的工作还是要听林队长的安排，我们部门会和林队长沟通，如果取得他的认可，我们会和公安一起经营你。”

“真的？”曹小宝觉得很光荣，“我，我算公安和安全的双重关系了？！”

“现在还不是，不过我们会和林队长沟通的。”肖天明说。

“我曹小宝终于可以堂堂正正地做人了……”曹小宝流出眼泪，“大哥，其实谁真心想做贼啊？我也想学好，可是没有机会啊！林队长和你们给了我重新做人的机会，我没文化不知道怎么说……”

“我不清楚你的工作还要潜伏多久。”肖天明说，“你在北京还有没有什么亲人需要照顾的？我们会妥善安排。”

“没有了。”曹小宝摇摇头，突然眼睛一亮，“有一个！大哥你能帮我照顾吗？”

“说。”肖天明问。

“‘蜂鸟’……她还活着吗？”曹小宝问。

肖天明一愣，没说话。曹小宝恳切地说：“如果她还活着，你替我告诉她——我爱她！”

肖天明心里很感动，他点点头：“我会转告的。”

“她是我这辈子第一个爱的女人……”曹小宝哭了，“如果有可能，我想娶她……”

肖天明看着哭泣的曹小宝，没有再说话。这不是他可以左右的事情，所以只能不说话。

★　★　★

“王斌，你准备一下，去见个关系。”冯云山走进屋子很兴奋。

王斌站起来：“谁？”

“你的老熟人。”冯云山笑了，“他也在香港！”

“到底是谁啊？”王斌纳闷儿。

“林涛涛。”冯云山说，“公安部刚刚跟我们部里联系，让我们准备接人。肖天明在林涛涛的关系手里，很安全，只是受伤了不能走路。不幸当中的万幸！——你去，跟他好好说话！”

王斌没说话，点点头。

“对了，叫楚静一起去。”冯云山细心叮嘱，“去买点糖，你们结婚他都没来！这次把喜糖补上；如果他愿意，我批准你们请他喝酒，不用再汇报了。去吧。”

半个小时以后，香港海洋公园。穿着黑色休闲西服的林涛涛戴着墨镜站在亭子里面看着山下的香港，王斌和楚静慢慢走过来站在他的背影后面。林涛涛不回头，看着城市不说话。

“涛涛。”王斌嗓音嘶哑。

林涛涛长出一口气，不回头。他拿出一个本子写着什么，然后撕下，头也不回递给王斌：“这个电话，你就说韩老板约他喝茶。然后你们就跟他单独联系吧，他会把人给你们的。”

“你还是不肯原谅我。”王斌黯然地说。

“没什么原谅不原谅的，那是你的工作。”林涛涛头也不回地说，“我现在和你从事的工作虽然性质不同，但本质是一样的。工作就是工作，不能掺杂个人感情。”

王斌接过那张纸，不说话。

“涛涛，我能和你说几句话吗？”楚静小心地问。

林涛涛不说话，楚静低声说：“涛涛，我和王斌结婚你没有来。我知道你心里有疙瘩，我们也不敢去找你，怕你难受。其实……我们也很难受……”

“你们走吧。”林涛涛说，“我想自己安静一会儿。”

“好。”楚静说，“这是喜糖，是我给你的。”她慢慢地把糖放在茶几上。

王斌和楚静转身走了，林涛涛突然回头：“喂！杨雪怀孕了，下个月就生了！她说想让楚静做孩子的干妈，让我转告你！”

楚静笑了，回头：“我愿意！”

“那我是干爸了？”王斌也笑了。

“你不许做我孩子的干爸。”林涛涛的墨镜后面流出眼泪，“你这个无情无义的东西……从小就跟我们耍酷，刚才居然还跟我耍酷……你自己说说，你有什么好酷的……”

王斌冲上来抱住林涛涛，抱得紧紧的：“涛涛——对不起……”

“你也会哭？”林涛涛冷冷地说，只是止不住自己的眼泪。王斌紧紧抱住他：“我们是一起长大的，我对不起你们！对不起你们每一个人……原谅我，我不是故意的……下辈子，我们还做兄弟！你们让我慢慢还，慢慢还……”

“下辈子，我不和你做兄弟了……”林涛涛慢慢抱住他，“和你做兄弟，太苦了……”

两个发小抱着哇哇大哭，压抑很久的感情在心中流动着。楚静慢慢流着眼泪，看着这两个从小一起长大的彪悍男人的真情流露。

因为工作，他们产生了隔阂和误解；又因为工作，他们互相理解又互相谅解——这种工作，到底是什么滋味？

★　★　★

1997 年 6 月 30 日。

进入夜晚的中国人民解放军驻港部队深圳同乐军营，警侦连长林锐上尉身着 97 夏常服全副武装地走出连部。

警侦连全体官兵已经在他的面前站成整齐的队列。

林锐的眼睛在大檐帽下射出凌然的寒光：“根据中华人民共和国中央军委主席命令，我中国人民解放军驻港部队将于今日 0 时开始正式接管英军防务，对香港恢复行使主权！”

战士们戴着白手套手持 95 自动步枪庄严肃立。

“我驻港部队步兵旅警侦连，将和其余单位的官兵一起组成进驻香港的先头部队！”林锐的声音很高却非常坚定，“我们这先头部队的 509 名中国人民解放军官兵将于公元 1997 年 6 月 30 日 9 时整从皇岗口岸提前进入香港，接管香港防务！”

战士们面色严肃，看着连长一句话不说。

“你们要记住——”林锐高声说，“这是一场没有硝烟的战争！我们是代表中国人民解放军进驻香港的仪仗队！——但是，如果出现意外情况，我们就是战斗队！”

“提高警惕！保卫祖国！”战士们齐声怒吼，行持枪礼。

“登车待命！”林锐高声说。

战士们纷纷登车。

★　★　★

军情局临时指挥部。军情局长坐在客厅，看着大屏幕电视。他面色严峻。周新宇走进来：“都布置好了。”军情局长点点头，周新宇肃立在他身边不说话。

他们都在看着电视上的解放军驻港部队开出营门。

★　★　★

“出发！”

电台里面传出先头部队指挥员的命令。吉普车、卡车和步兵战车的发动机开始轰鸣。

林锐坐在吉普车里面，目光有神。士兵们站在卡车上，白手套抓着卡车护栏，右手持着步枪。

在旗手车的引导下，车轮启动了。八一军旗高高飘扬，旗手神情严肃。转出营门，已经是一片欢呼的海洋。

★　★　★

冯云山站在临时指挥部的大屏幕前面，看着各个方面传来的情报："通知各个单位，一定要保证香港回归仪式的安全！做到万无一失，哪个环节出了问题都是要掉脑袋的！"

"是！"王斌回答。

冯云山目光转向大屏幕。

车轮越来越靠近皇岗口岸的白线。

第一辆高举八一军旗的旗手车的轮胎轧过皇岗口岸的白线。八一军旗开始飘舞在香港上空。

"部里刚刚发来情报，大老板的地址找到了！"王斌拿过一封电报。

冯云山接过来，仔细看看，再看看手表："备车！"

"怎么？"王斌很奇怪。

"我去会会这个大老板！"冯云山冷冷地说。

两辆奔驰轿车无声地停在半山别墅门口。王斌下车，冷眼看着别墅，转身打开后车门护着冯云山下来。雷鹏从第二辆车下来，站在车边手插在兜里。

王斌按下门铃。

铁门开了个洞，里面是一双警惕的眼睛："找谁？"

王斌把一张名片递进去，里面的人看一眼就晕了。

上面写着，"中华人民共和国国家安全部冯云山（一级警监）局长"。

冯云山穿着黑色干部服，大步流星走进花园。王斌紧紧跟在他侧后方，冷眼看着屋檐下站着的几个年轻壮汉。周新宇站在客厅门口，冷冷地看着冯云山这个死对头走过来："冯先生？！不知深夜来访，有何贵干？！"

"我要见你们大老板。"冯云山停都不停走过去，"让开！"

"这不是你想来就来、想见就见的！"周新宇冷冷地挡在他的面前，"这里不是北京，这里是香港！"

“这里是中国香港！”冯云山看着他的眼睛说，“我不仅是中国共产党员冯云山，还是中国人冯云山！不要说是马上要进驻解放军的香港，就是在台北，你也别想拦我的路——因为我是一个堂堂正正的中国人！中国人的土地，我为什么不能来？！”

周新宇冷眼看着他：“冯先生，我们都是中国人！——中国人讲究礼数，你到主人家，也不问问主人欢不欢迎？！”

“主人？”冯云山冷笑，“可笑！这栋房子难道是你的地产？还是你们大老板的？拿出房产证来我看看，上面写的是不是你们的名字？！——我们是同行，所以不要说这么可笑的话！”

周新宇刚刚要说话，里面有声音传出来：“让冯先生进来！”

周新宇让开，冯云山昂首挺胸走进客厅，王斌踏上台阶被周新宇拦住了：“大老板说了，只让冯先生进去！”

王斌刚要说话，冯云山厉声说：“你在外面等着，我就不信——在中国的土地上，谁敢动我？！”王斌在外面站住了，和周新宇怒目而视。

冯云山大步流星走进客厅，军情局长站在客厅背着手看他。两个多少年的死对头互相冷冷对视着，很多往事带着血腥味道在两个人的对视之间浮现出来。他们面对各自的照片和材料已经很多年，互相的熟悉程度甚至超过了自己的亲人，因为亲人是不可能知道他们都做了什么的。

过了几分钟，军情局长才说了第一句话：“坐。”

冯云山坐在他对面，冷冷看着他：“我现在不是中华人民共和国国家安全部局长，你也不是T军事情报局局长。我是一个普通的中国共产党党员，你是一个普通的中国国民党党员！中国人和中国人见面，你还对我设门神吗？”

军情局长也冷冷看着他：“中国人也分类。你们毛泽东说的好——有人的地方就有斗争！”

“但是在抵御外辱的时刻，中国人是团结的！”冯云山严肃地说。

“我知道你要说什么。”军情局长看着他，“这些大道理，你跟我说是没用的。”

“我跟你说的不是大道理，是事实！”冯云山说，“你也很熟悉中国近现代的历史。在第二次世界大战时期，国共两党不计前嫌走到了一起！在抗日的烽火当中，两党将士谱写了一曲慷慨悲歌！这些都是不争的事实！”

“现在对外战争已经结束了。”军情局长冷冷地说，“你我之间的内战尚未结束，中原逐鹿虽然我们输了一筹，但是谁最后真正问鼎中华还未可知也！”

“依照你的智商和军政素质，你总不会也相信贵军有一天会反攻大陆吧？”冯云山苦笑，“宣传归宣传，你我都是明白人。”

军情局长被噎住了，随即正色道：“我是军人，我的荣誉便是忠诚！上峰既然下了命令，我就要为了完成这个命令不折不扣地努力！”

“对，你是军人！”冯云山冷峻地说，“我不怀疑你对你的上峰的忠诚，相反我很欣赏你的这种忠诚！这就是我今天来到这里的原因，因为我相信你对自己职业的忠诚！只有忠诚于自己职业的人才称得上是一个真汉子，我敬佩真汉子！”

军情局长骄傲地抬着头，对一个军人最光荣的褒奖莫过于来自他的敌人。

“但是你是中国军人！”冯云山看着他的眼睛说，“无论你的头顶是八一军徽还是青天白日，你都不能回避这个事实！中国人民解放军和中国国民革命军，都是中国军人！虽然两支军队多少年都是敌人，但是有一条是一致的——抵御外辱，保卫中华！你能说不是吗？！”

军情局长急促喘气，不说话，眼神却恨不得杀了冯云山。

“你的履历你自己很清楚，不用我来复述！”冯云山看着他说，“我就是看得起你是一个热血军人，是一条中国汉子，今天才坐在这里跟你对话！如果你是一个软骨头，是一个卖国贼，我冯云山绝对不跟你说一句话——因为你不配！”

“你怎么就知道共产党不是卖国贼？！”军情局长被刺激了，怒吼道，“你们出卖国家利益给苏联共产集团，你们……”

“有吗？”冯云山冷笑，“不要光喊口号，拿出证据来！——1959年，西藏发生武装叛乱，是哪个军队保卫了国土不被分裂？！1962年，印度侵吞我领土，是哪个军队自卫反击，教训了他们？！1969年，苏联侵占我领土珍宝岛，是哪个军队奋起还击，保卫了祖国领土？！1974年，是哪个军队奋勇抗战收复西沙群岛？！1979年和1984年，是哪个军队面对不断蚕食我领土的暴行，浴血奋战，将祖国领土保护完整？！整整十年，在那片南疆的土地上我们牺牲了多少烈士？！1988年，南沙群岛发生领土争端，又是哪个军队捍卫了祖国和领土主权尊严？！——你是军情处的大老板，这些事实你难道不知道吗？！在祖国需要的时候，中国共产党和中国人民解放军什么时候没有挺身而出，用自己的鲜血来捍卫着我们中华民族的尊严和中国的利益？！”

“那是我们鞭长莫及！”军情局长急了，“如果我们在，也一样会捍卫国家尊严和民族利益！”

“对，我不怀疑你们作为中国人和中国军人的爱国之心！”冯云山冷峻地说，

“1974年，南越海军入侵西沙群岛，你们蒋先生曾经拍案而起：‘如果中共不出兵，我就出兵！’并且发表了中国领土不容侵犯的声明！——当然，我们肯定是出兵的，当我海军四艘新式导弹护卫舰意欲通过海峡前往西沙，蒋先生曾经指示：‘西沙战事紧。’于是我海军编队不仅顺利通过海峡，而且还得到贵方海军探照灯引导！这些都是全体中国人看在眼里的不争的事实，我不怀疑你们的爱国心！”

军情局长心里舒服了一点。

“但是现在我要质问你！”冯云山拍案而起，指着军情局长的鼻子，“1997年，被英国殖民者强行占据100多年的中国领土香港，马上要回归祖国怀抱！在这个全体炎黄子孙扬眉吐气的时刻，你——又对祖国做了什么？！”

这一拍，门口的周新宇已经拔出手枪冲进来。王斌紧跟着进来，周新宇举枪对准冯云山，王斌挡在身前举抢对准周新宇。冲进来的几个年轻特工都拔出手枪对准王斌和冯云山，双方剑拔弩张。

“把枪放下。”冯云山命令，“我倒要看看，他有没有胆量做一个卖国贼？！”

“杀了你就是卖国贼？！”周新宇眼睛冒火。

“我奉命保卫英国强占的殖民地香港顺利回归祖国怀抱，此时此刻我保卫的是中华民族的利益！”冯云山冷峻地说，“杀了我，你们都是卖国贼！谁在这个时刻破坏香港的顺利回归，都是卖国贼！”

周新宇语塞，但是枪还是没有放下。

“把枪都放下，出去。”军情局长冷冷地说，“我和冯先生还有话没说完。”

周新宇收回枪，带人出去了。王斌也把枪插回去，看看冯云山也出去了。

门又关上了，两个多少年的老对手再次单独相对。军情局长不说话，冯云山看着他的眼睛：“我要表达的意思已经很清楚了，我知道你接到你的上峰的命令！——你执行命令，是一个合格的军人；但是你破坏中华民族的利益，就是一个卖国的军人！什么是中华民族的利益，你现在应该很清楚！”

军情局长苦涩地看了他一眼，不说话。

“你一定在奇怪一件事情，为什么我们的暗斗你们一直处在下风？”冯云山冷笑，“你们一直在受到我们的强力压制，是因为你们没有经验、没有资金还是没有人才？——不，都不是！是你们没有民心，懂吗？！民心！不是没有那个方寸之地的民心，而是全球华人的民心！谁保卫中华民族的利益，谁就有民心！这一点，你大老板难道没有想过吗？！——我可以负责地告诉你，只要香港回归出那么一丁点事情，你们军情局马上就是丧家之犬，人人喊打！你就是第一个被扔出来让大家辱骂的汉奸卖国贼，就是你死了，你的灵魂也会被钉在民族的耻辱柱上让所有炎黄子孙唾弃！”

军情局长坐稳了，但脸上还是抽搐了一下。

“你自己选择——是做一个真正的中国军人，还是做一个汉奸卖国贼？！”冯云山坐下来看着他，“选择就在一念之间，却可以决定你终生的命运！”

军情局长闭上眼睛，叹口气。沉默当中，他挥挥手。周新宇自己进来了，颔首：“老板？”

“终止‘飓风专案’。”军情局长疲惫地说。

“是。”周新宇并不意外，相反有一分欣慰。

“听说冯先生围棋下得不错，”军情局长睁开眼睛，“难得我们相见，此一别估计一生再无机会——你我既然惺惺相惜多年，对弈一局如何？”

“好，我们就在这里对弈，静待香港回到中国人的怀抱！”冯云山爽快地说。

一副围棋摆上来。冯云山执黑先走，落下一子。王斌和周新宇站在各自领导的身后，背手跨立，四目相对都在冒火。

棋盘上，黑白分明，智慧的战争在沉默当中展开。

★　★　★

大屏幕上，威尔斯亲王军营已经灯火通明，换防仪式即将开始。时针指向公元1997年6月30日23时50分整。警戒线外记者云集。上官晴戴着记者证混杂在人群当中，中英军队换防仪式要在这里举行。

无数电视记者和摄影记者在警戒线外举着自己的家伙，准备记下这个历史的时刻。中国人民解放军接管驻港英军香港防务事务仪式。

英军卫队已经在那里站岗。门口有两名英军哨兵，卫队由20人组成。除了卫队长和副卫队长，海陆空卫兵各6人。

中国人民解放军三军卫队已经在门外集合完毕，卫队长和副卫队长以及18名卫兵和2名哨兵都整装待发。

全世界都在等待这个历史的时刻。

23时52分，英军卫队长下达口令。英军卫队扛着步枪齐步走向预定交接位置，典型的英式步伐踏在这块即将失去的殖民地上。

23时53分，英军卫队到达预定交接位置，转向中国人民解放军卫队站好。

全世界的眼睛都在看着中国人民解放军卫队。

年轻的卫队长林锐上尉高声下达口令：“全体都有——齐步——走！”

在他的带领下，穿着黑色马靴肩扛56半自动礼仪步枪的中国人民解放军卫队齐步走向预定交接位置。

中国军队的脚步踏上威尔斯亲王军营。

“敬礼——”英军卫队长高喊。

哗——英军卫队行持枪礼。

全世界的眼睛都在注视这位面孔黝黑、虎虎生威的中国年轻卫队长、中国陆军上尉。大檐帽下他的眼睛是神圣的。

香港街头，正在人群当中看大屏幕的徐睫睁大眼睛看着林锐。

“你太棒了……”徐睫流着自豪的泪水。

林锐昂首挺胸，带着中国军队的威风大步走着。

“怎么了？”跟她在一起的中年男人问。

“他就是我的男朋友！”徐睫幸福地哭了，“我为他自豪！”

★　★　★

上官晴混杂在记者当中，举起了长焦照相机，这是一个伪装很好的无声手枪。

她拨开长焦相机的开关，这是无声枪的保险。她的镜头对准了林锐的胸膛，右手食指按在快门上。

上官晴的手机在震动，她顾不上了，还是在准备射击。但是又开始震动，她伸出左手从摄影背心摸出来按下短信息一看：“中断。”她愣了一下，随即又一条短信过来：“无条件，中断。”

她不再犹豫，关上相机开关。

23时58分50秒。

英军埃利斯中校终于张开嘴高喊：“林锐上尉，威尔斯亲王军营现在准备完毕，请你接收……”

林锐冷冷地看着他。

埃利斯中校的声音变得嘶哑：“……祝你和你的同事们好运，顺利上岗。上尉，请允许让威尔斯亲王军营卫队下岗。”

林锐冷冷看着他，张开嘴喊出中国军人压抑了一百多年的声音：“我代表中国人民解放军驻香港部队接管军营！你们可以下岗，我们上岗！——祝你们一路平安！”

★ ★ ★

周新宇眨巴眨巴眼睛，忍住眼泪，但是眼圈明显红了。王斌看着他的眼睛，眼中的严厉少了一些。周新宇稳住自己，严肃地盯着王斌的眼睛。两个人精神和意志的较量中场休息了一下，继续进行。

棋盘上已经风云变幻，杀声震天。

两个较量多年的老特务都是围棋高手，思维都属于大智慧。

★ ★ ★

在林锐等中国人民解放军卫队的注视下，英军卫队撤出威尔斯亲王军营。门口的英军哨兵跟着离去，中国哨兵上岗。

“礼毕——”林锐高喊。

唰——中国卫队手中的 56 半自动礼仪步枪放下。

23 时 59 分 57 秒。

林锐高声命令：“半面向右——转！”

中国卫队半面向右转，面向旗杆方向肃立。

林锐高喊：“敬礼——”

唰——他的右手贴在了帽檐上。

中国卫队行持枪礼。

公元 1997 年 7 月 1 日 0 时整。

《中华人民共和国国歌》在香港威尔斯亲王军营响起。

五星红旗在林锐面前冉冉升起。

林锐的右手在行着最标准的中国军礼。

陌生却又熟悉的五星红旗在上官晴的眼前升起，陌生却又熟悉的雄壮旋律在上官晴的耳边响起。她愣住了，脸上却默默流下眼泪。

奇怪，她自己不明白，怎么会流泪呢？

★ ★ ★

啪！冯云山下了一子，军情局长苦笑：“围棋你也不肯输给我？”

“只要有人，就会有斗争！”冯云山冷笑道，“我们的关系没有任何改变，你我还是敌人！”

“这是不变的事实！”军情局长靠在沙发上说，“我们对外或许一致，但是我们这么多年的敌对关系是不可能现在改变的！以后我们的斗争，还是你死我活的！”

“告辞了！”冯云山站起来抱拳，“我和你不能握手，我没有和敌人握手的习惯——但是你是中国人，我用中华民族的传统礼节告辞！”

“送客。”军情局长也站起来抱拳，“冯云山，我们真正的棋还没下完！我也不会手下留情的！”

“手下留情就是看不起我这个敌人！你我斗争多年，互相都很了解。我期待有一天我们能够真诚合作，共同保卫中华，抵御外辱！”冯云山冷笑，“告辞了！”

冯云山昂首挺胸出去了，王斌紧紧在后面跟着，眼神注视四周。

军情局长看着冯云山的背影，周新宇站在他的身边。军情局长久久不说话，许久叹口气：“如若不是阵营敌对，此人该是我的知己。造化弄人哦！”

★　★　★

公元1997年7月1日6时整。

“开进！”驻港部队司令员下达庄严的驻港命令。

以光荣的“大渡河连”为前导的步兵旅车队高举香港民众赠送的“威武之师、文明之师”的牌匾在文锦渡口岸通关踏上香港大地。

6架迷彩色的直－9武装直升机编队掠过深圳河，出现在维多利亚海湾上空。

10艘海军舰艇从深圳妈湾港码头出发，在海面劈开漂亮的浪花。香港海域停泊和路过的船舶争相向驻港部队海军编队鸣笛致敬，信号兵用灯光打出“香港，你好”的国际信号。

舰艇驾驶舱，年轻英俊的中国海军军官在海图上抹去了“香港”下面的“英占”二字。

公元1997年7月1日8时45分，中国人民解放军驻港部队各梯队依次进入香港威尔斯亲王军营、赤柱军营、山顶白加道三军司令官邸、金钟皇后军营、半山般威军人宿舍、柯士甸道枪会山军营、九龙塘奥士本军营、歌和老街高级军官官邸、昂船洲岛海军基地、元朗稼轩庐军营和潭尾军营、粉岭新围军营和大岭保靶场、大山奥山大奥海军观察站14个军营。

中国政府恢复对香港的主权，标志着一个新时代的到来。

★　★　★

山头上，冯云山看着山下的香港。王斌站在他身后给他披上风衣：“风大。”

冯云山笑笑，看着下面繁华安详的城市很欣慰：“你知道香港回归意味着什么？”

意味什么？王斌一愣，他当然可以顺口说出很多意义。但是他明白，冯云山绝对不是想听他说套话。

冯云山脸上的笑容消失了，代之一种严肃：“中华民族的光荣和梦想！”

王斌反应过来了，最简单的往往就是最确切的。

“走吧，我们还有很多工作要做。”冯云山转向身后的轿车。

王斌看着香港一如往常，一股豪情也涌现出来。是的，不仅是他们这些情报干部的，也是中华民族的——光荣和梦想！

★　★　★

关公红着脸在香雾当中拿着长刀抚着胡须。侯伯神情庄重地上香，身后是诸位头目。

侯伯转向社团的头目们：“今天我们要清理内鬼。”

大家都很严肃，看着社团的领袖侯伯。侯伯伸手示意一下，七叔带出墨镜宝哥。大家都很惊讶，带他出来干什么？

“你现在告诉我，都谁收了军情局大老板的钱？”侯伯的声音很严肃。

墨镜宝哥从未这样严肃过，他慢慢走向人群，站在了大飞面前。

“操你妈的！没见过你大飞哥？！”大飞怒喝，“老子是收了黑钱，但那是侯伯允许的！再看老子砍死你！”

墨镜宝哥笑笑，转向太子。太子面不改色，侯伯说话：“我知道这件事情，太子是我的人。”

墨镜宝哥看看侯伯，笑笑，转向七叔。

“侯伯——”七叔跪下哭喊出来，“我……我也是没有办法啊……我错了！我不该收了钱，不报告你……我需要钱啊，我儿子在美国念书……我不想他再走我们这条路啊……”

“你儿子我来照顾。”侯伯冷冷地说，“只是你养的那两个娘儿们，社团管不了。”

七叔的脸全白了："侯伯，你都知道了……"

"老七，我没想到，我真没想到。"侯伯痛心地看着他，"我没想到你会背叛社团的利益，为了两个娘儿们……"

"侯伯，"七叔跪在地下磕头，"你可怜可怜我跟你这么多年，给我条活路吧……"

侯伯看着七叔："念你跟我出生入死，给你个全尸。你自尽吧。"

执法长老哐地把一把匕首丢在七叔面前。七叔颤抖着手拿起匕首，绝望地看着关公流下眼泪："想不到我一生忠勇，老了是这么个下场啊——"他举起匕首刺进自己的心脏……

侯伯闭上眼睛，几滴血溅在他的脸上。

香堂里面，尸体已经拖走，血迹已经擦去。侯伯脸上没有了刚才的悲戚，变得严厉。他看着墨镜宝哥，墨镜宝哥心有余悸腿都发软。侯伯淡淡地问："还有哪个是内鬼？"

墨镜宝哥慢慢地走到执法长老面前，站住了。

众人大哗，这是最不可思议的事情了！他会是内鬼？！

执法长老面无表情，看着面前的墨镜宝哥。

"你不要乱指认！"大飞急了，"操你妈的大圈仔！老子砍死你——"众人急忙抱住他。

"你收的最多。"墨镜宝哥看着执法长老毫不退缩。

执法长老岩石一样的脸变得复杂起来。

"你是真正的内鬼！"墨镜宝哥盯着他说。

执法长老长叹一声："侯伯，此言不虚。"

侯伯没有惊讶，他早知道答案。执法长老的身躯晃动一下，站直了。太子拔出手枪对准了执法长老的脑袋："把武器拿出来。"执法长老默不作声地拿出自己身上的手枪，丢在桌上。

"这是侯伯的命令，我接管执法长老的职位。"太子冷冷地说。

"侯伯，兄弟一场，我跟你说句话。"执法长老转向侯伯。侯伯面不改色："说。"

执法长老慢慢走近侯伯，突然从袖子里面甩出匕首刺向侯伯。太子的枪同时响了，执法长老后脑直接开花。

墨镜宝哥吓瘫在地上。

香堂变成了刑场，几个小时之内连杀两人。

"人一旦有了贪念，便会背叛。"侯伯冷冷地说，"国民党八百万美式装备，为什么干不过土八路？因为腐败！”他看着大家，“腐败是万恶之源，一个政党腐败会丢掉江山，一个社团呢？会丢掉所有人的身家性命！——我们社团从今天开始要严肃纪律！你们记住，不该拿的钱一旦拿了，就是自己跨进了鬼门关！”

大家都不敢说话。

侯伯转向了墨镜宝哥，墨镜宝哥心里有鬼还瘫在地上打哆嗦。侯伯淡淡地说：“你立了大功，从今天开始你就是蜘蛛堂堂主。”墨镜宝哥咽口唾沫，不敢相信自己居然逃过这一劫。

第十三章
做你自己的选择

★　★　★

“女士们，先生们，本次航班马上就要到达中国北京首都国际机场。请大家系好安全带，客机马上就要降落了。”空中小姐中英对照的声音温柔地传出来。机舱里面没有来过北京的外国旅客都兴奋起来，在舷窗张望下面，议论纷纷。

上官晴把杂志合上交给空中小姐，系上安全带。不知道为什么，她的心开始扑通扑通跳。怎么回事呢？自己从未来过北京啊！她稳住自己闭上眼睛，客机已经开始降落了。

首都机场大厅，上官晴拉着手提箱走出通道。迎面接人的人群中晃出了一个大牌子“欢迎宋晴老师”，上官晴看过去。那个戴着眼镜的中年女老师快言快语：“哎呀，宋老师吧？我是戏剧学院学生处祝老师！你叫我祝妈就好！学院委托我来接你，车就在外面！路上辛苦了！”

上官晴无力地笑笑，她有点头晕。祝妈拉着她就出了大厅：“学院领导已经准备好给你接风洗尘，走走走！哎呀可盼着你来了！你这一加盟，我们戏剧学院的教师队伍又壮大了！”

上官晴出了首都机场大厅，站在外面直晃。她看着四周，怎么如此熟悉？！自己根本没来过啊！怎么会这样熟悉呢？！她摘下墨镜，眼前的一切都变成彩色了。她左右仔细看着，抬起头看北京的蓝天。

一架客机飞过，不留一点痕迹。

“宋老师第一次来北京吧？”祝妈还是快人快语，“北京跟美国不一样，没那么繁华，不过现在发展得也不错！北京的胡同在全世界都有名的，咱们戏剧学院就在棉花胡同39号！那是北京保护得最好的胡同旅游区了！”

上官晴头发晕，就这么上了桑塔纳。

车开在高速公路上，祝妈还在说着：“这些年北京的发展很快，你看看这机场高速，居然有时候也是水泄不通！现在来北京玩儿的人很多，宋小姐在美国应该听人说过吧？——哎哟！对了，还有北京的房子，现在贼贵！据说快赶上发达国家的首都了，也不知道是现在有钱的人多了还是大家不用住房子了？反正没降价只见涨价！”

上官晴看着窗外的景色哗啦啦过去，脸色苍白。

车进了三环，上官晴仔细看着外面，熟悉而又陌生。她睁大眼睛，怎么会这样？这明明是敌后啊！怎么会比台北还让自己有亲切的感觉呢？好像自己曾经在这里生活过很长时间一样？

“北京堵车啊，是最没办法的！”祝妈还在唠叨，“你说这规划也没远见，到处都堵车！私车也越来越多，这堵车也越来越严重！在北京办点什么事儿，都得准备一天的时间！”

上官晴听着祝妈唠叨，仔细看着外面。

车拐进胡同，青色的砖墙狭窄的柏油马路，还有灰色的电线杆子和空中横过的电线。上官晴的脸色越来越白，她呆呆地看着外面的胡同，不时有衣着时尚的男孩女孩经过。祝妈唠叨着：“看，这就是棉花胡同！宋老师你记住了，咱们外面这条大街叫兵马司，往西边拐就是棉花胡同！咱们学院是棉花胡同39号！胡同有路标，上面写着戏剧学院小剧场呢！——哎！那是谁啊？刚出学院门口就手拉手？！咱们正申请211工程呢知不知道？！要是被检查团看见还得了？！赶紧松开！”

那对男女学生急忙松手，那个黝黑清瘦的男孩嘿嘿笑着对车里说：“祝妈，不知道是您老人家驾到啊！这不我们松开了松开了，我们学好！”

“小庄，又让我抓住你了！”祝妈停住车，对外面的学生严肃地说，“你说说你啊，一天到晚胡晃什么呢？”

“祝妈，得得得，我错了！”这个叫小庄的男孩急忙摆手，“我错了还不成？我去人艺看戏去了，回见您呢！”

“导演系的，叫小庄。”祝妈继续开车说，“刚刚一年级就淘得要命，这孩子以后怎么得了？”

上官晴没说话，好像有什么心事。祝妈接着说：“和咱们胡同对着的是锣鼓巷胡同，中间分开了！北面的呢，叫北锣鼓巷；南面的呢，叫南锣鼓巷！跟咱们胡同平行的呢，是鱼儿胡同和橘子胡同……”

上官晴的脑子被“橘子胡同”四个字打了一下，彻底蒙了。她呆呆地看着外面的胡同，张开了嘴。很多混乱的念头糨糊一样在脑子里面转动着，但是却理不清头绪。

车拐入校门停在办公楼门口，祝妈下车：“到了！这就是咱们戏剧学院，亚洲最好的艺术学院之一！”上官晴戴上墨镜下车，看着小小的校园：“这么小啊？！”

“是啊，全国最小的大学啊！”祝妈说，“占地25亩！没有比这个再小的大学了，谁让咱们在这个风水宝地呢？不过咱们在玉泉营刚刚分了块地方，以后大专就搬到那边去！这里只有本科和研究生，也还够用！走吧，学院领导和导演系的老师都在楼上会议室等着呢！”

上官晴跟着祝妈上楼到了导演系会议室，这是个空间不大、四周都是长沙发的简单房间，带着戏剧学院多少年养成的简朴厚重的艺术气息。负责教学的副院长代表学院欢迎从美国纽约大学戏剧系来华讲学的美籍华人宋晴博士，希望她能很快适应北京的生活，爱上北京，给戏剧学院导演系的教学注入新的活力。导演系主任逐一介绍了导演系的老师们，大家对宋晴女士表示热烈欢迎。

随即，上官晴就被安排到学院留学生公寓的一个单间。学校小所以没有招待所，上官晴神情恍惚被大家认为是时差原因，所以都没有在意。寒暄过后，祝妈就离开了，桌子上放了一张北京地图和一张戏剧学院食堂的饭卡。

上官晴把自己扔在床上，她确实需要好好休息一下。不仅因为从北美飞到北京的旅途劳累和不同时区的时差，还有不知道自己为什么脑子像糨糊一样。她必须让自己清楚过来，才能更好适应“宋晴博士”这样一个角色。当然，她的博士学位不是假的，只是她自己知道在读博士之前的履历完全是虚构的。她的名字叫上官晴，是T军事情报局的上尉谍报员，此次是由于她在法国巴黎戏剧节带去的莎士比亚经典剧目受到一致好评，才应邀到北京中国戏剧学院来讲学的。

这是无心插柳，原来并没有让她在北京潜伏的计划。但是她的上级周新宇认为，这是一个难得的潜伏在北京的机会。没有给她更具体的任务，先潜伏下来再说，最多是搜集大陆文学艺术和意识形态流域的文化情报，至于下一步怎么办看她潜伏的状态如何再做决定——在中国大陆可以得到不被怀疑的潜伏身份太难了，她不被怀疑的先决条件就是居然得到大陆戏剧学院的邀请来华讲学。既然是大陆邀请去的，那么安全机关怎么也不会主动怀疑到她的身上。

这说明她的掩护身份确实做得不错，已经可以在学术上有所造诣了。

或者用戏剧艺术的行话说，角色已经“死”在演员身上了。

★ ★ ★

“不行不行，这学名得我起！”林涛涛笑着抢过杨雪手里的婴儿，婴儿看着他的黑脸哇哇直哭。杨雪赶紧拉他：“你看看你！没德行，赶紧给我！你把孩子再吓着！”林涛涛嘿嘿笑着给了杨雪，杨雪熟练地哄着孩子：“哦——哦——宝宝不哭，妈妈抱——”但是婴儿还是哇哇大哭。

楚静坐在病床上脸色苍白又带着一丝红晕伸出双手：“给我吧。”说也奇怪，婴儿一到了楚静手里马上就安静了，咕咕着很舒服，伸手抓楚静的脸。

“唉——”杨雪无可奈何，“还是亲妈好使，干妈不好使哦！”

“王斌什么时候回来啊？”林涛涛问，“这孩子出生还没见过爹呢！他这个爹可不合格，不合格！我看这孩子喜欢我，干脆我抱回家算了！”

“那我也得舍得啊！”楚静笑着说，“这可是我身上的肉，坚决不给！”

“等他回来了，女儿就不认爹咯！”林涛涛逗着孩子，孩子又哇哇哭。杨雪急忙拉他起来：“你就别吓唬孩子了，再给孩子留下点什么心理阴影？边儿去边儿去！”

陈点点还是那副学生打扮进来了，抱着花儿，提着营养品笑着说：“真热闹啊！你们都在啊！静静姐，这是你女儿啊？真漂亮，跟你一样！”她把花儿和营养品放在桌上伸出手，“来，阿姨抱抱宝宝！”

婴儿现在成了小明星，咯咯笑着被陈点点抱起来亲着，婴儿也不怕生。林涛涛笑道：“女人天生是母亲，果然没错啊！别看咱们点点年纪小，这妈的派头也是实打实的啊！”

陈点点脸红了一下，抱着婴儿低着头：“还正科干部呢，林大哥你还开我的玩笑！”大家哄笑，林涛涛反而不好意思了：“我这不也随便一说嘛，天明不也正科干部嘛，你是政法战线正科干部的家属，我这么说不算过分！”

“静静姐，我跟你说点事儿。”陈点点红着脸把孩子递给杨雪，自己坐在楚静旁边，“怀孕都得注意什么啊？”

“哟！哟！”楚静睁大眼睛抓住陈点点的手，“你怀孕了？！”

“可能吧。”陈点点赶紧搪塞，“我还没去检查呢！”

“哎呀，点点也要做妈妈了！”杨雪也高兴了。陈点点更不好意思了：“这还没确定呢！”

林涛涛嘿嘿笑着刚想说话，就被杨雪往外推：“去去去！女人的事儿你瞎掺和什么？去超市，按我给你的单子买东西去！别在这儿碍事儿！”林涛涛被推出门外还在笑着：“点点我跟你说啊，这个干爹我还得当啊——”

咣！杨雪已经把门关上了，她回头笑着：“点点是不是想吃酸的？”

★　★　★

戏剧学院的教室其实就是排练场，大家环成一个圈坐着，看着中间的上官晴。上官晴长发扎着马尾巴，笑着看着年轻的学生们：“中央戏剧学院，是我久闻大名的一个艺术圣殿。很高兴有机会来到北京，来到你们中间。你们都是导演系的一年级学生，能够考到这里学习，真的很厉害。我看过你们的资料，有的还很有文学修养。”

年轻的男孩女孩看着从美国来的漂亮老师，认真听着。

“莎士比亚，是我们戏剧界的一个永恒的经典，也是一个传奇。”上官晴笑着说，“我来到这里，和你们一起研究莎士比亚，学习莎士比亚。我们‘莎士比亚戏剧工作室’今天就算正式开始了，我想你们都读过莎士比亚的剧本吧？”

大家都说读过，小庄在里面想着什么走神了，没说话。

“小庄。”上官晴点名，“你在想什么？”

“哦，没什么。”小庄回过神，笑笑，“我没看过莎士比亚。”

“你没看过莎士比亚？”上官晴有点惊讶。

“对，我没看过莎士比亚。”小庄笑笑，“宋老师，很奇怪吗？”

“有一点吧。”上官晴笑笑，“那么你喜欢谁的戏剧呢？”

“没我喜欢的。”小庄很平淡地说，“我喜欢我自己的戏剧。”

“在哪里？我可以看看吗？”上官晴好奇地问。

“我还没写出来。”小庄说，大家一阵哄笑。上官晴也笑了：“你多大了？”

“17。”小庄说。

“好，有志气！”上官晴笑笑说，“我会记住你的名字，希望以后可以看到你的戏剧。不过现在，我想你还是学生，还是要好好学习莎士比亚的。你没看过，怎么知道他写得不好呢？对不对？”

小庄笑笑，没怎么说话。这是个小大人性格的孩子，不好多说话。上官晴看着大家：“现在，我们来安排一下‘莎士比亚工作室’的工作日程。你们这个学期就是跟我进行对莎士比亚的专项研究和表演学习，我希望在学期末的时候可以进行经典剧目片断的公开演出。我选择的剧目是《哈姆雷特》、《罗密欧与朱丽叶》、《仲夏夜之梦》，从这三个经典剧目当中选出三个片断，分 A、B 角进行排练。在这个过程大家熟悉一下经典剧目的导演方法和表演技巧……”

教室里面，学生们已经开始做简单的对话游戏。上官晴认真看着，不时地打断、说明，她的中文本来就很标准，不知不觉当中变得带有北京话的味道：“好！非常好！注意体验，注意台词与台词之间的情绪转换！气息，气息很重要！全身心投入，去感受……”

休息时间，上官晴在喝咖啡。她身边围了一群学生和她说话，一个 28 岁的白胖子笑着问：“宋老师，你是北京人吧？”上官晴笑笑：“不是啊？为什么这么问，我第一次来北京。”白胖子笑道：“那您这北京话真地道！听着和北京人一样！”

“你是北京的吗？”上官晴脑子有点晕。

“不是，我南京的。”白胖子笑眯眯地说，“原来是江苏人艺的演员，工作以后考到这里。”

坐在边上看莎士比亚戏剧的小庄笑了一下，白胖子看看他也乐了：“庄作家，看什么呢？那么入神？”

“莎士比亚，蛮有意思的。”小庄笑笑说，“比我想象的好看。”大家一阵哄笑，上官晴也笑了：“怎么他们都叫你作家啊？”白胖子笑笑：“他真是小作家，出过书的。”上官晴惊讶地问：“是吗？”

小庄笑笑：“过去的事情了，别提了。”他从书包里拿出一本书，递给上官晴，“这是我写的，宋老师如果有时间可以看看。”上官晴接过来，看看封面：“《闪亮的日子》？你写的小说？”小庄笑笑：“过去的，我现在知道为什么莎士比亚是大师了。”

上官晴也笑笑，随手翻着小说。小庄继续看着莎士比亚的戏剧，不由自主地念出来：“生存或毁灭，这是个必答之问题——是否应默默地忍受坎坷命运之无情打击？还是应与深如大海之无涯苦难奋然为敌，并将其克服。此二抉择，究竟是哪个较崇高？”他眼睛发光，看着剧本恨不得吃进肚子。

上官晴笑了，她很满意这样的效果。随即，她拍拍手：“上课！小庄，你来演哈姆雷特，试试看！”

小庄笑笑，站起来把剧本合上。上官晴很诧异：“不用看台词吗？”

“我已经背会了。”小庄笑笑，自信地说。

上官晴惊讶地看他，小庄站起来坦然面对面前的女生，台词声音抑扬顿错：“生存或毁灭，这是个必答之问题——是否应默默地忍受坎坷命运之无情打击？还是应与深如大海之无涯苦难奋然为敌，并将其克服。此二抉择，究竟是哪个较崇高？”

上官晴满意地看着黑且瘦的小庄，露出笑容。

★　★　★

穿着便装的军情局长看着自己收拾一空的办公室，看着那面“国旗”，苦笑一下。周新宇军容整齐地站在他面前：“局长。”

“怎么，你要送我一程？”军情局长淡淡地笑。

“我开车送您。”周新宇压抑着自己内心深处的情绪，庄重敬礼。军情局长苦笑：“我已经退出现役了，你不用向我敬礼。”周新宇喉结蠕动一下：“那您也是我的长官，我永远尊重您！”

“你这样会被新局长记恨的。”军情局长淡淡地说，“我已经老了，你还年轻。你的路还很长，不需要陪着我了。现在局里面很动荡，正是新旧交替，未来如何发展现在都还没有定数。你要把握好自己的前途，尤其是你早已被他们认为是我的亲信——这个时候更要注意自己的一言一行，不然你往后的路不好走的。”

“不是认为，而是我就是您的亲信。”周新宇脸色铁青，“我并不是不懂事，也不是不服从上峰命令。我知道军人以服从命令为天职——但是要我放弃我的政治信仰，我做不到！”

军情局长看着他，想说什么没说出来。许久，他说：“你还年轻，很多事情还需要深思熟虑。你是局里面最年轻的上校之一，而且业务突出，新局长也会重用你的。在这个时候，就暂时不要谈什么政治信仰了。记住，留得青山在，不怕没柴烧。”

“我也想退役。”周新宇说。

军情局长苦笑：“你退役？你能做什么？你的身份这样敏感，你的位置这样特殊——哪个局长敢放你离开这里？就算你离开军情局，你装着那么多事情，中共安全部也不会放过你。情报领域也是江湖啊，你踏入江湖就出不去了。”

周新宇咽下唾沫：“局长！我不想为他们服务！我生是党国的人，死是党国的鬼！我宣誓效忠的不是政治小丑，是党国！局长，我到底该怎么办？！请您明示！”

“以不变应万变。”军情局长淡淡地说，“在这个非常时期，团体需要你这样得力的干部来维持军心！虽然政府换了，但是我们的团体还在！你明白吗？”

“是！”周新宇低声说。

“我走了。”军情局长拿起自己的公文包，周新宇紧紧跟在他的身后。

军情局长苦笑：“你还是要送我？”

“士为知己者死！”周新宇冷冷地说，“何况，只是陪您走出大楼！”

军情局长笑道：“你知道多少双眼睛在看着你？”

“看我又如何？”周新宇冷笑。

军情局长欣慰地笑：“我在军情局几十年，今天才知道——我唯一没看错的人，就是你！走！”

“局长，请！”周新宇驱前一步打开门。

在众目睽睽之下，周新宇跟着军情局长昂首挺胸地穿过走廊，走入电梯。大厅光洁的地板上，两个人径直穿过目瞪口呆的人群走向外面。周新宇一直把老局长送上车，恭敬地关上车门，后退一步啪的一声一个标准的军礼。

车发动了，突然停下。老局长打开车窗：“周末，我去钓鱼。有时间一起去吧。”他挥挥手，示意司机开车。周新宇站在原地，没说话。

★　★　★

日本东京街头。

戴着金丝边眼镜的王斌把手里的玉米粒撒给面前的群鸽，脸上带着欣喜的笑容：“家里问你，是不是需要回去过冬，我们可以安排。”

背对他坐在后面的长椅上看报纸的廖文枫答道：“我母亲已经去了英国我姐姐那里，你们看情况给以保护。如果我有不测，你们帮助转移到大陆吧，她想叶落归根。作为儿子，我不能让她现在回去，是我不孝。”

“你自己呢？”王斌淡淡地问，“你已经被军情局怀疑了，再待下去有什么特殊作用吗？”

“局势正在恶化。”廖文枫说，“岛内政治风云瞬息万变，军情局内部也是人心惶惶。大老板已经被新政府排斥，正在办理退休手续，局里一批干部都受到新政府排挤。这是乱世，乱世是可以做文章的。”

“周新宇呢？”王斌问。

“他也受到排挤，要从核心被踢出去了。”廖文枫说，“我们这批干部都是政治立场非常坚定的，也可以说是热血军人。虽然他长期以来从事对大陆的敌对谍报工作，但他还是坚持一个中国的信念。这样的干部，新政府是要换血的，不然对自己巩固政权不利。这次新政府换届，对他打击很大，可以说多少年赖以支持的政治信仰已经崩溃了。我分析，民主换届对他打击并不大，他也懂得忠于国家超过忠于党派的道理，他这样愚忠的军人，是完全可以做到的。对他打击最大的，是新政府的政治倾向，这种卖国行径是他深深憎恶的。我分析，在这种情况下对他进行策反可能会有效果。”

“对周新宇还是要慎重。”王斌说，“虽然我不怀疑他是热血军人，但是他长期和共产党为敌，这种思维模式不是一朝一夕可以改变的。我们当然不拒绝任何想为了祖国统一大业而奋斗的人，哪怕曾经是我们的敌人——但是必须要经过慎重的观察和考查，不然可能适得其反。”

“我明白。”廖文枫点头。

“家里会好好分析，得出一套方案。”王斌想想说，“如果周新宇有策反可能，我们会统一谋划。周新宇是个出色的情报干部，这一点我们也很清楚——但是他的这种出色是建立在我们同志的鲜血上的，这一点也必须明确。他不可能那么简单就放弃自己的思维模式和我们走到一起。”

“我跟他是新兵连的把兄弟，我可以侧面试探一下。”廖文枫说。

“周新宇和你不一样，虽然你们都是热血军人。”王斌想想说，“你一直在作战部队，参加特务训练也是几年前的事情。周新宇则不同，他从新兵连结束就是在做特务工作，多少年的情报工作养成了他诡秘低调的个性。他跟我们共产党之间是有血海深仇的，他手上有我们不少同志的血。我倒不是说他不能跟我们走，而是必须要对他进行系统的研究之后再做出判断。不然，我们可能还要付出新的惨痛代价。他也有可能不为新政府服务，也不愿意跟我们合作而最终选择退出这个战线。这个可能性也是很大的。”

廖文枫笑笑：“你不是军人出身，不理解战斗对于军人的意义。我敢说周新宇绝不可能终老南山，他不适应的。一个军人的生命就是战斗，但是军人不是雇用兵，军人是为了政治信仰战斗的。我是真正的军人，周新宇也是；我敢说他不会为了台独的政治信仰战斗，他一直赖以支持自己的是忠于党国的梦。现在这个梦已经彻底破灭了，他正处于痛苦当中。给他指明一条崭新的战斗道路，虽然他未必会现在答应，但是我敢说他肯定会认真思考，不像从前那样立场坚定。”

王斌静静听着：“你的判断或许是正确的，但是家里不会同意你现在冒险的。你已经做了不少工作了，不要让自己太累。”

廖文枫点燃一根烟：“我不知道你能不能理解我们这种人的心，真的。我们是中国军人，却不能为祖国抵御外辱，甚至要做阻止祖国统一的炮灰。我们和世界上所有的军人一样，忠诚勇敢，但是我们到底为什么战斗？我想很多人都在痛楚，尤其是现在。一天又一天，强大中国的梦距离我们越来越远，我们算什么中国军人？

中山先生和蒋先生若天上有灵，会对我们失望的。”

王斌不说话，此时他也不知道说些什么。

“本质上，我们和海峡对岸的军人是一样的。”廖文枫的眼睛炯炯有神，“我们不是汉奸，不是卖国贼，不是台独的炮灰！——虽然我现在是这个身份，但是我可以不客气地说，我并不惧怕和解放军战斗！但是我要明白我为什么战斗！如果是为了统一中国、强大中国的不同政治主张，我想我会毫不犹豫；但是为了这个岛脱离中国？不可能，我绝对不会去做这种卑鄙卖国贼的炮灰！”

王斌点点头：“你的心情我理解，但是我不能掌握周新宇……”

“周新宇和我，本质是一样的，我们都是一起当兵的。”廖文枫说，“虽然他可能从事情报工作的时间比较久，因此心计比我多脑子比我活——但是我敢说，他绝对不可能出卖民族利益！”

王斌静静听着，许久：“策反周新宇可不是一件简单的事情，他老奸巨猾，精明干练。他或许并不会出卖民族利益，但是思维的惯性很可能让他把你交给上司，因为你说过他是很愚忠的那种人。‘愚忠’这俩字，足够他办傻事了。”

“如果那样，照顾我的母亲。”廖文枫淡淡地说。

“这个事情，你容我跟家里慢慢商议。”王斌说，“你要明白，你可能得到的结果是什么？”

“我？”廖文枫淡淡一笑站起身，“一个乱坟岗。”

他收好报纸，孤独地走向车水马龙的大街。王斌没有去看他的背影，只是看着面前洁白的鸽子。鸽子们咕咕叫着转着黑色的眼睛，吃着玉米粒，似乎不知道人间的忧愁。王斌苦涩地笑了一下，起身默默走向公交车站。

★　★　★

冯云山看着报告，许久没说话。王斌站在他面前：“这就是‘岳飞’和我谈话的全部情况，我当时没有答复他。我想这样重大的决策必须由局里决定，我个人觉得倒是可以尝试。”

“周新宇。”冯云山咳嗽一下，放下报告闭上眼睛，“这个周新宇倒是个角色！多少年也没遇到过这样出色的敌人，是个人物哦！”

“冯局长的意思呢？”王斌问。

“策反周新宇这样的敌人，是要冒很大风险的。”冯云山睁开眼睛，“他的家族祖上就是在我们这边被镇压的地主恶霸，当然也是有血债的，所以他跟共产党之间的仇恨是根深蒂固的。抛开这些不说，这些年来互相之间的隐蔽斗争都是伤痕累累。从敌人一下子转为我们的关系，他需要走的路不是一般长啊。”

“这个人值得我们运作吗？”王斌问。

冯云山仔细想着：“按照他的思维逻辑分析，他肯定会和新领导有矛盾。但是恐怕现在不是时候，他是个狠角色，不会那么轻易就转过方向。我们策反一个工作对象，必须先掌握他的心理变化。‘岳飞’比他单纯得多，也用了几年的时间。周新宇肯定比他还要费劲，虽然现在风云变幻，但是在他的个人政治前途没有受到直接厄运之前，不要碰他。”

“‘岳飞’的意思，是想对他侧面试探一下。”王斌说，“他们是新兵连的把兄弟，长期关系不错的。”

“把兄弟？”冯云山苦笑，“你跟老侯也是把兄弟，算数吗？在工作面前，这些都是一纸空文！通知‘岳飞’，不要轻举妄动！什么时候可以接触，等我们观察分析以后再决定。”

“是！”王斌回答完往外走，冯云山叫住他：“等等！你回来以后去医院没有？”

“还没顾得上。”王斌不好意思地笑。

“不像话！”冯云山斥责他，“你现在立即把手上的工作整理好，然后去医院看看老婆和孩子！还有，陈点点也怀孕了！你代表局里买点礼物去看一下，肖天明大概下个月就回来。这个消息你可以告诉她，但是要注意场合。”

“怎么都要当爸爸了？”王斌笑了，“我们这哥几个都赶一起了！就剩下雷鹏没结婚了。”

“那个嘎小子？”冯云山笑笑，“在你们外派的这段时间，他正跟跆拳道馆的一个女教练黏糊呢！你的情报落后了，他已经打了结婚报告！就等你们都回来，再结婚呢！”

“真的啊？”王斌惊喜地说，“雷鹏也要结婚了？！”

“你以为呢？”冯云山笑道，“赶紧先去看看老婆、孩子，然后去看看陈点点。如果时间充裕，就去跆拳道馆看看找雷鹏吧！他刚刚结束专项工作完成得不错，我给了他点时间让他陪女朋友。他肯定在那儿挨摔呢！”

“啊？！”王斌更惊讶了，“雷鹏也被人摔？”

“那女孩是武警女子特警队下来的。”冯云山也乐了，“身手不比雷鹏差，这次这个嘎小子有的拼了！”

王斌跑到医院，一推门看见楚静正在抱着孩子喂奶。他哈哈笑着：“楚静！我回来了！”楚静有点不好意思，但是也没法动：“回来就回来呗，关上门！”王斌跑过去：“快让我抱抱女儿！”

“别闹！喂奶呢！”楚静着急地说，“你这一闹，她又得哭了！你可不知道，你闺女可能哭了！一哭就一宿！”

王斌笑着逗女儿：“是不是啊？闺女？看爸爸回来了，笑一个！”

孩子看着王斌，恐惧地哭了。楚静赶紧哄着孩子：“哦——哦——不哭咯！不哭咯！妈妈抱——你说你这人，你不回来我们娘儿俩多好啊！瞧你这一回来，鸡飞狗跳的！”

王斌不好意思地笑着，看着楚静白皙的脸凑上去亲了一下。楚静急忙推他：“去去去！又没德行了，这在医院呢！”王斌还想凑上去，门咣地被撞开了。陈点点冲进来大喘气，脸上红扑扑的：“静静姐！”

“哟！点点，我还说要去看你呢！”王斌急忙站直了恢复常态笑着说，“怎么了这是，火烧眉毛了？”

“我……我……”陈点点咧开嘴哭了，“我今天检查了……”

“怎么了？！”楚静马上警惕起来，“孩子怎么了？！”

“我……我……”陈点点擦着眼泪哽咽着说不出话。

“别着急，你慢慢说。”王斌冷静地说，“到底怎么了这是？”

“我……我怀的是双胞胎……”陈点点哭出来了，“两个我怎么生啊……”

楚静噗一下乐了：“哟！我们点点真本事啊！这一怀就是两个啊？！”

王斌嘿嘿笑着：“非把明子给乐死不可！”

“他还乐？！”陈点点急了，“都怪他……”喊完就哭了，“两个啊！我妈妈说生我一个的时候……就疼死了……现在两个，我怎么办啊……”

王斌和楚静忍不住哈哈大笑，陈点点哭得更凶了：“我从小就怕疼啊……”

咣！穿着跆拳道服的雷鹏被直接扔出去。他扶着肩膀揉揉，站起来不服气：“再来！”对面那个女孩短发英姿飒爽，摆好姿势：“哈——”

“哈——”雷鹏直接起脚弹踢，女孩敏捷低头闪过。随即一个正蹬直接踢在雷鹏支撑腿的膝盖上，雷鹏软了一下倒地了。女孩笑笑：“还来吗？”

雷鹏刚刚站起来，旁边有人喊：“算了算了！别丢人了！”

“斌子！”雷鹏转头，满身大汗地跑过去，“你回来了？！”

“述职。”王斌笑笑，看着那个女孩，“找到对手了？也不介绍介绍？”

女孩脸一红，收起刚才英姿飒爽的气势，低头礼貌鞠躬。雷鹏嘿嘿笑着说：“我未婚妻，邓亚敏！”

“你好，我是王斌。”王斌笑着说，“雷鹏的同事。”

“斌子可是我们单位格斗第一名啊！”雷鹏突然喊，“在我们单位那是逮谁打谁啊！”

“我说你别毁我啊！”王斌赶紧摆手，“我不行！我那把刷子还都是跟你学的！”

“请多指教！”女孩鞠躬。

“赶紧吧，让你指教呢！”雷鹏嘿嘿坏笑。王斌苦着脸赶紧挣脱：“晚上我请客还不行？晚上我请客还不行？你就别毁我了好不？我跟女特警打不找练吗？”

★　★　★

“老师，我要走了。”小庄突然对上官晴说。

正在食堂吃饭的上官晴一愣，看着站在旁边的小庄：“走？去哪儿？”

“我的休学报告被批准了。”小庄笑着说，“我要走了，暂时离开戏剧学院。”

“干什么去？”上官晴纳闷儿地问，“你资质很好啊，怎么休学了？是不满意我的教学吗？”

“不是，您是我尊敬的老师。”小庄很少这么严肃。

“那你怎么休学了？家里出事了？”上官晴着急地问，“需不需要帮忙？”

“没出事。”小庄淡淡一笑，很严肃，“我要当兵了。”

“当兵？”上官晴眨巴眨巴眼睛，“好像不需要全民服兵役吧？”

“是不需要，我是自愿的。”小庄眼睛放着光，“我申请休学参军，今年的冬季征兵。”

“为什么呢？”上官晴不明白。

“为了爱情。”小庄笑笑。

“爱情？”上官晴一愣。

“我爱的女孩，参军了。”小庄严肃起来，“我不想她一个人上战场。”

“战场？这都什么跟什么啊？哪里打仗？”上官晴确实很紧张，职业特务的弦子绷起来了。

“还没打，我怕一旦战争爆发她要一个人上战场。现在东南局势不好，我怕战争爆发。”小庄笑着说，“我爱她，我想如果战争爆发，我和她要在一起。”

上官晴发呆地看着他，嘴都张大了：“你要当解放军？！”

“对啊。”小庄笑道，“我还能当什么兵呢？其实我不喜欢军队，那里太压抑人的个性。但是为了她，我愿意。我走了，今天晚上的火车。老师，再见！”

小庄转身走了，上官晴还愣在原地。小庄走到食堂门口回头笑：“老师，我会写新的作品的！我会比莎士比亚更辉煌，你等我的消息！”在上官晴不知道说什么的时候，小庄已经转身下楼了。

食堂人很少，上官晴愣在那里半天说不出话。那个28岁的白胖子端着盘子过来笑眯眯地打招呼：“宋老师好！”上官晴笑笑：“你好，小庄怎么要当解放军了？”

“咳，年轻人嘛！”白胖子笑，“谁没年轻过啊？”

“你也当过解放军？”上官晴问。

“我？我没有。”白胖子笑，“不过我是在军队大院长大的，我父母都是南京军区总医院的医生。所以我不当兵，没什么新鲜的。不过我支持年轻人当兵，多锻炼锻炼嘛！”

“你对解放军怎么看？”上官晴问。

“子弟兵啊！”白胖子笑，“当然问题也是多多的，不过总体来说还是可以的。怎么宋老师对军队也感兴趣吗？”

上官晴被噎了一下，笑着说：“我看小庄当兵了，随便问问。”

“我说呢，海外回来的老师怎么会对解放军感兴趣呢？”白胖子笑着吃饭。上官晴脸上挤出笑容，起身端起盘子：“我吃完了，下午你们自己排练吧。我出去走走。”她拿着盘子放到回收车里面，洗手下楼了。

北京已经是冬天了。上官晴扎好围巾，无言地穿过戏剧学院的两个水泥篮球场。她来到这里以后，排练紧张，还真没怎么出去转过。此时此刻，她觉得压抑，打算出去转转。

走出戏剧学院的西门，就走进了棉花胡同。上官晴在寒风当中随意走着，树杈已经没有叶子，对着苍白的天空伸出手臂似乎无力地想挽留什么。上官晴走在古老的北京胡同里面，身边不时地经过衣着时尚的女孩男孩。上官晴把自己的脸用围巾挡住，不想被人看出来。她默默地在胡同走着，呼吸着寒冷的空气。

小庄是个很不错的学生，一个有灵气的男孩。他也参军了，成了自己的敌人……这个道理上官晴怎么也没想明白。她默默地在胡同里面穿行，看着陌生的胡同却有几分熟悉的感觉。各种念头纷乱如麻，到底是怎么回事呢？

她走着走着，穿过了整个胡同区，溜达到了后海边上。后海已经冰冻，成为一个大大的冰场。男孩女孩们穿着冰鞋在冰面上滑行着，她呆呆地看着，脑子一片空白。冰鞋唰啦啦从冰面滑过，在冰面留下一道道冰渣子，犹如滑过她空白的心。

她睁大眼睛呆呆地看着。

唰唰唰——冰鞋滑过冰面。

上官晴的眼睛闪着泪花，她自己也不知道为什么。

唰唰唰——一个漂亮的女孩滑过冰面，只不过是黑白画面。一个黝黑的男孩精瘦黑高，拉着她的手。两个人都十多岁，带着孩子的笑容和成人的羞涩。

唰唰唰——上官晴眨巴眨巴眼睛，一切又消失了。

她开始头晕，扶住了栏杆。

远处的一辆面包车内，一个精干的年轻男人放下望远镜拿起手机拨了个号码："她在后海边，好像在等人。"雷鹏听着手机里面传来的报告，皱起眉头："我知道了，盯死了！马上去人支援，我也过去。挂了吧。"

他放下电话苦笑："看看，这想休息都不成。我养的金鱼可能有点问题。"

王斌坐在烧烤跟前正在烤肉："得，你放心去吧。你老婆我照顾。"

"乌鸦嘴！"雷鹏笑笑对邓亚敏说，"我去了，一会儿王斌送你们回家。"

"注意安全。"邓亚敏叮嘱。雷鹏就笑："当然安全，不跟你打跆拳道我怎么都安全！"邓亚敏笑了一下打他："去吧去吧！"

"各位，对不住了。"雷鹏拿起啤酒，"我还得开车，就这一杯吧。"

"别让交警查着啊，现在可出台'五个不准'了！"王斌笑着说，"到时候可别丢咱们的人啊！"

"没事，我就挂公安部的旗号。"雷鹏笑笑说。

"我操！"林涛涛还是痛心疾首，"你说我跟你们混有个什么好？"

雷鹏嘿嘿笑笑，出去了。陈点点眼睛还红肿着，杨雪笑着逗她："我说你干吗愁眉苦脸啊？双胞胎啊！要是生个龙凤胎多喜庆啊！明子不得翻天了？"陈点点很郁闷："我这不担心嘛，万一奶不够吃怎么办？"

"噗——"正在喝酒的林涛涛喷了，他擦着嘴："没事，这多少干妈啊！给你匀点就得！"

"胡说什么呢你？！"杨雪掐他，"合着你们男人就拍拍屁股什么都不管了？"

王斌笑着给楚静夹菜："这个啊，我们真得道歉。工作性质决定了我们不可能陪在老婆身边安安稳稳过日子，点点，我也替明子向你道歉。不过我们无论走到哪儿，都是惦记老婆的！"

"你就别标榜自己是多好的男人了！"楚静逗他，"谁知道你出去都干吗了！"

“就是！”陈点点也撇嘴，“等他回来，我也得审他！”

“你可别啊，点点！”楚静赶紧说，“我刚才是开玩笑的！真不能问，他也不可能说。我们对自己的同志都是绝对信任的，互相什么都不问；点点，你也要对他绝对信任，如果没有这种信任，会伤了他的心的！”

陈点点嘟着嘴：“我知道了，哪儿有那么严重啊！我才懒得问他呢！”

“明子？！”王斌惊喜地站起来冲到门口，“你什么时候回来的？！”

“又逗我！”陈点点就是不回头，“你们就欺负我小，就喜欢逗我！”

林涛涛、杨雪和楚静也都站起来了，脸上的表情都很惊喜。陈点点还是不回头：“你们都是大哥大姐，就逗我吧啊！我才不相信……”

一双熟悉的手蒙住了她的眼睛，带着外面的寒气。陈点点惊讶了随即蹦起来：“啊——”

肖天明还留着大胡子，笑着在她的耳边低声说：“你不相信什么？”

“黑社会！”陈点点惊喜地喊出来，她挣开肖天明的手回头，“你？！你真的回来了？！”

肖天明满脸胡子笑得很开心：“不是我，还能是谁？”

“你怎么现在跟阿凡提似的？”陈点点哭着说，“你怎么回来也不提前打个招呼？！我恨你，我恨你——”她扑在肖天明的怀里大哭，“你个坏蛋黑社会！你害苦我了你知不知道？！”

“怎么了这是？”肖天明咳嗽两声，还改不了嘴里的新疆普通话味道，“谁招惹我老婆了？我去收拾他！”

“就是你！就是你！”陈点点哭着说，“你看你现在跟个卖羊肉串的似的！你家里有老婆知不知道啊？你老婆怀孕了知不知道？”

“知道啊？”肖天明满脸喜悦，“刚刚回来局长就告诉我了，我就赶紧过来了！”

“卖羊肉串的，你老婆怀的是双胞胎！”楚静笑着说。

“真的？！”肖天明抱住陈点点激动地说，“感谢阿拉——”

“我操！”林涛涛苦着脸说，“我认识的都什么人啊？！不知道的还以为你是安定医院出来的呢！那胡子真的假的？假的就赶紧摘了吧。”

“当然是真的！”肖天明嘿嘿笑着拉陈点点坐下，“干我们这行的除了心是假的，什么都是真的！”

“你对我的心也是假的？”陈点点流着眼泪问。

“那当然不是！”肖天明赶紧说，“演戏归演戏，自己还是知道自己是什么东西的！——说真的啊，我给你们露两手！这个烤肉啊，需要技术，要掌握火候！”

“啊？！你真成卖羊肉串的了？！”陈点点大惊失色。众人哈哈大笑，楚静笑得最开心。

★ ★ ★

雷鹏开车到了后海边上，慢慢开过旁边的小路。他已经看见了上官晴的背影，透过车窗仔细观察着，没发现什么异常情况。他开车经过，在一个拐角停好下车，三步两步上了面包车。

“雷头，一个小时了没动窝。”一个年轻干部说，“也没什么人和她说过话。”

雷鹏仔细看着监视器：“打电话没有？”

“没有，她的手机我们都监听着呢。”年轻干部说，“一直没动静，好像是关机了。”

“不正常就是有问题。”雷鹏看着监视器上的上官晴，“学校去过吗？”

“去过，不过没搜出来什么。”年轻干部说，“如果不是知道她的身份，还真以为她是老师呢！蛮内行的，都是专业书籍。英文的也查过了，都是戏剧理论方面的。”

“她是潜伏的，不是一般的职业学生或者教师角色。”雷鹏仔细思量着，“没人接头，一个小时没动窝，这是什么状况？”

“要不要正面碰一碰？”年轻干部问。

“别，惊了她不知道要怎么样呢！”雷鹏苦笑，“盯死了吧，我又调了一组人过来。我觉得她应该有什么目的，不然有病啊！在后海看一小时滑冰？”

“转身了！”前面的干部低声说。

大家急忙凑到监视器跟前，看着上官晴转身呆呆地看着后海附近的建筑。她慢慢地走向那片酒吧，雷鹏急忙命令：“去两个人，先去酒吧那边等着！看她进哪个，可能要接头！我下去跟着，你们在这里死盯！”

傍晚后海边人很多，上官晴默默走着。雷鹏和几个衣着各异的干部前前后后夹着她慢慢走，在不同的距离将她盯死了。上官晴浑然不觉，她的心已经一片混乱。

“没停，过去了？”雷鹏有点纳闷儿。

上官晴确实没有在酒吧停留，她跟着面前那个不存在的模糊的小女孩慢慢走着，也不知道到底要带自己去哪儿。她的脚步变得有些疲惫，几乎是在扶着墙行走。

雷鹏看了一眼她拐弯的地方，路牌写着“橘子胡同”。他愣了一下，但还是跟上去了。另外两个年轻干部夹过来，远远跟着。上官晴在前面慢慢走着，走着，她扶着青砖墙面，慢慢走到了橘子胡同小学的门口。

小学铁门紧锁，她看着那个白色的牌子。

雷鹏在后面远处站住了，不明白她到底要做什么，难道这里是一个死信箱？

上官晴冰冷的手抚摩在这个牌子上，白皙的指头滑过牌子。雷鹏仔细看着，看她是不是留下什么记号。但是什么都没有，他只是看见疲惫的上官晴慢慢地走到校门口看着铁门。

上官晴看着门里面的小学，校园里空无一人。她的脑子还是空白一片，什么都没有。她看着校园的操场，似乎一瞬间出现很多孩子，欢笑着在操场奔跑。她眨巴眨巴眼睛，一切都消失了。

完全违反敌后工作原则啊！雷鹏看得很纳闷儿，但是自己肯定是不能跟了。他退出监视圈子，换了别的同志。他回到车上看着监视器，还是没想明白到底怎么回事。

上官晴看了好一阵子，才拖着疲惫的脚步慢慢走回几个胡同之外的戏剧学院。雷鹏坐在车上一直看着她进了校园，也没想明白。但是他不能再犹豫了，他命令立即增加监控力量，随即开车去向冯云山报告。

冯云山听完雷鹏的报告，闭着眼睛半天没说话。他睁开眼睛："她去橘子胡同小学了？"

"对。"雷鹏说，"在那边门口站了很久，没发现什么特殊的迹象。"

冯云山点点头，翻起桌子上的资料，看着上官晴的照片："组织力量继续监控，有任何可疑迹象立即向我报告。你去吧。"雷鹏出去了，冯云山打开桌子上最底层的一个案卷夹，拿出韩晓琳的资料。

两张照片放在一起，是两个截然不同的女孩。冯云山的眼睛很锐利，他可以看出来身高是一样的，而且身材也几乎一样，甚至神态也有几分相似。眼神，最关键的是眼神——冯云山锐利的眼睛注视着两张照片的眼睛，很久很久。

"周新宇啊周新宇！"冯云山压抑着内心的怒火，"算你狠啊！我怎么就没想到整容呢？！"

★ ★ ★

摇曳的渔船上，周新宇阴郁着脸看着面前的廖文枫。

"四哥，很久没在一起喝酒了。"廖文枫笑着端起酒杯，"过去你是大忙人，好不容易你能闲下来！来来来，咱们兄弟一醉解千愁！"

周新宇拿起酒杯和他碰了一下：“我有什么愁？”

“四哥的愁，六弟也不好说。”廖文枫笑道，“我先干为敬！”他一饮而尽。周新宇淡淡一笑，也喝了。

“大老板走了，树倒猢狲散啊！”廖文枫说，“不知道四哥下一步什么打算？”

“我没什么打算，生是团体的人，死是团体的鬼。”周新宇闷闷地说。

“岛上现在正是乱世啊！”廖文枫感叹，“像我们这样的小人物，永远是左右不了自己的命运的！”

“作为一个军人，是不过问政治的。”周新宇说，“对于我来说，我的天职就是服从命令！我想你也是军人，不会有什么不同的见解吧？”

“谈到军人，我有一句话想说。”廖文枫毫不惧怕他的眼神，“四哥，我们兄弟是在新兵连拜把子的！说过同生死，共患难！”

“对！”周新宇盯着他。

“这个岛已经是冰海沉船，再这样下去将是死路！”廖文枫诚恳地说，“你我是兄弟，也都是热血军人！还记得我们在新兵连的誓言吗？遵从总理遗训，誓为中华效命！——现在我们在为谁效命？四哥能告诉我吗？”

周新宇看着他，不说话。

“更多的我也不说了，四哥是聪明人。”廖文枫淡淡地说。

“‘岳飞’。”周新宇突然说。

廖文枫一愣，脸白了，随即笑了：“四哥早就知道？”

“不止我，大老板也知道。”周新宇说，“还有相关的负责同志！”

廖文枫笑了：“那为什么不逮捕我呢？”

“别以为我是顾及我们过去的兄弟情义！”周新宇盯着他的眼睛把枪拍在桌子上，“你是叛徒！是团体的叛徒！你要知道团体是怎么制裁叛徒的？！”

“那么四哥制裁我好了，我决不说半个不字！”廖文枫也盯着他的眼睛。

“你家人现在都在英国。”周新宇说。

“对，这个四哥是知道的。”

“你走吧。”周新宇说，“这是一条冰海沉船，我注定要和船沉下去。念在过去的兄弟情义，我给你一个小时时间。一个小时以后，我会带人来这里。你走吧，不要回来了。我选择我的路，你也选择了你的路。你是我的把兄弟，又在这样一个乱世——我破例不杀你，但是我不可能选择你的路！”

“那是一条保卫中华民族的生路！”廖文枫激动地说，“是为了祖国统一的生路！”

“幼稚！”周新宇冷笑，“共产党能代表中华民族吗？”

“那现在还有谁可以代表中华民族？！”廖文枫反问，“你？！还是团体？！还是我们的政府？！到底是谁在出卖国家和民族的利益？！四哥你那么聪明，你不会不知道吧？！你睁开眼睛看看这个混乱的岛，哪里还有希望？！再这样下去就是战争，就是覆灭！就是骨肉相残！”

“我和你没什么可说的。”周新宇拿起手枪插好站起来，“一小时以后，我回来，带人回来。你现在离开，永远不要再回来了。我们路不同，就算我选择了死路也会走到底的。”

“四哥要拿我的人头去领赏吗？”廖文枫冷笑。

“如果那样，我不给你一个小时的时间。”周新宇冷冷地说，“你赶紧离开这里，我的荣誉便是忠诚——我肯定会报告的。家父的教导是不做贰臣，我不会违背家父的教导！”

“世伯还曾经教导我们不要做汉奸！”廖文枫说。

“我的祖父死在共产党手里！”周新宇说，“我和他们不共戴天！”

“为了一己仇恨，置国家和民族利益于不顾？！”

“你不用说了，我已经决定了。”周新宇淡淡地说，“这是一条沉船，我也会跟着沉下去的！我走了，记住一小时！”他大步下船。

廖文枫看着他的背影，苦笑。

一小时后，两辆轿车停在这个小小的码头边上。周新宇阴郁着脸带人下车包围了那艘渔船，他心里有底所以大步流星。但是当他持枪登上渔船，眼睛立即睁大了。

廖文枫还坐在那里，淡淡地笑着看他：“四哥，我在等你回来。”

“你怎么？！”周新宇眼睛都冒火了，把“还不走”咽了回去。

“世伯教导我们兄弟几个，同生死共患难。”廖文枫站起来，淡淡地看着那些年轻人给自己戴上手铐，“我不会丢下四哥的。”

周新宇额头青筋暴起，拿枪的手都在颤抖。

★　★　★

啪！冯云山把情报拍在桌子上，脸部抽搐着：“怎么会这样？！”

王斌很内疚地说：“我应该再跟他强调的。”

“你！你？！”冯云山很少这么对王斌发火，“这是人命啊！这是一条人命啊！你，你怎么能把事情办成这样？！”

魏处长小心地说："能不能组织力量，把他营救出来？"

"军情局的新老板一心要出成绩，这是往枪口上撞啊！"冯云山拍打着材料怒喝，"通过关系，把我们的话带过去——双方对等，这个人不能杀！"

"是。"魏处长低声说。

"告诉他们，杀了这个人，我要连根拔了他们在大陆的一批人！"冯云山怒喝，"他不是要成绩吗？！我要他完全无法交差！——立即让我们在英国的同志护送他的家人回国，妥善安置！"

"是。"王斌说。

"你要深刻检讨自己，要受到严厉处分！"冯云山一字一句地说，"这种事情，绝对不允许再发生了！这是在龙潭虎穴拿自己的脑袋在战斗的同志！作为经营者，要首先为他们的安全着想，而不是自己的成绩！"

王斌非常内疚，所以也不想辩解什么："是。"

"都出去，我安静安静！"冯云山闭上眼睛。两个人都出去了，冯云山在屋子里面慢慢踱步。

★ ★ ★

周新宇看着前面脸色苍白、穿着囚服的廖文枫，久久不说话。廖文枫淡淡地笑："怎么？四哥不认识了？"

"我奉命审问你。"周新宇咬牙说，"把你的关系，还有你的联络方式都交出来。"

"你了解我，我选择这条路也是忠心耿耿的。"廖文枫说，"我什么都不会说的。"

"我奉命审问你！"周新宇眼中含泪，"把你的关系和你的联络方式交出来！"

"如果说这些，还是让我回去吧。"廖文枫站起来平静地说。

"我奉命审问……你！"周新宇哽咽着，"把你的关系……都给我交出来！"

廖文枫平静地看着他，苦笑没说话。

"为什么你不走？！"周新宇压低声音嘶哑地说。

"因为我是你的六弟。"廖文枫很平静。

"你怎么会投降共匪？！"周新宇压抑着自己的情绪，"我了解你，这句话我很久以前就想问你！"

"我不是投降共产党，我是为了民族的利益。"廖文枫说。

"但你是军人，你宣过誓的！"

"我们都是军人，我们都宣誓效忠我们的祖国。"廖文枫悲凉地说，"祖国在哪里？在这个岛？”

“我们会反攻……”

“你信吗？”廖文枫苦笑，“反正我不信，而且我也看不到未来有反攻的可能。我看见的是未来的战争！因为这个岛在一步步地把这个国家推向继续内战的边缘！你没有在大陆长期工作过，所以你不可能知道大陆到底是怎么回事。内战会给这个岛带来什么？带来彻底的毁灭！我们都是炮灰！可耻的汉奸卖国贼的炮灰，因为我们不是为了民族利益作战！——如果说反攻大陆，那么你让我现在当冲锋我毫不犹豫！但是是这样吗？！我们在做什么？我们在一步步把这个岛分割出中国的版图，这是汉奸啊！四哥，你那么热血，这个道理不明白吗？！”

“我不允许你宣传反动主义！”

“对，我是反动！”廖文枫坚定地说，“但是蒋先生说过什么——‘谁敢搞独立，我扒了谁的皮！’我们都是热血军人，都是总理和蒋先生的忠诚战士，更是中国军人！我们有过什么样的历史？！北伐、抗日不都是我们的历史吗？！我们的前辈为了什么流血牺牲？！难道不是为了国家统一、抵御外辱，而是为了今天这个混乱不堪的岛上的这群疯子吗？！四哥你告诉我，你告诉我？！”

周新宇含着眼泪咬住嘴唇：“你不要再说了！”

“我们为何而战？！”廖文枫也是热泪盈眶。

周新宇拍桌子：“我命令你——不要再说了！”

“好吧。”廖文枫坐下苦笑，“是枪毙还是注射？”

“你不会被判处死刑。”周新宇咬牙说。

廖文枫很意外。周新宇缓缓地说：“新老板已经决定，你是终身监禁！军事法庭的判决马上就会下来，我们和中共有交易，是被胁迫的！”

廖文枫虽然很欣慰，但还是苦笑：“还不如死刑呢！”

“你要好好反思自己，好好交代！”周新宇缓缓地说，压抑住自己的眼泪，“交代自己的罪行……”

“我没有罪，我不承认我有任何罪行。”廖文枫站起来，“我也不是共产党，我效忠的不是共产党，是这个民族、这个国家！随便怎么判刑吧，我是不会活着让人凌辱的！”

“你不要做傻事！”周新宇说。

“这是我的事情，我已经想明白了。”廖文枫笑笑，“我的一条命，换回来四哥的命，值了。”他拖着脚镣走了。周新宇一拍桌子，脸上说不出什么表情。

第二天，宪兵发现廖文枫自尽身亡。他是用送饭的塑料袋套在头上，活活让自己窒息而死的。

北京，冯云山手中的报告落在地板上。他闭上眼睛，一滴老泪流出来：“精忠报国啊……”

★　★　★

老局长坐在海边码头钓鱼，周新宇的福特车开来停在边上。老局长没有回头，还是看着波澜壮阔的海面。周新宇下车站在他的身边很恭敬：“大老板。”

老局长点点头：“我现在不过是个退休的老头子。”

“那也是我心中的大老板。”周新宇低声说。

老局长叹了一口气：“你办了一件错事。”

周新宇不说话。

“他是你的把兄弟，”老局长看着海面说，“这个乱世，人各有志啊！你又何必硬撑呢！”

周新宇一愣。

“我不是鼓励你跟他走，而是你没必要报告上级。”老局长苦笑，“新局长就想看到成绩，你等于给他送了一颗炮弹。这种事情吃力不讨好，你又何必呢？”

“我给过他一小时。”

“我听说了，但是他没走。”老局长淡淡地说，“古有侠客也不过如此啊！——这个人我以前没好好重用，是我的错。这样的人，都会跟共产党合作，你明白里面的道理吗？”

周新宇摇头：“我确实不明白。”

“他是真正热爱这片土地啊！”老局长看着远处，“不仅爱这个岛，也爱整个中国！”

周新宇惊讶地看着老局长。

“怎么，你也想把我报告上去吗？”老局长苦笑。

“卑职不敢。”周新宇低头说。

“我老了啊，你们都还年轻。”老局长看着远方，“当年于右任先生写过一首诗，你还记得吗？”

周新宇看着大海，低声说：“葬我于高山上兮，望我大陆。大陆不可见兮，只有痛哭。葬我于高山之上兮，望我故乡。故乡不可见兮，永远不忘……”

“天苍苍，野茫茫，山之上，国有殇。”老局长低声接着说，“国有殇啊！”

周新宇不说话，看着大海。

“国家有难，匹夫有责！”老局长苦涩地说，“我也有责啊！身为一个军人，一个情报首脑，一个从事智慧行业的所谓专家！我到底都做了些什么呢？这些天来我一直在想这些事情，一切仿佛就在昨天！我们和共产党斗了几十年，结果呢？连一个岛都守不在，要做汉奸卖国贼的帮凶和炮灰？做一群猪猡的炮灰？这是多么可笑的一件事情！”

周新宇低着头，内心深处感觉到耻辱。

“这个岛，被日本人占据了五十年！五十年！”老局长悲凉地说，“胜利的时候，回到了中国的怀抱。我们和大陆隔绝又是五十多年啊！我们这一代人死光了以后，还有谁对大陆有于老先生那样的感情？看看现在这些政客的丑恶嘴脸，看看他们的猪猡样子，居然可以登上大雅之堂，居然可以左右中华民族走向战争还是走向和平的命运！”

周新宇闭上眼睛，脸部肌肉在抽搐着。

“其实我早该跟你谈，只是关系重大，我犹豫了一下。”老局长平静下来说，“这是大是大非的原则问题，我和共产党也有血海深仇。他们杀过我的人，我也杀过他们的人，杀来杀去也就是这么个独钓翁的结果，眼睁睁看着汉奸卖国贼的表演无力回天！但是你还可以，你们这些年轻干部还可以！”

周新宇睁开眼睛，看着老局长。

老局长淡淡地说：“我想听一次团体的歌，你唱给我听。”

周新宇用嘶哑的喉咙低声唱着：“革命的青年，快准备，智仁勇都健全！掌握着现阶段的动脉，站在大时代的前面！贫贱不能移，威武不能屈，维护我们领袖的安全，保卫国家领土和主权！……”他唱不下去了，眼泪夺眶而出，声音哽咽着坚持，“须应当……刚强沉着，整齐严肃，刻苦耐劳，齐心奋斗！……国家长城，民族先锋，是我们！……革命的青年，快准备，智仁勇都健全！……”

周新宇第一次哭出声来，伤心欲绝。

老局长淡淡地说：“做你自己的选择——保卫国家领土和主权。”

第十四章
冰是睡着的水

★　★　★

“生存或毁灭，这是个必答之问题——是否应默默地忍受坎坷命运之无情打击，还是应与深如大海之无涯苦难奋然为敌，并将其克服？此二抉择，究竟是哪个较崇高？”

那个28岁的来自南京的白胖子披着披风，声情并茂地朗诵着。

上官晴在走神，白胖子继续朗诵：“死即睡眠，它不过如此！倘若一眠能了结心灵之苦楚与肉体之百患，那么，此结局是可盼的！……”他突然停住动作，伸着胳膊在空中半天很抒情的样子。

上官晴没注意他，还在想着什么。白胖子伸着胳膊在空中很抒情，又伸了一下胳膊，张着嘴却无言。底下一个哥们儿开始大笑：“老丫的忘词了！”下面的同学们哄堂大笑。那个哥们儿大笑着招呼，“下去吧下去吧，一把年纪别丢人现眼了！”

白胖子嘿嘿笑着也不生气：“硕老师，要不您来两句？”

“不去！”那个哥们儿也哈哈笑，“哥不演哈姆雷特，我演奥菲莉娅。成吗，邵院长？”

课堂哄笑成一团，上官晴回过神来敲敲面前的桌子：“这是上课，大家严肃点！如果你没有把台词吃进去的话，那么就不要耽误大家上课的时间。换一组哈姆雷特！”

白胖子也不生气，晃着下来了坐在下面。另外一组同学上去开始排练，上官晴努力集中精神看着排练记着笔记。同学们不敢哄笑了，都觉得原来亲切和蔼的宋晴老师最近不正常，脾气越来越大。

下午是自由排练时间，上官晴又一次来到后海边上。午后的阳光照在冰面上，现在没人滑冰，冰面平静反着柔和的光。上官晴摘下墨镜看着冰面，脑子却是一片空白。恍惚之间，她似乎看到一片芦苇丛……她闭上眼睛，再睁开，又什么都没有了。

她努力睁大眼睛，追捕刚才的幻觉。但是什么事情都是这样，在你不经意之间什么都可能发生；但是你若真的开始寻找什么，又怎么都找不到。上官晴失望了，她转过身去看着已经熟悉的后海边。

“你拍一我拍一，一个小孩坐飞机……”那个红色蝴蝶结的小女孩又在前面奔跑，银铃一样的笑声在她的耳膜传荡。她追逐着这个女孩的背影，恍惚之间仿佛梦境。上官晴笑着喊：“你拍二我拍二，两个小孩丢手绢！”

小女孩回头笑着边退边拍手：“你拍三我拍三，三个小孩吃饼干！”

“你拍四我拍四！”上官晴不知道怎么就接出来了，“四个小孩写大字！”

小女孩咯咯笑着边退边换了歌谣：“兔娃娃，来喝水，拧开龙头嘴对嘴……”

“喝完不关水龙头，转身就走头不回！”上官晴迟滞的脑子开始转动，笑着追逐这个可爱的小女孩。

“水龙头，真伤心，滴答滴答掉眼泪！”小女孩咯咯笑着招手跑入橘子胡同。上官晴追逐着还在笑着喊：“我再来一个，你会不会——黑猫白猫去偷桃，看见小狗守着桃。黑猫与狗打招呼，掩护白猫去偷桃……”

远处的吉普车内，一个年轻干部看着监视器上自己一个人傻乐的上官晴张大嘴：“她不是疯了吧？”

“可能是暗号。”雷鹏看着一个人奔跑笑喊儿歌的上官晴，“换衣服，分组跟踪！”

上官晴追入橘子胡同，那个红色蝴蝶结的小女孩不见了。她怅然若失：“你在哪儿？你在哪儿？”没有人回答她，因为刚才根本就没有人。上官晴左右看看，顺着胡同追过去。她太想找到这个小女孩了，太想了！她跌跌撞撞地在冬天北京的橘子胡同奔跑着，拐过胡同看见了橘子小学。她的脸色煞白，呆呆地看着那个门口不知道脑子在想什么。

“橘子胡同小学摸底了吗？”雷鹏在车里问。

“查过了，没有可疑对象。”一个年轻干部说。

“再查一遍吧。”雷鹏也很纳闷儿，“彻底查个底朝天，肯定有问题！她已经是第二次走这条路线了。”

上官晴站在橘子胡同小学跟前脸色煞白，她睁大眼睛看着这里。这里的一切似乎都是那么熟悉，她慢慢走向门口。看门老头看着她：“哎哎！同志，你找谁？”

上官晴看着他，茫然地想着什么。

看门老头看看她："你是孩子家长？这么年轻啊！"上官晴摇头，看门老头想想，"那你来学校干什么？"

"姚……"上官晴突然从嘴里冒出来一个字。

"对对，我是老姚大爷！"看门老头立即笑开了，"你是这里毕业的学生？哎呀，都这么大了，我肯定认不出来了！你是哪个班的，来看老师吧？"

上官晴很茫然，她看着看门老头再看看学校什么都没说。看门老头正觉得奇怪，下课铃响了。孩子们疯跑出教室，不一会儿满操场都是孩子，踢毽子、跳绳……都活跃得很。上官晴看着满校园的孩子，脑子闪过很多碎片如同梦幻一般。

头发花白的赵老师走出教室笑着看着孩子们，拍拍手上的粉笔灰。上官晴趋前一步，看着赵老师目不转睛。赵老师笑着看着孩子们擦擦额头，转身走向办公室。上官晴看着赵老师的身影眼睛一热，嘴唇翕动着却说不出话。她看着赵老师无比亲切，却不知道她到底是谁。

"你是赵老师的学生吧？"看门老头笑，他喊着，"赵老师，您的学生来看您了！"

赵老师停住了，冲这边笑。上官晴眼中含着热泪，趋前一步伸出双手。赵老师看着漂亮的上官晴也笑了，走过来："这是哪家姑娘？现在出落得这么水灵了？"她伸出双手握住了上官晴的手，一股温暖刹那传遍上官晴的全身一直到内心深处。上官晴双眼含泪一句话都说不出来，许久许久，她问："你是谁？"

赵老师愣了一下，不明白她是怎么了。难道不是自己的学生吗？

上官晴后退着松开手："不，不！我不知道这是怎么回事！我不知道这是怎么回事！我认错人了，对不起！对不起！"她后退着脱离这双温暖的手，转身就跑。赵老师诧异地看着她的背影，不知道她怎么了。

上官晴流着眼泪没命地跑，跟踪的干部没办法只好远远跟着跑。雷鹏在车里看着监视器，逐渐反应过来："她找韩晓琳的母亲？是不是她有韩晓琳的消息？！"

★　★　★

"她应该就是韩晓琳。"冯云山捏着自己的眉心揉揉戴上老花镜仔细看着电脑上的照片对比。雷鹏睁大眼睛看着技术干部在冷静地分析两张照片，骨骼的曲线凸现出来、肌肉层、毛发的边缘和走向……技术干部看着电脑，思索片刻："有百分之九十以上的可能，这是一个人。"

——"我到底是谁？！"上官晴捂着头疼欲裂的脑袋在自己宿舍的墙上撞击着。

冯云山看着电脑:“我不要百分之九十,我要百分之百!到底是,还是不是?!”

“局长,您这是难为我了。”技术干部苦笑,“没有直接的证据,单凭推测是很难准确判断的。如果要我说的话,应该是一个人;但是我不敢肯定,因为骨骼相似的人也不是没有。”

“要不我们先扣了再说?”雷鹏问。

“她是外籍教师,如果有那么一点错误我们都是要承担外事责任的。”冯云山淡淡地说,“何况我们现在并没有她从事特务活动的直接证据,抓容易善后难,继续监控吧。此事要严格保密,不要告诉王斌。”

雷鹏愣了一下:“是。”

——上官晴拿发带勒紧自己的额头,满头虚汗。她看着镜子里面的自己,很多破碎的残片在组织着。

冯云山摘下老花镜闭着眼睛思考:“我们遇到难题了,假设她是韩晓琳——那么她必定不知道自己是谁。她现在也在寻找答案,到底该怎么给她这个答案呢?到底是用她还是不用她?”

“局长,您在说什么?”雷鹏低声问。

“我在想——这件事情到底该怎么运作。”冯云山睁开眼睛,“她也许想起来什么,也许永远也想不起来……无论哪一种结果,对于她都是悲剧。”

“您确定就是她?”

“我能从腥风血雨里走过来,就说明我的直觉不会轻易出错。”冯云山思索着说,“她没有死,是真正的悲剧——这个难题,是周新宇故意甩给我们的。”

“为什么您会这样判断呢?”雷鹏问,“假设是韩晓琳,也许周新宇是想让她潜伏下来呢?”

“不排除这种可能。”冯云山顺着自己的思路说,“谍战是一个高智商的游戏,周新宇那样的智商不可能想不到她故地重游的后果。那么他为什么这么做呢?目的是什么呢?把一个失去了记忆的韩晓琳——一个被他们虚构出来的上官晴,扔给我们是什么意思呢?”

“总不能是他良心发现,把人变相还给我们吧?”雷鹏问。

冯云山摇摇头,突然眼睛一亮:“是想转移我们的注意力!他故意把韩晓琳——上官晴这个合二为一的人扔给我们,牵掣我们的精力!我们自然会对这样一个上尉级别的谍报员产生浓厚兴趣,然后我们早晚会意识到这个就是韩晓琳!然后呢,我们会怎么做呢?我们会看着韩晓琳的精神逐渐走向分裂不闻不问?当然不会,相反,我们可能会用一些精力来小心翼翼地帮助她慢慢恢复。”

雷鹏张大嘴：“这也太复杂了吧？”

“别打断我。”冯云山伸出一个手指头盯着前面的一个点，“然后呢，然后我们会派一个人去接触她，很小心地接触她——这个人，只能是王斌！对，肯定是王斌，不会有别人！这样做的后果是什么呢？王斌会从现在的工作中分出来，来办这件事情！对，他的目的就是让王斌来处理这个麻烦，这个需要很长时间也未必可以处理好的麻烦！而且是他的初恋情人，而王斌现在有妻子有女儿！王斌会出问题吗？王斌会出问题吗？王斌到底会不会出问题呢？”

雷鹏都听傻了。

“他的目的是——王斌！”冯云山冷冷地判断，“他要搞王斌，不是想搞到手。对的，他知道搞不到手！他想让王斌从现在的工作中彻底抽身出来，给王斌的内心深处一个致命的打击！试想，如果王斌知道这是韩晓琳，而且被整容洗脑是多么残酷的一个现实！他想对付的是王斌——也就是说，王斌现在的工作已经触痛他们了！”

“周新宇能想这么复杂？”

“对，这才是周新宇！”冯云山点点头，“他想搞的是王斌！搞乱我们的阵脚，然后他有什么目的呢？”他突然眼睛一亮，“掩护‘人马座’！”

——啪！上官晴一拳打裂了面前的镜子，血从拳头上流下来。她撕裂声音尖叫着：“我到底是谁——”

★　★　★

法国巴黎，中国城的一个茶馆。

“我是军情局以前的秘密经费主管，你应该看过我的资料。”这个脸色苍白的中年人很紧张地低声说。

“对，我知道你。”王斌笑着给他的茶杯加热水。

“我最近的情况，你也很清楚。”中年人紧张地说。

“对，你已经退役了。”王斌笑笑说，“而且军情局的新老板正在组织调查你主管的秘密经费，态度很坚决。看起来，是想拿你祭旗，树立新老板的威望。”

“实不相瞒，我确实有挪用行为。”中年人咽口口水，“但是我忠心耿耿为团体工作二十多年，没有功劳也有苦劳。他这样做，太寒我的心了。何况贪污挪用情报秘密经费的又不是我一个，局里面兑不出来的黑账都是从我这里走的！这样查下去，我就是全部黑账的替罪羊！”

“腐败是你们政府根深蒂固的问题，你身在其中当然不能幸免。”王斌点着一支烟，“我不欣赏腐败分子，我们也不喜欢和腐败分子合作。但你也是身在庐山当中走不出这个迷雾，你既然肯通过关系来找我，我个人不反对和你合作。”

“我需要保护，需要你们的保护！”中年人激动地说，“我有老婆孩子，他们都需要到大陆去！我可以给你们提供军情局历年来秘密经费流向大陆关系的账号，你们按照这个线索可以很容易地挖出来一批鼹鼠！”

“当然可以。”王斌笑笑说，“这个并不是特别困难，我现在就可以答复你——我们机关可以给你提供安全的地方，你们可以安度下半生。你们的孩子也可以在大陆受到良好的教育，这个都在我们的工作范围以内。”

“那就好，我老婆孩子现在都在巴黎。”中年人激动地说，“我们是旅游护照，军情局肯定有尾巴盯梢。我们什么时候可以走？”

“你给我两天时间，这两天我会安排人保护你们。两天以后，你们会有新的中华人民共和国护照，我会安排你们搭乘大陆航班离开欧洲。”王斌淡淡地说，“我希望，你可以有个新的开始——我们不拒绝任何愿意回归祖国的同胞。”

中年人点点头：“如果我不是心理不平衡，我不会贪污的！军情局这个烂摊子已经彻底烂透了，而现在的新老板对我们这些老干部的做法也太让人心寒了！更不要说现在新政府的政策了，我已经受够了！如果他们这次不处理我，虽然我未必会和你们合作，但是也不愿意在那里待了。”

“我问你个具体的事情，关于‘人马座’你知道多少？”王斌问。

“我不知道具体的姓名，但是我知道在你们内部。”中年人说，“这是军情局的镇局之宝，他的秘密经费的数量是极其惊人的。”

王斌点点头：“这两天你不要和任何人联系，其余的事情我来安排。”

“你们不会用完了我，就不管我了吧？”中年人脸色发白。

“我不能说你的选择肯定是对的，但是我可以告诉你——我们共产党是对得起朋友的！”王斌淡淡一笑，“你起码不会后悔！尤其是对祖国统一大业做出贡献的同胞，无论过去你做过什么，都是我们的客人！”

中年人放松了，吐出一口气。

没超过一个小时，在军情局总部办公室的周新宇就已经看到了巴黎站的汇报。他拿着报告习惯性地热血沸腾地站了起来，举步就往局长办公室走。但是没到门口他的脚步就越来越慢，渐渐地站住了。

他看着走廊尽头的局长办公室没有任何表情。许久，他转身慢慢走回办公室。碎纸机粉碎了这个报告，他看着纸片落在纸篓里面色铁青。久久沉默之后，他苦笑："大树倒了，我们这些猢狲还能怎么样呢？"

★　★　★

"同学们，我们今天要学习的课文是《狼牙山五壮士》。"赵老师笑着对面前的孩子们说，"你们知道狼牙山五壮士吗？"

"知道！"孩子们齐声回答。

"那么你们知道狼牙山五壮士是什么时代的英雄吗？"

"抗日战争！"

"对，是抗日战争！"赵老师笑着说，"抗日战争是我们中国历史上抵御外国侵略的一次重要战争！中华民族的同胞们万众一心，将日本侵略者赶出了中国，并且取得了最后的胜利！狼牙山五壮士，就是从我们八路军中涌现出来的五名英雄战士！五壮士是中国人民的代表，歌颂了五壮士在保卫祖国的伟大斗争中，英勇战斗、坚强不屈的崇高品质和英雄主义精神！下面，我们找个同学朗诵这篇课文！"

一个女孩朗诵着课文，赵老师慈祥地看着同学们。开着的后门出现一个身影，赵老师奇怪地看过去。那个身影是那天的那个女孩，她脸色苍白地站在教室后门外面。赵老师走出教室："同志，你有事儿吗？"

"没事，我，我随便看看。"上官晴掩饰地笑着，她伸手擦去眼泪，手上还有纱布。

"你的手？"赵老师心疼地看着这个漂亮的女孩，"受伤了？"

"没事，我不小心碰了一下。"上官晴笑着说，"老师，我是那边戏剧学院的客座讲师。我可以旁听您的课吗？"

"哟！您是大学老师，怎么能听我的课呢？"赵老师笑着说，"那不是贻笑大方吗？"

"我是从美国来的，很想看看中国的小学是什么样的。"上官晴说，"我喜欢孩子……和您一样……"

"那好吧，那您就进来吧。"赵老师笑着拉住她的手，上官晴浑身一震。她忍住眼泪，跟着进去。赵老师把凳子给她，上官晴坐在教室后面的通道。赵老师走向讲台，上官晴看着她的背影。很多破碎的残片都组织起来，犹如一场旧电影。

赵老师走到讲台上转身，笑着面对大家："好！我们现在开始学习第一自然段。"

上官晴呆呆地看着赵老师，看着她花白的发鬓，莫名的亲切感油然而生。她不断地擦去眼角忍不住的眼泪。

外面的车内，雷鹏看着监视器上远处长焦调拍过来的画面长叹一口气："人世间最残酷的事情莫过于此了……"

赵老师在黑板上写字，当她转过身来，那个女孩已经消失了。只有一个空空的凳子，赵老师很奇怪。

上官晴跌跌撞撞地走在胡同里面，天旋地转的感觉涌现出来。她扶住墙，眼泪流出来："这不可能，这不可能！"

面包车里面的雷鹏看着监视器，表情不忍。

"上帝，你告诉我！"上官晴抬头高喊，"这不可能——"

★　★　★

王斌刚下飞机，雷鹏就低声告诉他："这边的事情你交给我，局长要见你，一下飞机就去见他。"

王斌点点头，告诉那个中年人一家："这是我们的干部，他们会照顾你们的。我有公务，回头我会去看你们。"他说完就匆匆走出机场，上了等他的车。

冯云山站在办公室里面看着墙上的标语不作声，王斌喊报告进来："冯局长，您找我？"冯云山看着他，许久才开口："任务完成了？"

"对！"王斌兴奋地说，"非常顺利。"

冯云山点点头："你坐，我有事情跟你谈。"

他走到办公桌前翻出两个案卷夹，分别拿出两张照片。王斌诧异地看着冯云山走到自己面前，把两张照片递给自己："你自己看。"

王斌拿起一张，是韩晓琳！他一下子呆住了，如同触电一般。王斌抬起头，冯云山示意他看下一张。王斌拿起下一张，是完全不认识的一个女孩。他看冯云山，冯云山低声说："好好看看。"

王斌睁大眼睛仔细一看，陌生的脸上却是熟悉的笑容。他抬起头，一脸惊讶："这，这不可能？！"

"通过技术专家鉴定，基本可以断定是她。"冯云山淡淡地说。

"他们都对她做了什么？！"王斌站起来怒吼，"他们怎么可以这样？！怎么可以这样？！"他的声音变得嘶哑，变得哽咽。

"情报工作不能讲个人感情，这是残酷的现实。"冯云山的声音尽力平淡，"记得我对你说过的话吗？所谓情报工作，就是一群信仰坚定的被精心选拔精心训练出来的优秀人才，在崇高的信仰的前提下，做最下三烂的行当。从这个角度说，周新宇是合格的。”

“但是她是活人，他怎么能生生改变她的面容？！”王斌眼中含着热泪，“她是无辜的，是无辜的——”

“她现在是我们的敌人。”冯云山苦涩地说，“在她主动投案之前，她都是我们的敌人。”

“她在国内？！”王斌问。

“对，就在北京。”冯云山说。

“我去找她，让她自首！”王斌怒吼。

“回来！”冯云山厉声说，“不仅如此——我怀疑他们对她使用了神经控制药物，她很可能已经不知道自己到底是谁！也就是说，她可能还在把我们当成敌人！”

“但是她是晓琳！”王斌眼睛血红怒吼道。

“现在她首先是敌人，是军情局上尉谍报员上官晴！”冯云山厉声说，“这是不可改变的事实！”

“她是晓琳！”王斌怒吼。

“那你是谁？！”冯云山厉声问。

王斌失语，看着冯云山急促呼吸。

“你是中国共产党党员王斌！”冯云山厉声说，“你是中华人民共和国国家安全部三级警督王斌！你是国家的公务员王斌，是党的情报干部王斌！——你以为你仅仅是你自己吗？！你给我好好看看这个！”他一指墙上的标语。

王斌急促呼吸着，看着墙上的标语——“对党绝对忠诚，精干内行”！

“你不是你自己，王斌。”冯云山的声音缓和下来，“你属于这个工作，属于这个事业……而且，你有家庭，还有孩子！”

王斌急促呼吸着：“我知道！”

“这是大是大非的原则问题，她现在是敌特分子！”冯云山严肃地说，“在这种事情面前，我们更不能讲个人感情！”

王斌平静着自己，冯云山把手放在他的肩膀上：“挺直了，孩子……”

“我们真的不管她了吗？”王斌含着眼泪问冯云山。

“当然不是。”冯云山缓缓地说，“但是怎么管，是需要我们慎重研究的问题。”

“我可以见她吗？”王斌问。

“我还没想好。”冯云山淡淡地说。

“她不可能忘记我的！”王斌着急地说，“我可以帮助她，我劝她自首！”

“我需要谋划。”冯云山说，“完整的谋划，我要知道到底哪个方案最有潜力！有可能我会同意你见她，但是你必须首先控制住自己！”

电话响了，冯云山抓起红色保密电话：“喂，我是……我知道了。”

他放下电话神色严肃，王斌不敢问只是看着他。冯云山转向他，声音有些震惊：“周新宇通过关系，在跟我们发信号！”

王斌睁大眼睛。

“他想见我们的人！”冯云山眼睛发亮，“你不能参与现在的事情了，你要马上飞美国！周新宇通过‘大马勺’给我们信号，要跟我们见面！他点名要见你，除了你不见任何人！——你是主管这种事情的，明白该怎么做！”

王斌待在那里，他恨不得亲手宰了周新宇！

“这是对我们非常重要的大事！”冯云山盯着王斌的眼睛，“你必须给我挺住，王斌！”

王斌的眼神逐渐恢复过来，他深呼吸平静自己。

“能不能完成任务？！”冯云山冷冷地问。

“我能！”王斌斩钉截铁地说。

★　★　★

周新宇穿着黑色西服，冷峻地看着面前的王斌。王斌摘下墨镜，冷冷看着周新宇。顾老笑了一下，从主人的位置站起来：“不用我互相介绍了吧？你们虽然没见过面，但是彼此都很熟悉。”

王斌冷笑一下：“顾老，这是在您家——如果换个地方，马上就是血流成河！”

“你未必是我的对手。”周新宇也冷笑一下。

“年轻人就是年轻人！”顾老笑着说，“你们两个的肝火都很旺盛，容易伤身体啊！我的医生吩咐我，到时间要活动活动，我浇花的时间到了。你们聊吧，我去花园。”

顾老出去了，关上门，王斌在周新宇对面的沙发上坐下。两个男人互相冷冷注视着，久久不发一言。王斌冷冷地打破沉默：“说句真心话，我亲手宰了你都不解恨！”

“我也一样！”周新宇冷冷地盯着他的眼睛，“所以我最信任你！”

“为什么？！”

“因为你跟我有深仇大恨，你不会是鼹鼠！”周新宇冷笑一下，“你没这个可能性，你这样的人是永远不会和军情局有任何瓜葛的！也就是说，你不会出卖我！”

“但是你出卖了你的把兄弟！”王斌冷冷地盯着他的眼睛，“他是被你害死的！”

“这是我一生的痛！”周新宇的眼睛低下来又抬起来，“我是军人，我的荣誉便是忠诚！”

“‘忠诚’什么？忠诚汉奸忠诚卖国贼？！”王斌厉声问。

“我无愧我的誓言！”周新宇淡淡地说，“我不是汉奸，更不是卖国贼！我是中国陆军上校周新宇！活着是，死了也是！”

王斌看着周新宇，知道不能太过分了。他缓和下来：“这需要历史下定论，现在还不好说你是中国的军人，还是卖国贼的走狗！”

“我以我血荐轩辕！”周新宇坚定地说。

“大话不要说得太早！”

“王斌，我敬重你是条汉子！”周新宇淡淡一笑，“但是你对我的这种心理战术，确实起不到什么作用！在情报业务上，我是你的前辈。你必须承认这一点！”

“不要拿资历压我，梁启超写过《少年中国说》，你国文知识那么渊博不会不知道。”

周新宇冷峻地看着王斌：“当然，家父算是国学名儒。”

“周新宇上校，我们言归正传吧。”王斌冷冷一笑，“既然你要找我，肯定有话说。我时差还没有倒过来，就来见你。”

“我们是敌人，这是毫无疑问的。”周新宇说，“但是——如你所言，我不是卖国贼的走狗！”

王斌不说话，这个时候最好就是不说话。

“我和共产党有家仇，所以对共产党没任何好感。”周新宇说，“但是，我热爱我的民族和国家！我非常清楚自己现在的选择意味着什么，我是团体的叛徒！但是如果我不这么做，就是国家和民族的叛徒！我相信，也是团体真正的叛徒！更何况我现在服务的政府，不是我宣誓效忠的政府。所以，我不认为我是叛徒。”

王斌还是不说话。

“王斌，更多的你也不用说，我很熟悉这套。”周新宇坦然地说，“我和你们合作，阻止国家主权和领土分裂，阻止这场悲剧战争发生。我是军人，我非常清楚战争一旦爆发意味着什么，对中国意味着一场巨大的灾难！这是新的生死存亡的关头，作为一个中国军人，我不能退缩！”

“周上校，我很欣赏你的这种大义。”王斌说，“你是行内高手，我不需要多说什么。几十年前，周恩来同志曾经说过——我们欢迎国民党的朋友，任何时间，任何地点，我们都欢迎你们回到祖国的怀抱。这句话，没有限制时间，所以现在还是有效的。”

“我有一些简单的要求。”周新宇说。

“讲。”

“我的儿子在美国读书，如果有事变，我希望你能安排他在最短的时间内进入大陆，给以他应当的照顾。”

王斌的脸色严肃起来：“还有呢？”

“日后如果有可以公开的那天，把我的衣冠冢安在山西祖坟。”周新宇的脸色很严肃、很悲凉，“我不想我周新宇永远背着乱臣贼子的骂名。”

王斌震惊了一下：“这是你的全部要求吗？”

“对。”周新宇冷冷地说，“我遵守中山先生对国民革命军的教导——‘不贪财、不怕死、爱国家、爱百姓’！我个人没有任何要求，都是身外之物。”

王斌看周新宇的眼光有了些许不同：“你很出乎我的意料。”

周新宇自豪地一笑：“你不出乎我的意料——你还年轻，但是本质上你我其实是一样的人！”

王斌看着周新宇点点头：“你果然是个角色。既然今天我们见面，你肯定有情报要告诉我。”

“我可以告诉你们‘人马座’是谁。”周新宇淡淡地说。

王斌不动声色：“我们已经开始侦察，你可以提供更具体的证据吗？”

“当然，这是我决心做的第一件事情。”周新宇说，“说实话，我瞧不起为钱出卖信仰的人。”

“第二件事情呢？”

“我告诉你一件与你个人有关的事情。”

王斌的心被刺了一下，他不动声色：“什么事情？”

“你的初恋女友，韩晓琳的下落。”周新宇没什么表情。

王斌看着他，突然拔出手枪上膛，径直走到他的面前，铛铛铛——直接打光子弹还在急促呼吸着……

“这件事情的代号是‘孤燕’专案，是我亲自谋划并且负责的。”周新宇继续说。

王斌深呼吸，他意识到刚才是幻觉。他努力平静着自己，声音有些颤抖：“你继续说……”

★　★　★

首都机场候机大厅。一个戴着眼镜的老人心不在焉地看着报纸，似乎对身边的一切都视若无睹。乘客们有的在睡觉，有的在看书看报纸，有的在打电话，一切都很正常。

“去往旧金山的CA1107航班可以登机了，请旅客们登机……”

老人慢慢站起来，颤颤巍巍地拉着自己小小的行李箱走向登机通道。边防警官笑容可掬地将护照还给前面的乘客：“谢谢，旅途愉快。”她转向后面的老人，“您的护照？”老人颤颤巍巍地拿出护照给她，这是一本南美护照。

女警官仔细看看，笑笑：“请您跟我来一下。”

老人很诧异：“怎么了？”

“时间来得及，请您跟我来一下。”女警官笑着说。

老人长叹一口气跟着她慢慢走向办公室。女警官打开门：“里面有人在等您。”老人苦笑，摘下眼镜进去了，女警官轻轻关上门。老人看着面前的安全部内保局长，没有任何表情。

“你知道程序，签字吧。”内保局长冷冷地指着桌子上的逮捕证。老人的手开始颤抖，拿起放在逮捕证上的笔签下了自己的名字：魏志衡。

一个年轻的干部走过来撕下他的头套和脸上的面膜，露出了魏处长的脸。手铐冰冷地卡在他的手腕上，另外一个年轻干部过来径直将一个黑头套套在他的头上。

再揭开头套就在审讯室，内保局长冷冷看着他：“魏志衡，你就是‘人马座’。自己说吧，你到底都干了些什么？”

魏志衡苦涩地笑：“事情已经到了这个地步，我没什么不能说的了。”

“你怎么会把灵魂出卖给金钱？”内保局长眼中冒火，“你是受党教育多年的中层干部，是我们信任的机要干部！”

“一步错，步步错。”魏志衡苦涩地说，“我在地方局的时候，被人骗去买股票，赔了很多钱。其中有我负责保管的情报经费……”

一个年轻干部在笔记本电脑上熟练地敲击着键盘，记录他的交代。

★ ★ ★

“这是统思文化公司的王总。”一个经纪人介绍说，“王总年轻有为，刚刚投身文化市场。这次想来看看咱们亚洲首届流行音乐节的彩排，下次可能就要投资了。”

“王总光临，我们当然欢迎！”主办方赶紧跟王斌握手，“里面请，里面请！”

王斌笑着跟他寒暄，西装革履地走进公园的露天演出场地。主办方介绍着：“我们这次投资巨大，不惜重金啊！不仅邀请了很多来自亚洲各国的流行歌星，还邀请了来自美国的戏剧博士宋晴小姐担任总导演！”

王斌笑着说：“我随便看看，你们忙。”里面有音乐声传出来，工作人员们在紧张地忙碌着。王斌慢慢走进去，舞台上正在排练。扎着马尾巴的上官晴精神干练：“下一个，走台！”

女歌手紧张地整理自己，执行导演是那个28岁的白胖子，他挥挥手。她笑着走上舞台拿着麦克风：“很高兴今天有机会，和大家一起来到亚洲流行音乐节现场共度这美好的时光。接下来要献给大家的这首歌是我今年新专辑的主打歌曲——《下辈子如果我还记得你》。希望大家喜欢！”

抒情的音乐响起，女歌手在前奏当中酝酿着自己的情绪。

王斌慢慢地走到舞台的一侧，注视着舞台上的上官晴。上官晴的眼睛余光看见了这个人影，她下意识地转头。四目相对，王斌脸上很平静，心里却在波涛汹涌。

上官晴呆住了。

女歌手开始演唱，旋律舒缓，歌声动人：

信箱出现一张美丽的明信片，
翠绿的山脚木屋袅袅的烟。
但我惊讶的却是背面，
你熟悉的字迹竟已相隔多年……

王斌看着上官晴，眼中含着泪花。上官晴呆呆地看着他，很多破碎的碎片在闪现着。

那一句话是你离开的玩笑话，
搁在我心里灰尘堆成了塔，
你就这样地拨开了它。
在信箱前我已就是那个木偶线，
等着你来拉……

上官晴的泪水流出来，流在白皙的脸颊上。王斌还是没有什么特别的表情，控制着自己的眼泪。

你说下辈子如果我还记得你，
我们死也要在一起。
像是陷入催眠的距离，
我已开始昏迷不醒……

上官晴的眼泪犹如汪洋大海，她翕动着嘴唇无声地说出了那个名字："王斌……"

王斌默默地看着她。

好吧下辈子如果我还记得你，
你的誓言可别忘记，
不过一张明信片而已，
我已随它走入下个轮回里……

上官晴捂住自己的嘴不哭出声来，她什么都想起来了，想起来了……王斌不说话，默默地注视着上官晴——韩晓琳的哭泣。

音乐停止了，白胖子诧异地走过来："宋老师，怎么了？"

"你替我一下。"上官晴捂住嘴哭着跑出去了。王斌立即拔腿跟上，飞快地跑出去。

"要不要阻止她？"耳麦里面，雷鹏问。

"不用！"王斌断然说。

上官晴跑到公园里面，在没有人的树林里放声大哭。王斌跟过来，远远地看着这个熟悉的背影。他知道，这个就是自己昔日的爱人。他静静地等着她的哭声慢慢低下来，上官晴扶着树无力地回头。王斌看着这张完全陌生的脸，注视着这双熟悉的眼睛。

“先生，您，您有事儿吗？”上官晴咬牙拒绝认王斌。

王斌愣了一下，但是随即说：“我想请你跟我走一趟。”

眼泪流出上官晴的眼睛，她闭上了。是的，也许这是一个归宿。她再睁开眼睛变得坚定：“好，我跟你走。”

王斌默默地在前面领路，上官晴在后面跟着上了一辆黑色奔驰车。王斌不语，上官晴也无语。王斌发动轿车，上官晴闭上眼睛流出眼泪。王斌开着奔驰出了公园，转向长安街。上官晴睁开眼睛，看着外面熟悉的北京。

“天安门。”王斌低声说。

上官晴看见了广场上的人民英雄纪念碑，泪水再次夺眶而出。那个八岁的清明节，那个黑瘦可怜的男孩，那个白色的手绢……

奔驰车开过广场，上官晴看着外面的大楼流着眼泪。

“这是北京，我八岁来的北京。”王斌的声音嘶哑，“那时候，有一个女老师很照顾我，我一直把她当成母亲。她有一个女儿，叫韩晓琳……”

上官晴听着这个熟悉而陌生的名字，犹如雷击。

“她给了我一条手绢。”王斌擦去眼角的眼泪，从兜里取出手绢，“就是这条，我一直带在身上舍不得用。”

上官晴捂住嘴。

“我有罪，我真的有罪。”王斌颤抖着声音，“我不该拒绝她，如果我不拒绝她，她就不会出国留学，就不会有后来那么多事情……”

上官晴绝望地闭上眼睛。王斌，王斌，我不能认你……

车没有去安全部大院，而是开到墓地。王斌下车打开车门：“我带你去个地方。”

上官晴跟着王斌上了台阶，转过几行墓碑。王斌无声地站在一个墓碑前，上官晴看向墓碑，看见了韩晓琳的笑脸。

“我在这里发过誓——我爱她，无论她做了什么事情，我都爱她。”王斌流出眼泪，“我在等她回来，我们都在等她回来。”

上官晴终于知道韩晓琳长什么样子了，她蹲下抚摩着照片，睁大眼睛看着这个纯洁的女孩。

“回来吧。”王斌对着照片说，“北京是你的家。”

上官晴闭上眼睛：“她真的很漂亮，很漂亮……”

王斌无言。

“谢谢你带我来看她。”上官晴睁开泪眼，还是看着韩晓琳的照片，“她曾经去过一个芦苇丛，你知道在哪儿吗？”

“在北京大学，叫未名湖。”王斌说，“那是冬天，就是现在这个时候。你要我带你去吗？”

“不。”上官晴摇头，“我可以回去休息吗？”

王斌有些失望，但是他没有惊动上官晴。回去的路上，上官晴无言，王斌也无声。上官晴打开电台，音乐台正在放着《下辈子如果我还记得你》。

“你说下辈子如果我还记得你，我们死也要在一起……”上官晴轻轻地说，“歌词写得真好。”

王斌擦去眼泪，开着车。

“人，有没有下辈子？”上官晴说，“如果有，我想韩晓琳还是会爱上王斌的，虽然他可能不记得这个傻丫头。这个傻傻地爱着他的一个小女孩……”

“会的！”王斌流着眼泪说。

“不会的，她不希望王斌再记得她。”上官晴无力地笑了一下。

王斌张开嘴，却没说话。车到了戏剧学院，上官晴下车就直接进了宿舍。王斌独自坐在车上，趴在方向盘上无声抽泣。许久，雷鹏上车低声说：“你回去吧，楚静不知道这个事情，你回去照顾她和孩子。”

王斌起身，双手捂在脸上搓了搓：“你辛苦。”

“工作，应该的。”雷鹏下车关上车门，“有情况我会给你打电话的。”

王斌开车走了，路上他不断地擦着眼泪。路过音像店，他下车买了一张CD。塞入CD机，他默默听着《下辈子如果我还记得你》。

你说下辈子如果我还记得你，
我们死也要在一起。
像是陷入催眠的距离，
我已开始昏迷不醒。
好吧下辈子如果我还记得你，
你的誓言可别忘记。
不过一张明信片而已，
我已随它走入下个轮回里……

王斌趴在方向盘上无声流泪，甚至手机的声音响了半天也没听见。很久以后，他拿起电话看未接来电，是雷鹏的。他拨过去：“喂？”

“你赶紧过来，不对劲！”雷鹏着急地说。

“怎么了？”王斌赶紧问。

“她开车往北大方向去了！”

“阻止她！”王斌断然说，随即从储物箱拿出“特别通行”的牌子放在车窗后面，立即发动奔驰直接在路上掉头。交警目瞪口呆地看他逆行，擦着过去的时候才看清车窗的牌子上面“特别通行”四个醒目的红字，这才没说话。

王斌几乎将油门踩到底，在路上高速飞驰。

★　★　★

上官晴跌跌撞撞地走向那片芦苇丛，眼中流着眼泪。雷鹏把车停在湖边，不敢过去。他拿不准上官晴到底来这里干什么，但是看到没人和她接头还是松了一口气。王斌的奔驰跟黑色旋风一样疾驰而至，停在他的车边：“人呢？！”

“在那边！”雷鹏说。

“为什么不阻止她？！”王斌怒吼。他来不及解释，直接下车跑向芦苇丛。王斌不顾一切地跑着，拨开前面茂密的芦苇。他高喊着：“晓琳！晓琳！”

许多往事在一瞬间闪现出来，那个21岁的生日，那个漂亮的女孩，还有那纯洁的爱情……都在他的眼前闪现出来，带着岁月凝结的泪水。

上官晴在前面已经接近结冰的湖面，湖面的薄冰泛着粼粼的美丽的光。她露出惨淡的笑容，拨开芦苇丛走向湖面。

“晓琳——”王斌撕心裂肺地高喊。

上官晴听见了，没有回头，径直走向湖面。

“我是王斌——”王斌哭着高喊，“你在哪儿啊？！”

上官晴已经踏碎了湖面的薄冰，一脚踩在冰冷的水里。她带着笑容一步一步往冰水里面走，让冰和水来解脱自己的痛楚。

王斌拨开芦苇丛冲了出来，他看见了韩晓琳的背影：“晓琳——”

上官晴——韩晓琳已经走进齐膝盖深的水里，还在跌跌撞撞地走着。王斌不顾一切地跑过去，踩破冰面踩在冰水里面。他一把抓住了韩晓琳的胳膊，韩晓琳无力地倒下来。王斌急忙抱住她的身体：“是我，我是王斌啊——”

韩晓琳带着笑意看着王斌，嘴角流着血。王斌看着她的脸色大惊，这是明显中毒的症状。韩晓琳看着王斌的脸，右手无力地垂在水中轻轻撩着水，艰难地说："这是水，这是冰……冰是睡着的水……"

王斌抱紧韩晓琳，看着她的瞳孔一点一点散开。他紧紧抱着她，抱着她的逐渐变得冰冷的身躯。

雷鹏跟几个干部跑过来，都呆住了，站在湖边。

王斌抱紧韩晓琳已经彻底失去温度的身躯，站在冰水里面一动不动，是的，一动不动。

21 岁的时候，他没有抱。

今天，他不会再松开。

★ ★ ★

韩晓琳还是那么盈盈地笑着。

林涛涛跟杨雪在拔草，孩子站在墓碑前面："妈妈，这是晓琳阿姨吗？"

"对，晓琳阿姨。"杨雪擦擦额头的汗。

"晓琳阿姨真好看！"孩子说，"妈妈，我可以亲她一下吗？"

"这小子多大就学会亲漂亮女孩了？"林涛涛抬起头苦笑。

"胡说什么啊你？！"杨雪急了，"这孩子是被点点跟楚静亲习惯了！"

孩子亲了韩晓琳一下："晓琳阿姨，妈妈说你不能跟我玩儿了，你在很远的地方。干爹说你是天底下最漂亮的阿姨，我还不相信。今天我相信了，等你以后不忙了，再来陪我玩儿吧。"

一双黑色西服的腿站在他的身后。孩子回头，笑了："干爹！"

王斌摘下墨镜抱起他："儿子，你怎么也来了？"

"我带他来看看晓琳，不然以后可能都没人记得晓琳了。"杨雪说，"一个孤零零的女孩，出国留学还出了车祸！唉，真可怜……"

"杨雪！"林涛涛制止她，杨雪擦擦眼泪："我也是心里面难受。"

王斌无语，他把百合花放在韩晓琳的面前。王斌戴上墨镜："你是天底下最纯洁的女孩，永远都是……"

韩晓琳还是那么甜甜地笑着，21 岁的漂亮女孩就是这样。

永远无忧无虑。